Knaur Lemon

D1924850

Über den Autor:

Buddy Giovinazzo lebt in New York und arbeitet dort als freier Autor und Filmemacher.

Buddy Giovinazzo

Poesie der Hölle

Roman

Aus dem Amerikanischen von
Ango Laina und Angelika Müller

Knaur Lemon

Die amerikanische Originalausgabe erschien unter dem Titel
»Poetry and Purgatory« bei Thunder's Mouth, New York.

Besuchen Sie uns im Internet:
www.droemer-knaur.de

Vollständige Taschenbuchausgabe Oktober 1999
Droemersche Verlagsanstalt Th. Knaur Nachf., München
Copyright © 1996 by Buddy Giovinazzo
Copyright © 1998 der deutschsprachigen Ausgabe
bei Maas Verlag, Berlin
Copyright © der deutschen Übersetzung 1998 by Pulp Master
Alle Rechte vorbehalten. Das Werk darf – auch teilweise –
nur mit Genehmigung des Verlages wiedergegeben werden.
Umschlaggestaltung: Init, Bielefeld
Umschlagfoto: Bilderberg, Hamburg
Satz: Ventura Publisher im Verlag
Druck und Bindung: Clausen & Bosse, Leck
Printed in Germany
ISBN 3-426-61287-9

5 4 3 2 1

I don't wanna be
no Catholic Boy
(The Dead Boys,
NY 1978)

Ein Vorwort von Frank Nowatzki

Während einer Lesung anläßlich des Hamburger Filmfestes 1996, wo Buddy Giovinazzo seinen Film *Unter Brüdern* vorstellte, lernte ich ihn kennen und hörte ihn erstmals aus seinem Roman *Poesie der Hölle* vorlesen, der bei uns als Nachfolger von *Cracktown* erscheinen sollte. Der Film war einer der wirklichen Höhepunkte des Festivals, und die Rohfassung des Manuskriptes lag uns bereits mehrere Monate vor. Als Buddy G. aber zu lesen begann, konnte ich kaum glauben, daß er aus dem gleichen Text vorlas. Die von ihm cool und ruhig vorgetragene Anfangssequenz ging plötzlich in ein merkwürdiges Rap-Stakkato über. Mir war vorher beim Lesen nie zwingend aufgefallen, daß sich viele Passagen, richtig gelesen und im Rap-Rhythmus gesprochen, tatsächlich reimen und der düsteren Geschichte um den von einem nicht heilbaren Hirntumor geplagten Eddie eine gewisse Eigendynamik verleihen.

Eddie muß im wahrsten Sinne des Wortes die Hölle durchleben. Gezeichnet von Krankheit, Chemotherapeutika und Drogen, die er als Waffe gegen den Kopfschmerz einsetzt, versucht er sich mit Gelegenheitsjobs durchzuschlagen, die ihm ein Überleben auf dem untersten Level der sozialen Skala ermöglichen. Den Drive einer Crime Story bekommt Eddies Geschichte, als seine Schwester ermordet wird und er noch mal aus der Agonie seiner todbringenden Krankheit erwacht, um sich auf die Suche nach dem Mörder zu machen. Tatsächlich jedoch geht es, wie schon in *Cracktown* und Buddy Giovinazzos erstem Film *Combat Shock* spürbar, um die langsamsten aller Morde: sozialen Ausschluß und die Zwänge des Milieus.

Mit dieser Thematik knüpft *Poesie der Hölle* an die Tradition amerikanischer Großstadtmelodramen an, wie sie etwa die literarischen Outlaws Nelson Algren mit *Der Mann mit dem goldenen Arm* oder Hubert Selby jr. mit *Letzte Ausfahrt Brooklyn* vorlegten. Mit ihrem knochentrockenen Realismus rissen sie bei ihrem jeweiligen Erscheinen die Öffentlichkeit nicht gerade zu Ovationen hin. Auch Buddy Giovinazzo brauchte einige Zeit, um seinen US-Verleger zu einer Veröffentlichung zu bewegen. Letztendlich fiel die Entscheidung, als Buddy Giovinazzo ihm unseren Verlagsvertrag zeigte und sich so viel Vertrauen auch von seinem US-Verlag erbat. Thunder's Mouth gab zwar grünes Licht, wandte aber ein, daß der Roman in seiner Grundstimmung für Amerika zu negativ und der Umgang mit dem Thema Gewalt in Giovinazzos Werken generell zu direkt sei. Buddy Giovinazzo ist jedoch daran gelegen, das Leben so zu zeigen. wie er es kennengelernt hat, und dazu gehöre nun mal, wie er sagt, die Darstellung von Gewalt in all ihrer Häßlichkeit und Brutalität. Von der Angst vor Gewalt und dem daraus resultierenden unangenehmen Gefühl befreit uns Buddy Giovinazzo nicht, und er verflucht Hollywood dafür, daß in Action-Spektakeln zwar eimerweise Blut vergossen wird, Gewalt jedoch nicht realistisch genug und mitunter sogar witzig dargestellt wird. Buddy Giovinazzo spielt nicht mit Gewalt wie beispielsweise sein zynischer Kollege Quentin Tarantino. *Pulp Fiction* läßt einen vor Entzücken grunzen, wenn der ultracoole Vincent Vega mit einer Pump Gun von der Kloschüssel geschossen wird, *Unter Brüdern* dagegen läßt einen zusammenzucken, wenn der Kleindealer Tommy aus Versehen den Bewährungshelfer seines Bruders Joey totschlägt, weil er ihn mit den Schuldeneintreibern des örtlichen Großdealers verwechselt.

Bret Easton Ellis wollte Anfang der 90er Jahre seine Generation, die mit fiktiver und realer Gewalt quasi überfüttert wurde und nun nicht mehr zu schockieren war, mit einem überladenen Gewaltszenario aus Splatter-, Porno- und Horrorelementen provozieren. *American Psycho* wurde zum Tummelplatz seelenloser Figuren, die in einer kaputten Welt voller Trivialität zu keinen echten Emotionen mehr fähig sind. Buddy Giovinazzo beschreitet mit seiner direkten und subtilen Darstellungsweise einen anderen Weg. Er läßt seinen bemitleidenswerten Protagonisten Eddie eine Liebe erleben, die, gemessen an ihrer Tragik, zu den beeindruckendsten der Literatur- und Filmgeschichte gehört, und er stellt mit ihm unter Beweis, daß man auch in einer Welt der verfallenden und sich verändernden Werte das Herz am rechten Fleck tragen kann. In einer Welt der Greueltaten und sozialen Ungerechtigkeiten, in der Umweltverschmutzung genauso alltäglich ist wie Kriminalität oder Geldmanipulationen an der Börse. In Eddies Welt gibt es kein Gut und Böse mehr, die Übergänge sind fließend. Die Frage, wer wofür verantwortlich gemacht werden kann, erscheint angesichts seiner Situation mehr oder minder als sinnloses Unterfangen.

Buddy Giovinazzo versteht sich eher als Filmregisseur denn als Autor, obwohl er die Freiheit des Wortes zu schätzen weiß, die kein Produzent ihm beschneiden kann. Als Autor ist er in der Lage, noch intimere Charaktere zu erschaffen oder wie in *Poesie der Hölle* mit Hilfe teuflischer Visionen mit dem Katholizismus abzurechnen, um somit das spezifisch katholische Schuldgefühl auszutreiben, das ihm schon lange auf der Seele brennt. Wenn ein Autor in der ersten Person schreibt, dann deshalb, um den Leser besonders dicht an seine Figur zu binden und ihm zu suggerieren, es könnte sich hier um den Autor selbst handeln. Und wirklich, wenn sich die Geschichte von Hell's Kitchen nach Staten Island verlagert, in den verranzten Vorgarten New Yorks, dorthin, wo Buddy Giovinazzo aufwuchs, dann hat sie ihre stärksten Momente. Hier scheint die Zeit stillzustehen, genau wie die schönen Kameraeinstellungen in *Unter Brüdern*. In New York City hingegen scheint sie zu rasen, Szenestars von gestern wie G.G. Allin erscheinen einem dort allenfalls noch als Hologramm, während Foetus sich knisternd als rar gewordenes Vinyl ein letztes Mal auf dem Plattenteller dreht.

1

Denise war schon zwanzig Minuten zu spät, und es wäre nicht das erste Mal, daß sie mich warten ließ, um dann überhaupt nicht mehr aufzutauchen. Wäre da nicht dieser eisige Regen gewesen, der mit Ketten aufs Pflaster schlug, ich wär' längst abgehauen, statt dessen blieb ich dort, am Times Square, unter der Markise des Lyric Theatre oder dem, was davon übriggeblieben war, bei den Dealern und Huren, darunter auch zwei Transvestiten.

Ich zitterte, schlug meine Arme um den Körper wie ein Eskimo und beobachtete Kids aus dem Wohnheim, die lachend in die Pfützen auf dem Asphalt sprangen und sich gegenseitig das Dreckwasser ins Gesicht spritzten, als hätten wir einen kochendheißen Sommertag. An die Scheibe des Kartenverkaufs gelehnt, schlug ich den Kragen meines Jacketts hoch und hielt mir die Ohren, während der Wind rasiermesserscharf in meine Kopfhaut schnitt. Sieben Tage ging das jetzt schon so, naßkalt und eisig wie gefrierende Pisse, und alle Pillen oder Biere dieser Welt konnten dieses Zittern nicht vertreiben. Mit hängender Zunge trottete ein Hund vorbei, lahm von einer Seite auf die andere schwankend wie ein Pendel. Aus seinem Maul hing ein langer Speichelfaden, und sein verfilztes braunes Fell war talgig. Er wackelte weiter, die Nase im Wind, als eine ältere Hure auf den Bordstein zuging. Der Hund stakste hin zu ihr und schnüffelte an ihrem Schritt, die anderen lachten und meinten, er sei wohl ihr nächster Freier. Ein Buick fuhr heran, und sie scheuchte ihn weg – niemand kriegt es umsonst, nicht einmal ein Hund. Auf der anderen Seite der Straße wischte ein durchnäßter, zerlumpter Bettler bei Rot die Windschutzscheiben der Autos ab; das Schild einer Bar, die verrammelt war, wurde vom Wind gejagt, BIN JETZT DOWNTOWN, damit war alles gesagt. Ich sah Autos und Trucks dahinkriechen, Dreckwasser und Zeitungen an den Straßenrand klatschen, die roten Nippel vom Laden gegenüber blinken; und alles spielte sich ab hinter diesem Vorhang aus Regen, als mich plötzlich dieses äußerst seltsame Gefühl überkam, als wäre ich nackt und jemand würde mich berühren, nicht mit Händen, sondern mit Gedanken. Wie Lichtstrahlen, die durch trübes Wasser dringen. Ich blickte zur Seite, bemerkte den Hund, nur wenige Schritte entfernt; er fixierte mich, als wollte er sprechen. Ein Schimmer lag in seinen Augen, so seltsam vertraut, ein echtes Wiedererkennen, als wäre er mir schon mal begegnet, nicht als Hund, sondern als etwas oder jemand anderes. Er lächelte mich an, glänzende, graue Augen mit silbrigen Einsprengseln, blinkend wie Glimmer von Mondgestein oder Chirurgenstahl, schnitten eiskalt durch meine empfindliche Haut wie durch Papier, tiefer und tiefer, trieben den Schmerz in meinen Kiefer. Ein Kid kam herüber, um den Hund zu streicheln; der Hund sprang ihm an die Brust, leckte sein Gesicht, und der Junge trat ihm in die Eier, und das Tier schoß mit einem gequälten Jaulen davon. Ein Transvestiten-Girl machte einen Schritt, wollte sich einmischen, als eine blitzende Klinge Luft und Regen zerschnitt. Das brachte sie schnell zum Schweigen. Eine Polizeistreife bog um die Ecke, fuhr nach Westen zur Achten, die Kids setzten sich

Richtung Broadway in Bewegung. Ich stand da und versuchte, unschuldig auszusehen, als die Cops mich von oben bis unten musterten. Urplötzlich knallten die Roten rein: ein Hammer aus Glas. Zerschmetterte meine Augen, und die Straße kippte zur Seite. Durch wirbelnde Halluzinationen purpurner Acid-Trips, geometrische Flutwellen buntstiftfarbener Autos und kunstseidener Trucks, Transvestitenhuren an ihren freien Tagen, mit orangenen Hüten und Federboas in Rot, in Rattenpelzen mit Angorakragen, Bilder, Malereien, Pornostreifen mit abgetrennten Gliedern und zuckenden Kometenschweifen, trieb ich schlitternd auf sich verflüssigenden Straßen, wo Kinder weinten, verwahrlost und allein gelassen, mein Hirn, eine faulende Masse, die Kehle verstopft mit Galle und Blut, welkende Venen, Speichel, braun und zäh wie Melasse, fegten mich in die paranoide Glut – in diese beschissene Fotze der Monomanie – nur dort fühlte ich mich gut wie sonst nie, also desinfiziert mein Herz mit Jod.

Etwas trommelte auf meinen Kopf, ich öffnete die Augen, sah hoch – die tropfende Markise erschien mir wie eine chinesische Folter aus Brasilien –, und ein Glied aus der Kette der Regentropfen bohrte sich in mein Auge, also ging ich rüber ins Peeptown, immerhin konnte ich von dort aus Denise sehen, falls sie noch auftauchen sollte. Schob mich durch die Gänge, gab mich gelangweilt und züchtig, überflog die Magazine, wie man es im Wartezimmer eines Arztes tut, blätterte in den verschwitzten Geschlechtsakten und spürte keine Regung in mir, wie ein schlaffer Schlauch aus Fleisch – bis Yudi mit dem Kastenmal mir sagte, ich solle es kaufen oder weglegen. Ich wollte es wegschmeißen, und zwar direkt auf den Boden, um es ihn aufheben zu lassen. Doch nichts hier war dieses Aufhebens wert, also ging ich zu Jackie's und hing dort mit den Stammkunden herum. Natürlich waren Dezmond und Wally und Paris und Harper da, und an der Bar saß Wallys fette Schwester Camille, mit diesen melonengroßen Titten, die sich einem aufdrängten. Camille wäre ganz niedlich gewesen, wenn sie ein paar Pfund abgenommen und sich den Kopf abgeschlagen hätte. Dezmond und Wally spielten Billard mit neun Kugeln, während Harper auf der Jukebox stand und eine Birne in der Deckenbeleuchtung auswechselte.

»Hey, warum drehst du statt dieser kleinen 40er nicht einfach eine 75er rein? Hier drin ist es dunkel wie im Arsch!« schrie Dezmond Jackie an.

»Weil ich nicht euer Beleuchter bin«, schrie Jackie zurück.

»Yeah, du bist nur 'n beschissener Armleuchter!« antwortete Dezmond, und alle lachten.

Ich setzte mich an die Bar, einen Hocker entfernt von Camille, die mich bat, ihr einen Drink auszugeben, was ich auch tat, und bevor sie noch um irgend etwas anderes bitten konnte, glitt ich vom Hocker und ging rüber zu Dezmond, der sein Queue mit Kreide einrieb.

»Was 'n los mit dir?« fragte er, denn meine Klamotten pißten förmlich auf den Boden. »Reicht dein Verstand nicht, aus dem Regen zu gehen?«

Als er zum Stoß ansetzte, wrang ich mein Hemd über dem Tisch aus; er stieß die weiße Kugel ins Loch.

»Hey, Jackie, dieser Scheißtyp ruiniert deinen Tisch!«

Jackie warf uns einen dieser wütenden und zugleich ohnmächtigen Blicke zu. »Hey, Eddie«, brüllte er, »bist du 'n bißchen zurückgeblieben, oder was? Der Filz kostet Geld, und ich erneuer ihn nicht mehr. Wenn er wieder versaut wird, könnt ihr von mir aus alle im YMCA Pingpong spielen!«

»Tut mir leid, Jackie«, sagte ich und hielt dann den Mund, denn ich zitterte so heftig, daß meine Stimme bebte. Ich lehnte an der Wand, während Dezmond und Wally Pool spielten. Dezmond gelang wieder eine Serie, und Camille schlürfte ihren Scotch, fuhr quietschend mit den Zähnen übers Glas, brüllte ihren Bruder wegen einer Zigarette an, doch der ignorierte sie.

»Was 'n mit deiner Schwester?« sagte Dezmond zu Wally. »Hat sie eigentlich nie was auf Tasche? Die ist ja wie 'ne beschissene Slot-Maschine! Warum schaffst du sie nicht nach Atlantic City?« Und Paris und Harper lachten wie Heckle und Jeckle, während Wally sein Queue einrieb und die drei Kugeln versenkte. Ich ging auf die Toilette und kotzte meinen Drink aus. Machte das Licht an, entdeckte etwas Kotze auf meinem Schuh, wischte es mit Klopapier weg. Der flüchtige Blick in den Spiegel, mein Gesicht, schmal und bleich wie ein Totenschädel bei Nacht, versetzte mich richtig in Panik, also kotzte ich ins Waschbecken, um mich davon zu überzeugen, daß ich noch am Leben war. Dezmond kam herein und fragte, ob ich okay sei, und ich sagte ihm, ich sei nur etwas müde.

»Du bist heute so ruhig, alles okay? Hey, du solltest heute abend noch was von den Roten organisieren, dann können wir noch 'n paar einschmeißen. Mann, das brennt vielleicht beim Pissen, wie Säure, weißt du, was ich meine? Hab' gestern abend Mexikanisch gegessen, mit Jalapeños und so, und immer wenn ich pisse, hab' ich das Gefühl, da löst sich so 'n verdammter Stein. Hey, was hast 'n später vor, komm doch rüber, Lucille geht mit dem Kleinen zu ihrer Schwester, wir könnten 'n bißchen rumhängen und 'n paar Pornos gucken. Ich ruf' dich an. Hey, wenn du nachher noch was von den Roten kriegst, bring welche mit, ja, ich will mindestens noch zwanzig kaufen. Hey, alles okay? Du siehst beschissen aus! Was hast 'n genommen, und warum hab' ich davon nichts gesehen?«

Ich trocknete mein Gesicht ab, ging zurück in die dunstige Mischung aus abgestandenem Bier, schlechtem Atem und Körpergeruch, wo Camille ganz dicht an mich herankam. Sie trug niemals Höschen, und der scharfe Geruch der Muschi unter ihrem Kleid verursachte mir Übelkeit. Ich mußte raus.

Ich hatte nichts vor und mußte nirgendwohin, also ging ich zurück zum Strip, bis die Wirkung der Roten abgeflaut war. Ich stellte mich neben Hot Dog Vic, der ein Bein und die Hälfte seines Schwanzes – war's in Saigon oder Bayonne? – verloren hatte, wurde Zeuge, wie ein Regenschirm auf der Straße seinen Geist aufgab, als ein Lieferwagen seinen Motor startete und wegfuhr, und dahinter stand Denise mit finsterer Miene. Mein Lächeln änderte nichts daran. In ihren kniehohen Stiefeln und hautengen Jeans, mit dem weißen Kunstpelz und ihren langen, roten Haaren sah Denise ungeheuer gut aus, und so nebeneinander hätte uns niemand für Geschwister gehalten.

»Du kommst zu spät!« sagte sie mit einem Stirnrunzeln.

»Ich war schon vor einer Stunde hier. Du kommst zu spät.«

»Hast du schon was gegessen?«

»Nein.«
»Komm, laß uns was essen gehen«, sagte sie und marschierte unter der Markise hervor; ich folgte zwei Schritte hinter ihr. Denise war schnell in ihren Stiefeln, selbst auf den nassen, rutschigen Gehwegplatten.
»Nicht so schnell. Was soll die Panik?« rief ich.
»Es regnet! Ich will nicht naß werden«, antwortete sie und ging noch schneller. Ich lief hinter ihr her und bemerkte dabei große, runde Regentropfen, die wie Plastikbienen an ihrem Haar zu kleben schienen, als wäre es ein Gespinst aus Gummi, während ich bis auf die Kopfhaut naß war. An der Ecke hatte ich sie eingeholt, als ein Taxi durch die Pfützen fuhr, sie nahm ein Taschentuch, wischte mir die Augen ab und lachte nur.
»Du kannst immer noch nicht für dich selbst sorgen, weißt du das?«
»Ja. Wo gehen wir hin?«
Wir gingen nach Westen Richtung ShowWorld, an der Ecke ein ramponierter Toyota Carina, eine Dame kniete heulend vor einem Dalmatiner, der blutend im Rinnstein lag, keuchend und zuckend, mit verdrehten Augen, die wie Stroboskope flackerten, da wußte ich, er würde gleich sterben. Denise rief mir zu, ich solle mich beeilen, und ich fragte mich, ob der Krishnajünger mit dem zerbrochenen Tambourin, an dem ich vorbeihastete, vielleicht wußte, welchen Weg der Hund gehen würde.
Unter der Markise verlangsamte sie ihren Schritt, und wir gingen schweigend nebeneinander her. »Komm, hier können wir uns reinsetzen«, sagte sie und ging zielstrebig in ein kleines Bistro. Wir setzten uns in eine Nische, und ich

rieb mein Haar mit einer Serviette trocken, Denise wischte sich das Gesicht ab.
»Also, wie geht es dir?« fragte sie.
»Gut.«
»Wirklich? Bist du okay?«
»Ja. Mir geht's gut.«
»Du siehst nicht danach aus«, sagte sie besorgt, doch Denise zeigte Anteilnahme immer auf kalte, unbeteiligte Weise. Als ich erklärte, daß es mir wirklich gutgehe, fragte sie, was mit meinen Behandlungen sei, und obwohl ich die vor zwei Monaten abgebrochen hatte, sagte ich, sie verliefen gut und ich befände mich auf dem Wege der Besserung. Was sogar stimmte.
»Dein Haar scheint wieder nachzuwachsen«, sagte sie. »Hast du noch Kopfschmerzen?«
»Nein«, antwortete ich. Das sei gut, sagte sie, während sie die Speisekarte durchging. »Du solltest auf dein Gewicht achten, du bist ja nur Haut und Knochen. Bestell, was du willst, betrachte dich als eingeladen.«
Ich klappte die Karte zu, ohne hineingesehen zu haben, und sagte, daß ich eine Suppe nähme.
»Mehr willst du nicht? Suppe? Los, iß was Vernünftiges. Bestell einen Hamburger.«
»Nur eine Suppe.«
Denise beschäftigte sich wieder mit der Speisekarte, und ich betrachtete ihr glattes, feuchtes Gesicht, an dem jetzt keine Spur Make-up mehr haftete, das rote Haar und die blauen Augen, die kleinen Sommersprossen, die über ihre Nase verstreut waren wie Schokostreusel auf einer Eiscremetüte. Sie klappte die Speisekarte zu und schob sie weg.

»Wie kommst du so zurecht? Bist du noch krankgeschrieben?«
»Jetzt nicht mehr. Sie haben mich bei der Schwarzarbeit erwischt. Ich vermute, mit dem Krankschreiben ist es jetzt vorbei.«
»Oh. Und womit verdienst du jetzt dein Geld?«
»Ich bin ziemlich beschäftigt, Zeitarbeit, alles, was ich kriegen kann, verstehst du, Gelegenheitsjobs eben. Wenn ich völlig blank bin, verteile ich Flyer für den Kit Kat Club.«
»Klingt nicht gerade vielversprechend. Verdienst du genug?«
»Ich komm zurecht.«
»Brauchst du Geld?«
»Nein, es geht mir gut.«
»Warum glaube ich dir nicht?«
»Das mußt du dich schon selber fragen.«
»Wieviel hast du jetzt bei dir?«
»Keine Ahnung.«
»Dann sieh nach. Wieviel hast du, zwanzig? Dreißig?«
»Ich weiß nicht … Dreißig.«
»Hast du Geld auf der Bank?«
»Ein paar Millionen.«
»Hör auf mit dem Quatsch!« Denise griff in ihre Handtasche, zog einen Fünfziger heraus und drückte ihn mir in die Hand. Jetzt besaß ich ganze zweiundfünfzig Dollar. Die Kellnerin kam herüber zu uns, und wir bestellten.
Die Suppe schmeckte wie Fieberpisse, aber ich zwang mich, sie runterzuwürgen, denn seitdem die Bestrahlungen meine Geschmacksknospen weggebrannt hatten, hatte alles, was ich zu mir nahm, den gleichen ranzigen Geschmack. Als die

Wirkung der Roten nachließ, hoffte ich, daß Denise endlich zur Sache kommen würde, damit ich zurück in mein Zimmer und mich aufs Bett legen konnte.

»Wann warst du das letzte Mal bei Mama?« fragte sie, während sie an ihrem Strohhalm zog, und ich sagte ihr, ich wisse nicht, wann, und daß es ein paar Monate her sein müsse, vielleicht sogar, als wir das letzte Mal zusammen dort gewesen waren.

»Das war letzten Sommer«, sagte sie und zog die Nase kraus. »Vor mehr als sechs Monaten.«

»Nun, ich glaube, ich hab' kein Zeitgefühl mehr. Um die Wahrheit zu sagen, Denise, ich sehe keinen Sinn darin, sie zu besuchen. Sie weiß nicht, wer ich bin oder ob ich überhaupt da bin, und es nimmt mich zu sehr mit, dazusitzen und sie zu beobachten.«

»Du solltest trotzdem versuchen, öfter hinzugehen«, sagte sie sanft. »Ich ruf' dich an, wenn ich sie wieder besuche. Wir gehen dann zusammen, okay?«

Ich nickte, aber ich wußte, sie würde nie anrufen. Sieben Huren gingen draußen vorbei, und eine von ihnen blieb stehen, um die Speisekarte im Fenster zu studieren, bis man sie am Arm wegzog. Durchs Fenster sah ich die Leute, Freaks, Huren und Killer, und sah die Live-Version eines Snuffmovies mit mir in der Hauptrolle. Denise saß da und schlürfte ihr Soda, als ergäbe all das einen Sinn für sie.

»Weißt du, wer mich gestern angerufen hat?«

Ich verneinte.

»Onkel Ted«, sagte sie, und mir drehte sich fast der Magen um.

»Was ist los? Alles in Ordnung? Du schwitzt ja wie ein Schwein.«

»Wie schwitzen denn Schweine?«

Ich griff in meine Tasche, holte mein Tablettenröhrchen hervor und schluckte vier mit Wasser, während Denise sich umblickte, ob uns keiner beobachtete.

»Bleib ruhig, bist du sicher, daß du so viele nehmen sollst?«

»Ja. Mir geht's gut. Was wollte er denn?«

»Er brauchte eine Kopie von Mamas Geburtsurkunde für die Krankenhausakten, man hat sie in ein anderes Stockwerk verlegt, und denen sind ihre Unterlagen abhanden gekommen«, sagte sie nüchtern. Sie war so verdammt cool, meine Schwester Denise. Sie konnte ihr Leben leben, hatte alles im Griff und gab den Dingen den richtigen Schliff, darum beneidete ich sie, bewunderte sie, könnte ich doch nur so sein wie sie.

Sie aß ihren Hamburger und sprach über das Wetter, über Geschäfte und ihre Lover, und ich saß einfach nur da, kribblig, und wartete darauf, daß mir der Zweck meiner Anwesenheit klar wurde, und vielleicht hatte ich zu viele Pillen genommen, denn ich konnte nicht mehr verstehen, was sie sagte, ich hörte nur noch das Schnattern von Stimmen, wie Backenhörnchen, die auf Trip sind. Die Roten waren wie schmelzendes Eisen, das sich abkühlte und dann wieder glühte, und als mein Magen sich entkrampfte und mein Kopf in die Höhe schwebte, senkte Denise ihre Stimme und erklärte mir den Deal.

Egal, welche Tageszeit, ob hell oder dunkel, mein Zimmer war immer finster. Ich wankte hinein und stellte die fünfte

Flasche Scotch auf den Tisch, während sich der Boden unter mir wie ein Karussell drehte. Ich öffnete das Fenster einen Spalt, spürte eiskalte Regentropfen auf klamme Finger spritzen, gefühllose Finger, wegen der Löcher in meinen Taschen. Meine Augäpfel rutschten nach hinten, in meinen Schädel, als ich mich auf die kühle Matratze legte, zwei rohe Eier, die über Täler und Schluchten einer schleimigen, schwarzen Materie glitten. Dann wurde alles ganz still, und nur die Luft in meinen Lungen erzeugte ein Geräusch; ich hielt den Atem an, und in diesem Vakuum konnte ich hören, wie ich mit mir im Kriegszustand war. Das rhythmische Pochen giftiger Plasmazellen, die mutierten, kumulierten, verbissen kämpften und Atompilze kobaltbestrahlter Tumore und ihrer Ableger menstruierten. Ich zitterte vor Feigheit in meinem Bunker, bis das Fieber vorbei war; könnte ich mich doch nur totstellen, ich würde überleben. Ich hob meine Lider, und durch das Fernglas hinten im Schädel sah ich einen Mann im Fenster, verschwommen, unheimlich und Christus nicht unähnlich, der einfach dort schwebte und mich beobachtete. Jetzt wußte ich, welchen Weg der Hund gegangen war. Eine Stunde lang rührte ich mich nicht und wartete, daß er sprechen würde, aber er fixierte mich nur mit diesem tiefgründigen, schäbigen Lächeln auf dem Gesicht. Ich ertappte ihn dabei, wie er den Scotch anstarrte, sprang auf, stolperte rüber zum Tisch und griff nach der Flasche, als ich mich umdrehte, war er verschwunden. Ich spritzte mir Wasser ins Gesicht und kam wieder runter; ich stehe öfter mal neben mir, besonders in Verbindung mit den Roten und Alkohol, und Mrs. Taylor schwört, ich hätte ihre Katze erwürgt, und vielleicht hat sie sogar recht, aber warum hatte ich sie letzte Nacht miauen hören? Ich trank etwas Tee und rauchte einen Joint, nahm einen Schluck Scotch und ging pinkeln, wirklich gut, daß ich nichts mit Jalapeños gegessen hatte. Ich fing an, mich zu erinnern, was Denise gesagt hatte, nicht über den Deal, sondern über Onkel Ted.

2

Wie die Sonne aussah, hatte ich schon fast vergessen, doch jetzt, da sie wieder da war, wußte ich, warum. Ich setzte mich auf, und ein morgendlicher Fieberschub brachte Visionen heiliger Grabstätten, schlug mich mit Blindheit, der Geruch von Urin und Scheiße und Blut und AIDS und Krebs trieb mich dazu, meinen Kopf immer und immer wieder gegen die gesprungenen Wandfliesen zu schlagen, nur um zu sehen, ob es ein verrückter Traum war, aber das Rot an meinen Fingern sagte nein. Ich wischte das Blut ab und trank Milch mit Magnesium, öffnete die Augen und stellte fest, daß eine Stunde vergangen war. Es war nichts Eßbares da, und es hätte auch keinen Grund gegeben, es zu essen, also ging ich zur neunten Avenue, auf die Suche nach Lizard Len und seinen wohltuenden Rezepten. Die Sonne brannte wie Kunstrasen auf künstlichen Gelenken, und als ich an der Ecke stand, sah ich Farben des Hungers und des Verlangens und des Schmerzes, aber es war immer dieselbe Farbe: Schwarz.

Später dann kletterte CandyBar, die so süß wie Honig war, aus einem gelben Wagen. Sie wirkte wie hundert mit ihren dunklen, übernächtigten Augen, dem verschmierten Make-up, der offenen Bluse und der zerrissenen Strumpfhose. Ich fragte, ob sie okay sei, und sie sagte ja, aber kurz davor zusammenzubrechen.

»Wer war das im Wagen?«

»Ein Freund von Zero, irgendein Feuerwehrmann, ich hab'

’ne Party mit Junggesellen geschmissen«, sagte sie in schwerem Jersey-Akzent und machte sich dann lustig darüber, daß deren Schläuche keinen Saft mehr hätten.

»Ich hab’ heute nacht tausend Piepen gemacht, und jetzt mach’ ich zwei Tage blau, und Zero soll keine Scheiße erzählen, denn ich hab’s verdammt noch mal verdient.«

Und sie hatte recht, denn Zero-Zero-Minus-One strich mehr als die Hälfte davon ein, fürs bloße Nichtstun, und Zero war noch einer von den angenehmeren Typen. CandyBar fragte, ob ich was dabeihätte, und ich sagte, sobald ich was hätte, würde ich ihr was geben. Bot dann an, sie nach Hause zu bringen, ihr schien es egal zu sein. Die morgendlichen Anzüge zogen an uns vorbei, und jeder von ihnen hatte einen Blick für sie übrig, denn für eine Zwölfjährige hatte CandyBar ziemlich große Titten; ich kramte unterdessen in meinen Taschen und zog einen Roach hervor. Sie setzte sich auf die Stufen, und ich bemerkte Blut an ihrem Bein, sagte aber nichts dazu.

»Verstehst du«, sagte sie und nahm einen langen, gemächlichen Zug aus dem Stummel im Clip, ihre Augen quollen fast über, wie bei einem Frosch unter Wasser, »ich wette, ich hab’ im letzten Jahr über hunderttausend Piepen gemacht, stell dir mal vor, ich hätt’ das alles gespart. Ich könnt’ mir ’n gutes Leben machen, verstehst du, vielleicht mit ’nem eigenen Geschäft und wär’ sogar schon Millionärin, weiß man’s?«

»Woran hast du denn gedacht?« fragte ich, einen Moment lang verwirrt, denn ich konnte mich nicht erinnern, wo ich war und mit wem ich mich unterhielt.

»Keine Ahnung ... Ich denke, das ist das Problem. Ich

glaube nicht, daß ich irgendwas tun kann. Ich weiß nicht, was ich machen soll.«

»Was würdest du denn gerne tun?« fragte ich, krampfhaft bemüht, mich zu erinnern, wer sie war. Sie runzelte ihre Brauen, und es entstand eine lange, nachdenkliche Linie.

»Ich weiß nicht, ich könnt' vielleicht einen Nachtclub aufmachen, irgendwas in der Art. So einen echt vornehmen Club, ohne Nutten und Zuhälter, verstehst du, mit richtigen Leuten. Ich könnt' so was sein wie 'ne Empfangsdame, weißt du, die Lady, die die Leute begrüßt, wenn sie reinkommen, und die dafür sorgt, daß sie sich prima amüsieren.«

»Ich wette, das hast du drauf. Du bist sehr freundlich«, sagte ich, als die Erinnerung wieder heranrollte.

»Ich war mal in so einem Club, der Typ wollte, daß ich ein Abendkleid anziehe, gab mir Perlen und Juwelen, sogar Diamantohrringe, und er nahm mich mit in diesen wahnsinnig teuren italienischen Laden in Jersey, du weißt schon, Fort Lee, genau hinter der Brücke, und sie parkten den Wagen für einen, und alle waren scheißfreundlich, gaben mir Feuer und rückten mir den Stuhl heran, ich kann dir sagen, die haben einem das Gefühl gegeben, man wär' 'ne Million wert. Und die ganze Zeit kam ich mir vor, als wär' ich seine Verabredung, verstehst du, er hat mich nicht wie eine Hure behandelt, es war richtig wie in *Pretty Woman* oder so. Bis wir in sein Apartment gegangen sind ...«

Sie untersuchte ihren Kopf mit den Fingerspitzen. »Ich hab' immer noch irgendwo 'ne Beule davon.«

»Yeah, ich erinnere mich, das war letzten Herbst, nicht wahr?«

»Nein, es war im Juli, am 3. Juli, ich weiß den Tag noch

ganz genau. Jedenfalls hat Zero ihm das anständig heimgezahlt, ist hin zu seinem Haus und hat ihn echt plattgemacht, sein Gesicht ist blaurot angelaufen, und seine Lippen sind angeschwollen wie die von Tyrone. Dann hat Zero Polaroids gemacht und mir im Krankenhaus gezeigt, und es war ein verdammt gutes Gefühl, ihn so zu sehen. Aber egal, so einen Club würd' ich gern aufmachen, einen richtig coolen Club.«

»Dann solltest du es tun.«

»Yeah«, seufzte sie, »bloß wie, zum Teufel. Ich weiß auch nicht, das Geld rinnt mir nur so durch die Finger. Ich kann einfach nicht damit umgehen. Ich hab' kein Ziel im Leben, denke ich«, sagte sie und kicherte, dann wurde sie ernst, als wäre ihr irgendwas in den Sinn gekommen. »Scheiße, ich hau lieber ab, wenn Zero vorbeifährt und mich hier sieht, schickt er mich gleich wieder anschaffen.«

CandyBar stand auf und wollte gehen, drehte sich dann aber zu mir um und sagte: »Hey, willst du nicht kurz mit raufkommen, auf 'nen Kaffee oder so?«

Ich stand da und sagte nichts; sie hatte mich auf dem linken Fuß erwischt. CandyBar lud nie jemanden zu sich ein. »Sicher«, sagte ich nervös und versuchte herauszufinden, was dahintersteckte. »Das wär' nett.«

Im Hausflur führte die morsche Treppe hinauf in die Dunkelheit. Als wir an dem sargengen Fahrstuhl vorbeigingen, dachte ich, es sei nur einige Stufen hoch. Im dritten Stock aber rang ich nach Luft, und CandyBar fragte, ob alles in Ordnung sei. Ich antwortete, ich sei nur etwas erschöpft. »Willst du dich kurz ausruhen? Du siehst nicht gut aus.«

»Nein, ist schon okay, wirklich. Laß uns weitergehen. Ich

halte mich am Geländer fest«, sagte ich, und wir gingen weiter die Treppe hoch. »Das ist ein richtig gutes Treppengeländer«, ich schlug mit den Handknöcheln dagegen, »scheint Eiche zu sein.«

»Meinst du? Ich versteh' nicht viel von Holz«, sagte sie. In der Dunkelheit hörte ich eine Stimme, die Arschloch zu mir sagte. Im siebenten oder achten Stock dann schloß sie ihre Tür auf, und wir gingen hinein. Die Wohnung sah ziemlich normal aus, eine Couch und einige Sessel, ein Fernseher, eine Bar und eine Stereoanlage, Bilder an der Wand und Teppiche auf dem Boden; ein Bücherregal und ein Couchtisch, und auf dem Tisch eine Rasierklinge und Ränder von übergeschwappten Gläsern; daneben ein Tisch für zwei Personen und direkt dahinter eine kleine Küche, links davon ein pinkfarben gefliestes Bad mit einer Duschkabine aus mattiertem Glas, davor eine flauschige, graue Bademattе.

»Mach's dir bequem, ich bin gleich fertig«, sagte sie, drehte sich um und ging ins Bad. So mitten im Zimmer fühlte ich mich völlig fehl am Platze und ging rüber zur Stereoanlage, wo ein Kassettendeck und ein CD-Player standen, daneben lagen Dutzende von CDs, und ich versuchte eine aufzuklappen, aber meine Finger zitterten so heftig, daß es mir nicht gelang. Mein Magen begann zu knurren, verlangte aber nicht nach Essen, sondern nach etwas anderem. Ich hoffte, daß CandyBar mir etwas zu trinken anbieten würde und daß es nicht Kaffee war. Die Toilettenspülung war zu hören, und sie kam heraus in einem Morgenrock aus roter Seide; das Gesicht frisch gewaschen und die Haare zurückgekämmt, sah sie wesentlich jünger aus als noch vor wenigen Minuten.

»Magst du Harry Connick jr.?« fragte sie und nahm mir die CD aus der Hand.
»Ich weiß nicht, hab' ihn nie kennengelernt.«
Sie warf mir einen Blick zu und sagte: »Ach komm, du weißt, was ich meine.«
»Um die Wahrheit zu sagen, ich hab' noch nie von ihm gehört, ich interessier' mich nicht so sehr für Musik. Tut mir leid.«
»Brauchst dich nicht entschuldigen. Ist schließlich kein Verbrechen.«
Sie wischte die CD mit ihrem Morgenrock ab, dann stellte sie den CD-Player an. »Er ist der neue Frank Sinatra«, sagte sie, als ob sie etwas mit dem Musikgeschäft zu tun hätte. Dann, argwöhnisch: »Von Frank Sinatra hast du schon mal gehört, oder?«
»Ich bin vielleicht etwas hinterm Berg, aber bestimmt kein Schwachkopf«, sagte ich scharf, änderte dann aber meinen Ton. »Meine Mutter liebte Frank Sinatra, er war ihr Lieblingssänger.«
Darüber mußte sie lächeln, und als aus den Boxen an der Wand die schmachtende Stimme von Harry Connick jr., dem neuen Frank Sinatra, drang, hörte sich das für mich an wie das Quietschen und Kreischen einer U-Bahn, die rückwärts fährt; meine Trommelfelle waren perforiert, und ich konnte Musik nicht mehr wahrnehmen, also wippte ich auch nicht mit dem Fuß oder bewegte meinen Kopf. CandyBar schien das nicht zu bemerken, sie wiegte sich hin und her zum Sound der Musik wie ein Baum im Wind. Ich drehte mich um und sah zum Fenster, als sie die Augen öffnete.
»Was ist los? Magst du ihn nicht?« fragte sie.

»Doch, er ist Klasse. Hört sich wirklich an wie Frank«, sagte ich, drehte mich aber nicht um.
CandyBar ließ mich einfach stehen und ging in die Küche. Ich stellte mich an die Tür und sah ihr zu, wie sie am Küchentresen Kaffee in den Filter gab.
»Weißt du, CandyBar, ich will eigentlich gar keinen Kaffee. Mach bloß keine Umstände meinetwegen.«
»Es macht keine Umstände. Ich mach' mir sowieso einen. Ich bin nach der Arbeit so aufgedreht, ich brauch' mindestens 'ne Stunde, um mich zu entspannen.«
Sie füllte Wasser in die Kanne und goß es vorsichtig in den oberen Teil der Kaffeemaschine. Ich fühlte mich wie ein Zuschauer. Einfach nur Sonnenlicht, Hände und ein Gesicht, ihr Pferdeschwanz mit dem purpurnen Band, Lippen, pinkfarben und so verletzlich, formten Worte aus Liedern, die jemals zu hören sowieso keine Chance mehr bestand, Lichtjahre entfernt vom eigenen Ich, wie Stummfilme oder Liebesschwüre in der Nacht, wie gern hätte ich darüber gelacht.
Statt dessen sagte ich: »Hör mal, ich weiß, daß du müde bist, vielleicht sollte ich besser gehen.«
»Meinst du?« sagte sie und sah hoch, und als ich nickte, bestand sie nicht darauf, daß ich blieb.

Lucille kam herein. Sie hatte Ben auf dem Arm und ging zum Kühlschrank, nahm eine Babyflasche heraus und stellte sie in einen Topf auf dem Herd. Dezmond nahm die letzten Züge aus einem Joint. »Hey, willst du noch mal?« Ich schüttelte den Kopf, und er ließ den Roach in den Aschenbecher fallen. Lucille stand da und schaukelte ihr

Kind sanft hin und her, während das Wasser im Kochtopf brodelte. Dezmond ignorierte sie völlig, und sie ignorierte ihn. Dann zählte Dezmond seine Roten ab, bunkerte sie in seiner Hand, dabei ließ er drei auf dem Tisch liegen, jedoch keine für Lucille. Schließlich drehte sich Dezmond zu ihr um: »Hast du nichts zu tun? Meinetwegen Bettenmachen oder so?« Lucille nahm die Flasche und drückte einen Tropfen auf ihr Handgelenk, dann steckte sie Ben die Flasche in den Mund, ging ins Zimmer und erklärte, Dezmond solle sich selber ficken. Dezmond grinste mich an, und wir saßen da, tranken, kifften und warfen unsere Pillen ein, er zappte durch die Kanäle; als in einem Sex-Werbespot eine Blondine mit dicken Titten auf dem Boden hockte und pinkelte, stoppte er. Dezmond fragte, ob Denise jemals Werbespots fürs Fernsehen gedreht habe, und ich warf ihm nur einen Blick zu. Nach einer Stunde hatte Dezmond mich total zugelabert, und wir gingen zu Jackie's, wo ich mich zu Harper an die Bar setzte, der mir seine neue blaue Tätowierung zeigte, eine Schlange, die einen Käse verschlang. Als ich ihn fragte, warum gerade Käse, erklärte er mir, es sei Cheddar. Er spannte seinen Arm an, und die Schlange tanzte wie eine Kobra unter der Flöte eines Schlangenbeschwörers; durch das Klingeln in meinen Ohren drang ihre Stimme, sie flüsterte mir immer und immer wieder zu: »Hüte dich vor dem Mann mit dem Sowjet-Plan.« Ich drehte mich um und sah, wie Dezmond die weiße Kugel versenkte. Camille kam aus der Damentoilette getrippelt, und Harper nannte sie ein Trampel. Sie setzte sich an die Bar, während ich auf mein Glas und das schmilzende Eis darin starrte. »Hüte dich vor dem Mann mit dem Sowjet-

Plan«, das mußte ein Code sein, da war ich mir sicher. Dann quatschte Harper mir in das eine Ohr und Camille ins andere, und ich saß genau dazwischen und ließ Sätze ein Turnier bestreiten, während Silben sich im Koitus verrenkten und einem Fluch das Leben schenkten, bis Harper aufstand, nach hinten ging und mich mit der stockbetrunkenen Camille allein ließ.

»Weißt du, Eddie«, sagte sie sabbernd und mit schwerer Zunge, »ich versteh' nicht, warum mich alle so hassen, ich habe doch keinem was getan.« Die Mischung aus Gin und Pot in ihrem Atem erweckte mein Verlangen.

»Camille, niemand haßt dich wirklich«, sagte ich. »Du bist einfach nur paranoid.«

»Nein, sie hassen mich. Sogar mein eigener Bruder haßt mich. Du weißt, wie oft er mir sagt, daß er sich wünscht, ich wäre tot, ständig sagt er das, verdammt noch mal, er sagt es ständig. Scheiße, ich bin seine Schwester, sein eigen Fleisch und Blut, und er behandelt mich wie den letzten Dreck, und den Scheiß, den er seinen Freunden über mich erzählt ...«

»Sieh mal, Camille, so sind Brüder und Schwestern nun mal, sie sagen immer Dinge, die sie eigentlich so nicht meinen.« Ich sah hinüber zu Wally, der sich über den Tisch beugte, mit einer Brücke unter seinem Queue und einem Arsch wie ein Schinken von vierzig Pfund, der fast seine Hose sprengte, und mir wurde klar, daß er sie wirklich haßte. Er haßte jeden. Camille saß heulend an der Bar, und keine warmen Worte der Weisheit hätten etwas daran ändern können, manchmal mußte Camille eben weinen. Ich ging hinüber zum Flipperautomaten, den Jackie der alten Zeiten wegen noch stehengelassen hatte; Jackie selbst stand hinter der Bar, schrie Camille an, weil sie flennte und die Gäste vergraulte. Camille wischte sich das Gesicht ab und griff nach einem Drink, den ihr Old Man Costello, dessen lädiertes Auge in die falsche Richtung schielte, ausgegeben hatte. Wally räumte den Pooltisch nach allen Regeln der Kunst ab, während Dezmond sich die Eier kratzte; Camille stahl einem Typ, der an der Bar eingeschlafen war, eine Zigarette und einen Dollar. Harper kam aus dem Hinterzimmer und balancierte einen Bierkrug auf dem Kopf; die verblaßten Tattoos auf seinen Armen sahen aus wie Comics aus Sonntagszeitungen. Dezmond versuchte Wally abzulenken, indem er Tiraden losließ über Yuppies und Drogen und militante Lesben, aber Wally ignorierte ihn einfach. »Neun Kugeln in die Taschen«, dann versenkte er sie alle und hatte gewonnen. Dezmond warf sein Queue weg, wirbelte herum und blähte seine Nüstern, als Wally sich den Fünfer vom Tisch schnappte, und hinter der Bar lachte Jackie in sich hinein. Camille glitt vom Hocker und wackelte, einen Dollar in der Hand, zur Jukebox. Dezmond beobachtete sie aus den Augenwinkeln, machte eine Drehung und verpaßte ihr einen harten Schlag – kaltes, trockenes Knacken wie von splitternden Knochen auf ihrem spröden, pockennarbigen Gesicht. Alle drehten sich um, als sie ihren Drink fallen ließ und beinahe vornüberkippte. Sie stand da, fassungslos, wollte sich mit Worten verteidigen und berührte den Schnitt auf ihrer Wange, den sein Ring hinterlassen hatte. Als sie ihrer Wut mit einem Schrei Luft machte, wurden mir die Knie weich. Dezmond sagte ihr, sie solle aufhören, so zu tun, als ob, und daß es ihm leid tue und alles nur ein großes

Mißverständnis gewesen sei. Wally stand an der Bar, beobachtete seine Schwester, die sich am Zigarettenautomaten festhielt und weinte, als hätte sie Krebs, dann bestellte er einen Drink für sich und für den Verlierer. Dezmond gab mir einen Scotch aus, den ich aber nicht wollte, also reichte er den Drink der schniefenden Camille, die sich ihre verquollenen Augen trocknete und ihn dann wie ein ängstliches, schuldbewußtes Kind annahm. Was mich am meisten erstaunte, war die Tatsache, daß ich Camille in diesem Moment mehr haßte als mich selbst.

3

Die Zeitarbeits-Vermittlung sagte mir, ich solle mich um acht Uhr dreißig beim Anwaltsbüro in der 55sten melden. Ich hätte mich lediglich um die Telefonanrufe zu kümmern, die Empfangssekretärin sei krank. Ich nahm das Angebot sofort an. Ich trug mein dunkles Kaschmirjackett, ein weißes Hemd und eine Krawatte, eine schwarze Hose aus irgendeinem Material – alles, nur nicht Baumwolle – und meine schwarzen Wildledersneaker und dachte, ich sähe auf eine linksintellektuelle Art irgendwie konservativ aus. Aber als ich durch die Tür trat, wußte ich sofort, ich hatte mich geirrt. Ich nahm zwei Rote, um den Schmerz zu lindern, und solange ich keinen Kontakt mit allzu vielen Leuten hatte, würde ich durchhalten. Ein freundlicher Typ namens Albert, ein unbeholfener Schlaks mit leichtem Silberblick und einem 600-Dollar-Anzug, sagte mir, ich solle mich dort drüben hinsetzen und die Anrufe entgegennehmen. Vier Sekunden später läutete das Telefon.
»Hallo, Garbus, Frankfurt, Brakowitz und Jacobson«, sagte ich und versuchte, professionell zu klingen.
»Wer ist dort?« fragte die schroffe Ich-scheiß-auf-dich-Stimme am anderen Ende der Leitung.
»Verbinden Sie mich mit Brakowitz!«
»Bleiben Sie bitte dran.«
Ein Blick auf die Anlage verriet mir, daß die Nebenanschlüsse nicht namentlich gekennzeichnet waren. Ich wußte nicht, wie ich Brakowitz erreichen sollte oder ob er überhaupt im Hause war. Ich suchte nach einem Verzeichnis, als das

Telefon wieder klingelte. Ich spürte, wie mein Magen sich zusammenkrampfte, und drückte beim dritten Klingeln den Knopf.

»Hallo, Garbus, Frankfurt, Brakowitz und Jacobson.«

»Ich warte immer noch auf Brakowitz! Stellen Sie mich durch!«

»Oh, es tut mir leid, ich muß die falsche Leitung erwischt haben.« Das Telefon klingelte weiter, ich sah mich nach Albert um, der nirgends zu sehen war, alle anderen Tische waren mit gesichtslosen Figuren besetzt, von denen niemand aufschaute. Als das Telefon nicht aufhören wollte zu klingeln, drückte ich widerwillig eine Leitung, wartete einen Moment und sagte dann: »Hallo?«

»Hallo, ist dort Garbus, Frankfurt, Brakowitz und Jacobson?«

»Ja, was kann ich für Sie tun?«

»Verbinden Sie mich bitte mit Marc Brakowitz.«

»Gern, bitte bleiben Sie dran, ich sehe, ob er da ist.«

Kaum hatte ich den Hörer aufgelegt, läutete es auf einer anderen Leitung. Ich drückte sie, und mein Magen zog sich noch mehr zusammen.

»Hallo?«

»Hallo, verbinden Sie mich mit Jason Frankfurt.«

»Bitte bleiben Sie dran, ich will sehen, ob er da ist.«

Drei blinkende Lampen und nicht die geringste Vorstellung, wie ich verbinden sollte. Ich betätigte wahllos irgendwelche Knöpfe. Das Telefon klingelte wieder. Ich ging in Leitung drei. »Tut mir leid, aber Mr. Frankfurt ist noch nicht im Hause, wir erwarten ihn jedoch in Kürze. Kann ich ihm etwas ausrichten?«

»Ja, sagen Sie ihm, Robert Jennings hat angerufen, er möchte zurückrufen.«

»In Ordnung, ich richte das aus.« Als ich schon auflegen wollte, sagte er noch:

»Moment, wollen Sie nicht meine Nummer notieren?«

»O ja, natürlich, tut mir leid.«

Das Telefon klingelte weiter, aber ich schrieb erst die Nummer auf. Dann ging ich in Leitung vier. Das hätte ich besser nicht tun sollen.

»Was ist eigentlich los bei Ihnen? Stellen Sie mich durch! Mit wem spreche ich überhaupt?«

»Oh, tut mir leid, ich wollte mich gerade bei Ihnen melden. Mr. Brakowitz ist noch nicht da, aber wir erwarten ihn in Kürze. Kann ich ihm etwas ausrichten?«

»Ich weiß, daß er da ist, ich habe gerade mit ihm gesprochen! Wo ist Albert?«

»Tut mir leid, ich seh' ihn nirgends, äh, würden Sie bitte dranbleiben?«

Ich ging schnell in eine andere Leitung: »Hallo, Dominos Pizza.«

»Was?«

»Dominos Pizza«, wiederholte ich.

»Oh, ich habe mich verwählt.« Klick.

Ich öffnete sofort die übrigen Leitungen, stand auf und sah mich nach Albert um. Ein barracudagesichtiger Yuppie mit Aktenordner kam an meinem Schreibtisch vorbei. »Entschuldigung, wissen Sie, wo Albert ist?«

»Nein«, sagte er im Vorübergehen. Die blinkenden roten Lampen der Schalttafel übten auf meinen Magen die Wirkung von Akupunkturnadeln aus, Tee und Toast kündigten ihr Wiedererscheinen an. Eine junge Frau mit langem braunem Haar näherte sich meinem Schreibtisch; ich trat ihr in den Weg.

»Entschuldigen Sie, können Sie mir vielleicht helfen? Ich hab' hier diese Anrufe auf der Leitung, aber ich weiß nicht, wie ich sie durchstellen soll. Haben Sie eine Ahnung, wie man das macht?«

Sie blieb stehen und sah mich spöttisch lächelnd an. »Das macht Sie ganz verrückt, nicht wahr? Ich selbst finde mich auch nicht zurecht mit den Nebenanschlüssen, Carole kennt das System in und auswendig, aber die ist offenbar nicht da.« Dann warf sie einen Blick auf die Schalttafel. »Himmel! Da sind ja überhaupt keine freien Leitungen. So kann niemand durchkommen!«

»Ich weiß, tut mir leid, aber ich konnte die Leute nicht länger warten lassen.«

»Wissen Sie was, ich hole lieber Albert, okay?«

»Danke, das ist sehr nett von Ihnen.«

Ich öffnete die Leitungen, und unmittelbar danach klingelte das Telefon.

»Hallo, Garbus, Frankfurt, Brakowitz und Jacobson.«

»WER ZUM TEUFEL IST DA?«

Ich knallte den Hörer hin.

»Wo ist das Problem?« Albert beugte sich über mich, die Frau stand hinter ihm und lächelte mich mitfühlend an, dann ging sie zu ihrem Schreibtisch zurück.

»Ich hab' drei Leute auf der Leitung, aber ich weiß nicht, wie ich sie durchstellen soll.«

»Habe ich Ihnen das Telefonverzeichnis nicht gegeben?«

»Nein, haben Sie nicht.«

»Oh. Okay, lassen Sie mich das erst einmal klären.« Albert nahm jeden Anruf an, wobei er mit dem dritten begann.

»Entschuldigen Sie die Verzögerung, wir haben ein Problem in unserer Zentrale, die Telefongesellschaft, Sie wissen ja, wie die sind ... Aber sicher, er erwartet Ihren Anruf, ich stelle Sie durch.«

Leitung eins blinkte noch immer, und jedes Aufleuchten traf mein Auge wie eine kurze Gerade. »Sie sollten sich besser um den ersten Anrufer kümmern, er klingt ziemlich verärgert.«

Albert drückte den Knopf. »Hallo? ... Oh, Mr. Garbus, es tut mir schrecklich leid ... Carole ist krank, wir haben eine Aushilfe, und er ist noch nicht mit unserem System vertraut. Sicher, ich kümmere mich darum, ich stelle Sie sofort durch.« Albert nahm zwei neue Anrufe entgegen, notierte Nachrichten, und dann waren die Leitungen wieder frei. Mein Hemd war völlig schweißig, und es war erst neun Uhr dreißig. Albert beugte sich über den Schreibtisch.

»Hier sind die Namen und die Nebenanschlüsse unserer Partner, hier die der Nachforschungsabteilungen, Textverarbeitung, falls irgend jemand die verlangt; dann hier die Personalabteilung, Statistik und Buchhaltung, aber die meisten Anrufe werden für unsere Partner sein, und fragen Sie immer bei ihnen nach, bevor Sie durchstellen; es gibt einen Haufen Irrer, die alle versuchen durchzukommen. Okay? Wenn es irgendein Problem gibt, mein Büro ist gleich dort drüben, rufen Sie mich an, Apparat 514. Okay?«

Er sah mich direkt an und schenkte mir ein breites Grinsen,

wobei er die Zähne bleckte; es lag etwas Unheimliches darin. Das Telefon klingelte weiter, und daran änderte sich bis zum Mittag nichts, aber inzwischen kannte ich das System. Als alle zur Mittagspause gingen, hielt ich Ausschau nach der Frau mit dem langen Haar und dem freundlichen Gesicht, aber sie schien das Büro nie zu verlassen. Ein schwarzer Nadelstreifen kam herein und warf mir einen Blick zu, der das Weiße in meinen Augen schockgefrieren ließ. Garbus ging direkt in Alberts Büro und schloß die Tür hinter sich. Ich warf zwei Rote ein, um das Hämmern in meinem Kopf zu dämpfen, und nahm nach dem zweiten Klingeln den Hörer ab.

»Wow, du hörst dich richtig professionell an.«

»Wie bist du an die Nummer gekommen?«

»Ich habe deine Agentur angerufen und ihnen erzählt, es sei ein Notfall.«

»Woher hast du denn gewußt, welche Agentur du anrufen mußt?«

»Ich habe alle durchprobiert, bis ich bei der richtigen gelandet bin.«

»Das ist leicht neurotisch, findest du nicht?«

»Was machst du nachher?«

»Keine Ahnung. Warum?«

»Komm doch zum Essen vorbei.«

»Essen? Ich weiß nicht, ich meine, zweimal in der Woche miteinander reden … Ist alles in Ordnung?«

»Spiel nicht den Neunmalklugen. Ich will einfach nur noch mal mit dir reden. Du warst letztens, sagen wir mal, nicht ganz klar.«

»Ich weiß. Ich hatte keinen guten Tag.«

»Na, dann komm vorbei. Wir essen 'ne Kleinigkeit und unterhalten uns ein bißchen, okay?« Pause. Dann sagte sie: »Komm schon, wir werden unsern Spaß haben.«
Garbus und Albert verließen das Büro.
»Sicher, okay, ich muß Schluß machen. Bis später.« Ich legte auf, ohne ihre Antwort abzuwarten. Garbus ging nach hinten in sein Büro, und Albert trat lächelnd an meinen Schreibtisch. Zu freundlich, dieser Albert-Typ.
»Hören Sie, Ed, ich fürchte, wir benötigen Sie nach der Mittagspause nicht mehr. Es tut mir leid, aber ich habe nicht daran gedacht, daß wir bereits eine Regelung getroffen hatten und jemanden aus der Textverarbeitung für die eingehenden Anrufe heranziehen. Wenn Sie also noch bis ein Uhr bleiben könnten?«
»Selbstverständlich«, sagte ich, denn ich wußte, um ein Uhr war die Mindeststundenzahl erreicht, über die die Agentur mit ihnen abrechnete. »Es tut mir leid wegen heute morgen, es war nur so …«
»Denken Sie nicht mehr darüber nach«, warf er ein. »Das war meine Schuld, ich habe Ihnen kein Telefonverzeichnis gegeben, außerdem hat das nichts damit zu tun. Es handelt sich lediglich um ein Zuviel an Personal.«
»Es tut mir trotzdem leid.«
»Danke, daß Sie bei uns ausgeholfen haben«, sagte er, schüttelte meine Hand und klopfte mir auf die Schulter, dann unterschrieb er meinen Arbeitsvertrag und fügte noch hinzu: »Manchmal brauchen wir kurzfristig jemanden zur Aushilfe, wären Sie interessiert, mal einzuspringen?«
Albert schrieb meine Nummer auf und steckte sie ein. Er wartete, daß ich ihm die Hand schüttelte, aber ich konnte

mich beherrschen. Schließlich klingelte das Telefon, und ich meldete mich.

Punkt ein Uhr stand ich auf, um zu gehen. Albert ließ sich nicht mehr blicken, um mich zu verabschieden, vielleicht überprüfte er die Nummer, die ich ihm gegeben hatte. Ich ließ die Telefonanlage unbesetzt und ging Richtung Ausgang. Sollte Garbus doch die Anrufe entgegennehmen.

Halina's Beauty and Jewelry Store an der 55sten war versiegelt, und die Jalousien waren heruntergelassen. Auf einem Schild war zu lesen: LADEN ZU VERMIETEN. Ich drehte mich um und ging Richtung Broadway. An der Ecke donnerte ein Tieflader an mir vorbei, beladen mit sieben Porto-Sans, alle mit Seilen gesichert, dahinter die durchs Licht flitzende Aufschrift ABSOLUT GIRLS. Mein Magen schrie nach etwas Kräftigem, aber Essen und die Roten vertrugen sich nicht besonders, also mußte ich auf das Essen verzichten. Auf dem Weg zum Columbus Circle kam ich an einer Armee von Pennern vorbei, mit dreckigen Tassen und Kunststoffkrücken, doch ich ging weiter geradeaus; niemand gab etwas, niemand bekam etwas, als wäre Elend Unkraut, das überall wucherte; Unkraut hatte mir schon immer leid getan, aber es war einfach zuviel, und es waren auch zu viele Betrüger.

Der Portier überprüfte meinen Namen und ließ mich durch, und als ich aus dem Fahrstuhl kam, erwartete mich Denise im Flur. Verwaschene, enge Jeans, ein T-Shirt in Übergröße mit halb abgerissener Brusttasche und grünlackierte Zehennägel an nackten Füßen, die in dem weichen, grauen Teppich versanken; sie lächelte mich an und ging hinein.

Seit meinem letzten Besuch hatte sich die Wohnung nicht sehr verändert: ein geräumiges, luxuriöses Dachgeschoß mit hellbeigen Wänden und glänzendem Holzfußboden, modernes Inventar, grelles Licht aus nackten Neonröhren an der Decke; rechts und links der Couch mit Paisleymuster Glastische und in der Ecke ein Stück bearbeitetes Metall. Der Eßtisch in der Nähe des Fensters mit Blick auf den Park war gedeckt, und Denise hatte Porzellan und kein Glas gewählt; ihre Stereowand – sie nahm wirklich eine ganze Wand ein – schien an Umfang und Volumen zugenommen zu haben. Ich war froh, daß sie keine Musik spielte.

»Warum setzt du dich nicht, mach's dir bequem.«

Ich setzte mich auf die Couch und betrachtete eingehend das zusammengepreßte Metall in der Ecke.

»Hast du einen Unfall gehabt oder so was?«

»Nein, wieso?«

»Sieht so aus, als wäre dein Wagen zu Klump gefahren worden.«

Sie grinste. »Kann ich dir was zu trinken anbieten?«

»Hast du irgendeinen Scotch?«

Sie kratzte sich am Kinn, ging zur Bar und verschwand dahinter, kam mit einem Scotch ohne Eis zurück. Ich nahm einen hastigen Schluck.

»Und, wie war die Arbeit heute?«

»Ganz gut.«

»Wie lange bist du schon bei dieser Kanzlei?«

»Nur heute. Kann sein, daß ich noch mal hingehe.«

»Das ist 'ne Riesenkanzlei, hab' schon von denen gehört.«

»Die Couch hier ist neu, nicht wahr? Hattest du die schon, als ich letztesmal hier war?«

»Ich weiß nicht, wann war denn das?«
»Weihnachten.«
»Oh, seitdem bist du aber mal hier gewesen«, wehrte sie ab.
»Du warst an meinem Geburtstag hier, erinnerst du dich?«
»Nein, an deinem Geburtstag waren wir in diesem Restaurant in Downtown, Marion's. Eigentlich war es eine Woche nach deinem Geburtstag.«
»Trotzdem, seit Weihnachten warst du schon mal hier.«
»Ich denke nicht.«
»Wenn du meinst.«
Sie zog entnervt die Augenbrauen zusammen, wie Mama es immer getan hatte, setzte sich aufrecht hin und legte die Hände auf die Knie. »Ist ja auch egal, die Couch habe ich seit September. Aber sie geht wieder zurück.«
»Warum?«
»Hinten ist ein Riß, muß den Möbelpackern beim Hereinbringen passiert sein. Die haben wohl gedacht, wenn sie sie an die Wand stellen, merke ich es nicht.«
»Nun, wenn's hinten ist, wer sieht's dann?«
»Darum geht es nicht. Wenn man etwas Neues kauft, sollte es auch neu sein.«
Sie saß da mit untergeschlagenen Beinen und beobachtete mich, wie ich mein Glas leerte. Ich bat um keinen neuen Drink.
»Ich mache Brathähnchen. Du magst Hähnchen. Ich habe Zitronenbaisertorte zum Dessert gekauft; deine Lieblingstorte.«
»Über der Couch hing doch immer ein Gemälde. Ich erinnere mich an das Bild, irgendwas Graues mit einem Zaun drum herum. Was ist damit passiert?«

»Barbara hat es mitgenommen.«
»Oh … es tat mir leid, das von dir und Barbara zu hören.«
»Das braucht es nicht, da ist nichts, was einem leid tun müßte.«
»Ich habe immer gedacht, das mit Barbara wär' dir ernst.«
»Ich und Barbara? Nie und nimmer. Sie bedeutete mir nicht soviel, glaub mir.«
»Alles andere im Apartment hast du also behalten, ja?«
»Es gehörte sowieso alles mir, das wollen wir erst mal klarstellen. Sie kam an mit einem Koffer und diesem Gemälde. Das war alles, was sie mitgenommen hat, als sie gegangen ist.«
»Du kannst froh sein, wenn sie dich nicht auf Unterhaltszahlung oder Unterhaltsleistung, oder wie man das heutzutage nennt, verklagt.«
»Das macht sie nicht.«
»Kann ich noch einen Scotch haben?«
»Du trinkst zuviel.«
»Ich weiß.«
Sie stand auf, um den Drink zu holen.
»Wie lange ist sie weg?«
»Ich glaube, es sind jetzt vier Monate.«
»Also kann ich in den letzten vier Monaten nicht hier gewesen sein, denn ich hätte gemerkt, wenn Barbara weg gewesen wäre.«
Denises Blick war voller Schmerz. Sie stand auf und ging in die Küche. Ich stopfte zwei Rote in den Mund und spülte mit dem brennenden, metallischen Scotch nach.
»Setz dich doch schon mal an den Tisch«, rief sie. »Das Hähnchen ist fertig.«

»Macht es dir was aus, wenn ich rauche?«
»Seit wann rauchst du denn?«
»Keine Zigaretten.«
»Oh …«
»Mir bekommt das Essen dann besser, es entspannt den Magen.«
»Also … okay, aber nur am Fenster.«
Ich stand am Fenster und zündete einen Joint an, während Denise in der Küche herumhantierte. Blies den zarten, matten Rauch hinunter auf die 57ste West, beobachtete, wie die Sonne ihre brennenden Giftstrahlen auf die Skyline von New Jersey richtete. Denise kam mit dem dampfenden Vogel herein; er roch nach Linoleum, und als wir am Tisch saßen, flehte ich ihn an, mich nicht anzusprechen.
Schweigen, während wir aßen, nur gelegentlich unterbrochen durch eine Bemerkung über Mama und das Essen. Denise spießte ein Stück Hähnchen auf ihre Gabel, und bevor sie es in den Mund schob, fragte sie mich: »Habe ich dir erzählt, wer mich gestern angerufen hat?«
»Onkel Ted.«
»Nein, das war Dienstag.«
»Was für ein Tag ist heute?«
»Freitag.«
»Oh.«
Schweigen. Denise wartete.
»Bist du nicht neugierig, wer angerufen hat?«
»Okay … wer hat angerufen?«
»Elizabeth.« Sie lauerte auf eine Antwort. »Sie hat nach dir gefragt. Ich hab' gesagt, es geht dir gut.«
»Warum hast du ihr das gesagt?«

»Weil es stimmt, oder?«
»Ich hab' nicht gewußt, daß du noch immer Kontakt zu ihr hast.«
»Nicht mehr so richtig, sie rief einfach nur mal so an. Wir telefonieren alle Jubeljahre miteinander.«
Ich konnte nichts mehr essen, Hähnchenfleisch und Kleister, ich spuckte alles in die Serviette, machte einen Ball daraus.
»Wie geht's ihr denn so?«
»Es geht ihr gut. Hast du gewußt, daß sie ein Haus am Hatfield Place gekauft haben? Erinnerst du dich an das alte Speranza-Haus gleich an der Ecke?«
»Was ist aus ihren großen Plänen geworden? Ihre Karriere? Ich meine, es schien das einzige zu sein, was ihr wichtig war. Oder war alles nur Bullshit?«
»Nein, damals sicher nicht. Ich weiß nicht, was passiert ist. Doch, ich weiß es. Sie wurde schwanger. Hast du erst mal Kinder, und, schlimmer noch, einen Ehemann, wird's schwierig mit der Karriere. Dein Leben wird dann das deiner Kinder und das deines Ehemannes. Ehe du dich versiehst, hast du kein eigenes Leben mehr.«
»Andere Frauen scheinen das zu schaffen.«
»Andere Frauen schlucken Sperma.«
Ich sah von meinem Teller hoch.
»Du hast dein Hähnchen kaum angerührt«, sagte sie, Schadenfreude in den Augen. Ich mußte grinsen, so war sie immer zu mir.
»Ich hoffe, du hast noch Platz für das Dessert«, fügte sie hinzu, nahm die Teller und ging in die Küche; ich spülte noch zwei Rote mit Scotch runter, stand vom Tisch auf und schlenderte rüber zum Fenster. Der Blick auf den Central

Park und Teile von Harlem und der Bronx mit all den Lichtern und Gebäuden, Schwaden der Klaustrophobie; ich drehte mich um und fand mich im Schlafzimmer wieder. Riesig, mein Zimmer hätte zweimal reingepaßt. Ich saß auf dem runden Bett, und mein Herz klopfte heftig und hüpfte wie Popcorn. Barbara beobachtete mich vom Frisiertisch; noch immer machte mich ihr femininer/maskuliner/androgyner Charme an. Denise ließ sie auf das Kopfteil ihres Bettes blicken, was untypisch war für Denise.

»Was machst du hier!« schnauzte sie mich an, und gleichgültig, wie jung sie auch aussehen mochte, wenn sie lächelte, tat sie es nicht, war ihr Alter kein Geheimnis.

»Tut mir leid«, sagte ich und legte das Bild hin. »Bin zufällig hier reingekommen.«

»Du solltest nichts anfassen, was dir nicht gehört.«

»Ich weiß. Tut mir leid.«

»Komm, laß uns rübergehen. Ich hab' uns Kaffee gemacht.«

»Denise ... ich mochte Barbara, ich denke, sie war okay.«

»Barbara war eine dämliche Fotze! Laß uns jetzt rübergehen. Komm, ich habe ein paar neue CDs, die dir sicher gefallen.«

»Ich möchte lieber keine Musik hören. Ist dir das recht?«

»Wie du willst.«

Sie drehte sich um und verließ das Zimmer, ich folgte ihr und fragte mich, wie Barbara über die ganze Sache dachte. Wir setzten uns auf die Couch, jeder in eine Ecke, und als mir Denise noch einen Drink anbot, sagte ich nicht nein, denn ich bin nun mal ein Schwein.

Sie kam mit meinem Drink zurück und setzte sich wieder.

»Nun, was machst du so? Triffst du dich mit jemandem?«

»Was meinst du damit? Frauen?«

»Nein, Tiere auf dem Bauernhof! Natürlich Frauen. Triffst du dich mit irgendwelchen Frauen?«
»Nein, mach' ich nicht.«
»Warum nicht?«
»Ziemlich schwierig in meiner Situation, findest du nicht?«
»Nein, überhaupt nicht. Du solltest wenigstens Sex haben. Schließlich mußt du dir keine Sorgen machen, dich irgendwie anzustecken.«
»Das ist verdammt richtig«, sagte ich und kicherte, dann nahm ich noch einen Schluck. »Wie steht's mit dir?«
»Ich hab' einige Kandidatinnen im Auge. Hier im fünften Stock wohnt eine Modedesignerin, mit der würde ich gern was anfangen.«
Ich lächelte.
»Was ist?«
»Es ist komisch, dich so reden zu hören.«
»Warum?«
»Ich weiß nicht, es ist eben so.«
»Ich hab' sie allerdings mit 'nem Typ gesehen, ich bezweifle, daß sie bi ist. Hey, da wir gerade dabei sind, ich habe eine Freundin …«
»Nein danke.«
»Du hast mich nicht ausreden lassen.«
»Du hast ausgeredet!«
»Aber sie ist wirklich hübsch, sie würde dir gefallen.«
»Laß uns das Thema wechseln.«
Denise löste ihr zu einem Pferdeschwanz gebändigtes feuerrotes Haar, und ein Meer lodernder Flammen ergoß sich über ihre Schultern. Ich schluckte noch einen Mundvoll Benzin runter.

»Warum hat dich Elizabeth gestern angerufen? Sag mir die Wahrheit.«

»Wie gesagt, wir reden alle Jubeljahre miteinander.«

»War gestern so ein Jubeljahr?«

»Allerdings mit wenigen Ablässen für reuige Sünder.«

»Muß mir entgangen sein.«

»Sie ruft manchmal an, einfach um zu quatschen. Sie klingt, als würde ihr da draußen die Decke auf den Kopf fallen. Ich konnte hören, wie die Kinder schrieen und herumrannten, wie sie ihnen zurief, sie sollen sich benehmen, es war wie in einer schlechten Fernsehserie. Armes Arschloch.«

»Wenn du das so siehst, warum redest du noch mit ihr?«

»Ich sage ja nichts Schlechtes über sie, es ist nun mal so. Sie tut mir in vieler Hinsicht leid.«

»Vielleicht tust du ihr auch leid. Hast du mal daran gedacht?«

»Warum sollte ich ihr leid tun?«

»Nun, sie hat einen Ehemann und Kinder, eine Familie, es gibt Menschen in ihrem Leben. Menschen, die sie lieben.«

»Glaubst du das wirklich?«

Ich dachte einen Augenblick darüber nach. »Siehst du deine Kinder überhaupt? Wenn du Mama besuchst?«

»Schon seit einer Weile nicht mehr.«

»Warum nicht? Jerry kann dich doch nicht daran hindern, sie zu besuchen, oder?«

»Ich kann sie sehen, wann ich will. Das ist nicht das Problem. Es geht darum, was er ihnen erzählt, wenn ich nicht da bin.«

»Was denn?«

»Ich weiß nicht. Vinny wollte das letzte Mal überhaupt nicht zu mir, er hielt sich an der Couch fest und plärrte, man hätte denken können, ich sei Frankenstein. Cindy sprach keine zwei Worte mit mir, sie saß da wie ein Zombie. Sie haben schreckliche Angst vor mir. Und alles wegen diesem ... Bastard. Manchmal könnte ich ihn umbringen, das schwöre ich ...«

»Jerry war schon immer ein Wichser.«

»Was soll ich tun? Ich kann sie nicht zwingen, mich zu mögen.«

»Nun, vielleicht, wenn sie älter sind«, sagte ich.

»Yeah, vielleicht.«

Eine Zeitlang sagte keiner von uns etwas; Gedanken lösten sich – Blätter von grünen Artischocken ohne Boden, die einfach abfielen, Gabelungen von Straßen. Als ich meine Augen öffnete, sah Denise mich an.

»Weißt du, Eddie«, sagte sie sanft und warm wie schon seit Jahren nicht mehr, »der Grund, warum ich dich heute sehen wollte, ich muß dir noch einiges erklären, von neulich.«

»Denise, du mußt nichts erklären.«

»Nein, ich tu es aber. Sicherlich hältst du mich für eine fürchterliche Person. Jedenfalls muß es so rübergekommen sein.«

»Nein, so denke ich nicht.«

»Was denkst du dann? Hast du dir Gedanken gemacht, worüber wir geredet haben?«

»Nun, ich hab' darüber nachgedacht, aber ich finde immer noch, es ist keine gute Idee.«

»Es ist mir nicht leichtgefallen, Eddie. Nicht im Traum

würde ich an so was denken, wenn ich nicht so in der Klemme stecken würde. Du bist der einzige, zu dem ich damit gehen kann. Es gibt sonst niemanden. Glaubst du, es war leicht für mich, dich zu fragen?«

»Nein, ich bin sicher, das war's nicht.«

»Ich habe sogar Onkel Ted gebeten, mir was zu leihen.«

»Du hast Onkel Ted um Geld gebeten?«

»Daran siehst du, wie ernst es ist. Eddie, ich hab' wirklich Probleme.«

Denise machte das Licht an, und es traf mich wie ein Schlag: Der ganze Raum war schwarz. Die Wände, der Boden und die Decke, gestrichen, eingehüllt in die Finsternis einer tumorartigen Schwärze. In der Mitte des Raumes hingen zwei Ketten von der Decke, metallene Fußfesseln an ihren Enden, direkt unter den Ketten befand sich ein Abfluß im Boden. Ich bemerkte einen Gartenschlauch, der zusammengerollt an einem Haken an der Wand gegenüber hing; ein hölzernes X stand an einer anderen Wand, mit Lederschlaufen an jedem Balken, an der angrenzenden Wand ein Regal mit Haken, und an diesen Haken hingen verschiedene Peitschen und Handschellen, eine neunschwänzige Katze, eine Reitpeitsche, Dutzende kleiner Gewichte und Haken, Schnallen, Klammern und eine Eigel-Vesti-Maske, an den Augenlöchern aufgespießt. Hinter mir, neben der Tür, standen ein Make-up-Tisch und ein Spiegel, ein Garderobenständer mit Frauenkleidern – Abendroben, Outfits für Kellnerin, Krankenschwester, Cheerleader. Ich nahm ein Abendkleid vom Bügel.

»Das ist zur Feminierung«, sagte sie. »Manchmal kleide ich

sie ein. Damit sie sehen, wie es ist, eine Frau zu sein. Tatsächlich fahren einige von ihnen richtig darauf ab. Hier, schau dir das an.«

Denise ging zu einem großen Schrank, öffnete weit die Türen und enthüllte eine Reihe von Dildos, deren unterschiedliche Größen von ein paar Zoll bis zur Länge eines muskulösen Vorderarms reichten. Da waren Penisringe und Lotionen, Öle und Stecknadeln, Knebel, ein großer Topf Vaseline, und im obersten Regal stand ein Glas Midol, darunter lagen Lochzangen. Ich nahm eine Zange und rieb mit dem Finger den Stift entlang.

»Was machst du damit?«

»Oh, das, was nötig ist«, sagte sie mit einem Lächeln.

Ich drehte mich zur Mitte des Raumes, nahm alles in mich auf, und plötzlich überkam mich diese seltsame Empfindung, als ob meine Nase nach einem Schnupfen wieder frei wäre oder Zyaniddämpfe mein Kleinhirn zersetzten.

Denise beobachtete die Faszination auf meinem Gesicht, den Ausdruck dieses morbiden Gefühls des Erstaunens; das gab ihr immer einen Kick, schon als wir Kinder waren. Draußen im Hof, nah am Zaun, gleich neben den Whitsons; ich war fünf, als sie mir zum ersten Mal ihren Körper zeigte. Sie hob ihr Kleid und zog die Höschen runter, das Trauma und der Schock dieses Augenblicks, als mir der Boden unter den Füßen weggerissen wurde, mein Magen sich umdrehte bei der empfundenen Reue über den Verlust des Glücks der Unwissenheit. Ich wußte, nichts würde mehr so sein wie früher. Denise hockte sich hin und zeigte mir, wie sie pinkelte und zitronengelbe Tropfen auf ihre Füße perlen ließ, ich wurde blaß, und sie sagte mir, ich solle Mama nichts

erzählen, wo ich doch jetzt das Geheimnis der Mädchen kannte.
»Nun, wie findest du mein Büro?«
»Hier sieht's aus wie in einem Vincent-Price-Film.«
»Ist das schlecht?«
»Hängt davon ab, wie man Vincent Price findet.«
»Komm her, ich will dir was zeigen.«
Denise berührte die Wand direkt gegenüber der Folterbank mit den Händen, drückte leicht dagegen und klappte eine ungefähr 1,2 Quadratmeter große Rigipsplatte nach oben, hinter der eine Kammer von der Größe eines kleinen Schranks zum Vorschein kam.
»Ich habe es durch Zufall entdeckt«, sagte sie. »Ich fand's schon immer merkwürdig, daß alle Wände außer dieser hier aus Beton sind. Siehst du, diese Wand wurde etliche Zentimeter vor die ursprüngliche gesetzt. Wer auch immer vor mir hier gewohnt hat, es muß ein Dealer oder so was gewesen sein, darauf könnt' ich wetten. Hier drinnen können wir alles unterbringen, ein kleines Loch reinbohren, Fliegengitter oder Gaze drüber, und niemand würde etwas merken. Um das Geräusch der Kamera zu übertönen, könnte ich Musik spielen. Wenn ich will, kann ich ihnen auch diese Scheiß-Oropax in die Ohren stecken, ich meine, verstehst du, es ist perfekt, es ist das, was sie wollen!«
Und in ihren Augen das Entzücken, Dollarzeichen tanzten dort wie Mücken, ich war erschüttert bis ins Mark.

4

Fest umschloß gelbes Polyester meine Taille, als wäre ich ein Eunuchenclown vom Circus de Sade. »Jede Menge Girls im Kit Kat Club«, ich verteilte Flyer in der 46sten und 47sten Straße. Die Hütchenspieler zogen ihre Nummer ab, und als die Menge um sie herum größer wurde, machte ich eine Pause und sah vom Straßenrand aus zu. Flyer auf dem Boden, Taxis auf der Straße, Gestank von Müll und Urin, oben die gelbe Sonne, die sich auszukotzen schien. Dieses Gelb brannte wie Feuer in meinen Augen.

Zwei dunkle Anzüge kamen mit ihren billigen Blechmarken angerannt, und die Hütchenspieler liefen auseinander wie Mäuse auf einem Feld. Der Glatzkopf mit einer Figur wie Meister Proper stellte sich auf die Zehenspitzen und schaute über die Köpfe der Menge. Der andere Anzug drehte seinen Kopf in alle Richtungen. Ich verteilte weiter mein Papier der Perversionen, als ich hinter mir in einer Gasse das Objekt ihrer Verfolgung sah. Eine Platinblonde mit finsterem Blick und dem schmalen Körper einer Tänzerin, schwarzbeblust, schwarzberockt, schwarzbestrumpft, schwarzbeschuht. Sie drückte sich gegen eine Mauer und wollte nicht gesehen werden. Ich schlenderte die Straße entlang, um die Aufmerksamkeit der beiden Anzüge auf mich zu lenken, und als ich mich umsah und ihr einen Blick zuwarf, hatte sie verstanden, was ich tat. Einer der Anzüge sprach in ein Walkie Talkie, der Glatzkopf kam auf mich zu und fragte, ob ich sie gesehen hätte. Ich ging auf die Ecke zu und zeigte nach Osten, Richtung Lexington. Als sie die Straße überquert hatten, schoß die Platinblonde hervor und zwickte mich in den Arm. Ehe ich noch etwas sagen konnte, war sie um die Ecke verschwunden.

Jetzt, wo Denise und ich wieder Freunde waren, wollte sie mich am Abend auf eine Party mitnehmen; die letzte war eine hochkarätige Meister/Sklaven-Geschichte gewesen, mit nackten Butlern und Typen, die sich als Möbelstücke anboten. Um vorbereitet zu sein, traf ich mich mit Lizard Len, um mein Rezept abzuholen. Lizard Len zockte die Kassenärzte der ganzen City ab, und für einen Anteil am Rezept besuchte ich Ärzte unter falschem Namen. Ich ging zur 61sten, und Lizard Len tauchte auf, grünäugig, sonnengebräunt und mit Wulstnacken, und seine Zunge fuhr hektisch über seine eingecremten Lippen. Ich stellte ihn mir unbeweglich auf einem Baum in Peru vor. Natürlich war er schreckhaft und nervös und hielt nach verdächtigen Gesichtern Ausschau, als er mich in eine Gasse zog, wo unser Geschäft begann.

»Yo, Eddie, heute brauch' ich dich für zwei Besuche, du löst zwei Rezepte ein, und das Zeug vom zweiten Rezept bringst du zu einem Freund von mir, okay?«

»Klar.«

»Okay, zuerst gehst du zu Fink in Downtown und sagst ihm, er soll dein letztes Rezept erneuern, erzähl ihm, du kannst nicht schlafen und hast Schmerzen. Sag ihm, du verdoppelst sein Honorar, wenn er die Menge verdoppelt.«

»Das wird er nicht machen. Schon beim letzten Mal hab' ich

ihn darum gebeten, und er hat gesagt, daß er das nicht machen kann.«

»Er ist 'n Haufen Scheiße. Er will bloß, daß du noch mal hinkommst und er sich wichtig fühlen kann, verdammter jüdischer Bastard.«

»Egal, was er ist, er wird die Menge nicht verdoppeln.«

»Frag ihn trotzdem, wenn er nein sagt, vergiß es, okay?«

»Klar.«

»Danach hast du einen Termin bei Schlitzauge, um zwei Uhr, und vergiß nicht, wie du bei dem heißt.«

»Weiß ich, Peter Thomas.«

»Peter Thomas? Ich denke, für Schlitzauge bist du Jerry Morton?«

»Nein, für ihn bin ich Peter Thomas. Lobster Harmon ist Jerry Morton.«

»Bist du sicher?«

Lizard Len schlug sein Notizbuch mit den Listen und Plänen und numerierten Namen auf. »Scheiße, du hast recht. Peter Thomas. Okay, dann geh am Nachmittag mit beiden Rezepten zum Sav-Rite zu Jeremiah. Er wartet auf dich.«

»Klar ... Len, meinst du, daß du mir noch zwei zum Einlösen geben kannst? Ich bin diese Woche knapp bei Kasse.«

»Von jetzt an können wir nicht mehr als zwei auf einmal einlösen. Jeremiah sagt, daß sie alles mit Kameras überwachen. Wir werden wohl bald anfangen müssen, die Außenbezirke abzuklappern. Hast du eine brauchbare Adresse in einem anderen Bezirk?«

»Sicher, einen ganzen Haufen.«

»Gut, wie fühlst du dich?«

»Wenn ich nur ein paar von den Roten kriegen könnte.«

Lizard Len leckte sich die Lippen, und Windmühlenflügel wirbelten Vorstellungen von Nächstenliebe auf. »Paß auf«, sagte er knapp, »ich versuche, bis Mittwoch fünfzig extra zu besorgen, wenn du so lange warten kannst.«
»Klar, das wär' klasse.«
Lizard Len drückte mir hundertzwanzig für die Arztbesuche und Rezepte in die Hand und klopfte mir auf die Schulter wie ein Kumpel aus alten Zeiten.
Als ich das Wartezimmer betrat, wußte ich sofort, daß ich zu meiner Verabredung in Uptown zu spät kommen würde. Auf jedem Stuhl saß ein heruntergekommener Rezeptschnorrer wie ich, und als ich zur verglasten Anmeldung ging, wurde mir gesagt, ich solle Platz nehmen und warten. Jemand stand auf und ging hinein, und ich setzte mich neben eine aufgedunsene Lady mit einem Anus-praeter-Beutel. Vier von uns kamen von Lizard Len, aber wir taten so, als würden wir uns nicht kennen. Ich saß auf dem kalten Metallstuhl und dachte an diese Blondine. Ich fragte mich, warum sie hinter ihr her waren, ich hätte mich erkundigen sollen. Nach und nach leerte sich das Wartezimmer, und ich ging ins Sprechzimmer, wo Klein-Finkelstein sich das Stethoskop umhängte und sagte, ich solle mein Hemd ausziehen.
Wir zogen das Programm voll durch, von Husten über tief Durchatmen bis zu den Herzschlag-Aerobics, manchmal war Finkelstein eben doch ein richtiger Arzt. Dann nahm er seine Brille ab, und Furchen, tief wie Schnitte mit einer Rasierklinge, gruben sich in sein Gesicht, und er sah aus, als würde er gleich in seinem Stuhl zusammenbrechen.
»Ist alles in Ordnung, Doktor?«

»Äh? Ja, alles bestens. Ich bin in letzter Zeit nur so müde.«
»Sie sollten nicht soviel arbeiten. Treten Sie kürzer.«
Er sah mich an, ich zwinkerte mit den Augen, er konnt's kaum glauben und fing an zu kichern. »Komisch, es hört sich an, als wären Sie der Arzt und ich wär' der Patient«, sagte er.
»Tut mir leid.«
»Sie sollten unbedingt zur Chemotherapie gehen. Wie lange, glauben Sie, können Sie noch so weitermachen?«
»Wenn man's bedenkt, geht's mir eigentlich gut.«
»Wenn man was bedenkt?«
»Hören Sie, Doktor, meinen Sie, daß Sie mir diesmal die doppelte Menge verschreiben können, dann muß ich nicht so oft herkommen. Das würde mir wirklich helfen.«
»Nein, das kann ich nicht.« Er schrieb etwas auf einen Notizblock und gab mir dann den Zettel. »Ich möchte, daß Sie einen Freund von mir aufsuchen, er ist Spezialist. Denken Sie mal drüber nach.«
»Ich will da nicht hingehen.«
»Ich weiß, aber ich möchte, daß Sie es sich überlegen. Wo ist das Problem? Liegt's am Geld?«
»Nun ja, zum Teil schon.«
»Ich bin sicher, das können wir mit ihm regeln.«
»Dr. Finkelstein, ich weiß Ihre Bemühungen zu schätzen, wirklich, aber geben Sie mir einfach nur was gegen die Schmerzen … mehr will ich im Moment nicht. Ich geh' weder zur Chemo- noch zur Kobalttherapie, ich will auch keine Diät oder irgendeinen anderen Scheiß, bitte!«
Dr. Finkelstein sah mich aus schmalen, grauen Augen an, seine Absichten in allen Ehren, aber ich würde mich nicht

wieder behandeln lassen. Er stellte mir das Rezept aus, und ich ging zu Schlitzauge, der mich nie untersuchte oder sich um irgendwas kümmerte, sondern mir einfach nur die Hand schüttelte, und binnen drei Minuten hatte ich das Rezept, und weg war ich.

»Du solltest um halb fünf hier sein!« sagte Jeremiahs Skelettgesicht durch das Schiebefenster.

»Die U-Bahn hatte Verspätung. Was ist los? Hast du ’n Date oder was?«

»Yeah, hab’ ich.«

»Wie heißt er?«

Jeremiah gluckste wie ein verreckender Motor, der hilflos tuckerte. Ich gab ihm meine Rezepte, er verschwand hinter dem Tresen, und ich betrachtete die Packungen mit den Kondomen, zusammengerollt und feucht, mit Latexglanz für jeden Schwanz, denn Sauberkeit kommt gleich nach Gottesfürchtigkeit, und beides infiziert das ganze Land.

Das war nicht zu erwarten. Das hatte ich nun überhaupt nicht erwartet. Alle sahen so adrett aus, wie Schaufensterpuppen, daß ich wünschte, ich wäre nüchtern gewesen. Denise führte mich in das Zimmer, wo ihre Freunde sie mit Jubelrufen umringten und ich mich im Hintergrund hielt, zwei Wodkas trank, auf Eiswürfeln rumkaute und dachte, es seien meine Zähne. Denise kämpfte sich durch den Raum wie der Papst auf Besuch. Die Männer verhielten sich normal, und die Ladies taten so, als wären sie Ehefrauen; da waren mir nackte Butler und menschliche Kaffeetische lieber. Die Gastgeberin – Denise hatte sie als Lucinda vorgestellt – hatte die größten Titten und begrüßte ihre Gäste

mit einem Lächeln und einem Kuß; ihr Sohn Lamont, eine fünfzehnjährige Arschgeige, trank unterdessen seine eigene Pisse. Lucinda hatte einen Hund, der schnüffelte auf dem Boden herum; ich beobachtete ihn scharf, bis ich es in seinen Augen sah: Es war wirklich nur ein Hund. Trank zwei weitere Wodkas und hielt mich vom Champagner fern, sofern er nicht perlte.
»Und Sie sind der Bruder von Denise?«
Ich drehte mich um und sah ein dunkelblondes Weib mit Augen wie Walnüsse, braun und faltig.
»Oh, ja, der bin ich.«
»Sie sagt, Sie seien sehr schüchtern.«
»Ach?«
»Sie hat erzählt, Sie arbeiten für Garbus, Frankfurt, Brakowitz und Jacobson.«
»Hab' ich mal. Das ist vorbei.«
»Oh. Ich hatte geschäftlich mit denen zu tun. Ich bin Rechtsanwältin. Konzernfusionen.«
»Tatsächlich?«
»Geschäftlich geht's den Bach runter.«
»Wie überall.«
»Und wo arbeiten Sie im Augenblick?«
»Hat Ihnen Denise das nicht erzählt?«
»Nein.«
»Ich verteile Flyer für einen Striptease-Club, Broadway Ecke 46ste Straße. Kit Kat Klub.«
»Oh.«
»Ich könnte versuchen, Ihnen dort einen Job zu verschaffen, wenn Sie wollen. Die suchen ständig Tänzerinnen.«
»Denise hat mich schon vor Ihnen gewarnt.«

»Was hat sie gesagt?«
»Daß Sie versuchen würden, distanziert zu wirken.«
»Tu ich das?«
»Bis jetzt nicht.«
»Die Nacht ist noch jung.«
Ich nippte an meinem Glas und stellte fest, daß es leer war, auch keine Eiswürfel mehr, auf denen ich hätte herumkauen können. Die Dunkelblonde schickte ihre Blicke durch den Raum, warf mir einen zu und erwischte mich dabei, daß ich ihn erwiderte.
»Ihr Name ist Eddie, stimmt's?«
Ich nickte, und ihre Blicke wanderten wieder durch den Raum, als ein Geschäftsanzug lächelnd auf sie zukam. Der Anzug flüsterte ihr etwas ins Ohr, und beide kicherten, dann ging er zurück in das wogende Meer der Partygäste, wo die Leute einander verschlangen.
»Sehen Sie den dort drüben?« sagte sie und zeigte auf ein schmieriges Subjekt, Typ Anwalt, mit Gel-Frisur und dunkelblauem Nadelstreifen. Ihre sieben orangefarbenen Sommersprossen bildeten jetzt eine geometrische Figur.
»Ja«, antwortete ich.
»Er ist Analytiker bei Dean Witter. Er macht sechzigtausend Dollar p.a. Wissen Sie, wie hoch sein Bonus-Scheck in diesem Jahr war?«
»Nein.«
»Zweihundertundsiebzigtausend Dollar. Als Bonus. Kaum zu glauben, nicht wahr?«
»Dean Witter muß ein netter Kerl sein.«
Die Dunkelblonde sah mich an, um festzustellen, ob ich mich lustig machte.

»Der Markt bricht zusammen, und er macht ein Vermögen damit. Stellen Sie sich das mal vor.«
»Wie Welse.«
»Was?« sagte sie und war jetzt wirklich verwirrt.
»Wie Welse«, wiederholte ich. »Welse fressen immer die Scheiße, die unten liegt.«
Sie nickte und entdeckte in ihrer Not einen Freund am anderen Ende des Raumes und lief zu ihm hinüber, um ihn zu begrüßen. Ich stand da, schmerzfrei, ruhig und unscheinbar wie ein Veilchen vor der gleichfarbigen Wand, kaute auf meinen Lippen herum, bis ich Blut schmeckte. Denise tauchte mit Klaus Nomi und Screaming Hibiscus aus dem Rauch auf; durch das Kreischen des Zugs hörte ich den Song von Frankie Teardrop.
»Amüsierst du dich gut?«
»Ich glaube, ich habe deine Freundin vergrault.«
»Ich sah sie durchs Zimmer hüpfen. Das ging schnell, du hast nur fünf Minuten gebraucht.«
»Ich hätte es auch in drei Minuten geschafft, aber ich bin ziemlich betrunken.«
»Blamier mich nicht.«
»Vielleicht übergeb' ich mich über der Gastgeberin.«
»Kotz auf ihren Sohn, der wird's genießen.«
»Er riecht wie ein Pissoir.«
»Es gibt Leute, die mögen den Geruch von Urin«, sagte sie mit einem Funkeln in den Augen.
»Wenn's dir recht ist, laß uns heute abend nicht über Körperflüssigkeiten diskutieren.«
Denise entfuhr ein Kichern, eins von der unschuldigen Sorte, wie von einem Kind, das über Cartoons lacht; dann

berührte sie meine Wange und verschwand wieder im Dunst. Ich ging in den Flur auf der Suche nach einem Ort, wo ich mich zurückziehen konnte, und sah in einem Schlafzimmer einen Pinguin-Smoking-Typ, der wohl von Sylvester übriggeblieben war und von besagtem Dean-Witter-Analytiker einen geblasen bekam. Vielleicht kam der so an seine Börsentips.

Nach der Party setzte mich Denise bei Jackie's ab, denn ich wollte nicht mit ihr und ihren Freunden in illegale Nachtclubs gehen. Dezmond stand allein am Billardtisch, während Old Man Costello an der Bar saß und mit einem Auge auf den Fernseher schielte. Paris lag bewußtlos auf dem Boden, und Wally, Harper und Camille waren nirgends zu sehen. Ich schnappte mir ein Queue und spielte mit Dezmond etwas Pool.

»Was 'n los mit dir?« fragte er.

»Nichts.«

»Warum nicht?«

»Was?«

»Nun mach schon, ich zeig dir, wie man Pool spielt. Hey, Jackie! Bring uns mal zwei rüber.« Jackie schenkte zwei Doppelte ein und ließ sie auf dem Tresen stehen. »Bin ich 'ne Scheißkellnerin? Ihr wollt Drinks, dann holt sie euch.«

»Behandelt man so seine besten Kunden?«

»Meine besten Kunden zahlen ihre Zeche.«

Dezmond griff sich ans Herz, als hätte jemand auf ihn eingestochen. »Jackie, du tust mir weh.«

»Stimmt, genau das tu ich.«

Dezmond ging rüber und holte die Drinks. Ich kippte meinen mit zwei Schlucken runter.

»Was ist plötzlich mit dir und deiner Schwester los?«
»Was meinst du?«
»Scheint ja dicke Freunde zu sein, geht auf Parties und so 'n Scheiß; ich hab' gedacht, ihr könnt' nicht miteinander.«
»Das hab' ich nie gesagt.«
Dezmond räumte den Tisch ab, kein Schuß ging in die Hose. Ich rieb mein Queue mit Kreide ein und sah zu, wie er die Neun versenkte.
»Hey, Jackie! Noch zwei!« Und das Ganze fing von vorn an mit Scheißkellnerin und zahlenden Kunden. Jackie und Dezmond waren wie Positiv und Negativ. Ein Wunder, daß sie nicht implodierten.
Ich fragte ihn: »Warum bist du nicht zu Hause bei deiner Familie? Habt ihr euch gestritten?«
»Nein. Ich mach' heute durch, muß zusehen, daß ich so richtig alle bin. Hab' morgen früh 'nen Arzttermin, und wenn ich nur halbwegs okay bin, schicken die mich wieder arbeiten. Da fällt mir ein, hast du noch 'n paar von den Roten? Ich will total zu da aufkreuzen. Wenn die mir dann Blut abnehmen, hab' ich erst mal sechs Monate Ruhe.«
»Wie lange bist du jetzt schon krankgeschrieben?«
Dezmond kreidete sein Queue ein und sah zur Decke: »Fast eineinhalb Jahre.« Er wieherte los, kippte seinen doppelten Scotch, und die weiße Kugel ging ins Loch.

Denise zeigte mir ihr neues technisches Spielzeug, und für jemanden, der finanziell in der Scheiße steckte, hatte sie wirklich keine Kosten gescheut.
»Nun, was meinst du? Können wir damit arbeiten?«
»Schon, aber du hättest nicht soviel Geld ausgeben sollen.

Ich hab' dir doch gesagt, du sollst die billigste Ausrüstung kaufen, das andere Zeug brauchen wir nicht.«

»Eddie, ich geb' lieber etwas mehr aus, damit es auch klappt. Außerdem ist das eine Investition, man gründet kein Unternehmen, ohne Geld zu investieren.«

»Denise, ich betrachte das nicht als Unternehmen. Und was Investitionen angeht, deshalb steckst du doch in diesen Schwierigkeiten.«

»Ist ja gut, reib's mir nicht immer unter die Nase.«

»Ich versteh' einfach nicht, warum du keine Videokamera besorgt hast, es wäre wesentlich einfacher.«

»Weil man für eine Videokamera einen Recorder braucht, um das Tape abzuspielen. Bilder kann man einfach verschicken, die Gefahr, daß sie im Büro oder zu Hause auftauchen könnten, ist ein viel größerer Anreiz.«

»Hast du nicht gesagt, so weit würde es nie kommen?«

»Wird es auch nicht. Ich habe gesagt, die Gefahr ist der Reiz. Keine Sorge, ich weiß schon, wen ich mir herausgreife.«

»Es bleibt ein Verbrechen.«

»Willst du etwa aussteigen?«

Ich nahm eine Entwicklerschale in die Hand. »Ich weiß überhaupt nicht, wozu der größte Teil von diesem Zeug gut ist. Seit ungefähr sechs Jahren hab' ich so was nicht mehr angefaßt; inzwischen sind 'ne ganze Menge Sachen rausgekommen. Die Vorwärmer brauchst du nicht, das ist nur für Farbfotografie.«

»Oh, der Typ in dem Laden hat gesagt, daß ich die brauche.«

»Was hast du denn erwartet?«

»Was ist mit der Kamera? Ich habe die leiseste genommen, die ich finden konnte.«

»Minolta ist 'ne gute Marke.« Ich setzte das Zoom ein und machte einen Schwenk durchs Zimmer, wobei ich große Schwierigkeiten hatte, Gegenstände scharf einzustellen. Ich sagte ihr das.

»Aber der Typ in dem Laden hat gesagt, daß sie sich automatisch einstellt, sie soll Autofocus haben. Hat sie das?«

Ich überprüfte es, und sie hatte.

»Siehst du, du brauchst nicht mal durch den Sucher zu schauen, wenn du nicht willst.«

»Was wirst du mit diesen Typen anstellen?«

»Keinen Sex. Ich bin nicht mal nackt. Einige von ihnen vielleicht, aber das ist alles vorher abgesprochen, und sie können jederzeit eine Session abbrechen.«

»Ich hab' doch gesagt, du sollst Tri-X-Filme nehmen, keine Plus-X.«

»Sie hatten keine Tri-X-Filme mehr, nur noch dieses Plus-Zeug. Der Typ hat gemeint, das sei genauso gut.«

»Was soll er denn sagen? Der Plus-X braucht viel mehr Licht oder einen Blitz. Ich glaube nicht, daß du ein Blitzlichtgewitter entfachen willst, oder?«

»Ich kann ihnen ja erzählen, daß es ein Stroboskop ist.«

Als ich ihre lachenden Saphire sah, mußte ich lächeln.

5

Ich erwachte auf einem Feld in der Ferne, hoher, dichter Hanf, Blütenknospen, Kürbiskerne. An der Hand geführt durchs Unterholz, goldenes Haar, Collegeaugen, klug und braun, die durch dicke Gläser schau'n, es war Elizabeth. Rubinrote Lippen, Zähne wie Elfenbein, ihr Lächeln trocknete Krebszellen ein, Äste und Blätter, verdorrt zur Rute, schlugen mir ins Gesicht wie eine Knute. Ich wollte sprechen, rief ihren Namen, doch die Worte verreckten, ich spürte meine Füße erlahmen, ich stand da, gebannt, und sie verschwand im Innern des Medizinschranks an der Wand. Ich sah auf meine Hände, sie waren klein und jung, als wären vierzehn Jahre ausgelöscht worden. Elizabeth rannte tiefer in mein Hirn, vorbei an Apfelbäumen und Oleander, an Kirschblüten und Koriander, fing meinen Blick auf, als Körperbehaarung und Epidermis im Strudel einer Thermosflasche versanken und ich wieder zehn Jahre alt und trotzdem noch verliebt in sie war; ihre tiefe Stimme, rauh wie Herbstwinde in eichenen Eileitern, rief mir zu, ihr zu folgen. Zarte Spitze und schwarzer Humor – in mein Blickfeld wehte ein Brautschleier, wie ein unerwünschter Gast auf einer Feier, spürte ich, wie ich weiter an Größe verlor; Elisabeth lachte, als der Abgrund zwischen uns größer und tiefer wurde. Sie wandte sich ab, und ich fiel flach auf den Bauch, ein Säugling ohne Gliedmaßen. Ich sah in ihre Mädchenaugen, flehte sie an, zu versuchen, mich wieder zu lieben, mich zu erlösen von Stahl und Beton und von den Zellen, die wie Motten in

Klamotten Materie verrotten. Als sie sich aus meinem Traum stahl, den Kopf in den Wolken und mit dickem Bauch, war klar, warum sie mich nie würde lieben können. Warum Mütter und Schwestern und Nutten uns alle zur Einsamkeit verdammen. Weil wir es verdient haben.
Ich öffnete meine Augen, mein Blick fiel auf den Riß in der Decke, der mit jedem dröhnend vorbeidonnernden Laster größer wurde. Vergiftete Gefäße und blutunterlaufene Venen. Der Wahnsinn besprühte meine Gedanken mit Graffiti, unzusammenhängende Bilder schossen hervor, sausten an meinen Augen vorbei, während im Innern meines Hirns Fantasia und Blue Velvet gleichzeitig liefen. Elizabeth. Schmore in der Hölle.
Ich saß am Tisch, kaputte Stühle und Möbel vom Sperrmüll, was soll's, ich war nicht verwöhnt. Ich wollte Tee machen, hob den Kessel an und bemerkte, daß eine Kakerlake geröstet worden war. Schwere Wolken vor den Fenstern; fühlte mich so grau wie sie, aber noch hämmerte es nicht in meinem Kopf, hielt mich deshalb mit den Roten zurück. Betrachtete ihr Bild im Zimmer gegenüber. Es sah mich an. Wie Barbara. Die Einsamkeit. Hohlräume im Magen, Schleimbeutel, die darunter lauern, mit der sich auflösenden Kapsel der Pestizide der Erinnerung und des Schmerzes. Elizabeth. Schmore in der Hölle.

Nahe der neunten Avenue ging ich den Strip entlang, als die Platinblonde mit der schuldbewußten Miene mir entgegenkam. Ich blieb ihr auf den Fersen, nichts Bizarres, nur so zum Zeitvertreib. Sie ging Richtung Osten und hatte sich etwas in ihren platinblonden Kopf gesetzt, und als sie durch die Drehtür rauschte, wartete ich erst, bis die Glasscheiben aufgehört hatten zu wirbeln, und schlüpfte dann hinein.

Durch Gänge voller Hausfrauen, die im Kaufrausch auf Waren schielten, nach herabgesetzten Preisen Ausschau hielten, bewegte sie sich vorbei an den Wintermänteln und Thermoklamotten, an Schaufensterpuppen auf Skiern, setzte sich der Macht des grellen Plastiks aus. In der Strumpfabteilung wühlte sie in Polyester, ließ etwas fallen, bückte sich, und schon war es verschwunden. Über mir im Winterflair schwebte Plastic Clair, und in der Luft das Singen vom Registrierkassenheer. Clairs grüne Augen erinnerten mich an zu Hause, an die Leere steriler Häuser, während in Gang drei noch mehr Socken vom Regal genommen wurden. Mit mir und Clair als Mann und Frau würde ich aller Dunkelheit in mir zum Trotz nach Hause kommen und sie glücklich in der Küche vorfinden, wo sie mich mit frisch gebackenem Brot und liebevollen Küssen erwartet, unsere Kinder spielen fröhlich im Hof, und dann schleichen wir uns ins Wohnzimmer, ihr Kleid gleitet sanft zu Boden, und wir machen Liebe mit Leidenschaft, katholisch gewissenhaft, während Tommy und Susie mit den Vögeln durchs Fenster fliegen. Clairs Teflonaugen lächelten spöttisch aus luftiger Höhe, und ihr Haar war voller Flöhe –, schon wieder! reingelegt von diesem Straßenköter. Schatten im Schattenreich, auf meinem Fensterbrett Lippen so weich, herausgerissene Herzen auf imaginären Speeren. Eine Lady mit einer Laufmasche kam auf mich zu und fragte, ob sie mir helfen könne. Ich stürzte zur Tür hinaus und wartete in der Kälte.

Die Platinblonde kam aus dem wirbelnden Glas und in meine Zellgefäße. Ich lief hin und ging dann neben ihr her.
»Irgendwann erwischen sie dich«, sagte ich.
»Verpiß dich«, fauchte sie, ohne mich anzusehen.
»Ich bin kein Cop oder so.«
»Verpiß dich trotzdem.«
»Yeah. Vielleicht hast du recht.« Ich fiel zurück, und sie ging sieben Schritte weiter, blieb stehen, drehte sich um und kam wieder auf mich zu, Fragezeichen in den Augen.
»Was hast du für ein Problem? Verfolgst du gern andere Leute?«
»Nein, ich wollte nur ...«
»Du verfolgst mich schon eine ganze Weile.«
»Nein. Du bist paranoid.«
»Ich hab' dich schon mal gesehen.«
»Neulich, als diese beiden Typen hinter dir her waren, Broadway/Ecke 47ste, erinnerst du dich?« Sie erinnerte sich nicht. »Ich hab' dort Flyer verteilt, und die haben mich gefragt, ob ich dich gesehen hätte.«
»Und?«
»Ich hab' dich eben vorbeigehen sehen und wollte mal hören, was so los ist. Hatte nicht vor, dich zu belästigen.«
»Ich mag's nicht, wenn Leute mich verfolgen.«
»Komm schon, wenn wir dieselbe Richtung haben und ich neben dir gehe, ist das doch kein Verfolgen, oder?«
»Mach, was du willst.«
Sie schwirrte davon und lief unbeirrt weiter, als ich sie wieder eingeholt hatte.
»Yeah, das ist bestimmt kein Verfolgen«, sagte ich.
»Verpiß dich trotzdem.«

»Das werd' ich, sobald ich an der neunten Avenue bin.«

Wir waren an der Ecke zum Rotlichtviertel; Pornokinos, überfüllte Läden, Feuerwehrautos ließen ihre Sirenen aufheulen und fuhren bei Rot durch, Taxis hielten am Straßenrand. Dieses ganze Spektakel, wie ein Aufstand in Bagdad; die Ampel signalisierte ›Gehen‹, und das taten wir.

»Wie kommt es, daß du heute keine Flyer verteilst?« fragte sie.

»Was? Ach das, das ist nur 'n Hobby von mir, eigentlich bin ich reicher Unternehmer.«

»Das seh' ich an deinen Schuhen.«

Ich sah hinunter auf Zehen, Gummi und abgetragene Socken in Segeltuch-Converse und sagte: »Du kannst mir ja bei Gelegenheit ein Paar Sneakers klauen. Größe Neun.«

Ein winziges Lächeln erwachte zum Leben. Ich spürte ihre Augen auf meinem Gesicht, durchdringend warm wie Suppe, und die Kälteschauer waren wie weggeblasen. Warf zur Sicherheit zwei Rote ein.

»Was ist los, hast du Kopfschmerzen?«

»Ich merke, daß sich was anbahnt.«

»Hör mal, ich hab' 'n paar Dinge zu erledigen, ich geh' jetzt hier lang. Die Neunte liegt einen Block weiter westlich.«

»Yeah. Ich weiß.«

Sie ging an den Straßenrand, wartete, daß der Verkehr ins Stocken geriet.

»Wie ist dein Name?«

»Ich hab' keinen.«

»Du hast keinen?«

»Nein.«

»Wie reden dich die Leute an?«

»Überhaupt nicht.« Und damit verschwand meine Platinblonde im Verkehr, wurde geschluckt von gelber Farbe und Autos mit Nummern drauf.

Die gesamte Wand war mit weißer Gaze bespannt, und um sicherzugehen, hatte Denise ein Bild aufgehängt. Ich stand im Büro und überflog Papiere und Preise und bizarre Annoncen, einhunderttausend Visitenkarten reicher, schleimiger Anwaltstypen. Aktenordner im Schrank. Denise kam herein und sah, wie ich in einem Ordner las, sagte aber nicht, ich solle aufhören.

»Wissen die, daß du das hier hast?«

»Einige.«

»Irgendwie komisch, ihr Leben so ausgebreitet zu sehen. Du mußt zugeben, einiges davon ist richtig unheimlich.«

»Ich weiß nicht, ob ich das so bezeichnen würde.«

»Was ist mit diesem Typ hier?« sagte ich, während ich weiterlas. »Er will, daß du durch Hundescheiße gehst, und dann möchte er deine Schuhe ablecken.«

»Ausgerechnet den mußtest du rauspicken. Nebenbei bemerkt, es ist keine echte Hundescheiße. Ich nehme Schokoladenpudding.«

»Ist schon merkwürdig, all diese Aktenordner hier.«

»Warum?«

»Ich weiß nicht … es ist wie bei den Nazis.«

»Du bezeichnest mich also als Nazi?«

»Du wolltest doch immer Deutsche sein.«

Denise grinste mich an, setzte sich hinter den Schreibtisch und sah die Ordner durch, und das Geschäft mit der Erpressung begann.

CandyBar und ich saßen auf der eiskalten Treppe, beobachteten, wie die Morgendämmerung anbrach, teilten uns eine Zigarette und nahmen jeder drei Rote. Der purpurne Himmel, die leeren Straßen, es war still für diese Stadt. CandyBar starrte mit trübem Blick hinauf ins Weltall, zu Gott oder ins Nichts.
»Jetzt wird's kalt«, sagte sie.
»Yeah, ich weiß. Seit Wochen hat die Sonne nicht mehr geschienen.«
»Stimmt nicht, gestern war ein sonniger Tag.«
»Wirklich?«
»Yeah.«
»Oh.« Wir saßen da und beobachteten nichts.

Denise bezahlte das Taxi, das uns zur Fähre gefahren hatte, kaum waren wir an Bord, glitten auch schon die Türen zu. Ich stand draußen, wo mir der Wind ins Gesicht peitschte, rauchte einen Joint, bis ein Obdachloser mich anhaute und ich ihm den Roach gab. Schuhputzer mit dreckverschmierten Knien aßen Brezeln; schmutzige Kissen unter dem Arm, stießen sie Seufzer der Armut in gebrochenem Englisch aus. Die Freiheitsstatue rotzte Grünspan und abblätterndes Metall, aber so war nun mal das Leben. Denise brachte mir einen Hotdog und Soda raus, rotes Haar glühte auf ihren Schultern, und eine Träne krabbelte von ihrer Wimper.
»Wie hältst du's hier draußen bloß aus?«
»Es macht mich munter.«
»Ich hasse Kälte.«
»Geh rein, ich komm' gleich nach.«
Aber sie zog den Reißverschluß ihrer Jacke zu und schlug

den Kragen hoch, die Hände in den Taschen ihrer schwarzen Lederjacke und mit Lederstiefeln, verdammt, sie roch förmlich nach New Yorker High Society.

Nachdem wir die Fähre verlassen hatten, hielt Denise Ausschau nach einem Taxi, aber auf dieser Seite des Hudson mußte man Taxis mit der Lupe suchen. Ich schlug vor, den Bus zu nehmen.

»Nicht mal in der City nehm' ich einen Bus.«

»Hier ist nicht die City.«

»Ich hab' kein Kleingeld, die nehmen keine Scheine, oder?«

»Schon seit dreißig Jahren nicht mehr.« Wir zogen los, um Kleingeld aufzutreiben, warteten an der Haltestelle und zählten Minuten wie Zigarettenstummel. Schließlich kam der Bus. Ich ging ganz nach hinten, Denise folgte mir, und wir setzten uns in Fahrtrichtung. Volle Geschäftsstraßen und Einkaufszentren in buntem Durcheinander, während Männer in Ganovenanzügen und steifen Hüten einen weiteren Grundstein legten. Die holperige Fahrt ging Schwester an den Nerv, ich aber fühlte mich entspannt, bis das Seaview Home & Hospital auftauchte. Der Bus hielt quietschend, und sieben graue Kadaver ruckten nach vorn.

Denise bahnte sich ihren Weg durch den überfüllten Eingangsbereich, vorbei an einer herumwandernden Schar Alleingelassener; ich folgte wenige Schritte hinter ihr.

In sieben Monaten hatte Mama sich nicht einen Zentimeter bewegt. Denise setzte sich zu ihr. Ich blieb in der Tür stehen, betrachtete Mama, sie wurde immer weniger, wie eine vor sich hin gammelnde Lammkeule. Denises Gesicht war eine starre Maske, doch hinter dünnem Glas hatten sich Risse gebildet.

»Du mußt nicht immer tough sein. Niemand außer mir ist hier. Weine, wenn dir danach ist.«
Tränen kamen hervorgeschossen, flossen, wurden vergossen. Sie heulte sich an meiner Schulter aus, und ich klopfte ihr brüderlich-freundlich auf den Rücken.
»Ist okay, Denise, du warst die beste Tochter, die man sich denken konnte, und sie hat dich sehr geliebt. Also quäl dich nicht so.« Ich hielt ihren Kopf und küßte sie auf die Stirn, spürte die Anspannung unter ihrer Jacke. Sie warf mir einen Blick zu, der mich erschauern ließ, ein blau blitzendes Auge, das Verrat verhieß … er wird mich nie in Ruhe lassen, egal, wohin ich gehe … könnte ich ihn nur umbringen.
Ich wich zurück, zur Tür, und im Handumdrehen hatte Denise die Decke weggezogen.
»Was machst du da?«
»Ich will wissen, ob sie gut versorgt wird.«
»Das kannst du an ihren Beinen erkennen?«
Denise rollte sie auf die Seite, als eine verkümmerte Frau in Weiß mit ihrem Rollstuhl an der Tür vorbeifuhr.
»Hier, das meine ich. Sieh dir das an!«
Sie schob das ausgeblichene Nachthemd hoch, und da lag es, das Objekt ihrer Verachtung, wie eine faulige Kirsche.
»Ich zahle zweitausend Dollar im Monat, nur daß sie hier ist, und die lassen zu, daß sie sich durchliegt!«
»Du zahlst zweitausend Dollar im Monat?«
»Ja, abgesehen von der Behandlung und allen Extras.«
»Ich habe gedacht, es wären nur ein paar Hunderter.«
»Eddie, sag mir Bescheid, wenn du gelandet bist.«
»Vielleicht irrst du dich auch, du solltest erst mal nachfragen, bevor du einen Aufstand machst.«

»Ich weiß sehr gut, was das ist. Und was den Aufstand angeht ... Wo ist überhaupt die Oberschwester?« Mit diesen Worten stürmte Denise in den Flur, vorbei an Krücken und Rollstühlen, doch ihre Stimme klang nur schwach in tauben Ohren.

Ich saß auf dem Bett neben Mama und dem Tod, mein Blick fiel auf das Kruzifix über ihrem Kopf. Ihre Lippen waren ausgetrocknet von innerer Hitze, ich befeuchtete sie mit der Fingerspitze. Ich saß da mit verknotetem Magen, während die abblätternde Deckenfarbe auf meine Schultern rieselte, und fragte mich, wie es wohl bei mir sein würde, schnell und sanft, weggepustet wie ein Rauchwölkchen, oder langsam, schleichend, wie eine Schlange in der Wüste. Qualität und Quantität hackten mir in die Augen wie zwei Kampfhähne. Die Zahlen waren immer im Vorteil.

Mama, ist es das, was mich erwartet?

Denise kam mit der Oberschwester ans Bett, zeigte auf die Stelle und beschwerte sich. Mama lag einfach nur da und schien verlegen zu sein. Ich hielt den Mund, als die Schwester sich verteidigte, so gut es ging, Entschuldigungen trafen wie Pfeile, und ich sah es Denise an, daß sie sie gleich als Nigger bezeichnen würde.

»Okay«, sagte ich. »Laßt uns nicht darüber streiten. Das nützt niemandem.«

Die Schwester drehte sich zu mir um; in ihren Billardkugelaugen leuchtete Vernunft, als sie sagte: »Dieser Bluterguß ist keine durchgelegene Stelle. Das passiert, wenn wir die Medikamente injizieren. Wir können nicht jede Injektion über den Arm verabreichen.«

»Wie kann eine kleine Nadel einen Bluterguß von dieser Größe verursachen?«

»Die Haut ist sehr weich und empfindlich, und Ihre Mutter kann keine Gymnastik machen. Wir tun unser Bestes, sie bekommt hier sehr gute Pflege.«

»Für den Betrag, den ich zahle, erwarte ich mehr.«

Die Schwester wandte sich an mich, als wäre Denise überhaupt nicht da, und sagte: »Wenn Sie mit dem geschäftsführenden Direktor, Dr. Awnbey, sprechen wollen, bringe ich Sie gern in sein Büro.«

»Nein, ist schon in Ordnung«, sagte ich. »Aber wenn Sie öfter nach ihr sehen könnten ...?«

»Ja, das will ich gern tun.«

»Danke.« Und damit verließ uns die freundliche Schwester. Denises Blick sagte alles. Sie rollte Mama wieder auf den Rücken, küßte ihre Wangen und die Stirn, flüsterte einem Geist in der Gruft Worte zu, während ich dastand und etwas zu empfinden versuchte, irgend etwas. Leere Einkaufstüten in Taxis sind lebendiger und erleben häufigere Ortswechsel. Ich ging auf die Toilette, um zu pissen und ein paar Rote einzuwerfen. Wartete dann draußen.

Auf der Fahrt zurück in Gedanken versunken beim Anblick der Schulkinder, die ihre Bücher in die Luft warfen, und der Mädchen von der Highschool, die nie ihre Schenkel auseinanderkriegen.

»Willst du auf der Rückfahrt haltmachen?«

»Haltmachen? Wo?«

»Wir sind in der Nähe unserer alten Gegend. Wir könnten vorbeischauen und Freunde besuchen.«

»Wer ist denn da noch?« Ich spürte einen Schweißausbruch,

als Staubsauger meine Lungen schluckten, aber vielleicht war das hier Mexiko.
»Also, was meinst du?«
»Nein, ich möchte lieber nicht. Laß uns weiterfahren.«
Ihre Laser übermittelten mir warmes Verständnis. »Du liebst sie immer noch, nicht wahr? ... Eddie, wenn ich es gewußt hätte, hätte ich es dir gesagt. Ich habe es nicht gewußt, sie hat mir nie Dinge anvertraut. Ich hätte nicht zugelassen, daß man dir weh tut.«
»Niemand hatte Schuld, es ist einfach passiert. Sie wollte mir auch nicht weh tun.«
Der Bus bog rechts ab, und wir blickten auf Läden und Häuser, Erinnerungen von gestern, naiv wie Kinder.
»Weißt du, wir sollten vielleicht schon dieses Wochenende anfangen.«
»Womit anfangen?«

Der Blick durch den Sucher war wie der Blick in einen dunklen Schrank voller Polioerreger. Der Raum war leer, als ich die beiden reden hörte, Denise lachte und gab sich höflich. Die Stimmen wurden lauter, mein Magen zog sich fester zusammen, und das Pochen begann, aber ich war starr vor Angst und konnte nicht in meine Tasche greifen. Ich konnte auch nicht sehen, wie die Tür sich öffnete, hielt den Atem an, als sie in mein Blickfeld traten; Denise in schwarzem Leder, enganliegende Hosen umschlossen schlanke Schenkel, Lederhandschuhe bis zu den Ellenbogen. Der Typ war ein Immobilienmakler, Villen und Fin-de-siècle-Häuser, Eigenheime in den Hamptons, Frau und zwei Kinder und Mitglied im Country-Club; ich hatte seine Akte gelesen. Er hatte die Statur eines Liliputaners, eine tiefe, rollende Stimme und trug einen pechschwarzen Anzug. Er lehnte seine Aktentasche gegen die Wand und sah das Bild an, blickte mir dabei direkt ins Gesicht.

»Ich sehe, Sie haben ein Kunstwerk aufgehängt«, sagte er, und meine Augen wurden zu Stein.

»Gefällt's dir?« sagte sie kalt.

»Ja, es ist wunderschön, Sie sollten jedoch eine Lampe über dem Bild anbringen.«

Er trat einen Schritt näher, und sie bellte: »Ich habe dir nicht erlaubt, dorthin zu gehen!« Er blieb stehen und drehte sich um. Denise stand da, wütend, Hände in die Hüften gestemmt und dieses Glitzern in den Augen.

»Für meinen Geschmack nimmst du dir ein wenig zuviel raus. Ich mag es nicht, daß du hier tust, was du willst. Das ist respektlos. Für wen hältst du dich eigentlich, verdammt noch mal?«

»Es tut mir leid, ich wollte nicht …«

»›Tut mir leid‹ bedeutet für mich einen Scheißdreck! Du bist kaum drei Minuten hier und hast mich bereits brüskiert. Zieh deine Hosen aus!«

Der Makler löste seinen Gürtel und ließ die Hosen runter, ein engsitzendes, blaues Bikinihöschen umschloß fest seine Arschbacken.

»Was bist du, eine Schwuchtel oder was? Du willst also Höschen tragen – ich werd' dir richtige Höschen geben. Du solltest dich was schämen!«

»Ja … ja, Herrin.«

Denise ging zum Regal und nahm einen langen Lederriemen.

6

»Hey, hast du inzwischen einen Namen? Neulich hattest du noch keinen.«
»Nein, noch nicht.«
»Na dann such weiter, ich bin sicher, du findest bald einen.«
Sie verdrehte die Augen und ging rasch in die entgegengesetzte Richtung.
»Wer war'n das?« fragte Dezmond, drehte sich um und musterte ihre schlanken Beine, die sich elastisch in schwarzen Strümpfen unter ihrem Kleid bewegten.
»Keine Ahnung.«
Dezmond gab kichernd irgendwelchen Blödsinn von sich und stakste auf Spinnenbeinen davon. Ich spuckte meinen Kaugummi aus und kotzte in den Rinnstein.

Lizard Len schickte mich mit neuen Namen und neuen Symptomen nach Queens und in die Bronx; in Queens vergaß ich meinen Namen, bis ich ihn auf meinem Ärmel geschrieben wiederfand. Die Exkursionen dauerten jetzt einige Stunden länger, doch Len gab mir jene fünfzig extra, über die wir gesprochen hatten.

Fürs Herumstreifen auf der neunten Avenue war's wirklich spät, stieß dabei auf triefendnasse Scheibenputzer, die am Tunneleingang auf Autos hofften. In Höhe der 44sten huschte ein weißer Streifen die Treppe hoch und flitzte genauso schnell wieder runter. Sie lud einen Einkaufswagen mit Kartons voll, und einen Augenblick sah es aus, als wäre sie erfreut, mich zu sehen.

»Hey, kannst du mir einen Gefallen tun?«

»Kommt drauf an. Was denn?«

»Behalt den Wagen im Auge, bis ich wieder runterkomme. Paß auf, daß niemand was klaut.«

Ohne meine Antwort abzuwarten, verschwand sie im Haus. Ich stand da und blickte auf die chinesischen Schriftzeichen, die an den Seiten der ramponierten Pappkartons zu sehen waren. Kurze Zeit später war sie wieder unten, mit Klappstühlen und Taschen voller Kleider, verstaute alles und schob den Einkaufswagen die Straße runter.

»Was soll das, räumst du jemandem die Wohnung aus?«

»Zu deiner Information, dieses Zeug gehört mir«, knurrte sie.

»Oh, tut mir leid, ich wollte nichts gesagt haben.«

»Warum hast du's dann gesagt?«

»Nun, irgendwas mußte ich ja sagen … wohin gehen wir?«

»Ich weiß nicht, wohin du gehst. Ich jedenfalls nehme die Bahn.«

»Mit dem Einkaufswagen? Ich glaub' nicht, daß so was in der U-Bahn gestattet ist.«

»Kannst mich ja anzeigen.«

»Ich will mal sehen, wie du das anstellst. Ich denke, ich komm' mit.«

Durch die Schieberei über das holperige Pflaster blockierte eines der Räder, die anderen drei riefen den Ausnahmezustand aus. Ich zog vorne, bis wir an der Treppe waren, bückte mich, um die Räder anzuheben, aber sie zog den Wagen weg.

»Nein, geh erst mal runter und sieh nach, ob die Schalter zu sind.« Ich schlich mich runter, die Luft war rein. Die Gitter waren mit Ketten und Hinweisschildern gesichert, zu sehen war nur das dreckige Pflaster, befleckt mit den Seelen der Opfer von Straßenüberfällen mit tödlichem Ausgang. Ich sah mich um, und die Kette schepperte. Meine Platinblonde hatte eine große Zange in der Hand und im Gesicht den Ausdruck schuldbewußter Zufriedenheit. Sie liebte ihre Arbeit wirklich.

Ich hockte mich ihr gegenüber und beobachtete, wie sie die Schilder über meinem Kopf las, Augen, hellblau wie milchige Tinte in trübem Wasser, gelblich-blasse Haut, eine feste Nase und eine runde Stirn, ein kecker Mund mit heruntergezogenen Mundwinkeln. Stacheldraht sah einladender aus. Dennoch sah ich unter dieser rauhen Oberfläche das Kind, das sich dort versteckte. Nie mehr Tage in Geburtstagskleidchen und mit einer Kinderschar, nie mehr Puppen im Arm mit orangefarbenen Schleifen im Haar, richtig herausgeputzt, schluck's runter mit lächelnder Miene, aber sag Mammi nichts davon, sonst ist das Geheimversteck und das Weihnachtsgebäck nie wieder das, was es mal war. Ich wartete, daß der Hund auftauchen würde, aber meine Platinblonde gähnte nur und kratzte eine verschorfte Stelle an ihrem Knie.

Als wir die Sachen über den St. Marks Place karrten, stützte sich meine Platinblonde mit den Armen auf den Einkaufswagen, müde Schritte, kaum noch bewußt ausgeführt, schlaffe Lider und eingefallene Wangen, ich hätte sie getragen, wenn ich gekonnt hätte. Wir erreichten die Avenue A, und sie richtete sich auf, hellwach, ging nach links, vorbei an dunklen Bodegas, an Glassplittern von Windschutzscheiben, ein Autoreifen lag uns im Weg, ich hob ihn auf, rollte ihn auf die Straße, er drehte sich dreimal und trudelte sanft aus. Beobachtete, wie er in der Bewegung erstarb, so wie ich sterben würde.

Einc offene, große, weiße Tür in einer grauen Mauer, ich ging hinter dem Einkaufswagen ins Haus hinein, die Stufen hinauf und hielt mich an dem wackligen Geländer fest, das fast nur noch aus Rost bestand.
»Es ist nur ein Stockwerk«, sagte sie, »hilf mir tragen.«
Sie ging nach vorn, zottelte an dem Einkaufswagen, während ich von unten gegenhielt und die Treppe unter meinem Gewicht ächzte. Wir kamen an Türen vorbei, farbiges Licht und flüsternde Stimmen dahinter. Im ersten Stock schob sie den Wagen zu einer Tür am Ende des Flurs und schloß auf. Ich stand draußen, rang nach Luft, griff nach den Roten und bemerkte, daß ich von unten beobachtet wurde. Augen aus scharfem Stahl, die die Nacht durchstachen.
»Ich brauche etwas Wasser«, sagte ich und stürzte in die Wohnung.
»Die Küche ist gleich dort drüben, ich habe allerdings noch keine Gläser. Nimm deine Hände.«
Das tat ich. Dann drehte ich mich um, zwei kleine Zimmer, wie muffige Wandschränke, selbst meine Bude war größer. Sie war gerade dabei, den Einkaufswagen auszupacken.
»Hilf mir auspacken. Ich muß noch mal zurück, den Rest holen.«
»Warum ziehst du so spät um? Es ist drei Uhr vorbei.«

»Die beste Zeit für einen Umzug«, sagte sie mit diesem Lächeln.
»Oh, ich verstehe.«
»Komm, hilf mir mal mit diesem Karton.«
»Bevor ich irgendwas anfasse, möchte ich erst wissen, wie du heißt.«
»Warum ist das so wichtig?«
»Ist es nicht, ich bin nur neugierig. Die ganze Zeit wohne ich nur drei Blocks weiter, wir sind sozusagen Nachbarn. Ich bin praktisch berechtigt, deinen Namen zu kennen.«
»Aber da ich jetzt hier wohne, sind wir wieder Fremde.«
»Wir sind keine Fremden, sondern entfernte Nachbarn.«
»Das ist für mich Jacke wie Hose.«
»Und welche Hose trägst du?«
»Meine.«
»Hat deine Hose einen Markennamen?«
»Ja.«
»Und welchen?«
»Die Fremden!«
»Wie heißt die Designerin?«
»Sie benutzt ein Pseudonym.«
»Beantworte mir nur eine Frage, verachtest du Menschen im allgemeinen oder nur mich?«
»Nur dich.«
Ich hob die Kartons aus dem Wagen, als sie sagte:
»Kaval.«
»Was?«
»Kaval. Wenn dir soviel dran liegt, so heiß' ich nun mal.«
»Kaval? Ist das dein Vor- oder dein Nachname?«

»Einfach Kaval.«
»Meine Name ist Eddie. Ich wünschte, ich könnte mit so was Abgedrehtem wie Kaval kommen, aber es ist einfach nur Eddie.«
»Einfach nur Eddie, meinst du, wir könnten uns etwas beeilen, damit ich den Rest noch vor Sonnenaufgang herkriege?«
»Klar … Kaval.« Und sie warf mir einen Blick zu, während die Roten meinen Nacken wärmten.

Denise breitete die Bilder auf dem Tisch aus, als gehörten sie in eine bestimmte Reihenfolge. Körnige Schwarzweißphotos, 8 x 10, ohne viel Details. Die meisten waren noch feucht.
»Was hältst du davon?«
»Ich finde die entsetzlich«, sagte sie und zog die Nase kraus. »Man kann die Gesichter nicht erkennen. Sie sind zu dunkel, trotz des zusätzlichen Lichts.«
»Ich hab' versucht, sie so stark aufzuhellen, wie ich konnte. So schlecht sind sie gar nicht.«
»Wir müssen sie noch heller hinkriegen.«
»Wir benutzen schon den empfindlichsten Film, den es gibt, mehr können wir nicht tun.«
»Und wenn ich mehr Lampen anmache?«
»Nun, das würde was nützen. Und du bist wirklich der Meinung, die sind nicht gut genug?«
»Nein! Man kann die Gesichter nicht erkennen. Wozu sollen Photos gut sein, auf denen man nicht erkennen kann, wer drauf ist?«
»Okay, beruhige dich. Es ist nur … du hast gesagt, zwei oder

drei Sitzungen, und das war's. Bei dem letzten Typ hätte ich schwören können, du hast ihn verletzt. Er hat geheult wie ein Baby.«

»Hast du nicht mitgekriegt, wie schnell er aufgehört hat, als es vorbei war? Die lassen sich völlig gehen, und dann sind sie wieder die, die sie waren.«

»Und was war mit den Striemen an seinen Beinen? Das war keine Einbildung.«

»Hör zu, da ist dieser Klient, der wäre perfekt, er steht nicht auf Schmerzen, und die ganze Sache löst totale Schuldgefühle bei ihm aus.«

»Denise, ich will nicht jeden Irren photographieren, der in dein Verließ kommt. Nur einer von den Typen geht zur Polizei, und wir sitzen in der Scheiße.«

»Deshalb bin ich auch besonders vorsichtig, wen ich aussuche. Glaub mir, dieser besagte Typ würde eher vom Dach springen, als sich zur Szene zu bekennen. Es würde ihn völlig zerstören. Privat und beruflich.«

»Danke, daß du mich eingeweiht hast. Jetzt fühl' ich mich besser.«

»Er ist mehrfacher Millionär, und ich verlange nur einen Hungerlohn. Es tut ihm nicht weh.«

»Und wieviel verlangst du?«

»Zweihundertfünfzigtausend Dollar. Soviel brauche ich. Natürlich kriegst du einen Teil davon. Du könntest in eine andere Wohnung ziehen, eine bessere Behandlung bekommen und könntest die städtischen Krankenhäuser vergessen ...«

»Hier geht's nicht um mich. Mach dir um mich keine Sorgen.«

»Es wär' doch angenehm, in einer schönen Wohnung zu leben, oder nicht?«
»Ich fühl' mich wohl, da, wo ich bin.«
»Du bist schwierig, wirklich, das bist du.«
»Zweihundertfünfzigtausend Dollar werden alle Probleme lösen? Dann ist alles vorbei, ja?«
»Ich ziehe mich danach aus diesem ganzen miesen Geschäft zurück. Versprochen.«
»Worauf steht dieser Typ nun?«

Ich stand vor der Haustür und drückte die Klingel. Eine undeutliche, metallische Stimme kratzte in der Sprechanlage.
»Wer ist da?«
»Ich bin's, Eddie.«
»Eddie wer?«
»Komm schon, du weißt, wer ich bin.«
»Was willst du?«
»Ich war in der Nähe und wollte nur mal hallo sagen.«
»Dann sag's.«
»Kaval, ich möchte dich besuchen.«
Sie drückte den Summer, und ich ging rauf. Ihre Tür wurde mehrere Male aufgeschlossen, einen Spalt geöffnet, und als sie mein Gesicht sah, machte sie einen Schritt zur Seite, um mich reinzulassen.
»Das ist ja 'ne Überraschung.«
»Ich hoffe, ich störe nicht.«
»Na ja ...«
»Gut.«
»Was treibt dich in diese Gegend?«

»Wollt 'n bißchen Heroin besorgen. Mir ist der Stoff ausgegangen.«
»Nicht sehr originell.«
»Ich weiß. Ich hab' dich eine Woche nicht gesehen und war neugierig, wie's dir geht.«
»Du bist ein ziemlich neugieriger Kerl.«
»Wie ich sehe, hast du dich schon eingelebt, die Bude sieht hübsch aus.«
Stapelweise Kartons an den Wänden, Bücher, aufgereiht am Boden, ein kleiner Plattenspieler unter einem weißen Klappstuhl aus Metall, Milchkisten fungierten als Tisch, im Schlafzimmer eine ranzige, nackte Matratze unter einem vergitterten Fenster.
»Yeah, sieht hübsch aus, die Bude«, sagte sie. »Kann ich dir etwas Kaviar anbieten?«
Ich kicherte; sie hatte mich kalt erwischt, ich war nicht gedeckt. Ich sah auf den Stuhl rechts von mir. »Hast du was dagegen, wenn ich mich setze? Ich bin etwas müde.«
»Tu dir keinen Zwang an«, sagte sie und setzte sich auf den Stuhl mir gegenüber.
Wir saßen schweigend da und sahen einander an, die Spannung hielt die Schachgegner in Blockadestellung, ihr durchdringender Blick, als sie versuchte, mir auf die Schliche zu kommen. Ich wollte sie beruhigen.
»Ich war wirklich in der Gegend.«
»Aha. Dann ist das ein spontaner Besuch?«
»Da ich jetzt deinen Namen kenne, hab' ich mir gedacht, was ist schon dabei, wenn ich hin und wieder auf einen Sprung vorbeikomme? Um zu quatschen.«
»Und worüber wollen wir quatschen?«

»Nun … wir könnten die neuesten Techniken des Ladendiebstahls diskutieren.«
»Warum fängst du immer wieder davon an?« Ihre Augen hatten einen harten Schimmer. »Ziehst du dich an Kleinkriminellen hoch oder was?«
»Nein.«
Sie verschränkte ihre Arme und streckte die Beine aus.
»Du brauchst dich nicht so zu verkrampfen. Ich will nichts von dir. Ich hatte nichts anderes vor, also bin ich hier aufgetaucht.«
»Du willst nichts von mir?« fragte sie, aber es klang mehr wie ein Vorwurf. »Warum nicht?«
»Ich weiß nicht.«
»Du willst mich nicht ficken?«
»Nein.«
»Warum nicht? Bist du schwul?«
»Nein. Ich versteh' nicht, was das damit zu tun hat.«
»Ziemlich empfindlich, was?«
»Ich bin überhaupt nicht empfindlich.«
»Was hast du gegen Schwule?«
»Nichts.«
»Warum reagierst du dann so heftig?«
»Ich hab' nicht heftig reagiert.«
»Einige meiner besten Freunde sind schwul.«
»Die tun mir leid.«
»Ich kann nicht glauben, daß du das gesagt hast.«
»Nun, irgendwas mußte ich doch sagen.«
»Mußte es denn so was Dummes sein?«
»Es ist nicht dumm, es ist wahr.«
»Warum tun sie dir leid?«

»Mir tut jeder leid, der mit dir diskutieren muß.«
»Niemand zwingt dich hierzubleiben. Dort ist die Tür.«
»Die Tür ist auch hübsch. Gefällt mir, wie du das Grau aufgetragen hast.«
Sie grinste mich an, lud für den nächsten Schußhagel nach. Ich versuchte, sie mit ihrer Attacke ins Leere laufen zu lassen.
»Hast du von den Jungs gehört, die in unserer Gegend zusammengeschlagen wurden?«
»Wo?«
»Ecke neunte und 64ste.«
»Das ist nicht mehr meine Gegend.«
»Oh. Dann hast du also nichts gehört.«
»Nein, warum sollte ich?«
Ich verlagerte mein Gewicht auf dem Stuhl, das harte, kalte Metall tat meinen Knochen weh. »Also, was ist passiert?« nahm sie den Faden wieder auf. »Du hast angefangen, eine Geschichte zu erzählen, und dann abgebrochen.«
»Ich hab' gedacht, du willst sie nicht hören.«
»Das hab' ich nicht gesagt, ich hab' nur gesagt, daß es nicht mehr meine Gegend ist.«
»Oh. Also diese beiden Typen gehen die neunte Avenue entlang und halten Händchen, als dieser Wagen aus Jersey heranfährt und eine Bande von Kids mit Baseballschlägern herausspringt. Haben die mächtig verprügelt. Den einen wirklich schlimm, sah jedenfalls schlimm aus, das ganze Blut und so.«
»Hast du ihnen geholfen?«
»Nein, hab' ich nicht.«

»Warum nicht?«
»Weil ich ein Feigling bin.«
Ihr Lachen klang, als würde jemand Papier zerreißen.
»War vielleicht ’ne schlechte Idee, dich zu besuchen.«
»Das ist die erste intelligente Bemerkung von dir, seit du hier bist.«
»Hättest du was dagegen, wenn ich ’nen Schluck Wasser trinke, bevor ich gehe?«
»Bedien dich, du weißt ja, wo die Küche ist.«
Als ich aufstand, spürte ich das Brennen ihrer Laser durch meine Kleidung hindurch. Außer Sichtweite, ließ die Hitze nach. Im Schränkchen überm Waschbecken eine Armada von Arzneien; Pillen, Kapseln, Tropfen, beim Entziffern der Etiketten fiel etwas runter. Ich hob es auf, aber Kaval fiel mich an wie ein Virus.
»Was machst du da?« schäumte sie, das Gesicht rot und verkrampft. Sie riß mir die Flasche aus der Hand, doch ich konnte noch einen Teil der Aufschrift lesen.
»Raus hier! Sofort! Hau ab!« Und sie stemmte sich mit ihren Händen gegen meine Brust und drängte mich hinaus.
»Was ist los, Kaval?«
»Du weißt, was los ist!«
»Nein, weiß ich nicht.«
»Ich hab’ keinen Bedarf an Scheißtypen, die in meinem Leben herumschnüffeln.«
»Ich hab’ nicht herumgeschnüffelt, ich hab’ ein Glas gesucht, um etwas Wasser zu trinken.«
»Ist mir egal! Verschwinde endlich, verdammt noch mal, bevor ich dir eine reinhaue! Hau ab, du Mistkerl!«
»Okay, ich hau schon ab.«

Sie drängte mich zur Tür und schrie: »Jetzt weißt du, warum ich deine Nähe nicht ertrage! Warum sich mir bei deinem Anblick der Magen umdreht!«
»Okay, großartig, du findest mich zum Kotzen. Aber ansonsten irrst du dich.«
»Verdammte Scheiße, verpiß dich.«
»Ich hau ab!« Ich blieb aber an der Tür stehen und drehte mich um. »Kaval, sieh mich nur kurz an.«
»Hau ab!«
»Sieh mich doch nur mal an! Meine Haare, mein Gesicht, mein Kopf. Glaubst du, ich hab' immer so ausgesehen? … Ich habe einen Gehirntumor. Inoperabel, unheilbar, spricht auf keine Behandlung an!«
»HÖR AUF!« schrie sie mit verzerrtem Gesicht. »Hau ab!« Sie schnappte sich ein Messer aus der Spüle, und vor meinen Augen blitzten Splattermovies und Psychotronics auf, doch irgend etwas hielt mich zurück.
»Okay, du glaubst mir nicht?« sagte ich. »Dann sieh dir das an.« Ich drehte mich um und senkte den Kopf. »Du kannst die Narbe sehen. Los, sieh's dir an! Sie wollten's entfernen, aber es war zu groß, und es hat gestreut.«
Ich spürte ihren warmen Atem über meine Nackenhaare streichen, das Zimmer schien sich auszudehnen.
»Verstehst du?« sagte ich und drehte mich zu ihr um. »Es spielt keine Rolle mehr! Was soll mir das noch ausmachen? Sag mir, was macht das noch aus?«
Kaval suchte mich mit ihren Augen, sah jetzt jemand anderen in mir, die Frage war nur, wen.
»Stimmt es, was du mir gerade erzählt hast?« fragte sie, und ihre Stimme klang nicht mehr rauh.

»Was meinst du, warum ich diese roten Pillen nehme? Nur so kann ich verhindern, daß mein Kopf explodiert.«
Kaval weinte und wischte die Tränen weg. Sie setzte sich auf einen Stuhl, das Messer im Schoß. Ich ging zu dem anderen Stuhl. Aus der Wohnung nebenan drangen Stimmen aus Jamaica.

Denise schärfte mir ein, besonders konzentriert zu sein, dieser Typ sei wichtig. Wie eine Ratte in ihrem Käfig hockte ich in meinem Verschlag, die Blende weit offen. Zusammen mit Freier Nummer zwei erschien Denise auf der Bildfläche. Freier Nummer zwei war genauso klein und verweichlicht wie der bedauernswerte Freier Nummer eins, um die vierzig, tadellos gekleidet in seinem grauen Nadelstreifen und mit glänzenden Schuhen, ein modischer Haarschnitt, jede Strähne an ihrem Platz, und es wurde mir bewußt, wie normal sie alle aussahen. Nahe der Wand, in idealer Entfernung zur Beleuchtung und zum Objektiv, hatte Denise einen Tisch aufgebaut. Ein Gedeck, Kerze und Seidenservietten, ein Hochlehner aus Leder, alles war arrangiert für ein erlesenes Abendessen. Nummer zwei stand an der hinteren Wand und sprach in ein zusammenklappbares Handy, Kauderwelsch der Börsenhaie, zwischen deren Zähnen giftige Profite hingen. Denise trug einen kurzen, schwarzen Kellnerinnenrock, eine weiße Bluse und breite, schwarze Strapse; mit dem aufgesteckten Haar, den pinkfarbenen Lippen und den dunkel geschminkten Augen sah sie nicht nach dem aus, was sie war. Sie stellte die Stereoanlage an, jedoch nicht zu laut. Er beendete sein Gespräch und klappte das Handy zu einem kleinen, praktischen Rechteck zusammen.

»Wieso Musik?«
»Ich habe mir gedacht, warum zur Abwechslung nicht mal Musik zum Dinner.«
»Sie haben alles etwas anders arrangiert.«
»Stört es Sie?«
»Nein.«
»Dann sollten wir anfangen. Die Geschäftsleitung kann ihre Reservierung nicht unbegrenzt berücksichtigen.«
Er lächelte, rückte seine Krawatte zurecht, strich sein Haar zurück und ging dann zu Denise an den Tisch.
»Guten Abend, Sir«, sagte sie höflich, zu höflich. »Werden Sie heute allein zu Abend essen?«
»Ja, ich denke, das werde ich.«
Denise rückte den Stuhl heran, und er setzte sich. Mein Finger am Auslöser zitterte, ich spürte eine fremde Gegenwart hinter mir, die mir über die Schulter sah, aber ich wagte weder, mich zu bewegen noch mich umzudrehen.
Denise nahm ein paar Lederriemen und band seine Hände so fest an die Stuhllehnen, daß er sich nicht bewegen konnte.
»Wie ist das?« fragte sie warm.
»Gut.«
Sie zog einen Notizblock aus ihrer Schürzentasche. »Wir haben heute abend ein paar Spezialitäten …«
»Nein, ich denke, ich nehme das Übliche.«
»Das Übliche.«
»Ja.«
»Sie sind unser beständigster Kunde«, sagte sie, als sie die Bestellung notierte. »Sie wissen immer genau, was Sie wollen.«

»Wenn man das Vollkommene gefunden hat, bleibt man dabei, nicht wahr?«
»Ich bin gleich wieder zurück mit Ihrer Bestellung. Möchten Sie einen Cocktail vor dem Dinner?«
»Ich möchte einen Cocktail, aber zusammen mit dem Dinner.«
»Wie Sie wünschen.«
Denise nahm seinen Teller und sein Glas und verschwand für einen Moment aus dem Blickfeld. Der Freier saß da, atmete tief ein und aus und sah geradeaus, konzentrierte Intensität, Kristallperlen rollten seine Wangen hinunter. Denise kam mit seinem Teller und dem Glas zurück und stellte beides vor ihm ab, voller Angst und Verlangen sah er zu ihr auf und atmete stoßweise aus. Versuchte, seine Hände zu heben, die an den Stuhllehnen festgebunden waren.
Denise sagte: »Sie scheinen Schwierigkeiten zu haben. Möchten Sie, daß ich Ihnen behilflich bin?«
»Das wäre sehr nett von Ihnen.«
Denise holte einen Stuhl und setzte sich neben ihn, das pinkfarbene Licht gab ihrem Lächeln etwas Mädchenhaftes.
Sie sagte: »Scheint, als wäre die Küchenchefin heute besonders großzügig gewesen.«
Er antwortete nicht, sah sie nur an, hilflos und bleich. Sie nahm eine Gabel, die gegen den Teller klapperte, und führte sie an seine Lippen. Er öffnete den Mund wie ein Chorknabe in der Kirche.
»Gut so. Schön weit aufmachen.« Sie schob ihm die Gabel in den Mund, sein Kinn bebte, langsam und bedächtig kaute

er, wie ein Hund an einem Knochen – jetzt wußte ich, wer hinter mir stand.
»Nun?« fragte sie. »Wie ist es?«
Er verschluckte sich, hustete und schluckte langsam runter. Unsicher sagte er: »Köstlich. Mein Kompliment an die Küchenchefin.«
»Sie wird erfreut sein, das zu hören«, sagte sie lächelnd und führte die Gabel wieder zu seinem Mund.
Ich hatte noch keine Aufnahme gemacht, gelähmt durch Worte und Handlungen, die ich bisher nicht gekannt hatte. Was sich in ihrem Innern abspielte, all diese komplexen Dinge, sie da zu sehen, wie sie sanft seine Wange streichelte und den Schweiß von seinen Augenbrauen abtupfte, anrührend wie Babyphotos, ich spürte Neid.
»Und, wie steht's momentan mit der Arbeit?«
»Prächtig«, sagte er mit glasigen Augen und kaute weiter.
»Das ist gut. Mit der Familie alles bestens?«
»Ja. Es geht ihnen sehr gut, danke.«
»Das ist auch erfreulich. Oh, du kleckerst. Laß mich das mal machen«, damit nahm sie das Stück mit der Gabel auf und schob es in seinen Mund zurück. »Du willst doch keinen Bissen vergeuden, nicht wahr?«
»Nein.«
»So ist's richtig, nicht ein Häppchen. Sag mir nur, wie ist die Qualität heute abend?«
»Die Qualität? Oh, äh, es ist sehr zart und mürbe, weich. Zergeht praktisch auf der Zunge.«
»Gut, aber kau es auch wirklich anständig durch. Ich möchte nicht, daß du daran erstickst. Laß es auf der Zunge zergehen,

preß es gegen die Zähne, genieße jede Nuance ... so. Laß mal sehen, mach den Mund weit auf.«
Er öffnete den Mund, und Denise beugte sich vor, um hineinzuschauen.
»Hm, ist noch ein klein wenig groß, kau noch ein bißchen mehr. Je mehr du kaust, desto besser wird der Geschmack ... Genau. Das machst du großartig. Es ist ein Vergnügen, einen so kooperativen Gast zu haben ... Übrigens, habe ich dir schon gesagt, daß ich beschlossen habe, diese Florida-Anleihen abzustoßen, die ich auf deinen Rat hin gekauft habe?«
»Das haben Sie getan. Warum?«
»Sprich bitte nicht mit vollem Mund. Kau noch etwas, und schluck es runter.« Er rülpste zweimal.
»Sehr gut.«
»Wa ... warum verkaufen Sie?«
»Ich möchte flüssig sein, es gibt da einige Möglichkeiten, von denen ich in nächster Zukunft Gebrauch machen möchte. Ich benötige Bargeld ... da wir gerade von flüssig sein sprechen, mach mal den Mund auf.«
Er tat es und nahm den Bissen.
»Verrat mir eins, hat sich der Geschmack verändert, nachdem du eine Weile gegessen hast? Läßt der Geschmack nach?«
»Nein, er läßt nicht nach, man lernt ihn erst zu schätzen. Wie bei Kaviar.«
»Das ist gut.«
Ich schoß jetzt eine Aufnahme nach der anderen, Nahaufnahmen von Lippen und Zähnen, um es so schnell wie möglich hinter mich zu bringen.

Schlangen glitten meine Kehle hoch und wanden sich um meine Mandeln, ich konnte nicht einmal schlucken, als mir der Speichel am Kinn herunterlief. Nach und nach klangen die Geräusche immer gedämpfter, als würde die Außenwelt von einem Luftschacht angesaugt. Durch das Objektiv betrachtet, bewegten sich der Freier und Denise in Zeitlupe, wie unter Pentathol. Ich spürte meine linke Seite absterben. Novokain in empfindlichem Fleisch oder Radiergummi aus Glasfiber, von den Augen bis zu den Zehen fühlte ich nichts mehr. Ich versuchte, mein Gleichgewicht zu halten, als der Freier durchs Objektiv direkt in meine Seele blickte. Dieser Schock der Erkenntnis: Er wußte, ich war dort! Dann brach er in Gelächter aus, das seinen ganzen Körper ergriff, und seine Stimme war in meinem Kopf: So bösartig, wie man nur sein kann. Mein Magen formte sich zu einem Seemannsknoten, der Atem stockte, und die Beine gaben nach. Ich fiel nach vorn gegen die Wand, schlug auf den Beton, kotzte Schlangen von blutiger Nachgeburt aus. Der Freier schrie wie eine Frau in den Wehen.

»Hier ist jemand! Jemand ist HIER! Bind mich los! Du verdammte Nutte! BIND MICH LOS!!!« Er versuchte, mit dem Stuhl von der Wand wegzuhüpfen, während Denise ihn beruhigen wollte.

»Bind mich los! Laß mich hier raus! Irgend jemand beobachtet mich! Du verdammte Nutte! Du verdammte NUTTE!!!«

»Du spinnst«, schrie sie, versuchte aber trotzdem, ruhig zu bleiben. »Außer uns beiden ist niemand hier.«

»Es ist jemand hinter dieser Wand! BIND MICH LOS!«

Seine Stimme schlängelte sich zwischen meine Rippen, der

Anflug eines Kitzelns, wie von Federn aus Rasierklingen. Ich konnte mich nicht bewegen.

»In Ordnung, beruhigen Sie sich, und ich binde Sie los.«

»Sofort!«

»In Ordnung! Um Gottes Willen, es ist niemand hier. Ich weiß nicht, was in Sie gefahren ist.«

»Halt's Maul! Jemand ist hinter dieser Wand. Ich habe ihn gehört. Ich geh' zur Polizei, verdammt noch mal! Ich werde Sie bei der Polizei anzeigen!«

»Darüber sollten Sie noch mal nachdenken«, sagte sie, und der chirurgische Charakter ihrer Worte … die Polizei wurde nicht mehr erwähnt.

»Bind mich jetzt los!«

»In Ordnung, schon geschehen.«

»Verflucht, ich sollte dich umbringen, ich sollte dich verdammt noch mal umbringen!«

»Bedrohen Sie mich nur weiter.«

Plötzlich krümmte er sich, würgte und spuckte ein Knäuel schwarzer Eingeweide aus.

»Möchten Sie etwas trinken?«

»VERPISS DICH!«

Ein Stuhl flog krachend gegen die Wand, dann wurde eine Tür geöffnet und unter Fluchen und Brüllen zugeschlagen.

Einen Augenblick später dröhnte Denises Stimme durch die Wand: »Scheiße! Was ist passiert? Bist du in Ordnung?«

»Ich … ich bin gefallen. Hilf mir hoch. Ich fühle überhaupt nichts.«

Denise kletterte in den Verschlag und half mir, mich gegen die Wand zu lehnen. Durch die kühle, feuchte Luft wurde ich wieder klar.

»Verdammter Mist. Mein Gott, geht's dir gut?«
»Ich denke schon. Es tut mir leid. Ich hatte nur einen Blackout.«
»Hast du die Aufnahmen gemacht?«
»Ich glaub' schon.«
»Was ist damit?« Die Kamera lag auf dem Boden, sie war nicht lädiert, nur mit Kotze bespritzt.
»Mach dir keine Sorgen, der Film ist noch okay. Hilf mir hoch, bitte.«
Der Raum stank ranzig, auf dem Tisch stand immer noch der Teller, und darauf lag die Gabel, ein Gespinst von Sirupfäden zwischen den Zacken.
In dem übergroßen Blutegel begann es zu pulsieren wie in Plastiklungen von Barbiepuppen.

7

Woher hast du plötzlich so viel Geld? Kannst du mir sagen, woher du das Geld hast?«

»Was für Geld?«

»Das Geld auf dem Tresen. Du hast doch nie Geld. Was hast du gemacht, im Lotto gewonnen?«

»Nein. Ich bin freier Mitarbeiter geworden.«

»Freier Mitarbeiter? Was für 'n freier Mitarbeiter?«

»Photoassistent. Denise hat mir einen Job bei einem ihrer Freunde besorgt. Er ist Modephotograph.«

»Und was mußt du da machen?«

»Ich assistiere.«

»Du assistierst?«

»Yeah.«

»Meinst du vielleicht *insistierst*?«

»Was willst du damit sagen?«

»Du insistierst, indem du mir diese Lüge auftischst!«

»Ich lüge nicht.«

Dezmond kicherte, widerlich stolz auf seine Bemerkung. »Gib mir einen aus, du Fucker.«

Kaval und ich waren auf dem Weg in ein vegetarisches Restaurant auf der Eastside, mit Knospen und Pflanzen und Bäumen in Wasser, und kaum war ich drin, knabberte ich auch schon auf einem Farn herum. Kaval nannte mich einen Wichser. Wir saßen an einem Tisch ziemlich weit hinten, der Kellner zündete unser Mückenlicht-mit-Plastiknetz an, wedelte das Streichholz aus, und ich spürte das Stechen von silbernem Schwefel in meinen Augen. Kaval klappte ihre Speisekarte auf. Ich auch. Kunstvoll schlängelte sich die Schrift quer über die Seite, und Druckerschwärze begann auf meinem Schoß zu tanzen. Ich klappte die Karte zu und sah Kaval an.

»Was nimmst du?« fragte sie.

»Ich weiß nicht. Dasselbe wie du.«

»Du bestellst, was ich bestelle?«

»Ja.«

»Nicht gerade 'ne selbständige Entscheidung.«

»Für mich schmeckt alles gleich. Gibt's hier Hamburger?«

»Ich hab' dir doch gesagt, es ist ein vegetarisches Restaurant. Die haben kein Fleisch.«

»Okay, dann nehm' ich einen Hotdog.«

»Ein Hotdog ist Fleisch!«

»Nicht in New York City, hier nicht.«

Sie überhörte das und sagte: »Ich nehme die Sesamsuppe mit Tofu und den Broccoli in Sahnesauce.«

»Ich bekomme die Hirsecreme und die Pilzwiese in der Muschel.«

Ihr Lächeln blitzte auf, wurde aber gleich wieder ausgeknipst; sie haßte es, zum Lachen gebracht zu werden. »Wenn du keine Lust hattest herzukommen, hättest du es sagen sollen.«

»Ich kann die Speisekarte nicht lesen.«

»Warum nicht? Sie ist doch in englisch.«

»Ich weiß, daß sie in englisch ist! Ich spreche von meinen Augen, sie können die Buchstaben nicht fixieren.«

»Oh«, sagte sie und runzelte die Brauen; ihr Gesicht wurde sanft wie Herbstregen.

»Ich les' sie dir vor.«
»Nein, ist schon in Ordnung.« Sie fing trotzdem an vorzulesen.
»Bitte … lies mir nicht vor. Ich nehm' einfach das, was du nimmst.«
»Warum nimmst du keinen Sojaburger? Der schmeckt fast wie Fleisch, wirklich.«
»Okay, hört sich gut an. Sojaburger.«
Dünn, aber gut gebaut, stand der Kellner da, steif wie Mr. Bretzel, eine Salzkruste auf seiner Haut. Kaval gab unsere Bestellung auf.
»Ich nehm' einen Papayasaft«, fügte sie noch hinzu. Der Kellner sah mich an, Augen, die in dem dunklen, flackernden Licht funkelten wie rote Mandeln.
»Für mich dasselbe.«
Er drehte sich um, ging davon, und tänzelnde Schatten ließen sich auf ihren Wangen nieder.
»Ich hab' immer gesund gegessen, selbst vor der Diagnose.«
»Wirklich? Warum?«
»Weil man sich besser fühlt, wenn man besser ißt. Ich versteh' nicht, wie du auch nur die Hälfte von diesem Junk essen kannst, den du immer einpiekst.«
»Ganz einfach. Ich schiebe es in den Mund und kaue.«
»Du weißt, was ich meine.«
Sie sah die Kerze an und hörte auf zu reden. Spielte an dem zerfransten Plastiknetz des Glases herum. Ihr Gesicht, verwaschenes Orange, züngelndes Flackern brennender Zungen, wie ein Sonnenuntergang in Neuseeland. Ich schnappte nach ihrem Finger und hielt ihn fest. Bisher hatte ich sie

noch nie berührt, zumindest nicht so, und es schien ihr nichts auszumachen.
Ich sagte: »Ich hätte nie gedacht, daß wir mal hier sein würden.«
»Warum? Es ist ein ziemlich bekanntes Restaurant.«
»Nein, ich meine, wir beide. Du und ich. Ich hätte nie gedacht, daß du mich magst.«
»Wer sagt, daß ich dich mag?« sagte sie scharf.
Dann, genauso schnell wieder sanft: »Ich hab' dich sehr gern. Es fällt nicht schwer, dich zu mögen.«
Dann sah sie mir in die Augen, und plötzlich waren da zwei Hunde in der Kerzenflamme, zwei Hunde, die auf regennasser Autobahn überfahren worden waren und nun am Rand lagen.

Wir gingen zur Second Avenue und dann nach links. Der Wind fegte durch die Seitenstraßen, Verkehrsampeln schwangen in wilden Bögen hin und her. Kaval zog den Reißverschluß ihrer Lederjacke zu, aber er verklemmte sich. Ich versuchte, ihr zu helfen, aber er verklemmte sich nur noch mehr. Warf zwei Rote ein, um den Schmerz zu dämpfen.
»Wo hast du nur die ganzen Pillen her? Die kannst du unmöglich auf legale Weise kriegen.«
»Doch. In gewisser Weise schon. Ein Freund von mir hat eine Sozialversicherungslizenz.«
»Sozialversicherungslizenz?«
»Genau, wir bekommen Rezepte von Ärzten und lösen sie ein.«
»Das ist nicht legal.«

»Ich hab' gesagt, in gewisser Weise.«
»Wer ist dieser Freund? Der Fiesling an der Bar?«
»Nein«, kicherte ich, »das ist nur Dezmond. Die Pillen bekomm' ich von einem, der heißt Lizard Len. Sein richtiger Name ist Leonard Witkowski, aber wenn du ihn so nennst oder auch nur Len, wird er stocksauer. Ich hab' nie gefragt, warum.«
»Wie bist du mit ihm ins Geschäft gekommen?«
»Ich hab' ihn vor vier Jahren kennengelernt. Er war mit einem Mädchen zusammen, das im gleichen Stockwerk wie ich wohnte, und eines Tages kamen wir ins Gespräch. Eins kam zum anderen, ich kaufte etwas Gras von ihm, und er fragte mich, ob ich mir etwas Stoff verdienen wolle, also fing ich an. Ich bin wirklich gut in der Rolle, die Ärzte sehen mich nur an, und bevor ich den Mund aufgemacht habe, fangen sie an, ein Rezept auszufüllen.«
»Aber die müssen doch mitkriegen, daß das Methode hat.«
»Natürlich. Aber solange alles halbwegs legal aussieht … ist es ihnen egal. Es geht nur ums Geld.«
»Und der fiese Typ an der Bar? Was ist mit dem?«
»Nichts. Er ist mit meiner Schwester zur Schule gegangen; daher kenne ich ihn.«
»Ich traue ihm nicht.«
»Gut. Solltest du auch nicht.«

Kaval hockte im Schneidersitz auf einem Kissen am Boden. Ich saß an die Wand gelehnt. Die Lichter der Straße schnitten das Zimmer in zwei Teile; die Nacht beschmierte Kavals Gesicht mit Asche.

»Wann hattest du das letzte Mal Sex?« fragte sie unvermittelt.
»Was? Ich weiß nicht.«
»Vor einem Monat? Vor sechs Monaten? Vor einem Jahr?«
»Ich weiß nicht.«
»Bei mir ist es ein Jahr und drei Monate her.«
»Ist das eine lange Zeit für dich?«
»Eine Ewigkeit. Ich war sexuell sehr aktiv, nicht promisk, aber wenn ich mit jemandem zusammen war, wollte ich immer Sex mit ihm haben ... Was ist los? Fühlst du dich nicht gut?«
»Nein, mir geht's gut.«
»Ist es dir unangenehm, über Sex zu reden?«
»Nein, es ist der Fußboden, mir tun die Knochen weh.«
»Möchtest du ein Kissen?«
»Nein, es geht schon.«
»Hier«, sie schob ein Kissen rüber. »Ich hab' hier in der Gegend gewohnt, bevor ich nach Hell's Kitchen gezogen bin. Avenue C, genauer gesagt, Avenue C, Ecke Dreizehnte Straße. Zusammen mit einem Typ namens Troy. Er war Sänger in einer Industrial-Band. Vielleicht hast du von ihnen gehört ... Bastardization? Sie haben eine CD rausgebracht.«
»Nein, bei Musik bin ich nicht auf dem laufenden.«
»Nun, jedenfalls war Troy kein besonders guter Sänger. Er war überhaupt nicht besonders.«
»Warum? Was hat er getan?«
»Es geht darum, was er nicht getan hat. Er hat sich einen Scheiß um mich oder um irgendwas sonst gekümmert. Er war ein Junkie, vielleicht lag da das Problem.«

»Hat er dich angesteckt?«
»Ich weiß nicht. Bisexuell war er auch.«
»Hast du mit ihm gedrückt?«
»Nein. Ich hab' ein paarmal gesnifft, aber ich mochte Junk nie so richtig. Am liebsten habe ich Meskalin genommen.«
»Ich mag Meskalin. Das letzte Mal im Krankenhaus stand ich unter Morphium, hat aber ziemlich abgenervt. Ich habe immer Barbiturate und Gras bevorzugt.«
Das Zimmer war voller stummer Rückblenden, und vor meinen Augen schwebten groteske Pilze. Ich stützte mich vom Boden ab, um nicht umzukippen.
»Glaubst du, daß du jemals wieder Sex haben willst?« fragte sie. Ihr Kopf und ihre Augäpfel verschmolzen zu einem einzigen Schwarz.
»Ich weiß nicht. Das liegt nicht an mir.«
»Was, wenn du einen Partner hättest, der wollte?«
»Das habe ich nicht gemeint … Ich … ich habe meinen Körper nicht mehr unter Kontrolle.«
»Wegen der Pillen?«
»Ja, auch. Es ist nur … einfach so beschissen, oder nicht?«
Kaval nickte, und von der Straße drangen Stimmen herauf, die nach mehr Waffen schrieen.

Ich hörte die Geräusche seiner rasselnden Lungen, Lippen unter Strom und schlürfender Zungen. Kaval schlief friedlich. Ich setzte mich im Bett auf, rieb mir die Augen und sah ihn. Er saß auf seinen Hinterläufen. Holzkohleaugen wie Fäkalienhaufen; sie fixierten mich.
»Was willst du?« fragte ich sanft. Er leckte seine Nase, und Speichel tropfte von seiner Zunge.

»Warum verfolgst du mich ständig?«
Eine Stimme, geschmeidig wie Jesus beim Gang übers Wasser, sprach: »Ich verfolge, um zu beobachten.«
»Beobachten? Was beobachtest du?«
»Ich weiß, wer du bist.«
»Na und? … Wer bin ich?«
»Das Ticken der Uhr, tick tack.«
»Was hat das zu bedeuten?«
»Ich weiß, was du bist.«
»Warum läßt du mich nicht in Ruhe? Ich hab' dir nichts getan.«
»Ich weiß, was du getan hast …«
»Ich hab' gar nichts getan.«
»Und was du nicht getan hast.«
Der Hund auf den Hinterpfoten mit den kratzenden Krallen ließ ein hinterhältiges Lachen erschallen. »So bösartig, wie man nur sein kann«, kicherte er. »Hast du sie gefickt?«
»Das geht dich nichts an!«
»Du wolltest es. Warum hast du's nicht getan?«
»Laß mich in Ruhe, bitte!«
»Hör auf das Ticken der Uhr, tick tack. Leg deine Hände um ihren Hals. Quetsch all das Böse, das bösartiger nicht sein kann, aus ihrem Herzen und zwischen ihren Beinen heraus.«
Sein Gesicht war ernst, seine Augen bohrten sich in meine, als etwas meine Handgelenke packte und sie hochzog. »So bösartig, wie man nur sein kann!« knurrte er.
»Du bist bösartig, nicht ich.«
»Ich weiß, was du bist, tick tack«, sagte die Uhr.
»Du bist wahnsinnig!«

Kaval drehte sich um und öffnete die Augen. »Was ist los? Was ist passiert?«
»Nichts«, sagte ich. »Ich hatte einen Alptraum. Schlaf weiter.«
Sie tat's.

8

Unser Flieger sollte um zehn Uhr fünfzehn starten. Wir saßen im Terminal, die Taschen zwischen den Füßen; zwei seltsame, außerirdische Wesen, dabei hatten wir New York noch nicht einmal verlassen. Kaval vertiefte sich die ganze Zeit in Hochglanzmagazine voller Künstler, Models und Tonmechanikern, während ich Krishnajünger beobachtete, die Handzettel zur Erlösung verteilten. Mich tröstete die Tatsache, daß sie noch grotesker waren als wir. Wir nahmen unsere Taschen und gingen an Bord. Roboter mit Namensschildern begrüßten uns mit ihrem Plastiklächeln. Beim Start drückte ich Kavals Hand und stellte mir übel zugerichtete Körper im Gang vor, einen blutigen Haufen ineinander verschlungenen Fleisches.

Vor der Landung erinnerte mich Kaval daran, was sie wußten und was sie nicht wußten, was man sagen konnte und was man besser für sich behielt. Ich kümmerte mich um das Gepäck. Kaval sagte, daß ein Wagen uns erwarte, aber ich sah nur gesichtslose Chauffeure, die Pappschilder hochhielten. Sie ging auf einen zu, und als ich mich umdrehte, las ich den Namen Erikson. Er nahm ihr die Tasche ab, ging Richtung Ausgang, und wir folgten ihm. Blitzende Sonnenmesser schnitten mir in die Augen, und die Luft war warm wie Toast. Der Chauffeur öffnete die Tür, und Kaval verschwand auf dem Rücksitz. Ich warf ein paar Rote ein und blieb stehen, bis sie mich aufforderte einzusteigen. Er fuhr uns durch die Straßen, vorbei an Geschäften und armen Schluckern, aber niemand hier putzte Windschutzscheiben. Kaval machte sich über die Innenausstattung des Wagens lustig, über den Fernseher und die Bar, die schalldichten Fenster, das Telefon und das Fax, den Champagner und die Snacks. Doch ich sah sie nur ehrfürchtig an.

»Was, hast du gesagt, ist dein Vater?«

»Er ist Produktionsgehilfe bei Sony«, stieß sie hervor.

»Produktionsgehilfe? Ist das der Fachausdruck?«

»Ich glaube, so steht's in seinem Lebenslauf«, sagte sie mit mißmutigem Gesichtsausdruck.

»Nun komm schon. Was macht er?«

»Er ist Vizepräsident, hab' ich dir alles schon erzählt.«

»Aber was heißt das?«

»Ich weiß nicht, was er genau macht. Es kümmert mich auch einen Scheiß.« Sie sah aus dem Fenster, und in ihrem Kopf brodelte kochendes Wasser. Ich hielt den Mund und betrachtete die gold- und silberfarbenen Bentleys rechts und links. Wir bogen in eine gewundene Kiesauffahrt ein, die an einer Art Herrenhaus endete. Der Chauffeur stieg aus und öffnete die Tür. Ohne zu nicken oder ihn auch nur eines Blickes zu würdigen, ging Kaval an ihm vorbei, als ihre Mutter in Designerjeans und weißer Seidenbluse auf der Veranda erschien. Ihr Haar hatte den perfekten Halt von Drei-Wetter-Taft, das Gesicht lag unter einer dicken rosaroten Schicht; an ihren Händen und um ihren Hals funkelten Juwelen, und als sie ihre Arme ausbreitete, sah sie aus wie Liberace.

»Nancy!« rief sie aus. »Mein Gott, du hast ja so abgenommen. Ißt du denn in New York überhaupt nichts?«

Kaval alias Nancy stand stocksteif da, als Mutter sie in ihre Arme nahm. Ich blieb beim Gepäck. Schließlich ließ sie los und sah mich an, und in ihren Augen war Enttäuschung.

»Oh, Sie müssen … Edward sein«, sagte sie mit Beklommenheit.

»Nein, Mutter. Das ist Eddie. Nenn ihn einfach Eddie.«

»Hallo, Eddie«, sagte sie, ausgestreckte Finger zeigten nach unten, modische Nägel, in zwei Farbschattierungen lackiert und mit Rheinkieseln an den Spitzen. »Schön, Sie bei uns zu haben. Sind Sie zum ersten Mal in L.A.?«

»Ja, Mrs …«

»Erikson«, bot sie mir an.

Kaval unterbrach: »Lillian. Du kannst sie Lillian nennen.«

»Nun … ja, Lillian wäre nett«, sagte sie mit einem wütenden Klimpern falscher Wimpern. »Ihr habt einen langen Flug gehabt, gehen wir hinein, dann könnt ihr euch frischmachen.«

»Wir fühlen uns eigentlich frisch genug, Mutter.«

»Ja, ganz offensichtlich!« bellte sie und ging ins Haus.

»Sie, äh, haben ein wundervolles Haus, Mrs. Erikson«, sagte ich.

Ohne ein Wort fegte sie durch die Türen, und Kaval alias Nancy warf mir nur einen Blick zu.

Kavals Elternhaus war ein mit Marmor ausgestattetes Kunstwerk; ausgefallene Lampen und Möbel, plätscherndes Wasser in einer italienischen Landschaft nahe der geschwungenen Treppe und ein zotteliger Teppich, der sich über den Boden ergoß. Kavals Mutter alias Lillian führte uns durch die Halle und die Treppe hoch.

»Eddie kann das Gästezimmer im Südflügel bewohnen, und in deinem Zimmer, Nancy, ist alles frisch bezogen.«

»Warum kann Eddie nicht im großen Gästezimmer wohnen?«

»Was? Oh, ich, äh … ich dachte mir, er fühlt sich im Südflügel wohler.«

»Warum sollte er sich in einem kleineren Zimmer am anderen Ende des Hauses wohler fühlen?« fragte sie nicht gerade freundlich.

»Oh, äh, ich weiß nicht. Ich habe gedacht, es sei gemütlicher.«

»Eddie mag es nicht gemütlich. Er mag es groß und geräumig.«

»Oh, dann eben das große Gästezimmer«, sagte sie, eine Hand in die Hüfte gestemmt. »Es ist gleich da drüben, neben Nancys Zimmer. Das Badezimmer zum Baden und Duschen ist am Ende des Flurs. In Ihrem Zimmer ist noch ein kleines Bad … für persönliche Bedürfnisse. Ich lasse die Taschen gleich heraufbringen.«

»Ich danke Ihnen, Mrs … äh, Lillian.«

Sie drehte sich um und ging die Treppe hinunter, Kaval alias Nancy stand da, kalt wie ein Eisblock.

»Was ist los?« fragte ich.

»Du benimmst dich wie ein Scheißbutler! Du bist Gast, kein Hausangestellter!«

»Ich versuche nur, höflich zu sein.«

»Laß das, es ist erniedrigend!«

»Worüber bist du so stocksauer?«

»Nichts. Vergiß es.«

»Warum hast du mir nie gesagt, daß du Nancy heißt?«

»Das ist nicht mein Name. Nenn mich noch einmal so, und ich ersteche dich im Schlaf!«

Sie drehte sich auf dem Absatz um und stürmte davon, schlug Türen hinter sich zu und hinterließ nur einen Windstoß. Verwirrt und benommen stand ich da, Gefühle pochten in geschwollenen Fingern, brannten lichterloh wie trockenes Gras.

Das Dinner bei den Eriksons war auf unheimliche Weise gedämpft, flüchtige Blicke zwischen den Gängen, klingendes Silber, Porzellangeklapper und der leere Platz von Mr. Erikson.

Kaval schien angespannt und schwieg demonstrativ.

Um acht schlug ein Glockenspiel; Lillian räusperte sich und sah mit finsterem Blick zur Tür.

»Mein Gott, das ist typisch für ihn! Er wird im Büro aufgehalten und vergißt, daß er eine Familie hat!«

Kaval schlürfte ihr Pellegrino und rülpste; Lillian gab vor, es nicht zu hören. Sie räusperte sich noch einmal, setzte sich gerade hin und verschränkte die Hände mit den schimmernden Nägeln unter ihrem Kinn.

»Nun, Eddie«, begann sie, »Nancy hat uns noch nicht viel über Sie erzählt. Was machen Sie so in New York?«

»Oh, äh, ich arbeite bei meiner Schwester.«

»Wie schön. Was macht sie denn?«

»Sie hat eine eigene Firma.«

»Wirklich? Welche Branche?«

»Äh, es ist ein Photostudio.«

»Oh! Haben Sie Nancy so kennengelernt? Sie ist eine wunderbare Photographin.«

»Nein, ich, äh, wir haben uns … wir haben in derselben Gegend gewohnt.«

»Oh? Sie haben in der Park Avenue gewohnt?« fragte sie erstaunt, und ich sah ebenso erstaunt hoch.

»Äh, wie bitte?« fragte ich, und ein Schuh stieß gegen mein Schienbein.

»Oh! Park Avenue! Ja, natürlich. Ich meine, nein, jetzt nicht mehr. Ich mußte umziehen.«

»Oh, zu schade«, erwiderte sie und neigte den Kopf zur Seite. »Ich denke, die Rezession trifft jeden.«

»Äh, ja, so ist es.«

»Nancy, hast du Bilder mitgebracht, die du deinem Vater und mir zeigen möchtest?«

»Nein. Hab' ich vergessen.«

»Vergessen? Nachdem wir dir zu Weihnachten die Kamera geschenkt haben?« Lillian wandte sich an mich, als verrate sie mir ein Geheimnis, senkte ihre Stimme, um es zu enthüllen, »sie hat mehrere Tausend Dollar gekostet, das Allerbeste, japanisch.«

»Mutter, wir wollen wirklich nichts über den Preis hören oder darüber, wo sie herkommt.«

»Ich bin der Meinung, du könntest ruhig ein wenig dankbarer sein … Da wir gerade dabei sind, du bist jetzt zu Hause, du brauchst also nicht immer Schwarz zu tragen. Ich weiß, in New York ist es die Nationalfarbe, aber wir können hier etwas fröhlicher sein, was die Garderobe betrifft.«

»Mutter, ich bin alt genug, um zu entscheiden, was ich trage.«

»War nur ein Vorschlag … du hast oben so wunderschöne

Kleider, es wäre nett, wenn du sie hin und wieder tragen würdest.«
»Das sind nicht meine Kleider, du hast sie gekauft.«
»Ja, aber ich habe sie für dich gekauft.«
»Ich würde es vorziehen, meine Kleider selbst zu kaufen.«
Lillian wandte sich zu mir, um ein weiteres Geheimnis zu lüften: »Sie ist manchmal so schwierig. Ich glaube, sie widerspricht einfach gern.«
Ich wagte nicht, meinen Mund aufzumachen, während Kaval noch mit ihrem Messer hantierte.

Später.
»Du scheinst heute sehr schweigsam. Müde vom Flug?«
Kaval starrte auf das Fleisch, das auf ihrem Teller vergammelte.
»Und Sie, Eddie? Wie war Ihr Flug?«
»Wie bitte? Oh, er war gut.«
»Sind Sie schon mal erster Klasse geflogen?« fragte sie mit forschendem Blick.
»Erster Klasse?« fragte ich und spürte wieder den Schuh. »Oh, äh, ja. Danke, daß Sie uns die Tickets geschickt haben.«
»Nancy kann so oft kommen, wie sie will, wir würden ihr die Tickets jederzeit schicken, aber … ich nehme an, sie hat zuviel zu tun in New York. Über das Studio bekommen wir die Tickets nämlich billiger. Mein Mann spielt Golf mit dem Vorsitzenden der Fluggesellschaft.«
Kaval gähnte, aber Lillian ließ sich nicht aus der Fassung bringen.
»Was gab es denn heute auf dem Flug zu essen?«

»Ähm, wir ...«
»Wir waren nicht sehr hungrig«, sprang Kaval ein.
»Oh! Ihr habt nichts gegessen?« fragte sie nach.
»Nein, haben wir nicht.«
»Oh, das ist schade«, sagte Lillian zu mir, als wäre Kaval gar nicht da. »Das Essen in der ersten Klasse ist gewöhnlich sehr gut.«
»Wir waren nicht hungrig, also haben wir nicht gegessen«, erklärte Kaval.
»Du solltest mehr essen. Schau dich an, du bist fast nur noch Haut und Knochen. Dein Essen hast du kaum angerührt.«
»Ich bin nicht hungrig.«
»Also, was gab's denn nun im Flieger?«
Kaval antwortete: »Roastbeef.«
»Du hättest es wenigstens probieren sollen.«
»Es hatte sogar noch Striemen, von der Peitsche seines Jockeys!«
»Nun, wenn es zäh ausgesehen hat, hättest du ja Hummer bestellen können.«
Um fünf nach halb elf fuhr ein Wagen die Auffahrt hoch, und Lillian verkündete: »Es ist auch höchste Zeit!« Reifen knirschten auf dem Kies, ein Motor verstummte, eine Tür wurde zugeschlagen, und Lillian erhob sich, um dem Feind entgegenzugehen.
»Benjamin, nett, daß du dich zu uns gesellst.«
»Hör auf, Lillian. Ich bin völlig erschöpft.«
»Um sieben wolltest du hier sein!«
»Ich konnte nicht weg. Es gab noch Arbeit im Studio.«
»Immer ist noch irgendwas im Studio! Man sollte meinen, es ist das Pentagon!«

»Es reicht, Lillian. Ich bin am Verhungern. Ist noch was vom Abendessen da?«

»Ja, dein Teller ist im Backofen. Nancy ist drinnen mit ihrem ... Freund ...« Und als ihre Stimme in ein Flüstern überging, grinste Kaval mich an. Kurz darauf kam er um die Ecke ins Wohnzimmer, einssechzig groß, untersetzt, mit glänzenden Schuhen, Designeranzug, gelockerter Seidenkrawatte und Brillantinefrisur, jedes einzelne Haar an seinem Platz. Als ich das müde Lächeln auf seinem einfältigen Gesicht sah, war ich erleichtert. Bis er mir in die Augen blickte – er beobachtete, er beobachtete immer.

»Nancy! Du siehst wunderbar aus!« rief er. Kaval ließ sich umarmen, zwei Zombies auf einer Demo, gab ihm einen flüchtigen Kuß auf die Wange und drehte sich dann um, um ihren Freund vorzustellen.

»Daddy, das ist Eddie. Eddie, mein Vater.«

»Er ... erfreut, Sie kennenzulernen, Mr. ... Erikson.« Ich schüttelte seine Hand, aber ich spürte eine Pfote.

»Bitte nennen Sie mich Ben«, sagte er mit einem Kichern. Seine Frau mischte sich ein: »Oh, Benjamin, wie ich es hasse, wenn dich Leute so nennen.«

»Warum? Das ist mein Name.«

»Nein, dein Name ist Benjamin.«

»Jeder im Studio nennt mich Ben.«

»Und ich mag es nicht.«

Kaval ging zum Angriff über. »Laß uns nicht übertreiben, Mutter.«

»Es ist nicht übertrieben, deinen Vater mit seinem richtigen Namen anzusprechen!«

»Warum geben wir ihm nicht einfach eine Nummer?«

Benjamin ließ ein Jaulen hören und sagte: »Das ist 'ne gute Idee. Nennt mich einfach Nummer Sieben.« Dann ging Nummer Sieben nach drinnen, während eine schäumende Lil seine Schüssel Proviant hervorholte.

Zwanzig Minuten nach Mitternacht saßen Kaval und ich im Fernsehzimmer, als genau über unseren Köpfen der Kampf losging. Gedämpfte Stimmen trugen ein Kauderwelsch-Turnier aus. Rote Pillen erhitzten meine Hirnrillen. Kaval kochte vor Wut.
»Siehst du? Es kümmert sie einen Scheiß, daß Besuch im Haus ist.«
»Worüber streiten sie sich?«
»Über alles und nichts! Sie brauchen keinen Grund, sie würden sogar über das Wetter streiten.«
»Es ist etwas kalt hier drinnen.«
»Vielleicht streiten sie sich über dich?«
»Hast du mich deshalb eingeladen? Um sie zu nerven?«
Kaval sah beleidigt aus, ihre Stirnfalten machten eine Kurve nach unten. Ich fühlte mich gut, verdammt gut.
»Nein, ich wollte einfach nicht allein herkommen«, sagte sie. Oben klang das Zerschrammen von Holz und das Scharren von Schuhen kontrapunktisch-kratzig aus.
»Jetzt werden sie gleich die Möbel umschmeißen.«
»Vielleicht räumen sie auch nur um.« Und dann erschien wieder das vertraute Grinsen auf ihrem Gesicht. Kaval sprang auf und schaltete den Fernseher ab.
»Komm. Laß uns rausgehen.«
»Wohin gehen wir?«
»Raus!«

Kaval fuhr durch die Hügel hinaus auf die Autobahn, machte mich auf Straßen und Landschaften aufmerksam, erzählte von Schußwechseln und Messerstechereien, von Überdosen der Hollywoodstars und zeigte mir den Ort, wo sie ihre Jungfräulichkeit verloren hatte. Ich mußte lachen, als ich ihren kleinen, hellen Kopf so über dem Rand des Steuerrads sah.

Der Hollywood Boulevard war völlig anders, als ich ihn mir vorgestellt hatte. Stars and Stripes, Menschen in Not, und aus allen Löchern kroch schleimige Scientologen-Brut, Lichter und Farben, Touristen mit Geld, während jeder Bettler einem 'ne Tasse hinhielt, Dealer und Frauenschinder, verkrüppelte Kinder, Mädchen auf Trebe, die ihre Körper anboten wie Kaugummiautomaten, alles erinnerte mich an zu Hause.

»Ich hab' gewußt, daß es dir gefällt«, sagte Kaval. »Es ist der einzige Teil, der so ist wie New York.«

›Eine Stadt geht einem ins Blut‹, dachte ich.

Kaval fuhr in dunklere Stadtteile, wo Bäume und Unkraut, verlassene Straßen und ausgebrannte Gebäude sich ausbreiteten wie Schimmel in Brot. Sie bog um eine Ecke, und dort säumten Autos beide Seiten des Bürgersteigs.

»Was zum Teufel soll das?« fragte ich.

»Wirst du schon sehen«, erwiderte sie und parkte am Ende des Blocks.

Vorbei an einer Reihe meuternder Modejunkies führte sie mich eine Treppe hinunter zu einer hohen Metalltür hinter einem Samtvorhang, wo eine Blondine mit Streichholzfrisur und Sicherheitsnadeln im Gesicht uns den Eintritt versperrte. Kaval schrie ihr ins Ohr und drückte ihr etwas in die Hand. Die Blondine holte einen Hammer hervor und schlug damit gegen die Stahltür. Kurz darauf wurde die Tür explosionsartig aufgestoßen, und dröhnend grollende Erschütterungen prallten von meiner Brust ab. Kaval nahm meine Hand und führte mich in den schwarzen, verräucherten Raum, in eine Stadt voller Freaks und verrückter Typen, Zirkusclowns mit Irokesenschnitt und Masochisten in Leder, die auf Knien Stiefel leckten. Durch die wie in eine Sardinenbüchse gepreßte Menge schob sich Kaval vor zur Bar, bahnte sich ihren Weg durch die Mischung aus Schweiß und Moschus und Pot, die in der Luft hing wie der Geist der Verdammnis, verschwand zwischen den Körpern, die sie einschlossen. Ich blieb stehen und wartete auf Ebbe. Beobachtete die Bühne, wo Boris Karloff von strammen katholischen Mädchen einen geblasen bekam.

Kaval fuhr einen dunklen Berggipfel hoch; winzige Lichter, so weit das Auge reichte. Sie hielt an und stellte den Motor ab. Wir saßen da und betrachteten die glitzernden Gedanken dort unten, mein Kopf war voller Bilder, die auf einem Strom schwammen. Ich blinzelte und ging wieder an Land.
»Tut mir leid«, sagte ich. »Ich war wohl kurz weggetreten.«
Kaval beobachtete mich mit bohrendem Blick.
»Es ist wunderschön da unten, nicht wahr?« sagte ich, und immer noch dieser bohrende Blick. Sie nahm den Gang raus und rollte an den Abhang heran. Das Knirschen von Geröll unter Gummireifen, als der Abgrund sich vor uns auftat; genau an der Kante trat Kaval auf die Bremsen. Sah mich stocksauer an.
»Du bist mir einer, weißt du das?«

»Was meinst du damit?«
»Du machst mich krank!«
»Was? Warum?«
»Es ist, als wäre man mit einem Kadaver zusammen.«
»Wovon sprichst du eigentlich?«
»Ich fahr' uns praktisch den Abhang hinunter, und du sitzt da, als würdest du genau das wollen, verdammt noch mal.«
»Ich hab' gewußt, daß du's nicht tust.«
»Woher willst du das wissen? Du hast mich nicht einmal angesehen! Was bist du eigentlich, ein verdammter Psychopath oder was?«
»Kaval, was ist los mit dir? Warum sagst du so was?«
»Weil du wie eine beschissene Mauer bist. Vorhin im Club. Hast du mich gesehen, mit diesem Typ an der Bar?«
»Ja.«
»Hast du gesehen, was ich gemacht habe?«
»Ja.«
»Und es hat dich nicht gestört?«
»Niemand hat dich gezwungen, es zu tun, du hast es getan, weil du es tun wolltest.«
»Und was hältst du davon?«
»Ich weiß nicht ...«
»Siehst du, was ich meine? Du bist doch ein verdammter Schwachkopf!«
»Wenn ich dich krank mache, gut! Aber bezeichne mich nicht als verdammten Schwachkopf. Wenn du rumficken willst, ist das deine Sache.«
»Vielleicht will ich gar nicht rumficken. Vielleicht will ich nur jemanden, der sich einen Funken für mich interessiert.«
»Ich interessier' mich doch für dich!«

»Davon merkt man aber nichts!«
»Was hätte ich denn tun sollen? Vielleicht war er ein alter Freund oder so was.«
»Er war ein Wildfremder, ich habe ihn noch nie in meinem Leben gesehen.«
»Du stürzt dich also auf Wildfremde und holst ihnen in aller Öffentlichkeit einen runter?«
»Ja, das hab' ich getan.«
»Und, warum hast du ihm keinen geblasen und dich in den Arsch ficken lassen?«
»Weil ich nicht wollte. Und außerdem hätte dich das auch nicht gestört.«
»Hör mal, Kaval, ich bin weder dein verdammter Vormund noch dein Vater. Du willst eine billige Schlampe sein? … okay, dann mach weiter so!«
»Und wenn's passiert ist, tust du so, als wäre nichts geschehen.«
»Was soll ich denn tun?«
»Verhalte dich wie ein Mann, um Himmels willen!«
»Okay, verhalte ich mich also wie ein Mann … du bist eine beschissene, kaputte Fotze! Und wenn ich und meine Gefühle dir scheißegal sind, warum sollst du mir dann nicht auch scheißegal sein? Fick meinetwegen mit all den beschissenen Fickern in dieser ganzen verfickten Stadt herum, die kümmern mich alle einen Scheiß! Mensch, fick dich doch selbst!«
Wutschäumend lehnte ich mich zurück, Gedanken an Mord mischten sich mit Lust … wo war der Hund, wenn ich ihn brauchte?
Kaval beobachtete mich mit einem Lächeln in den Augen,

entspannte sich und stieß einen Seufzer aus. »Nun, das wurde auch Zeit«, sagte sie. »Ich bin froh, daß sich etwas in dir bewegt. Jetzt weiß ich wenigstens, daß du noch lebst.«
»Ich verlier' nicht gern die Beherrschung.«
»Warum nicht? Es ist normal. Das solltest du öfter tun. Leb ein bißchen, solange du noch kannst.« Ratschläge, prasselnd wie Reis im Las-Vegas-Hochzeits-Paradise. Ich sah sie an.
»Kaval, dich mit diesem Typ zu sehen hat mir das Herz gebrochen. Es hat mir mein verdammtes Herz gebrochen! Aber was soll ich machen? Ich weiß, wieviel dir Sex bedeutet, du redest ja über nichts anderes. Was soll ich machen, wenn ich dir nicht das geben kann, was du willst?«
»Gib mir Geborgenheit. Und Freundschaft. Sei nicht immer so verständnisvoll, schrei mich an, wenn ich was falsch mache. Pack mich bei den Schultern, schüttel mich durch ... Halt' mich fest. Manchmal brauch' ich jemanden, der mich festhält.« Gläserne Tropfen schmolzen an ihren Wimpern, und für kurze Zeit vergaß ich, wer sie war, so völlig anders war sie jetzt, meine kühle Kaval.
Sie sah weg, ihre Lippen zitterten, sie versuchte zu sprechen. Ich sagte: »Es ist okay. Alles wird gut.«
»Wie denn?«
»Eben so.«
Sie fing an zu brüllen. »Ich tu dir und anderen nur weh. Ich will das gar nicht, aber ich kann nicht anders.«
»Zerbrich dir über mich nicht den Kopf. Du hast mich nicht verletzt.«
»Wie das denn? Du hast gesagt, ich hätte dir heut abend das Herz gebrochen.«
»Nein, ich meinte nicht gebrochen, sondern angeknackst.

Du hast es ein bißchen angeknackst, aber nicht mehr. Nur ein kleiner Knacks.«

»Es tut mir leid.«

»Vergiß es. Was heißt das schon, wenn du jemandem einen runterholst. Es bedeutet mir nichts.«

»Aber es sollte dir etwas bedeuten.«

»Ich denke, es war nur so aus Spaß.«

Kaval stieß ein Lachen aus, wischte ihre Tränen ab und zwang sich zu einem mißglückten Grinsen.

»Komm, Kaval, beruhige dich. Wenn du dich wieder aufspulst, schrei ich dich wieder an, bezeichne dich als Nutte, würdest du dich dann besser fühlen?«

»Nein«, sagte sie und wischte ihre Augen mit dem Ärmel ab. Sie atmete tief ein und langsam wieder aus. »Ich bin okay. Ich beruhige mich schon wieder.«

»Gut.«

»Wie kannst du nur so ruhig bleiben? Hast du keine Angst?«

»Ich scheiß mir vor Angst in die Hosen. Aber was sollen wir machen?«

»Wir können kämpfen.«

»Ich will nicht kämpfen … außerdem, wen sollen wir bekämpfen? Uns gegenseitig?«

»Nein. Gegen dich will ich nicht kämpfen.«

»Ich will auch nicht gegen dich kämpfen.«

Kaval drückte mich, und ich küßte ihr weiches Haar, sie legte ihren Kopf in meinen Schoß, schloß ihre müden Augen und versuchte zu schlafen.

Als Kaval bei Sonnenaufgang in mein Bett kroch, schien das große Gästezimmer irgendwie kleiner. Sie kuschelte sich an meine Brust, und ihre Hände glitten an meiner Seite hinunter zu meinen Schenkeln. Mich überfiel Nova-Taubheit im Rhythmus des Pulsschlags. Griff nach der Tasche mit den Pillen, doch Kaval nahm meine Hand und fragte: »Warum versuchst du es nicht ohne? Hast du so große Schmerzen?«

»Nein, aber ich spüre, daß sie anfangen.«

»Bitte, wart erst mal ab, was passiert, wenn du sie nicht nimmst.«

Ich verschränkte die Hände hinter meinem anschwellenden Kopf. Starrte auf das Holz über mir. »Kaval, kann ich dich etwas fragen?«

»Was?«

»Was soll der ganze Quatsch mit deinem Namen? Warum hast du gesagt, daß du Kaval heißt?«

»Weil das mein Name ist.«

»Aber warum nennt deine Mutter dich dann Nancy?«

»Weil sie ein Arschloch ist.«

»Komm schon, sag die Wahrheit. Haßt du diesen Namen? Vielleicht hast du mal jemanden gekannt, den du gehaßt hast und der Nancy hieß?«

»Nein.«

»Was ist es dann?«

»Als ich geboren wurde, war ich eine von zweien. Meine Mutter hatte Zwillinge bekommen. Sie hatte die Namen bereits festgelegt. Nancy und Caroline. Wer als erste geboren wurde, sollte Nancy heißen. Nun, Nancy kam fast eine Stunde vor mir auf die Welt. Ich war Caroline – es steht sogar in der Geburtsurkunde. Nancy starb am nächsten Tag. Aber als man meiner Mutter das sagte, tat sie so, als wüßte sie nicht, wovon gesprochen wurde. Sie leugnete, daß es noch eine Geburt gegeben hatte. Einfach so, es hatte sie eben nie gegeben. Als sie mich zu ihr brachten, nannte sie mich Nancy, und mein Vater machte mit, und das war es dann.«

»Aber du warst ein Kind. Woher weißt du das alles?«

»Als ich zwölf war, fand ich eine Geburtsurkunde auf den Namen Caroline. Ich habe herumgefragt, und meine Tante Trudy hat mir die ganze Geschichte erzählt. Als meine Mutter dahinterkam, wurde sie wütend und hat Tante Trudy aus dem Haus geworfen. Sie haben niemals mehr ein Wort miteinander gesprochen, bis heute nicht. Das ist jetzt elf Jahre her.«

»Das erklärt, warum du nicht Nancy bist. Wie bist du zu dem Namen Kaval gekommen?«

»Als Kind hat mich mein Vater mal mitgenommen, zu diesem Stück in einer Garage. Er war auf Talentsuche, wollte sich einen Schauspieler ansehen, an dem seine Agentur interessiert war. Er war damals Agent. Also ging ich mit, ich kann mich nicht mal mehr an den Namen des Stückes erinnern, aber diese Schauspielerin, verdammt, diese Nutte war was Besonderes. Sie wälzte sich auf dem Boden, schrie den Leuten ins Gesicht, griff sich an die Titten. So was hatte ich noch nie gesehen! Nach der Vorstellung wollte mein Vater mich dem Schauspieler vorstellen, aber ich sagte ihm, daß ich lieber Kaval kennenlernen wollte. Er geht also zu ihr hin, stellt sich vor, aber als sie hört, wer er ist und wo er arbeitet, sagt sie uns, wir sollen uns verpissen. So was Cooles hatte ich bisher noch nicht erlebt.«

»Nun, kein Wunder, daß du so auf New York stehst.«

Wehmütig sah sie zur Decke. »Kaval. Sie stellte alles dar, was ich sein wollte. Es interessierte mich nicht, wie sie wirklich hieß, für mich war sie Kaval.«
»Sehr bizarr, diese Geschichte, und du warst offensichtlich ein Kind mit Problemen.«
»Schließlich konnte ich mir doch noch meinen Namen aussuchen.«
Kaval bohrte ihren Kopf in meine Brust, legte die Arme um meinen Nacken und drückte mich fest an sich. Plötzlich fragte sie: »Wie war es mit Elizabeth? Wenn du Sex mit ihr hattest?«
»Es war … schwierig.«
»Warum?«
»Einfach so. Elizabeth dachte immer, ich fände sie nicht attraktiv. Sie fühlte sich häßlich, wenn sie mit mir zusammen war. Genau so war das.« Kaval küßte meine Brust mit trockenen Lippen. Sie holte tief Luft, und Federn kitzelten meine Nippel. Schwarze Flecken kreisten vor meinen Augen. Blondes Haar und Brille. »Tatsache ist, ich fühlte mich von ihr angezogen, sie war wirklich schön.«
»Habt ihr jemals über dieses Problem gesprochen?«
»Nein. Es war etwas, über das wir nie gesprochen haben.«
Kurz darauf krochen ihre Spinnenfinger die Naht meiner Verwirrung entlang, glitten darunter. »Hast du was dagegen, wenn ich ihn halte?«
»Nein, mach weiter. Er beißt nicht.«
»Wie fühlt sich das an?«
»Es fühlt sich gut an.«
Doch Tränen füllten meine Passionsschale, und einsame Stigmen blieben zurück. Erogene Zonen, ich blute für euch.

Stimmen drangen durch die Wand. Warf zwei Rote ein und ging auf den Flur. Ben und Lil schrieen, schrill und bei offenen Schlafzimmertüren. Kaval war nicht im Haus, und ich stand da, einer Lautstärke ausgesetzt, die meine Ohren zerriß, während Lil Tiraden losließ über etwas, was getan wurde oder hätte getan werden müssen.

Mit vernünftigen Argumenten versuchte Ben, sie zu beruhigen, bis er sich schließlich zu ›Vorstadtlehrerin aus dem Norden‹ hinreißen ließ und sich dem Druck und der Spannung und dem Blutstau entzog, erschöpft von den Anstrengungen, mit Lil klarzukommen. Lil schoß zurück mit Drohungen und Verbrechen und Gefängnisstrafen wegen gefälschter Bücher und Unterschlagungen. Ben kam raus, lächelte mich enerviert an, und ich ging in mein Zimmer. Jetzt wurde Lil richtig sauer, machte noch mehr Power, ließ kein Möbelstück in Ruh, wie Orson Welles in *Xanadu*. Vibrierend auf dem Boden, trieben meine Gehirnzellen hilflos außerhalb meines Schädels dahin.

Wir stiegen aus dem Galaxy, Kaval und ich, und schlenderten durch Lichterschimmer und grelles Neonlichtgeflimmer. Kaval zog mich vorbei an Freiern obdachloser Stricherinnen, eine alte Frau kniete auf dem Pflaster und schrubbte mit einer Zahnbürste den Stern irgendeines Filmstars. Als wir an der Drogerie vorbeikamen, blieb ich stehen und drehte mich um.

»Der Typ da verkauft LSD.«

»Welcher Typ?«

»Der Typ, an dem wir gerade vorbeigekommen sind.«

»Wer? Charles Manson?«

»Für mich sieht er aus wie Jesus.«
»Willst du wirklich LSD? Von dem da?«
»Ich hab' seit Monaten kein LSD mehr genommen. In New York ist es schwer zu kriegen. Außerdem verscheucht es wenigstens für acht Stunden das Dröhnen in meinem Kopf.«
»Aber du hast doch keinen Schimmer, wer er ist. Womöglich verkauft er Zucker.«
»Nein, er sagt, es ist auf Löschpapier. Komm, laß uns was holen. Das wird geil. Wir können die Sechziger wieder zum Leben erwecken!«
»Ich wurde 1970 geboren.«
»Na also, du kannst herausfinden, was du versäumt hast!«
Kaval schaute mich nur von der Seite an. Als der Typ mich kommen sah, zauberte er sofort Pillen und Pot und Koks und Meskalin und Crack und Ice hervor und etwas, was er Beetlejuice nannte und ich nicht unbedingt probieren wollte, wenn es nicht sein mußte. Es lag wohl an ihrer bewußten Ernährung, daß Kaval mit Erstaunen beobachtete, wie der Deal über die Bühne ging. Danach schleppte sie mich in ein Postergeschäft, wo es an den Wänden nur so wimmelte von glotzenden Monstern. Beim Überfliegen der bluttriefenden Hefte spürte ich die Wirkung psychodelischer Kräfte. Kaval blätterte die Filmplakate durch, bis sie *Alex and his pyramid* entdeckte.
»Hast du diesen Film schon mal gesehen?« fragte sie. »Es ist einer meiner Lieblingsfilme.«
»Du stehst auf Sex und Gewalt.«
»Was ist schlecht an Sex und Gewalt?«
»Nichts.«
»Ich werd's kaufen«, sagte sie und ging, um den Verkäufer

zu holen, doch ich blieb stehen, nahm Schaufensterscheiben und Plakate gleichzeitig ins Visier, Geheimnisse der Fenstersimse und Filmrequisiten erschlossen sich mir, wechselndes Farbenspiel, psychodelische Leere. Draußen, auf der Straße, stand beobachtend mein Körper, etwas veränderte sich, das war nicht mehr ich, sondern ein reicher Yuppie, und er aß Brie. Weiche Knie, zuckender Knorpel, Trauernde, die auf Friedhöfen an Pistolen lutschen, mir wurde übel, als Kaval mit ihrem Poster in der Hand ankam.

»Was ist los?«

»Nichts. Mir ist schlecht.«

»Siehst du? Hab' dir ja gesagt, du sollst es nicht nehmen! Los, komm, du kannst es am Straßenrand auskotzen.«

Später, im Haus, sagte ihr Vater, daß er mit ihr etwas besprechen wolle, ob ich etwas dagegen hätte, und als ich nein sagte, gingen sie in sein Arbeitszimmer. Lillian war nirgends zu sehen, ihre Gegenwart aber wie die patrouillierender deutscher Soldaten überall spürbar. Ich saß auf der Couch und starrte auf den Stoff. Kurz darauf kam Kaval mit verweinten Augen zurück und ging sofort in ihr Zimmer. Ich saß einfach da, weich wie ein Papiertaschentuch.

Ben und ich spazierten die Gartenhecke entlang, hohe, grüne Mauern aus Zweigen und Blättern. Am Ende stand ein Wellblechschuppen für Werkzeuge und Rasenmäher, Laubbläser, Rechen und Geräte mit merkwürdigen Griffen aus Draht. Ben gab mit seinen Tomaten an.

»Siehst du? Genau dort drüben«, sagte er stolz. »Die Erde dieses Beetes wurde direkt aus Italien eingeflogen. Das ist es, italienische Erde. Ich habe die Tomaten selber eingepflanzt und sie mit natürlichem Brunnenwasser gegossen. Die einzige Ecke, an die ich keinen Gärtner ranlasse. Das ist mein eigenes Stück Land, sozusagen … Mein Vater war Farmer, nicht von Beruf, aber er hatte immer einen Gemüsegarten. Ich werde nie vergessen, wie ich frisches Gemüse aus seinem Garten gegessen habe. Kopfsalat! Selbstgezogener Kopfsalat, das zarteste, frischeste Gemüse, das man sich vorstellen kann. Nicht wie das gekaufte Zeug; nur Konservierungsstoffe und Chemie und Gott weiß was noch alles. Da drüben habe ich auch ein paar Kürbisse, nur ein Dutzend oder so. Wenn die Hälfte davon kommt, bin ich schon froh. Du und Nancy, ihr beide solltet mehr Gemüse zu euch nehmen, so blaß, wie ihr seid, ihr könntet etwas Farbe gebrauchen. Trinkt mehr Säfte.«

»Warum hast du den Garten so weit ab vom Haus angelegt?«

»Du meinst, hier, in der Nähe des Schuppens?« Ich nickte.

»Nun, Lillian ist der Ansicht, Ackerbau sei unter meiner Würde. Gott erlaubt nicht, daß wir uns wie Bauern verhalten«, kicherte er mit einem Leuchten in den Augen. Umrisse verschwammen, morphologischer Spuk, das Leuchten, verwandelt, das Kichern, verfremdet, Abdrücke von Pfoten, wo seine Füße gewesen waren. Ich blickte mich um, aber es war niemand zu sehen.

»Ben?« fragte ich und hoffte auf Antwort.

Der Hund aber lachte nur. »Ben ist nicht hier«, knurrte er mit rauher Stimme.

»Ben, bitte komm zurück. Laß mich nicht allein.«

»Ben war nie hier. Es gab nur mich die ganze Zeit.«

»Was willst du?« fragte ich ihn, und Schwäche mischte sich mit Torheit.
»So bösartig, wie man nur sein kann«, gluckste er. »Erinnerst du dich an diese Uhr? Tick tack.«
»Ich weiß nichts von irgendwelchen Uhren. Und ich will auch nicht bösartig sein. Ich will gut sein, das schwöre ich, von jetzt an werde ich gut sein.«
»Dafür ist es zu spät. Wirklich viel zu spät. Du hast mit ihr kopuliert, du hast sie angeschmiert, jetzt hast du sie rekrutiert.«
»Nein, ich liebe sie!«
»Solltest du sie lieben, solltest du sie von dir schieben. Laß deine Hände über ihr schweben, laß sie blitzschnell runtersausen, drück ihr die Kehle zu, die kleine …«
»Hör auf!« schrie ich, als Tränen des Entsetzens zustachen wie wildgewordene Bienen. »Bitte, ich bitte dich inständig, hör auf!« Ich wollte wegrennen, war aber wie erstarrt, und der Hund lachte sein eisiges Lachen.
»Du wirst das tun, was ich will, tick tack. Tick tack. Magst du Salat?«
»Was?«
»Iß etwas Salat.« Mit einem gefährlichen Zwinkern sah er hinüber zu dem schlammigen Beet.
»Das ist nur Dreck«, sagte ich.
»Dreck ist Salat, verhalt dich nicht obstinat. Iß, und nutze es für das Böse.« Ich wurde zu Boden geworfen, hatte aber die Hände frei, und Fäuste voller Erde stießen in meinen Mund.
»Schluck's runter, und wälze dich munter, hör auf die Uhr, klopf klopf. Die Zeit rennt, wenn ein großer Junge flennt.

Lindere den Schmerz, stech ihr ins Herz, oder mit dir geht's abwärts.«

Halb ohnmächtig würgte ich, kaute auf Dreck und blutendem Zahnfleisch herum, mit rauhen Mandeln und offenen Wunden. Splitter von Zähnen, Nervenstarre, ich weinte wie ein alleingelassenes Baby; der Hund sprang mich von hinten an und stieß mich tiefer in die Erde, zerkratzte mir den Rücken mit seinen sandigen Pfoten.

Ich rollte herum, spürte seine Zähne; scharf wie Rasierklingen, zerfetzten sie weiches Fleisch, eine lauwarme Flüssigkeit floß in Strömen. Heißer Atem, faulig und dumpf, Gestank von Abflußrohren im Sommer kroch in meine Stirnhöhle. Ich befreite mein Bein, trat zu und traf sauber seine Golfbälle, mit einem gequälten Aufjaulen schoß er davon. Er kam nicht weit, die Hinterläufe schlaff, wie gelähmt, leckte er seine malträtierten Eier. Ich entdeckte eine Schaufel im Schuppen, als die Kraft in seine Augen zurückkehrte, und packte den Holzgriff. Der Hund erhob sich, nahm Kurs auf mein Gesicht, Zähne und Fell explodierten im Licht, ich riß die Schaufel hoch und ließ sie niedersausen, seine Vorderpfoten splitterten ab wie hart gewordene Baguettes. Wimmernd lag der Hund auf der Seite, überzeugt davon, daß es ein Trick war, nahm ich das Schaufelblatt und rammte es in seinen erschlafften Nacken, stieß mit aller Kraft zu. Abgetrennte Köpfe, geziertes Schreien, hilflos, wie ich es von mir selber kannte, und ich konnte nicht mehr aufhören. Fleisch und Sehnen, türkischer Honig, breitgeschlagen von der Schaufel, und immer noch arbeiteten die Lungen. Er wollte nicht sterben, und jetzt weinte ich vor Entsetzen, stieß die Schaufel wutentbrannt in die

Windungen seiner Eingeweide, würgte dabei den moderigen Speichel hinunter, der wie ein Vollbart an meinem Kinn herunterhing. Aus dem Hund sickerte eine sonderbare Tinktur, dampfendes Gedärm und Blutspritzer ergaben die seltsame Mixtur, zu meinen Füßen ein karminroter Balg mit verklebten Haaren, herausgeschlagene Zähne, deren Wurzeln zu sehen waren. Reste von bläulichen Eingeweiden, Luzifer mit Magenleiden, schlängelten auf meine Füße zu, bis ich sie in kleine Makkaronistücke zerlegte. Ich wartete darauf, daß die Tricks weitergingen, aber mir wurde ganz schnell klar, daß der Hund nun endlich tot war. Hinter der Hecke ging die Sonne unter, und im Zwielicht der heranbrechenden Dämmerung grub ich im Salatbeet ein Loch von ungefähr ein Meter zwanzig, warf die grausigen Einzelteile hinein und schüttete alles zu für die nächste Generation. Als ich die letzte Ladung Erde hineinschaufelte, sah ich einen Männerschuh seitlich neben dem Schuppen liegen, aber als ich mich umblickte, war Ben nirgends zu sehen.

Niemand sprach ein Wort an diesem Abend, als Ben ein verschüttetes Geheimnis wurde; nur Lil ließ mich auf unheimliche Weise nicht aus den Augen, und ich fragte mich, ob sie vielleicht mit dem Hund unter einer Decke steckte. Kaval knabberte an ihrer Garnele und war mit ihren Gedanken völlig woanders, lag wohl an dem Meskalin, das wir uns reingezogen hatten. Sie war still und daher unerträglich.

Nach dem Abendessen gingen Kaval und ich raus zum beheizten Swimmingpool. Wir lagen da, betrachteten die Sterne und feierten tote Berühmtheiten. Kaval lachte, als ich ihr John Lennon zeigte. Die ganze Zeit ein Auge immer auf den Salatfriedhof, wartete, daß etwas geschah. Als nichts passierte, spielte ich mit dem Gedanken, ihr von meinem kleinen Unfall zu erzählen. Ich suchte die Bäume und Zweige der Hecken ab, suchte nach dem Leuchten seiner Augen, statt dessen bescherte mir die Ladung Meskalin einen Hustenanfall.

»Was ist los?« fragte sie mit geschlossenen Augen. »Alles in Ordnung?«

»Ich hab' nur an was Komisches gedacht.«

»An was?«

»Ich weiß nicht mehr.«

Kaval hielt sich die Hand vor die Augen, das Licht vom Pool und die Reflexionen auf dem Wasser störten sie, sie blinzelte mehrere Male. Ich beobachtete sie ganz genau, lauerte auf einen Ausrutscher, auf den Schnitzer, der die Wahrheit enthüllen würde, wie bei Kennedy und der Verschwörung, und Oswald war plötzlich der Gute. Aber Kaval blieb, wie sie war, und dann dachte ich, sie kann nicht eingeweiht sein, warum sollte dann der Hund so scharf auf ihren Tod sein, aber dann traf mich die Raffinesse einer Überlegung wie ein Schlag, gab es einen besseren Weg, Verunsicherungen und Mißtrauen entgegenzuwirken, als die Risse mit Liebe und Freundschaft zu kitten?

»Kaval? Bist du die einzige da drinnen?«

»Wo drin?«

»In deinem Körper. Ist dort noch irgend jemand anderes zusammen mit dir?«

»Klar, da sind viele Leute. Willst du mit Elvis sprechen?«

»Elvis Presley?«

»Nein! Elvis Costello.«
»Wie sieht's mit Hunden aus, hast du irgendwelche Hunde in dir?«
»Ich hasse Hunde.«

Stimmen im Flur rissen mich aus dem Schlaf. Unterdrückter Streit direkt vor meiner Tür. Die Sonne war noch nicht aufgegangen, am Horizont war nur eine purpurne Wunde. Ich setzte mich auf, als Kaval hereingeschlichen kam. Ihre Haare standen in alle Himmelsrichtungen ab.
»Was ist los?« fragte ich.
»Ein Anruf für dich. Hört sich wichtig an.«
»Anruf? Niemand weiß, daß ich hier bin.«
»Geh lieber ran. Sie haben nach dir gefragt und gesagt, daß es sich um einen Notfall handelt.«
Ich stand auf und zog mich an. Draußen, nahe der Treppe, stand Lillian und wartete. Ich wollte zum Telefon im Flur, als Lillian mich am Handgelenk packte und flüsterte: »Nimm das in der Küche. Und versuch, leise zu sein, Benjamin schläft noch.« Dann warf mir Lillian einen vielsagenden Blick zu. Ich ging in die Küche, und als ich den Telefonhörer nahm, hörte ich Dezmond am anderen Ende der Leitung.
»Verdammt noch mal, was fällt dir ein, mich um diese Zeit anzurufen? Woher weißt du überhaupt, wo ich bin?«
»Ich habe die Nummer von Carolines Vermieter.«
»Von wem?«
»Caroline. Deine Freundin.«
»Du meinst Nancy, äh, ich meine Kaval.«
»Ich meine Caroline! Ihr Vermieter hat gesagt, daß sie

so heißt. Jedenfalls bin ich so an die Nummer gekommen.«

»Also, was ist los, warum rufst du mich an?«

»Gestern abend ist ein Detective in Jackie's Bar aufgetaucht und hat nach dir gefragt. Er wußte, wie du heißt und wo du wohnst. Ich hab' ihm gesagt, daß ich dich nicht kenne. Hab' ihn gefragt, worum's geht, und er hat Denise erwähnt. Er hat gesagt, er muß persönlich mit dir reden.«

»Denise? Was ist mit ihr?«

»Wollte er nicht sagen. Er meinte, er muß mit dir reden, es wäre wichtig. Er hat seine Karte dagelassen. Willst du die Nummer?«

»Ja, gib sie mir. Warte, ich brauch' einen Stift.«

Kaval stand direkt hinter mir, sie hatte einen Stift, Papier und ein schnurloses Telefon, sie hörte jedes Wort mit.

»Okay, wie ist die Nummer?«

»Sein Name ist Detective Webster. Detective Frank Webster, Midtown West, die Nummer ist 698-1645. Ruf ihn an, und ruf mich gleich wieder zurück.«

»Ich seh' dich doch in einer Woche oder so.«

»Nein! Ruf mich heute abend an, sag mir Bescheid, was …«

»Good-bye, Dezmond.«

Kaval legte im selben Moment auf wie ich und lehnte sich gegen den Tresen.

»Was meinst du, was ist passiert?«

»Ich weiß nicht. Ich werd' anrufen und es herausfinden. Wie spät ist es in New York?«

»Drei Stunden vor – es ist dort jetzt etwa halb acht.«

9

Es stimmt. In der ersten Klasse wird tatsächlich Hummer serviert.

Detective Webster führte mich am Arm durch ein speckiges Gebäude, wo kahle Gänge hallten und dicke Wassertropfen von porösen Decken auf den Boden knallten. Das Tick Tack der Uhr, klopf klopf, zum Geräusch der Straßenschuhe und Sneakers auf Beton. Der Gang endete an einer gläsernen Schwingtür, und als beim Betreten der Geruch von Körpersäften und Rizinusöl sich in meinen Kleidern verfing, glaubte ich, ohnmächtig zu werden.

Man hatte ihr brutal das Gesicht eingeschlagen, mehr, als eine Schaufel ausrichten könnte. Die Haut purpurn, die Gesichtszüge verwüstet, verzerrte Lippen und hervortretende Adern, die Kopfhaut über der Stirn weggerissen, die Augen tief in den Höhlen, mit blutunterlaufenen Lidern, die Nasenlöcher unvorstellbar gedehnt, getrocknetes Blut, an den Rändern verkrustet … Es war Denise.

Detective Webster stand neben mir, wartete auf eine Reaktion, aber es kam keine, nur verschwommene Gedanken auf Zelluloid, selbst ich war überrascht.

»Ja, das ist sie«, sagte ich, und Webster gab dem Angestellten ein Zeichen, sie in ihre Kammer zurückzurollen.

»Sie wurde in einem Keller in der 56sten Straße gefunden. Der Mietvertrag lief auf eine Gesellschaft, die unter ihrem Namen eingetragen war. Wissen Sie, welcher Art von Gewerbe sie dort nachgegangen ist?«

Ich sagte nein und sonst nichts.

10

Sie machten sie so gut wie möglich zurecht, aber der Sargdeckel blieb zu. Ich war noch allein, wartete, daß ihre Freunde kämen, um ihr die letzte Ehre zu erweisen, und fragte mich, ob sie überhaupt da drin läge. Was war das Ganze nur für eine miese Kiste; wäre sie doch nur in der Lage, die Dinge auszusprechen, die sie erzählen könnte. Ich hätte am liebsten gekotzt bei dem süßlich-fauligen Geruch des überladenen Blumenschmucks. Ich hörte das Ticken der Uhr, klopf, klopf, draußen im Vorraum. Dann, sieben Tick-Tacks später, Schritte, die am Eingang stoppten. Sie kam herein und kniete sich auf die Kirchenbank, selbst von hinten sah sie Denise so ähnlich. Vielleicht ist das ihr Problem gewesen, dachte ich, beide wollten der Mann sein, keine wollte nachgeben, dabei verlangt Sex genau wie Politik nach dieser sanften Unterwerfung. Barbara kam zu mir herüber, in Jeans und Stiefeln, ein lockeres Hemd unter dem schwarzen Wildlederjackett. Mit einem verzweifelten Blick gab sie mir die Hand und küßte mich auf die Wange.

»Es tut mir so leid, Eddie.«

»Danke, daß du gekommen bist, Barbara.«

»Ich hab' geheult, als ich es in der Zeitung gelesen habe.«

»Es war ein ziemlicher Schock.«

»Weiß die Polizei schon etwas? Haben sie jemanden in Verdacht?«

»Ich glaube nicht.«

»Was für eine Tragödie, mein Gott ...«

»Es hat mir wirklich leid getan, daß ihr euch getrennt habt. Ich habe es erst vor ein paar Monaten erfahren.«

»Es war für beide Seiten schmerzhaft.«

»Das kann ich mir denken.«

»Was hast du so gemacht? Offenbar kümmerst du dich mehr um deine Gesundheit, du siehst jedenfalls besser aus. Hast richtig Farbe bekommen.«

»Ich war in L.A. Da wird man automatisch braun.«

»Steht dir gut. Wohnst du jetzt dort?«

»Nein, ich war zu Besuch da, mit einer Freundin. Ihre Familie lebt dort … Hier, bitte, setz dich doch.« Sie setzte sich, wischte sich eine Wimper oder eine Träne aus dem Auge. Ich beobachtete sie. Sie starrte auf den geschlossenen Eichensarg, das Gesicht wie versteinert und gleichzeitig weich wie Vinyl. Sie putzte sich die Nase mit einem Taschentuch.

»Ich brauch' 'ne Zigarette. Kommst du mit runter?«

»Klar.«

Im Warteraum setzte sich Barbara auf eine Couch und zündete sich eine Mentholzigarette an. »Wurde sie übel zugerichtet?« fragte sie.

»Ja, das wurde sie. Deshalb war auch der Sarg zu. Sie haben sie nicht gut genug hingekriegt.«

Barbara stöhnte auf, hatte sich aber sofort wieder im Griff. Ich wollte ihr sagen, wie sehr Denise sie geliebt hatte und ihr von dem Bild im Schlafzimmer erzählen, aber ich tat's nicht. Statt dessen sagte ich: »Die Polizei glaubt, daß es ein Kunde war. Alle Papiere und Unterlagen aus ihrem Büro sind verschwunden. Es muß jemand gewesen sein, mit dem sie beruflich zu tun hatte.«

»Wie hat dir L.A. gefallen?« fragte sie und ließ Asche in den Aschenbecher rechts von ihr fallen.
»Überhaupt nicht.«
»Keine Stadt ist wie New York.«
»Scheint so … Bist du immer noch in derselben Firma? In der Buchführung?«
»Ich bin jetzt Teilhaberin.«
»Oh. Herzlichen Glückwunsch.«
»So toll ist das auch wieder nicht«, sagte sie und winkte mit der Zigarette ab. Mir fiel auf, daß sie mich merkwürdig ansah, blutunterlaufene Augen kündigten es an.
»Was ist?« fragte ich.
»Hör mal, es gibt etwas, worüber ich mit dir reden muß. Ich weiß nicht, wie ich mich verhalten soll, ob ich damit zur Polizei gehen soll oder nicht.«
Ich setzte mich, neugierig, was sie mitzuteilen hätte.
»Ungefähr drei Monate, bevor wir uns getrennt haben, wollte Denise, daß ich ihr bei etwas behilflich bin, aber ich konnte das nicht. Es betraf ihre Arbeit …«
Barbara rückte mit ihrer Geschichte raus, und ich war glatt von den Socken.
»Scheiße«, sagte ich und rieb mein Kinn. »Ich meine, ich wußte schon, daß Denise finanziell in Schwierigkeiten war, aber ich hätte nie gedacht, daß sie …«
»Finanziell in Schwierigkeiten? Sie hatte keine finanziellen Schwierigkeiten, sie hat ein Vermögen verdient.«
»Das kann nicht stimmen. Sie hat mir erzählt …«
»Eddie, ich hab' die Buchführung gemacht. Ich weiß, was sie verdient hat. Glaub mir, bis zum Schluß gab es keine Geldprobleme. Uns ging's blendend! Wir waren niemals

erfolgreicher. Das hat ja zu den Schwierigkeiten geführt. Deine Schwester war wie besessen. Ein Grund, warum ich gegangen bin.«

»Das ist … schwer zu glauben.«

»Keine Ahnung, ob das eines ihrer verrückten Projekte war. Ich weiß jedenfalls nicht, was ich machen soll.«

»Mach erst mal gar nichts. Sprich mit niemandem darüber. Mir gegenüber hat die Polizei nichts davon erwähnt.«

»Was haben sie denn gesagt?«

»Nichts. Und ich habe ihnen erzählt, daß ich nichts von dem Folterkeller wußte.«

Barbara zog an ihrer Zigarette, die zur Hälfte nur noch aus Asche bestand, und sah mich von der Seite an. Barbara war nicht blöd.

Als ich wieder oben war, beugte sich seine Silhouette über den Sarg. Ehe ich mich umdrehen konnte, sprach er mich an.

»Eddie.«

Sein Säuseln schleuderte Steine meine Kehle hoch. Ich ging langsam auf ihn zu, um ihn zu begrüßen, und er schüttelte meine Hand mit machomäßig-eisernem Griff, verletzte auf seine sanfte, dumme Art.

»Ich hab' einen Anruf vom Krankenhaus bekommen«, sagte er. »Sie haben mir gesagt, daß die Polizei bei deiner Mutter war. Dann haben sie mir das von Denise erzählt. Warum hast du mich nicht angerufen?«

»Tut mir leid, Onkel Ted. Ich stand völlig neben mir, ich habe nicht daran gedacht.«

»Wie geht's dir? Kommst du klar?«

»Ja.«

»Ich habe gestern abend mit einem Detective gesprochen. Er hat mir gesagt, sie suchen immer noch nach Spuren.«
Onkel Ted blickte auf den Sarg, und zwischen den geöffneten Lippen in seinem müslifarbenen Gesicht sah ich den Goldzahn schimmern. Gedanken an Dämonen, ich konzentrierte mich auf seine Augen und wartete ... war es möglich, daß er noch lebte?
Onkel Ted entfernte sich vom Sarg und setzte sich auf die Bank in der ersten Reihe. Ich fühlte mich nackt und unsichtbar. Ich zitterte, die Angst und der Verlust, denn ohne Denise blieb nur noch ich übrig; ich, allein mit Onkel Teds Geheimnis. Er hatte sie alle reingelegt, absolut. Könnte ich nur ihr Gesicht sehen, sehen, ob sie Tränen vergoß, während das Blut durch meinen schmerzenden Schädel schoß und in meinem Hirn dröhnender Sound und Sensurround gegeneinander ankämpften wie Arschficker beim Fistfucking. Ich war acht Jahre alt und linste durch ihr Fenster, sie entdeckte mich nicht in diesem kurzen Augenblick, bevor ich auf den Hof rannte, hin zu dem Baum mit dem Seil und dem Autoreifen, meinen Kopf durch das Gummi steckte, um ihre Schande ungeschehen zu machen, an der ich fast erstickte, und es gelang mir nicht, den Ausdruck auf ihrem Gesicht zu löschen. Wenig später kroch ich zurück zum Fenster und hörte, wie sie leise ein Lied sang, an das ich mich nicht mehr erinnern kann, aber sie sang es immer und immer wieder, ein monotoner Singsang, bis Mama vom Einkaufen nach Hause kam. Denise half ihr beim Abendessen, und ich rannte in die Garage, stand an der Wand und heulte; niemals verlor ich ein Wort darüber.
Onkel Ted bot einen jämmerlichen Anblick, Augen voller

Lüsternheit, gepaart mit katholischer Scheinheiligkeit, ich wünschte mir die Schaufel zurück. Er betrachtete die Blumen, als ich mich umdrehte. Der Blumenständer fiel mir auf, schweres, massives Messing, leider außer Reichweite; ein sauberer Schlag, gefolgt von einer verrückten Explosion scheußlicher Materie, und alle Schulden wären beglichen. Meine Finger berührten den eiskalten Gral, als er sein Katzenlächeln aufsetzte.

»Sag mal, Eddie, spielst du noch Klavier?«

Ein Tritt in die Eier, und alles wurde zu Stein.

»Äh … nein. Ich, äh, spiel nicht mehr.«

»Wie bedauerlich. Du warst wirklich gut.«

»Ja … nun …«

»Stundenlang hast du gespielt, weißt du noch? Deine Mutter hörte es so gerne. Du hast immer dieses klassische Zeug gespielt, Beethoven und wie sie alle hießen.«

»Ich beschäftige mich nicht mehr viel mit Musik.«

»Wirklich schade. Und was machst du jetzt?«

»Nichts.«

»Arbeitest du?«

»Äh, Onkel Ted, ich geh' mal für 'ne Minute raus, okay?«

»Klar, Eddie. Ich versteh' schon.«

Draußen, auf den Stufen, stellte ich meine gesamte Existenz in Frage, die wertlosen Dinge, die ich dem Leben entriß. Meine Augen flackerten, kaputte Glühbirnen an losen Drähten, vielleicht würde ich jetzt blind werden – diese Möglichkeit bestand immer. Wäre der Hund noch am Leben, würde ich diesmal den kürzeren ziehen.

Als ich wieder reinging, stand Onkel Ted am Sarg, eine Hand auf dem Deckel, selbst im Tode mußte sie seine Belästigung

noch ertragen. Ich ging auf ihn zu, und Onkel Ted drehte sich um, die trüben Augen rot umrändert.
»Es ist eine Schande«, jammerte er. »Eine gottverdammte Schande. Gott sei Dank ist deine Mutter nicht hier und muß das miterleben. Es würde sie umbringen ... Diese beschissene, verrückte Welt, in der wir leben.«
Onkel Ted griff nach einer Packung Papiertaschentücher, wischte sich die tropfende, rotgeäderte Nase, schnaubte; es hörte sich an wie ein Nebelhorn. Er blickte sich in dem leeren Raum um und fragte: »Wo sind die Kinder? Und Jerry?«
»Sie sind nicht gekommen. Sie haben Blumen geschickt. Die blauen da.«
»Er hat nur Blumen geschickt?«
»Ja.«
Mit zusammengebissenen Zähnen sah Onkel Ted zur Seite. Dezmond und Lucille kamen herein, und ich ging rüber, um sie zu begrüßen.

Neun Tage später kam Kaval zurück und erzählte mir vom Verschwinden ihres Vaters und von dem Skandal, den sein Verschwinden nach sich gezogen hatte. Polizei und FBI zögen nur falsche Schlüsse, und daß seine Geliebte zwei Tage später ebenfalls von der Bildfläche verschwunden sei, schien diese Annahme zu bestätigen. Ich fragte nach dem Salatbeet, aber sie wußte nicht, was ich meinte. Ich sprach von Denise und von der Totenwache und dem Gottesdienst, und da wurde Kaval stocksauer.
»Warum hast du mich nicht angerufen?« sagte sie aggressiv. »Ich wäre gleich zurückgekommen.«

»Ich wollte dich damit nicht belästigen.«
»Mich damit belästigen? Ich kann das nicht glauben! … Du bist unglaublich, weißt du das?«
»Ja.«
Pause … »Mein Gott, es tut mir leid. Das habe ich nicht so gemeint. Nur, ich … ich wäre nur gern bei dir gewesen. Es gab keine Möglichkeit, dich zu erreichen. Ich wußte nicht, was los ist. Es muß verdammt hart gewesen sein.«
»Ja, das war's.«

11

Ich sank auf quietschende Sprungfedern und hörte, wie sich ihre Lungen dehnten. Erschöpfte Lungen. Ein Fluch, dieses hilflose Verlorensein im Labyrinth der Not. Zu leben, wie sie lebte; ein Leben, in dem jeder ausgestreckte Mittelfinger eine logische Erklärung zu haben schien. Aber Wunden heilen nicht nach logischen Gesichtspunkten. Ich beugte mich zu ihr hinunter, ganz nah, und machte meine eidesstattliche Aussage.

»Ma, ich weiß, daß du mich da drinnen hören kannst, also tu nicht so, als könntest du's nicht. Es gibt einiges, was ich dir sagen muß, und ich werd's aussprechen, egal, ob du's hören willst oder nicht.«

Ich hörte das Kratzen von Pfoten im Gang, sprang auf, sah aber nur die abgenutzten grauen Fliesen, der Heizkörper spuckte verächtlich sein dampfendes Röcheln aus. Allein mit meinem Kadaver, doch ich hörte diese Pfoten.

»Das funktioniert nicht, Mama. Diesmal nicht. Mach weiter, spiel dein kleines Spiel. Dein verdammt blödes Spiel. Es ist leicht, tot zu sein, nicht wahr? Es gibt einem Sicherheit, tot zu sein … Dein ganzes verdammtes Leben war nur ein einziges, langes Koma!«

»Sprich nicht so mit ihr!«

Ich wirbelte herum, und da stand sie, ans Fenster gelehnt, ihr Gesicht gefühlvoll in Buttercreme getaucht durch das Sonnenlicht, die Zornesröte ultraviolett.

»Wer bist du, um sie zu verurteilen?«

»Ich … ich …«

»Ich könnte dir auch einiges erzählen, wie du weißt.«
»Das stimmt, das könntest du! Und ich habe nichts, um angemessen zu erwidern. Aber ich habe dafür bezahlt, ich bezahle jeden Tag dafür.«
»Und sie bezahlt nicht jeden Tag dafür?«
»Sie macht das, was sie immer gemacht hat. Für sie ist es nur eine Flucht mehr.«
»Eddie, vergiß es.«
»Siehst du's denn nicht, Denise? Es hängt alles zusammen! Sie wußte von Onkel Ted. Sie hat nichts dagegen unternommen.«
»Was hätte sie denn tun sollen?«
»Sie hätte dir glauben sollen! Sie war unsere Mutter! Sie hätte uns beschützen müssen.«
»Es ist vorbei. Du solltest es vergessen.«
Denise verschränkte die Arme und sah mich mit den Augen der großen Schwester an. Der atmende Haufen Bettzeug holte tief Luft, um dann wieder auf zerbrechlichen Rippen in sich zusammenzufallen.
»Denise, wenn nichts davon jemals geschehen wäre, hätte sich alles anders entwickelt.«
»Nein, Eddie, alles wäre genau so gekommen. Komm schon, Eddie, es ist an der Zeit, daß du aufhörst, sie zu hassen.«
»Ich … ich habe sie nie gehaßt. Ich habe sie … nur nicht gemocht.«
»Vergiß es«, sagte sie, und die Sonne hinter ihrem Kopf verstärkte die Wirkung der Roten. Im Gang schrie ein Mann nach Helen. Ihr Gesicht wurde schärfer, und schließlich konnte ich es klar erkennen. Ich kam ihr zuvor und sagte: »Es war Onkel Ted, der den Rosenkranz auf deinen Sarg

gelegt hat. Ich habe ihn zweimal weggenommen. Aber jedesmal, wenn ich mich umgedreht habe, hat er ihn zurückgelegt.«

»Was hatte er für ein Problem?«

»Ich weiß es nicht. Er war immer religiös.« Denise kicherte mit einemmal, in ihrer Iris brach sich das Sonnenlicht, funkelten Silbersplitter.

»Es ist gut, dich so zu sehen«, sagte ich. »Das letzte Mal … du weißt schon.«

Sie grinste mich verständnisvoll an.

»Willst du, daß ich was gegen den Typ auf den Bildern unternehme? Er war's, nicht wahr?«

»Unternimm nichts. Vergiß es.«

Sie starrte aus dem vergitterten Fenster, ihre Gedanken flogen davon wie Vögel, die man aus Käfigen freigelassen hatte. Die Patientin versuchte, Leben aus Kurven auf häßlichem Papier zu saugen. Jetzt wußte ich, daß sie irgendwie Anteil nahm, daß sie allem lauschte.

»Gibt es nichts, was du ihr sagen willst?« fragte ich.

Denise sah zu Boden und schüttelte sanft den Kopf. »Nein, ich empfinde keine Verachtung für sie.«

»Du hast eben immer schneller verziehen als ich. Ich denke, ich habe sie gehaßt. Ich wollte es nicht. Ich habe mich gehaßt, weil ich sie gehaßt habe.«

»Du hast zuviel erwartet.«

»Ich weiß … Wenn ich dich etwas frage, Denise, wirst du mir eine ehrliche Antwort geben?«

»Was?«

»Hast du was mit dem Hund zu tun?

»Mit welchem Hund?«

»Dem Hund, der mich verfolgt.«
»Ich weiß nichts von einem Hund.«
»Ich habe gedacht, ich hätte ihn getötet, aber horch doch … Hörst du ihn rumlaufen? Er ist jetzt unsichtbar.«
»Ich höre nichts.«
»Er will, daß ich sie töte.«
»Hör nicht auf ihn. Dieser ganze Mist existiert sowieso nur in deinem Kopf.«
»Und du? Bist du in meinem Kopf?«
»Wie viele Rote hast du genommen, bevor du hergekommen bist?«
»Sieben.«
Denise lachte, ein verzerrtes Lachen von verzerrten Lippen, die sich zu einem Lächeln kräuselten.
»Schon gut. Aber was ist mit dem Typ auf den Bildern? Was soll ich seinetwegen unternehmen?«
»Nichts.«
»Vielleicht sollte ich zur Polizei gehen?«
»Mach dich nicht lächerlich. Die werden dich einsperren.«
»Was soll ich dann machen?«
»Hörst du mir überhaupt zu? … Mach nichts. Vergiß es.«
»Und was mache ich mit dem Hund?«
»Ruf den Tierschutzverein an!« sagte sie, und ihr Kichern kitzelte meine Ohren.

12

Du willst ihn also ungeschoren davonkommen lassen?«

»Das verstehst du nicht.«

»Und ob ich das versteh'.«

»Sie will es so.«

»Sie will ... Was hast du gemacht? Eine beknackte Séance abgehalten und sie gefragt?«

»Ich ... ich ...«

»Ich ... ich ...«, äffte Kaval mich nach. »Erpressung! Nötigung! Mord! Du verblüffst mich immer wieder.«

»Warum rastest du eigentlich deshalb so aus? Ich hab' das gemacht, um ihr zu helfen. Sie hatte Probleme.«

»Und was hat sie jetzt?«

»Das ist nicht fair!« schoß ich zurück und warf hektisch vier Rote ein.

»Gut«, stieß sie aus. »Dann fall eben in dein Koma. Von deiner Mutter behauptest du, daß sie flüchtet, und wie steht's mit dir?«

»Ich fliehe vor den Schmerzen!«

»Genau das meine ich!« Kavals Blick hatte genügend Schärfe, mich zu durchbohren.

»Was soll ich deiner Meinung nach tun?«

»Etwas! Irgendwas!« schrie sie in dumpfer Verzweiflung. »Es ist mir egal, was! Aber tu etwas!«

»Die verhaften mich gleich, wenn ich zur Polizei gehe.«

»Dann mach was anderes!«

Ich hielt den Atem an, versuchte, mich daran zu erinnern,

worüber wir sprachen. Fassungslosigkeit, als mir klar wurde, was sie von mir erwartete.
»Du bist verrückt, das werde ich nicht tun.«
»Ich zwinge dich nicht, irgendwas zu tun.«
»Ich weiß, was du denkst. Ich seh's an deinem Gesicht.«
»Wann wirst du endlich erwachsen!«
»Wann läßt du mich endlich in Ruhe, verdammt noch mal.«
Beim Verlassen des Zimmers sah sich Kaval noch einmal um; ihre Sommersprossen glühten.

Später in jener Nacht konnte ich kein Auge zutun, drehte mich wie ein Salatblatt hin und her, denn Kavals Gesicht wirbelte ständig in meinem Kopf herum. Draußen im Flur konkurrierten zwei Stimmen miteinander, Crashcars auf ausländischen Landstraßen, spanische Geschosse, die vom Putz abprallten. Ich hörte eine Frau weinen und heiser aufstöhnen, ein Mann knurrte, seine Schritte hasteten die Treppe hinauf. Ich stand auf und linste durch den Spion; eine müde Señorita in T-Shirt und Jeans humpelte in mein Blickfeld, produzierte schleimige Speichelfäden; sie blieb auf der Treppe stehen, beugte sich vor, hustete und wischte sich den Mund mit dem Handrücken ab. Ich rauchte zwei Joints, warf vier Rote ein und hielt meine Finger über die Kerzenflamme, bis tropfendes Blut sie auslöschte.
Saß in der Wanne und fuhr mit einer Rasierklinge sanft über die Venen, zu wenig, um sich umzubringen, genug, um einen Schauder zu erzwingen, praktische Übungen in angewandter Feigheit; dachte auf angenehme Weise wie Denise, als vor mir auf einer Bühne übelster Gemeinheit

Vertreter aufkreuzten aus Politik und Geistlichkeit, die mit Peitschen und Ketten, auf feuchten Betten bei Analverkehr und Mundhygiene um die Vaseline stritten. Klaffende Löcher und Wunden von Beilhieben enthüllten ihre tiefen Geheimnisse, feuchte Lippen gebaren das Kaleidoskop meiner Alpträume. Karminrote Theatervorhänge, und hinter der Bühne bluteten Christen, vor hölzernen Kreuzen und Jesus man buckelte, während Judas an den Ständern geiler Hengste nuckelte und Maria über ihre dunkle Verderbtheit à la Magdalena tuschelte. Zweimal flackerte die Glühbirne in Denises Raum mit meinem Stativ und Geheimnis, als sie ins Blickfeld kam und am Tisch auf degenerierte Feinschmecker wartete. Sein fettes, schweißglänzendes Gesicht, das sich voller Konzentration und mit hochroten Wangen auf die Handlung vorbereitete. Denise im weißen Kommunionskleid, mit Bändern im Haar und Kummer im Gesicht, all diese vergilbten Photos, ohne Lächeln und voller Abwehr. Der Freier sah mir in die Augen, schleimige Schlangen statt grinsender Lippen, aber diesmal lächelte Denise nicht, ihre Gesichtszüge blieben ausdruckslos und leer. Der Freier lachte, ein bösartiges Lachen, und Schwesters Gesicht implodierte ohne ersichtlichen Grund; Wangen fielen zusammen, gebrochener Schädel, eingedrückte Stirn, Blut rann runter bis zu den Augen, die Nase eingeschlagen, ein loser Hautlappen, Stück für Stück verwandelte sich ihr Gesicht in etwas nicht mehr Menschliches. Meine Hände krallten sich in zuckende Eier, als schrammendes Gelächter in meinen Ohren zirkulierte. Tickende Uhren und Denises Gejammer, ein wimmerndes, schluchzendes Kind, das flehte *»Hör auf«*, zermalmten ihr Gesicht weiter zu einem schleimigen, roten Brei, zu zerfallenden Geschwüren auf Ekzemen. Er lachte immer noch. Tränen aus Silber tropften auf meine Brust, als Mutters Körper an meinem Gesicht vorbeitrieb und durch den Wasserhahn verschwand. Ich schloß meine Augen und lachte ein böses Lachen.

13

Ich weiß nicht, wie er heißt, ich weiß nur, wie er aussieht, sonst nichts.«

»Na, das ist doch schon was. Wie viele Rechtsanwälte gibt es wohl in New York?«

»Wie viele Ratten gibt es auf 'ner Müllkippe?«

Kaval lächelte schief, wußte aber, daß ich recht hatte. Die Arme verschränkt, wie sonst nur Schwester, die Augen zu kleinen, blau blitzenden Schlitzen verengt.

»Es muß eine Aufstellung geben, so was wie einen Katalog oder ein College-Jahrbuch, etwas in der Art.«

»Meinst du?«

»Es ist einen Versuch wert. Ich habe einen Onkel, der ist Anwalt und arbeitet für Xerox. Ich könnte ihn anrufen und fragen, wie man einen bestimmten Rechtsanwalt ausfindig macht.«

»Und was machen wir, wenn wir diesen bestimmten Anwalt gefunden haben?«

Unsicherheit auf beiden Seiten beendete das Gespräch.

Kaval sprach mit ihrem Onkel Morris in San Francisco, der nach ihrem Vater und dessen Verbleib fragte, sich nach der Familie erkundigte, nach den Cousinen und dem Wetter in New York, nachhakte, wie es mit Kavals Karriere voranging, und dann erwähnte er seine Tochter, die in ein paar Monaten nach New York kommen wolle und vielleicht in Kavals schickem Apartment auf der Park-Avenue wohnen könne. Als Kaval schließlich auf den Grund ihres Anrufes zu sprechen kam, sagte er ihr, sie sei verrückt, es gebe Hunderte von juristischen Fakultäten und Tausende von Firmen, und jemanden ohne Namen und ohne Nummer ausfindig machen zu wollen habe soviel Aussicht auf Erfolg, wie eine Nadel im Heuhaufen zu suchen. Kaval legte auf und zerquetschte mit dem Daumen eine Wanze auf ihrem Knie.

»Ich hab' eine Idee«, sagte ich.

14

Barbara saß auf ihrer Couch mit den dicken, lindgrünen Kissen. Ich lehnte mich im Schaukelstuhl zurück und kreiste einen Moment lang auf der Umlaufbahn.

Sie wartete, bis ich wieder gelandet war. Dann sagte sie: »Eddie, ich habe mit meinen Anwälten gesprochen. Denise hat kein Testament hinterlassen. Alles, was sie besaß, ihr gesamtes Vermögen, geht an den überlebenden Elternteil, in diesem Fall deine Mutter, die jedoch entmündigt ist und für deren Angelegenheiten ihr Ehemann, dein Onkel, die Verantwortung hat und der auch über ihr Geld verfügt.«

Barbara wartete auf eine Reaktion von mir, aber es kam keine, denn die Gefühle eilten davon wie Nazis auf der Flucht.

»Verstehst du, was ich damit sage?«

»Im Grunde sagst du, daß Onkel Ted jetzt alles hat, was Denise besessen oder erworben hat.«

»Ja, so ist es. Wir könnten ihn vor Gericht bringen, aber ich wüßte nicht, auf welcher Grundlage wir einen Prozeß führen sollten. Er ist immer noch rechtskräftig mit deiner Mutter verheiratet. Selbst wenn wir ihn verklagen könnten, wären da noch die Zeit und die Kosten für einen Prozeß … Solange er deine Mutter im Krankenhaus läßt und den Lebensstandard hält … Sollte er das ändern, könnten wir ihn vor Gericht bringen.«

»Wieviel besaß Denise?«

»Ich schätze mal ... vierhunderttausend Dollar in bar und Aktien.«
»Verstehe.«
»Es tut mir leid ... ich weiß, daß sie gewollt hätte, daß du es bekommst.«
»Ich will ihr Geld nicht.« Barbara nippte an ihrem Wein, und in ihren Augen tanzten Hologramme von G.G. Allin. Ich nahm zwei Rote, damit sie verschwanden.
»Alles in Ordnung?« fragte sie und setzte sich auf.
»Es geht mir gut. Die Kopfschmerzen fangen nur wieder an.«
»Wie kommst du so mit allem klar?«
»Gut.«
»Brauchst du Geld?«
»Nein.«
»Laß mich dir was geben.«
»Nein, wirklich, ich will nichts.«
»Nimm wenigstens etwas.«
»Nein.«
Sie sank zurück in ihr weiches, grünes Kissen. »Genau wie deine Schwester. Störrisch wie ein Esel.«
»So war sie, nicht wahr?«
Wir grinsten beide. Barbaras Augen schimmerten wie kandierte Früchte.
»Barbara, kann ich dich um einen Gefallen bitten?«
»Klar, worum geht es?«
»Hast du zufällig einen Schlüssel für Denises Apartment? Ich möchte ihre persönlichen Dinge durchsehen, das eine oder andere behalten, zur Erinnerung. Ich habe überhaupt nichts von ihr.«
Der Glanz verschwand aus ihren Augen, ihr Blick wurde

durchdringend. Sie sagte: »Ich habe ihr meinen Schlüssel gegeben, als ich ausgezogen bin.«
»Ich verstehe.«
»Aber ich habe noch ein paar Sachen von ihr, die ich dir geben könnte. Dinge, die ich mitgenommen habe, als ich ging, kleine Geschenke von ihr.«
»Nein, das könnte ich nicht annehmen.«
»Ich könnte dir einiges davon geben.«
»Nein.«
Draußen heulten mehrere Sirenen auf, um gleich wieder zu verstummen. Ein Hund bellte zweimal. Die zitternde Unterlippe vorgeschoben wie ein ungezogenes Mädchen beim Familienrat, Barbara beobachtete mich.
»Bist du okay?« fragte ich.
»Ja, mir geht's gut.«
»So siehst du aber nicht aus.«
»Mir geht's gut.«
Im selben Moment drückte sie mich an ihre Brust, streichelte mein Haar mit heißen Tränen, die auf meinem Schädel zerplatzten. »Mein Gott, ich vermisse sie auch so sehr«, seufzte sie. Ich murmelte nichtssagende Worte, formulierte leere Gedanken, die wie mein Herz in Quecksilber ertranken.

Wir standen auf der anderen Straßenseite, gegenüber ihrem Haus. Kaval fummelte an meinem Kragen herum, rückte meine Krawatte zurecht und schlug die Ärmel nach innen um – Dezmonds Jackett war mir zwei Nummern zu groß. Sie trat einen Schritt zurück und musterte mich von oben bis unten.
»Okay, so kommst du durch«, sagte sie. »Wie seh' ich aus?«

In ihrem schwarzen Kostüm und der weißen Bluse, mit den hochhackigen Schuhen und dem zum Knoten frisierten Haar, mit pinkfarbenen Lippen und Rouge auf den Wangen sah sie ziemlich verändert aus. »Wunderschön«, sagte ich.

»Gewöhn dich erst gar nicht dran«, schnauzte sie. Ich holte tief Luft, und wir betraten die marmorverkleidete Halle; vorbei am Portier und weiter zum Fahrstuhl; Kaval warf mir einen flackernden Blick zu – sie liebte solche Aktionen. Oben öffnete sich die Fahrstuhltür, sie trat hinaus auf den Flur und ging die numerierten Türen entlang.

»Hier ist es«, sagte sie und winkte mich heran. Barbaras wiedergefundener Schlüssel glitt ins Schloß und machte den Weg frei für unser Abenteuer.

Denises Wohnung sah aus wie bei meinem letzten Besuch, nichts war berührt, nichts umgestellt worden. Kaval stand mitten im Zimmer und überlegte, wo wir anfangen sollten. In meinem Kopf – Szenen mit Denise, ihr Leben in diesen Räumen, auf der Couch und am Tisch, mit Musik und Kunst und Essen und Lachen und Liebe machen, und mein Magen verwandelte saure Gummibälle in matschigen, rötlichen Lehm. Kaval war im Schlafzimmer und durchsuchte die Schubladen des Kleiderschranks.

»Was machst du da?« fragte ich, irgendwie verärgert.

»Was soll ich schon machen? Ich such' nach Spuren! Komm schon, such mit!«

Ich nahm Barbaras Bild vom Nachttisch und setzte mich aufs Bett. Kaval untersuchte die Kleiderständer in dem begehbaren Schrank; Kleider, Anzüge, Abendgarderobe und Schuhe und Hüte und Gürtel, all die Accessoires, die dort hingen wie Verurteilte in Todeszellen. Ich ging zu ihrem Schminktisch, ein Altar mit Lippenstiften und Pinseln und Puderdosen, Lotionen in kleinen Kristallflaschen, Rouge und Cremes und schwere Parfums, Denises Duft hing in der Luft wie ein Geist, der eine heilige Grabstätte bewacht. Ich berührte ihre Sachen, wollte sie so spüren, kramte in einem Kästchen, Armreifen und Fußspangen aus Silber und Gold. Versteckt in der untersten Schublade, lagen Mutters antike Broschen.

»Das ist reine Zeitverschwendung«, rief ich Kaval zu. »Hier ist nichts.«

»Woher willst du das wissen, wenn wir nicht nachsehen?« sagte sie und hielt ein paillettenbesetztes Abendkleid mit Schlitzen an den Seiten in die Höhe.

»Wir müssen in den Folterkeller, da war ihr Büro.«

Kaval kam herüber und warf einen Blick über meine Schulter.

»Was ist das?« fragte sie.

Denise blickte von der Schaukel im Garten in die Kamera, die Füße hoch in der Luft, mit wehendem Haar, ihr hübsches blaues Kleidchen bauschte sich über den Schenkeln, Tage lachender Sorglosigkeit. Im Sandkasten nahe der Garage Burgen und Tunnel und kühle, feuchte Geheimnisse mit Plastiksoldaten zu ihrem Schutz. Ich bewachte die Festung, während Denise hoheitsvoll in ihrem Königreich stand. Ihr schiefes Lächeln, die dürren Beine unter karierten Faltenröcken, sie erzählten die private Geschichte; dann die Geburtstagsparty, als sie zwölf wurde, um ihren Hals rankten sich Papierschlangen mit Kaugummikugeln wie Kletterrosen mit blutenden Dornen. Denise mit kurzgeschnittenem

Haar, einen Arm um meine Schulter gelegt, ein blaues Auge von der Prügelei mit Peter Jensen; und was hat mich Peter jahrelang getrietzt, mir mein Pausenbrot und mein Taschengeld weggenommen, und ich hatte niemandem davon erzählt, voller Scham und Hilflosigkeit, bis Denise durch Debbie McCormack dahinterkam, in der Pause zu Peter Jensen ging und ihm ein Büschel Haare ausriß; wie Hunde auf dem Müllplatz fielen sie übereinander her, Denise trat und kratzte und boxte und biß, und als Schwester Grace angehumpelt kam, saß Peter auf der Erde und heulte wie ein Schloßhund. Schwester Grace packte Denises langes, rotes Haar und schlug ihr so heftig ins Gesicht, daß alle den Atem anhielten wie aufgeregte Debütantinnen. Aber Denise gab keinen Laut von sich, berührte nur ihre Wange und warf Schwester Grace einen Blick zu, in dem sich die Leidenschaft dieser Welt zu konzentrieren schien. Zur Strafe schleifte Mutter Denise zum Friseur, um ihr einen Haarschnitt im Stil kleiner Jungen, die sich gerne prügeln, verpassen zu lassen, und zwei Wochen lang verließ Denise ihr Zimmer nur, um zur Schule zu gehen. Eines Tages dann stürmte sie stolz in die Küche und schwor bei der Schürze unserer Mutter, daß sie ihr Haar für den Rest ihres Lebens so lassen wolle. Und drei Jahre lang blieb sie diesem Schwur treu.

»Was ist so komisch?«

»Äh? Was?« sagte ich und sah hoch.

»Ich hab' gefragt, was so komisch ist.«

»Oh, nur eine Erinnerung.«

»Willst du sie mit mir teilen?«

»Nein.«

»Wie du willst ... Wo ist dieser Folterkeller, von dem ich schon soviel gehört habe?«
»Auf der anderen Straßenseite.«
Ich hielt den Schlüssel hoch, und Rücklichter von Traktoranhängern leuchteten in ihren Augen auf.

Die gelb-schwarzen Klebebänder der Polizei zerreißen leicht.
Dieser unangenehm klamme Geruch der Dunkelheit, feucht wie ein Abfluß. Kaval klammerte sich an mich, als ich in das kryptische Mausoleum meiner Schwester eindrang. Ich schaltete das Licht an, sieben Lampen in einer Reihe waren in die Decke eingelassen, Kaval schnappte nach Luft. In dem Raum herrschte totales Chaos, Regale umgeworfen, Gegenstände umhergeschmissen, ihr Handwerkszeug auf dem Boden verstreut, zwischen Batterien und Drähten, Federn und irgendwelchen Geräten. Die Hälfte des Bodens voller rostbrauner Flecken, selbst für einen Scharfrichter der nackte Schrecken. Der Abfluß war trocken, der Rand blutverkrustet. Kavals Fingernägel gruben sich in meinen Unterarm, ihr Gesicht war verzerrt, als wir ans Ufer traten. Sieben silberne Hengste standen an der Seite und blickten nach Süden, und ich stand da, gelähmt und fasziniert zugleich. Kaval stöhnte auf, und in den Pfeifton ihres Atems, den sie durch die Nase ausstieß, stahl sich ein Laut wie von Kindern beim Sex. Piercing-Schmuck und Prinz-Albert-Nadeln und Nippelklammern mit Lederschlaufen lagen in der Ecke. An der gegenüberliegenden Wand das hölzerne X, auf die Seite gekippt, wirkte es jetzt wie ein Kreuz ohne Messias.
Kaval schluckte, und ich zog sie ins Büro, das noch mehr

verwüstet war. Der Schreibtisch war umgekippt worden, die Schubladen waren in ihre Einzelteile zerlegt, weiße Blätter bedeckten den gesamten Boden, der Aktenschrank war offen und die Schranktür aus den Angeln gerissen. Kaval hob eine Handvoll leerer Blätter auf.

»Er war schon hier«, rief sie. »Alles ist weg! Die Polizei hätte alles mitgenommen, aber den Raum nicht so demoliert.«

Kaval stocherte mit dem Fuß in dem Papier und dem Müll herum und seufzte: »Wie konnten die das hier nur so lassen, mit all dem Blut?«

»Ich weiß es nicht.«

»Es ist … unglaublich. Wußtest du, daß es hier so aussieht?«

»Nein, ich bin seitdem zum ersten Mal hier.«

Kaval schluckte, und ihr Blick nahm mich scharf ins Visier. »Zeig mir, wo du's gemacht hast«, und ich brachte sie in das eigentliche Arbeitszimmer gegenüber dem Ministerium meiner Schwester. Das Bild lag zertrümmert am Boden, die Wand war teilweise eingerissen worden, und Kaval untersuchte das zerbrochene Rigips rund um das Loch, berührte die Gipskrümmel mit ihren Fingerspitzen und kam zu dem Schluß, daß es sich um einen Baseballschläger gehandelt haben müsse. Ich steckte meine Hand in das Loch, hob die Platte an und ließ sie auf den Boden fallen.

Kaval warf einen Blick hinüber zum Abfluß, als ich in Platos kleines Refugium kroch. Sie folgte mir und stand genau an der Stelle, wo mein Stativ gestanden hatte. Sie sah hinaus in den Raum.

»Das ist es also!« rief sie aus, mit blitzenden Augen, die Hände in die Hüften gestützt.

»Wirklich hübsch!«

»Fang nicht heute davon an.« Sie verlor kein Wort mehr darüber.
Kaval ging zurück ins Büro und wühlte in dem Dreck herum. Ich hockte mich neben den Abfluß und berührte das Gitter und hörte drinnen ein Kind singen, ein schwacher, sanfter Singsang, der sich in wilden Phantasien verlor. Ich nahm meine Finger weg, und die Stimme verhallte. Berührte es wieder, und es kam zurück. Ein Hund bellte zweimal.
Ich nahm den Gartenschlauch vom Nagel und stellte das Wasser an, und kurz darauf sprühte es feine Tropfen aus den Löchern an der Seite. Ich begann damit, Denises Leben in die Mitte des Raumes zu spülen, es wegzuschwemmen. Stimmen schrieen im Todeskampf, und ihr Echo hallte in den Rohren wider.
Kaval kam zu mir und hielt etwas in der Hand.
»Was hast du gefunden?« fragte ich.
»Ein Streichholzbriefchen. Da ist eine Nummer notiert.«
»Laß mich mal sehen.«
Schwarz, und auf der Klappe stand: Cosmogony. Auf die Innenseite war mit grüner Tinte die Zahl 475-6002 gekritzelt worden, es war nicht Denises Handschrift.
Kaval nahm mir das Streichholzbriefchen aus der Hand.
»Ich werd' unter dieser Nummer anrufen«, sagte sie, »mal sehen, wer sich meldet.«
»Das Telefon ist herausgerissen.«
Kaval machte einen Schritt zurück, als die schaumige Mischung aus Blut und Körpersäften über den Boden floß und den Abfluß hinuntergurgelte.

»Da nimmt niemand ab.«

»Laß es klingeln«, sagte ich, während das Tonband lief.

Nach dem fünfzehnten Klingeln sagte sie: »Wenn da ein Anrufbeantworter wäre, müßte er sich längst eingeschaltet haben.« Sie knallte den Hörer auf und untersuchte das Streichholzbriefchen in ihrer Hand. »Wir müssen herausfinden, was dieses Cosmogony ist. Es steht nicht im Telefonbuch. Hört sich an wie ein Nachtclub oder eine durchgehend geöffnete Bar.«

»Es kann alles oder nichts sein. Jeder hätte es da liegenlassen können. Ich meine, wenn es wichtig wäre, hätte er es mitgenommen.«

»Sofern er gewußt hat, daß es da ist! Es lag unter einem Stapel Papier. Es ist außerdem alles, was wir haben. Vielleicht kann die Freundin deiner Schwester damit was anfangen.«

»Das bezweifle ich.«

»Sie hat eventuell mal was mitbekommen, einen Namen oder so. Du solltest sie anrufen und fragen.«

»Barbara hatte mit alldem nichts zu tun. Und wenn ich sie nach Namen frage, weiß sie sofort, worum es geht … sie hat sowieso schon ihre Vermutungen.«

Ein Salamander kletterte meinen Arm hoch, biß mich und bohrte sich dann in meine Vene, um schließlich bis in meine Schulter zu kriechen. Seine pumpenden Lungen schwollen an, rangen nach Luft, bis er erstickte und starb. Kaval griff nach dem Hörer, rief die Auskunft an, um mit Hilfe der Telefonnummer einen Namen oder eine Adresse herauszubekommen, aber die Angestellte sagte, sie könne diese Information nicht geben. Kaval knallte den Hörer wieder auf.

»Dezmond weiß vielleicht weiter«, sagte ich.
»Wer? Dieser Wichser?«
»Er ist ein Wichser, aber er kennt dieses Cosmogony vielleicht.«
»Alles ist einen Versuch wert. Aber erzähl ihm nicht zuviel.«
»Ich erzähl' ihm, daß du scharf auf ihn bist.«
»Wenn du das tust, schneid' ich dir den Schwanz ab, wenn du schläfst!«
Kavals breites Grinsen aus metallisch glühenden Augen ging mir durch und durch, weiße Pferde galoppierten durch meine Eingeweide, während Maschinen auf Hochtouren liefen und Automation ihre eiskalte Schlaflosigkeit produzierte.

Kaval rieb ihr Queue ein, während Wally die Kugeln auseinanderstieß. Dezmond saß neben mir an der Bar und stierte über die Schulter auf ihre Schenkel, die in schwarzen, hautengen Leggings steckten.
»Sie sieht verdammt heiß aus! Wie ist sie?«
»Sie hat Zimmertemperatur.«
»Nun komm schon, erzähl's mir.«
»Da gibt es nichts zu erzählen. Wir sind Freunde.«
»Komm schon, Mann! Ich erzähl' dir auch immer von Lucille und mir.«
»Ich sag' dir die Wahrheit, wir sind Freunde.«
»Du hast sie noch nicht gefickt?«
»Warum bist du so grob?«
»Du tust es doch, oder?«
»Wir sind nur Freunde«, sagte ich. Dann sah ich diesen unbestimmten Verdacht in seinen Augen, und Fragen nah-

men in seinem Kopf Gestalt an. Ich grinste ihn dezmondmäßig an, und er grinste sofort zurück.

»Scheiße! Hab' ich doch gewußt! Schön für dich, du Fucker! Hast du Gras dabei?«

»Ein bißchen.«

»Gehen wir raus.«

Draußen gab ich Dezmond den Joint und das Cosmogony-Streichholzbriefchen. Er zündete den Joint an und steckte die Streichhölzer in die Tasche. »Du willst mir also nicht mehr erzählen?«

»Es gibt nicht mehr zu erzählen, wir sind Freunde.«

»Komm schon, Mann, gib mir was, womit ich was anfangen kann!«

»Wovon redest du?«

»Lucille hat mich auf einmal die Woche runtergesetzt! Jeden Mittwoch um halb elf. Für sie ist es schon abartig, wenn man dabei das Licht anläßt.«

»Also, was willst du?«

»Ich verhunger hier, und du gibst mir überhaupt nichts, womit ich was anfangen kann. Einzelheiten! Erzähl mir wenigstens, was ich versäume.«

»Oh, das hättest du mir sagen sollen. Kaval und ich ficken jede Nacht wie gierige Hunde. Über meinem Bett habe ich ein Trapez angebracht, und sie läßt sich runterbaumeln, wir spielen ›Tragödie im Zirkus‹. Mein Gesicht ist das Netz. Wie findest du das? Kannst du damit was anfangen?«

»Yeah. Das ist nicht schlecht. Erzähl mir von dem Geld.«

»Welchem Geld?«

»Sie hat doch Geld.«

»Wie kommst du darauf?«

»Ich hab' dich in Beverly Hills angerufen, das ist nicht gerade 'n Ghetto. Ihre Eltern sind stinkreich, stimmt's?«
»Arm sind sie nicht.«
»Was macht ihr alter Herr?«
»Er ist Farmer.«
Dezmond stieß ein Lachen aus, und der Rauch kam stoßweise aus seiner Nase. »Okay, verarsch mich ruhig. Ich bin nur um deine Gesundheit besorgt, das ist alles. Sei vorsichtig, sie sieht aus, als wäre sie ganz schön rumgekommen.«
»Du hast recht, ich könnte mir was einfangen.«
Dezmond spuckte gegen die Wand und entfernte einen Tabakkrümel von seiner Lippe.
Der Joint ging aus.
»Was hast du mit den Streichhölzern gemacht?« fragte ich.
»Oh«, sagte er, griff in seine Hemdtasche und gab sie mir.
Ich las das Wort auf der Klappe vor und fragte ihn: »Hast du davon schon mal was gehört?«
»Nein, was soll das sein?«
»Ich weiß nicht. Ich habe die Streichhölzer irgendwo gefunden und wollt' nur mal wissen.«
»Wen interessiert dieser Scheiß? Sag mal, wann siehst du Lizard Len wieder? Ich will noch 'n paar Rote.«

Ich gab CandyBar meine letzten beiden Roten, und sie schluckte sie geräuschvoll auf einmal runter. »Nie von Cosmogony gehört«, sagte sie. Wir lehnten an der Wand, während Zero-Zero-Minus-One uns von seinem geparkten Saab aus beobachtete. Solange ich keine Freier vergraulte, durfte ich bleiben.
»Flaue Nacht, was?«

»Ziemlich flau. Meine Beine bringen mich um. Zero läßt mich nicht mehr im Wagen sitzen. Er sagt, das sieht so aus, als wäre ich nicht frei.«
»Arbeitest du gern für ihn?«
»Für wen? Für Zero? Kommt drauf an, was du unter gern verstehst.«
»Möchtest du bei seinem Anblick nicht am liebsten kotzen?« CandyBar lachte heiser und berührte mein Kinn mit ihren Fingerspitzen. Ich vergewisserte mich, ob Zero uns nicht beobachtete. Aber er tat es.

15

Kaval studierte die *Village Voice, New York* und Dutzende von Magazinen und Underground-Blättern und Pornoheften und Kontaktmagazinen, und es machte mich ganz schön an, sie über diesem ganzen Sexkram hocken zu sehen. Zwei Wochen waren vergangen, und wir hatten immer noch nichts herausgefunden; überzeugt davon, daß Denise in mir steckte und mir den Weg zeigen wollte, spürte ich das Dröhnen in meinem Kopf stärker denn je, so daß ich dem Druck irgendwann nicht mehr standhalten konnte und mich stellen wollte. Detective Webster war wegen eines anderen Falls unterwegs, und so hinterließ ich meinen Namen und Kavals Telefonnummer. Bei all den Blauuniformierten um mich herum fielen mir wieder die Roten in meiner Tasche ein. Draußen musterte mich ein Obdachloser ganz genau, als ich an ihm vorbeiging, verschorfte Wunden und Narben an den Brauen, krumme, steife Finger hielten zitternd einen Pappbecher; die Augen voller geplatzter roter Äderchen, die aussahen wie Zwiebelwurzeln.

Erst nach einer ganzen Weile drückte Kaval auf den Summer und ließ mich ins Haus. Ein dürrer Typ mit schlaksigen Gliedern, eingefallenem Gesicht und roten Haaren, die an geflochtene Lakritzstangen erinnerten, war bei ihr. Seine enge, schwarze Montur klebte an seinen Knochen, als wäre sie aufgemalt. Kaval kam aus dem Badezimmer und stellte mich Chris vor, der mir mit offener Hose die Hand schüttelte. Wie ein Schuldspruch hing das Schweigen in der Luft, als Chris sich im Zimmer umsah, seinen Leinenrucksack vom Boden aufhob, ihn über die Schulter warf und zur Tür ging. Er sagte, er müsse gehen, und Kaval küßte ihn auf die Wange, was ihm unangenehm zu sein schien. Als er weg war, kam Kaval auf mich zu; ihr Gesicht war eine Samtmaske.

»Nun?« fragte sie.

»Nun was?«

»Hast du nichts zu sagen?«

»Du hast mit ihm gefickt. Was gibt's da noch zu sagen?«

Ich drehte mich um, ging ins Schlafzimmer und schloß die Tür. Setzte mich aufs Bett und fragte mich, ob ich in einer Art Gefängniszelle steckte und meine Rippen und mein Fleisch die Gitter und die Mauern waren. Ihre Stimme drang durch die Tür, als wäre sie flüssig, ihr Gesicht floß hinterher. Hinein ins Zimmer wie Suppe.

»Ich will mit dir reden.« Sie kniete sich neben mich aufs Bett und legte ihre Hände in den Schoß. Sanft und sehr eindringlich sagte sie: »Chris ist ein alter Freund …«

»Kaval, du bist mir keine Erklärungen schuldig.«

»Aber ich möchte es erklären. Ich will nichts verbergen und will dich nicht anlügen.«

»Dann laß es.«

»Ich möchte dir auch nicht weh tun.«

»Das tut mir nicht weh.«

Kaval sah ihre *Skinny-Puppy*-LP in der Ecke liegen. »Wie ist die denn da hingekommen?«

»Muß wohl hingekrochen sein.«

Ihre Lippen entspannten sich zu einem Lächeln, dann wurde

sie ernst und sah mir in die Augen. »Komm schon, sei nicht sauer, bitte.«
»Ich bin nicht sauer.«
»Komm, laß uns darüber reden.«
»Ich wüßte nicht, was es da zu reden gibt. Du gehörst mir nicht, du bist nicht mein Eigentum. Du kannst tun und lassen, was du willst.«
»Du auch.«
»Das wäre dann geklärt, und es gibt nichts mehr zu bereden.« Aber Kavals schalkhaftes Grinsen war hartnäckig, und ich spürte den Wunsch, sie deswegen zu verletzen. Ich fragte: »Weiß Chris, daß er mit einer geladenen Waffe herumgespielt hat?«
»Er ist selber so eine Art geladener Waffe.«
»Also erschießt ihr euch gegenseitig.«
»Ich würde lieber dich erschießen«, sagte sie und küßte mich auf die Lippen.
»Ich habe über diesen Cosmogony-Laden nachgedacht«, begann ich. »Ich glaube, das ist eine Sackgasse. Selbst wenn wir ihn finden, wird uns das nicht weiterbringen. Wir müssen diese Bilder auftreiben.«
Wie eine verspielte Katze leckte Kaval an mir herum, ihr Haar fiel herab auf ihre Brüste, und das blaue Leuchten ihrer Augen brachte Vulkane zum Ausbruch. Ich haßte sie für meine Art Liebe zu ihr und packte sie an den Schultern, umarmte und umgarnte sie. Ihre Zunge in meinem Mund war wie warmer Pudding, und ihr Atem wurde zu Tau, der im Sonnenlicht verdunstet, als meine Hände ihren Rücken und ihren Arsch hinunterglitten; auf halbem Wege zu ihren Schenkeln, unter rhythmischen Stößen und mit einem

Gefühl der Hohlheit, ließ ich mich auf sie fallen, ihre Beine umschlangen meine Taille, und dieser Pudding war in meinem Nacken, meine Finger kniffen Nippel, bis sie hart wurden, während Kaval keuchte und sich wand wie ein Delphin im Netz. Im nächsten Augenblick wußte ich, daß da nichts mehr sein würde, mit dem ich sie hätte ficken können, also riß ich ihre Strumpfhose und den Slip runter, machte meine Hose auf und sah, wie Produktionsstätten geschlossen und verlagert wurden und Arbeiter zu Massen verhungerten, die Seelen herausgerissen und zertreten durch die Regierung. Ich brach auf dem Bett zusammen, ausgepumpt und ohne sexuelle Empfindung, drehte mich auf die Seite, während sie tief Luft holte und ihren Büstenhalter zurechtrückte.

»Es tut mir leid«, sagte ich.

»Was tut dir leid?«

»Etwas angefangen zu haben und es nicht zu Ende zu bringen.«

»Es ist noch nicht zu Ende«, antwortete sie, nahm meine Hand und führte sie zwischen ihre Beine. Ihre Finger wiesen mir den Weg, rauf und runter, ließen meinen Daumen sanft über ihre Schamlippen gleiten, bei jeder Berührung seufzte sie. Ich drang mit dem Finger in sie ein, und geheime, magische Mysterien überfluteten mein Gehirn, sie stöhnte, verlor Saft wie eine reife Nektarine.

»Beweg ihn«, sagte sie. »Dreh ihn.« Ich ließ meinen Finger kreisen, Kaval packte das Kissen und schloß die Augen. Meine linke Hand glitt unter ihren Büstenhalter, und ihre Hand an meinem Hinterkopf dirigierte mich hinunter. Kaval sagte mir, ich solle stärker saugen, während meine Zähne sanft kniffen und die Zunge, die gegen meinen Finger stieß, schneller und schneller rotierte. Plötzlich hielt Kaval kurz den Atem an, wurde steif wie ein Brett, bis sie wie Glas zerbrach und meine Hand mit dem Saft ihrer Leidenschaft benetzte. Wundersame Offenbarung, ich hob meine Hand und leckte sie ab wie ein räudiger Hund seine Eier, sah mich im Zimmer um, aber er war nirgends zu sehen.

»Komm her«, hauchte sie und zog mich zu sich runter und küßte mich fest auf die Lippen, ihre Haut war wie Hähnchen am Spieß. »Siehst du, viele Wege führen nach Rom.«

»So was hab' ich noch nie erlebt. Ich hab' nicht gewußt, daß es auch so geht.«

»Du kannst noch 'ne Menge lernen. Männer – ihr bildet euch alle ein, wir wollen nur einen steifen Schwanz.«

»Scheint aber nützlich zu sein.«

»Ihr seid alle Idioten.«

Ich lachte, und Kaval rollte sich auf die andere Seite.

»Mal sehen, was du noch lernen kannst«, sagte sie.

»Nein, warte …«

»Schhh«, flüsterte sie, einen Finger auf meinen Lippen. »Ich möchte, daß du einfach nur daliegst. Du brauchst keinen Ständer. Entspann dich.«

Kaval nahm ihn in die Hand und streichelte ihn sanft, ganz behutsam und langsam, ihr Daumen umkreiste die Eichel, dabei küßte sie meinen Körper. Ich schloß die Augen und versuchte, mir Empfindungen vorzustellen. Jetzt nahm sie ihn in den Mund, und ich wurde zu rieselndem Sand. Sah an die Decke mit der abblätternden Farbe und dem Kabel, an dem eigentlich eine Lampe hätte hängen sollen, ein knochiger, krummer Finger, vorwurfsvoll ausgestreckt. Kaval legte ihre Hand auf meine Brust und sagte, ich solle mich entspannen und an nichts denken. Dann nahm sie ihn wieder in den Mund, und ihre Hand umschloß meine Eier, als wären sie Würfel. Ich lag da und zitterte, als jemand in mich hineinkroch. Etwas Feuchtes lief meine Wangen herunter, und Kaval setzte sich auf, zog meinen Kopf zu sich heran und küßte die Tränen weg. Sie dachte, ich würde ihretwegen weinen.

Ich träumte von grünem Gras, Apfelblüten, Orchideenfeldern und sah mich als kleinen Jungen, rein und unberührt, auf einer karierten Decke Raphaella gegenübersitzen, deren lockiges Haar und olivfarbene Haut im Sonnenlicht schimmerten, das durch die Blätter der sanft schaukelnden Zweige über uns fiel. Es war alles da für ein Picknick, und Raphaellas blaues Baumwollkleid war sorgfältig um sie herum ausgebreitet, ihre schwarzen Schulmädchenschuhe mit den Schnallen und gekreuzten Riemen schauten darunter hervor. Vollblüter galoppierten am Horizont, ihre tanzenden Hufe im Gras, wie Fingerspitzen, die auf meine Brust trommelten. Ich bat Raphaella, mir die Zukunft vorauszusagen; sie berührte meinen Kopf, und Druckerschwärze floß heraus und landete auf meinen Knien. Als die Welt aufhörte, sich zu drehen, wußte ich, daß ich geheilt war. Raphaella öffnete ihren Mund, und Musik ertönte; Streicher, Bläser, Copland-Songs, beim Klang der Posaunen, durchdringend und laut, bekam ich eine Gänsehaut.

Ich erwachte, innerlich gejagt, und Kaval über mir hatte alles, um einen Jagdritt zu veranstalten. Ich krallte mich in die Bettdecke und ihr Haar und verlor mich in hilfloser Verzweiflung. Kavals heißer Atem und ihr leidenschaft-

liches Stöhnen nährten das Feuer meiner Billigung. So bösartig, wie man nur sein kann, ich genoß es jetzt mit aller Kraft, genoß die Schweinerei, hart wie eine Kolbenstange stieß ich sie zurück und rollte sie aufs Bett.
Ich stieg auf sie rauf, und sie nahm ihn in die Hand, führte ihn zwischen ihre Beine, rieb ihn an ihrem Körper, der trocken und fest war wie sonnengereifte Tomaten. Ich glitt ihren Bauch entlang, leckte und küßte sie ohne Eile, kümmerte mich einen Scheiß darum, ob er steif blieb oder nicht, vorbei an ihrem feinseidenen Busch und hinein in das Tal der Freude, wo sie Rosen im Frühling zum Blühen brachte. Sie griff in mein Haar, hielt mich fest, und pumpende Lenden und Erdnußbutter verschmolzen uns zu einem Wesen, Kaval und ich in Liebe und Harmonie, von gleichem Geschlecht und ziemlich entstellt, wie zwei Finger einer zerquetschten Hand. Ich sah ihr in die Augen und sah mich. Zu meiner Freude.
Zwei Tage später fuhren Kaval und ich mit der U-Bahn zur 42sten Straße, um uns in Underground-Clubs umzusehen, als dieser Typ zustieg und sich sofort darüber ausließ, daß er arm und hungrig sei und AIDS habe, und dann holte er ein zusammengefaltetes Stück Papier aus seiner Hosentasche, hielt es hoch und sagte, dies sei eine Bescheinigung von der Regierung, die bestätigen würde, daß er AIDS habe. Kaval und ich starrten ihn fasziniert an, alle anderen taten so, als bemerkten sie ihn nicht. Er brüllte, daß er alles beweisen könne, falls irgend jemand die Wahrheit seiner Geschichte anzweifeln würde, zog sein Hemd hoch und zeigte allen im Waggon seinen Oberkörper voller verschorfter Geschwüre und offener, eiternder Stellen. Kaval

schnappte nach Luft und packte meinen Arm, ich konnte einfach nicht wegsehen, es war einer dieser Momente, in denen ich mich glücklich fühlte. Irgend jemand gab dem Typ etwas Kleingeld, und er humpelte zum Ende des Waggons und wartete auf die nächste Station. Verschwand, kaum daß der Zug angehalten hatte.
Auf der East Seventh, nahe Central Park, ging ich allein an den Geschäften vorbei und hing Vergangenem nach, als ein etwa zehn Jahre altes Kind in zerrissenen Jeans und dreckigem T-Shirt mir entgegenkam. Der Unterarm war gebrochen und gebogen wie ein Bumerang. Das Kind weinte vor Schmerzen, versuchte aber, es nicht zu zeigen. Schmutzige Tränen rollten seine Wangen herunter wie geschmolzenes Wachs an Wicca-Kerzen. Auf beiden Seiten der Straße hatten Obdachlose ihre Habseligkeiten zum Verkauf ausgebreitet, alte Kleidungsstücke und Socken, wellige Rockalben, irgendwelchen Trödel, Verbindungskabel, eine einzelne Krücke, Silberzeug und kaputte Ohrringe, Bücher, Magazine und abgewetzte Schuhe, überhaupt alles, was man klauen oder verleihen kann.
Ich stand draußen vor Kavals Haus und blickte mich nach dem Kind mit dem gebrochenen Arm um, aber es war verschwunden.

Kaval biß in meinen Nippel, zuerst sanft, aber als ich nicht reagierte, biß sie stärker zu.
»Au!«
»Nur mal durchchecken«, sagte sie.
»Wonach durchchecken?«
»Nach Lebenszeichen.«

»Du bist wirklich eine kaputte Schlampe, weißt du das?«
»Yeah.« Sie kicherte und leckte die Zahnabdrücke auf meiner Haut. »Meine Mutter hat mir weniger Geld geschickt. Ich habe sie gestern angerufen.«
»Was hat sie gesagt?«
»Sie hat gesagt, sie muß ihre Ausgaben begrenzen, aber sie redet nur Scheiße. Von meinem Vater gibt es nichts Neues, die Polizei sucht immer noch nach ihm. Seine Freundin ist ebensowenig aufgetaucht.«
»Wahrscheinlich haben sie bereits das Land verlassen.«
»Nein. Er hat sich nicht aus dem Staub gemacht.«
»Warum sagst du das?«
»Er hätte versucht, sich mit mir in Verbindung zu setzen, mir eine Postkarte geschickt oder mich angerufen. Ich weiß, daß ihm irgend etwas passiert ist.«
»Was ... was, glaubst du, ist passiert?«
»Irgendwas Schlimmes.«
»Was ist mit dem Geld, das in seiner Firma verschwunden ist?«
»Wegen einiger hunderttausend Dollar würde mein Vater nicht abhauen. Das sind Peanuts für ihn! Nebenbei, meine Mutter hat vor drei Jahren über sieben Millionen Dollar geerbt. Ein guter Grund, bei ihr zu bleiben. Und die Art und Weise, wie meine Mutter sein Verschwinden akzeptiert, mag ich nicht. Ich glaube, sie weiß mehr, als sie zugibt.«
»Was, glaubst du, weiß sie?«
»Keine Ahnung. Ich bin einfach nur mißtrauisch.«
»Ich bin sicher, ihm geht's gut. Er taucht schon wieder auf.«
Ich legte meine Hand zwischen ihre Beine, aber sie schob sie weg.

»Laß das. Ich bin jetzt nicht in Stimmung.«
Draußen fuhr ein Wagen mit quietschenden Reifen die Straße hoch, dann ein Scheppern, Blech auf Blech, Leute schrieen, der Wagen raste davon, und aus der Ferne heulte eine Sirene heran.
Kaval und ich gingen an der Strickwarenfabrik in der Houston vorbei, als eine Gruppe von Leuten herauskam und eine Frau in zerrissenen Netzstrümpfen und einem schwarzen Faltenmini, mit rostrotem Haar, starkem Make-up und schwarzen Schnürstiefeletten mit offenen Schnürsenkeln diesen normal aussehenden Typ im T-Shirt anschrie. Sie nannte ihn Arschloch und eine Schande für sein Geschlecht, aber ihm schien das Spaß zu machen, und alle um sie herum lachten, und je mehr der Typ sie verarschte, desto wütender wurde sie, bis er sich schließlich umdrehte und ihr seinen nackten Hintern entgegenstreckte, darauf trat sie ihm mit voller Wucht in den Arsch, und der Typ fiel nach vorn aufs Gesicht. Die Menge johlte und wich zurück, als er mit stark blutendem Auge aufstand. Die Frau rührte sich nicht vom Fleck, schien deswegen aber etwas unsicher zu sein. Der Typ packte sie und schlug ihr ins Gesicht, und als sie wieder nach ihm treten wollte, traktierte er sie mit seinen Fäusten.
Kaval zog mich am Arm weg.
»Komm schon«, sagte sie. »Sie hätte ihn eben nicht treten sollen.«

16

Völlig aufgeregt kam Kaval mit einem zerknüllten Stück Papier in der Hand herein, und als sie es mir zeigte, sah ich das Wort Cosmogony. Ich riß es ihr aus der Hand und las etwas über eine Show im Vault am 7. Juni, was, wie Kaval mir sagte, in zwei Tagen sein würde. Ich fühlte mich lebendig und aufgekratzt, und das gab mir Selbstvertrauen. In dieser Nacht schliefen wir nicht miteinander, wir berührten uns nur. Ich rieb ihren Rücken, massierte ihre Schenkel und leckte ihre Füße wie ein Sklave in diesen Filmen über das alte Rom, küßte ihre Schultern und Achselhöhlen und saugte an der Innenseite ihres Unterarms, preßte ihre Taille und ihre Brüste, die sich an mich drängten, unsere Zungen bewegten sich in Harmonie wie nach einer Choreographie. Kavals Körper war wie die Tastatur eines Klaviers, dessen verborgene Symphonie nur darauf wartete, durch den richtigen Anschlag hervorgelockt zu werden.

Wir gingen ins Vault, und Kaval zahlte die siebzehn Dollar, damit man uns reinließ. Ich hielt ihre Hand, und durch das Verließ der Verzweiflung führte sie mich zur Bar; Geräusche von klirrenden Ketten umkreisten uns wie Hunde, während ihre Herren den Pasolini tanzten. Ein Typ an der Bar erzählte uns, Cosmogony sei *der* Event des Abends und es gehe dabei um das Universum, um den Anbeginn aller Zeiten und die ersten S&M-Sklaven, die er mit Adam und Eva verglich. In der Ecke kamen zwei Typen mit zwei anderen deutlich zur

Sache, und ein Blick auf Kaval verriet mir, daß sie das anmachte. Eine Frau um die Fünfzig, mit langem, grauem Haar, tauchte neben mir auf. Die Nippel ihrer nackten Brüste waren überklebt mit schwarzem Isolierband, Funken sprühten von einem zum anderen, und ich stellte mir vor, ich sei die elektrische Leitung. Kaval bestellte zwei Bier und sagte, ich solle an der Bar warten, und verschwand dann in der Menge. Vor mir stand eine junge Blondine mit einem Stahlstift in der Nase; sie trug eine Latzhose und keine Bluse darunter. Ihre von Sicherheitsnadeln durchbohrten Brustwarzen waren mit einer Perlenschnur verbunden. Sie bewegte sich nicht, und ich hielt sie fast für ein Gespenst, bis die Lautsprecher an der Decke verstummten und sie mit dem Blick eines mißhandelten Kindes zu mir sagte: »Mein Meister hat mir befohlen, zu dir zu kommen und dir zu dienen.«
»Was?«
»Mein Meister – da drüben, siehst du ihn?« Ein großer, fetter Leder-Brutalo mit Glatze und Spitzbart nickte mir zu. »Er hat mir befohlen, alles zu tun, was du willst«, nahm die Blondine den Faden wieder auf.
»Oh.«
»Möchtest du, daß ich dir einen blase?«
»Ich glaube nicht.«
»Ich schluck's auch runter«, fügte sie hinzu.
»Ich glaube, das wäre keine gute Idee.«
»Du kannst mit mir machen, was du willst, mich anpissen, mich in den Arsch ficken, du kannst mir auch weh tun, wenn du willst.«
»Ich will dir nicht weh tun.«
»Wenn du überhaupt nichts mit mir machst, rastet er aus.«

Der Brutalo starrte sie an, Neandertal-Brauen klebten an einem Schädel aus Eisenschlacke.
Ich sagte ihr: »Wenn er dir weh tut, stech ich ihm die Augen mit einem Kugelschreiber aus.« Bei diesem Gedanken lächelte sie warm, und plötzlich stand Kaval neben mir.
»Was ist los?« fragte sie. Aber es war keine Frage.
»Man hat ihr befohlen, mir einen zu blasen.«
»Befohlen? Wer?«
»Der Typ da drüben.« Kaval schickte einen Blick rüber.
»Einen Scheiß wird sie! Geh zurück zu Frankenstein!« fauchte sie und stieß die Blondine weg. Kaval packte meinen Arm, und während sie die Menge mit den Augen absuchte, sprach sie kein Wort mehr. Ich spürte ein Prickeln.
Eine Stunde später gingen die Lichter aus, und alle sahen zur Bühne. Ein Spot fiel auf eine weißgekleidete Gestalt, die dastand wie eine Statue. Mit den Bewegungen von Automaten tauchten nacheinander aus allen Richtungen Leute in weißen Overalls auf, ihre Gesichter bemalt mit farbigen Zeichen, und im Nacken eines Typen züngelten Flammen; sie gingen im Kreis und murmelten etwas von Zeit und Raum und Universum und der Abwesenheit Gottes, von Erkenntnis und wissenschaftlichem Blabla Darwinschen Dogmas, und Kaval brüllte mir ins Ohr, daß das alles ein Haufen Scheiße sei. Sie vollzogen Geschlechtsakte, behielten aber ihre Kleidung an; ein Typ zog sich die Hose runter, beugte sich nach vorn, und eine Frau peitschte ihn mit einem Drahtseil aus, Striemen bildeten sich, rot wie Cherry-Tomaten. Ein anderer Typ wurde mit einer Spritz-Pistole in den Arsch gefickt, und die Zuschauermenge feuerte ihn an. Bald wimmelte es auf der Bühne von perversen Ge-

schlechtsakten; ein Typ streifte sich mit Gewalt ein Kondom über den Kopf, rang nach Luft, bis er zu Boden fiel, um sich im lautlosen Erstickungskrampf zu krümmen. Eine altmodische Badewanne wurde hereingerollt, Braut und Bräutigam saßen darin und tranken auf ihr jungvermähltes Glück. Die anderen ergingen sich in kreischendem Spott, rissen sich gegenseitig die Overalls herunter und präsentierten Riemen und Bustiers aus Leder; sie pißten in die Wanne, und Braut und Bräutigam fingen den Strahl in ihren Champagnergläsern auf. Die Menge johlte, doch Kaval beobachtete alles mit finsterem Blick.

»Das ist die jämmerlichste Vorstellung, die ich je gesehen habe«, sagte sie. Neben mir fing ein Typ an zu wichsen, ich packte Kaval am Arm und zog sie ein paar Meter weg.

»Möchtest du gehen?« fragte ich.

»Gleich«, sagte sie. »Schau dir das noch an.« Ich tat es, schmiß eine Rote ein und spülte sie mit Bier runter.

Die Gruppe vollführte jetzt einen Tanz mit Sprechgesang und bildete dabei einen Kreis; sie hielten die Arme über den Köpfen, als wollten sie um Erlösung bitten, um sich dann gleichzeitig auf den Boden fallen zu lassen. In ihrer Mitte stand jetzt ein Mann, nur mit einem Lederslip bekleidet. Ringe hingen an seinen Brustwarzen, und Arme und Brust waren übersät mit langen, schmalen Narben. Als Kaval mich am Arm packte, wußte ich, daß sie ihn kannte.

»Sein Name ist Steven Hopeless«, schrie sie mir ins Ohr, und sein Äußeres, kurzgeschorene Haare, nur Haut und Knochen, strafte sie nicht Lügen. »Wir können nach der Show mit ihm sprechen.«

Steven Hopeless wand sich wie eine Schlange, die Arme

angewinkelt, und beherrschte so gleichzeitig die Bühne und unsere Aufmerksamkeit. Mit geschmeidigen Bewegungen erschien hinter ihm eine Frau, rasierter Schädel und ausgestreckte Hände, die ein Kissen hielten, auf dem ein ausgeklapptes Rasiermesser lag; und der Anblick dieses Rasiermessers veranlaßte die Menge, Steven Hopeless zuzuschreien, er solle sich umbringen. Steven Hopeless nahm das Rasiermesser und ließ es herumwirbeln wie Chukka-Stangen in chinesischen Filmen. Die vollkommene Präzision jeder seiner Bewegungen fesselte mich. Ich sah Kaval an und legte meine Hand auf ihren Nacken, er war kalt wie der einer Leiche. Die Sklaven um Steven Hopeless verbeugten sich in demütiger Knechtschaft, als er das Rasiermesser über ihren Köpfen schwang und sie jedesmal um Zentimeter verfehlte. Die Frau mit dem rasierten Schädel hielt ein Stück weißes Papier hoch. Steven Hopeless schnitt es mittendurch, und sie stürzte zu Boden, als hätte er ihre Seele zerschnitten. Steven Hopeless brüllte, daß er sich hasse und die Welt und das Publikum und das Leben und Gott und die Liebe und den Tod und Sex und AIDS und seinen Schwanz, und seine Schreie verschmolzen zu einem langgezogenen Urschrei des Hasses. Er riß sich den Lederslip herunter. Sein Schwanz war von Nadeln und Ringen durchbohrt, und an seinem Sack hingen Angelgewichte. Steven Hopeless ließ die Klinge um seinen Schwanz kreisen, nahm ihn in die Hand und fuhr mit dem Metall über die Eichel, bis das Blut floß und alle vor Begeisterung jubelten. Ein Hund bellte zweimal. Ich warf noch zwei Rote ein und sah, wie Blut aus meinen Sneakers quoll; von der Taille abwärts lief die Flüssigkeit in meine Socken und erwärmte meine Beine. Steven Hope-

less ließ das Rasiermesser immer und immer wieder über seine Schulter wandern, und bei jedem Schnitt schrie die Menge eine Zahl, bis man bei vierzehn angelangt war. Steven Hopeless ließ den Arm sinken und wartete, daß die blutigen Würmer seine malträtierte Brust herunterkrochen.
»Erkennst du irgend jemanden wieder?« fragte sie.
»Nein.«
»Sieh dir die Gesichter in der Menge genau an.«
»Mach ich doch, aber ich sehe ihn nicht.«
»Bist du okay?«
»Yeah, warum?«
»Deine Hose ist naß.«
Steven Hopeless verpaßte sich einen weiteren Schnitt, streckte die Arme zur Seite, und Blut tropfte auf den Boden, seine Schultern sahen aus wie rohes Fleisch; die Gruppe zu seinen Füßen krallte sich an seinem Körper fest, zwei Männer und ein scheinbar geschlechtsloses Wesen taten so, als würden sie seinen blutenden Schwanz ablecken. Mit seinen Armen beschrieb Steven Hopeless Kreise, und alle sprangen zurück, als Blut umherspritzte. Kaval wurde von der Menge abgedrängt, aber als die Welle abgeebbt war, standen nur wir als einzige noch dort. Steven Hopeless' Augen klinkten sich ein in ihre, und da wußte ich, was für Freunde sie gewesen waren. Er rieb mit den Armen über seinen Körper, verschmiertes Blut wie Kriegsbemalung von Indianern. In Zeitlupe, wie unter Pentathol, kroch die Gruppe um ihn herum. Ein Schamane aus den rußigen Zechen der Hölle, Steven Hopeless spuckte weiter Gift und Galle, laut und verzerrt, und meine Trommelfelle erflehten einen Tonausfall. Einer nach dem anderen verließ die Bühne und

verschwand in der Dunkelheit, und mit ausgebreiteten Armen, wie Jesus Christus, blieb Steven Hopeless allein zurück. Die Lichter gingen aus, um uns herum nur Schwärze. Einen Moment lang herrschte Stille, dann schrie die Menge auf und johlte, aber es blieb dunkel. Ich konnte Kaval nicht sehen, war mir auch nicht sicher, ob ich das wollte.

»Wo bist du?« fragte sie.

»Ich steh' genau neben dir.«

»Los, wir versuchen hinter die Bühne zu kommen.«

Ich nahm ihren Arm und wollte Richtung Bühne, als die Lichter wieder angingen und die Musik von der Decke herabdröhnte. Über einen Gang, der nach hinten führte, mit Wänden voller Moderner Naiver, die mit ihren Verstümmelungen prahlten, kamen wir an eine Tür, und Kaval erklärte dem Cosmogonisten, der davor stand, wen wir sprechen wollten.

»Ihr müßt warten«, sagte er selbstgefällig. »Er wird gerade gesäubert. Vielleicht kommt er, wenn er fertig ist, vielleicht auch nicht.«

Fünf Augenblicke später ging die Tür auf, und Schauspieler strömten auf den Flur, doch von Steven Hopeless keine Spur.

»Vielleicht bekommt er eine Bluttransfusion«, vermutete ich, aber Kaval grinste mich nur an und sagte, ich solle Geduld haben. Die Frau mit dem rasierten Schädel, jetzt in Jeans und T-Shirt, kam heraus, dünne Goldkettchen verbanden ihre Ohrläppchen mit der Nase, und auf ihrem Arm entdeckte ich eine Tätowierung, eine Ratte mit zusammengerolltem Schwanz. Kaval bat sie, etwas auszurichten, und

sie küßte Kaval fest auf die Lippen und ging dann in die Garderobe zurück.
»Kennst du sie?«
»Nein.«
»Sie hat dich gerade geküßt.«
»Sie war freundlich.«
»Dann lad sie doch mal in deine Bude ein.«
»Vergiß es«, erwiderte Kaval mit Augen wie leere Krabbenschlusen.
Schließlich kam die Frau wieder heraus und sagte: »Er ist im Hinterzimmer, gleich links. Er erwartet euch.« Sie warf Kaval einen aufreizenden Blick zu und verschwand im Flur.
Steven Hopeless saß auf einem Stuhl und trug nur eine ausgebeulte weiße Hose. Eine streichholzdünne Frau mit pechschwarzem Haar, das glänzte wie Olivenöl, stand hinter ihm und wischte seine blutigen Schultern mit einem Handtuch ab, dann tauchte sie das Handtuch in einen Krug mit rosa verfärbtem Wasser, der auf dem Tisch neben der Wand stand. Sie sah nicht hoch, nahm keine Notiz von uns. Steven Hopeless setzte ein verschlagenes Lächeln auf, als Kaval sich mit verschränkten Armen vor ihm aufbaute wie eine tadelnde Lehrerin vor Schülern beim Nachsitzen.
»Wie ich sehe, kannst du immer noch mit einem Messer umgehen«, sagte sie.
»Schön, dich zu sehen, Zoe.«
Steven Hopeless und Kaval alias Zoe sprachen kein Wort, nur ihre Augen trugen eine Schlacht aus, Soldaten im Nahkampf – Geschichte, die sie verband, dynamisch und geheimnisvoll. Ich machte mich bemerkbar, eifersüchtig und würdelos.

»Wir suchen jemanden. Vielleicht kannst du uns helfen.«
Steven Hopeless' Blick riß sich los, und zum ersten Mal sah er mich an, Kaval alias Zoe kam aus ihrem Schützengraben.
»Steven, das ist Eddie. Eddie, das ist Steven.«
Steven Hopeless nickte mir zu, und Olivenöl öffnete eine Flasche Superoxyd und klemmte ein Handtuch unter seine Achseln. Sie versuchte zu sprechen, aber Granitblöcke anstelle von Worten fielen aus ihrem Mund, sie hatte keine Zunge. Steven Hopeless ließ seine Hände in Zeichensprache aufblitzen, und sie goß die Flüssigkeit über die Schnittwunden in seiner Schulter; Bläschen, weiß wie Speichel, tropften als Tränen auf seinen Ellbogen. Ohne zu reagieren, sah Steven zu mir hoch und sagte: »So, du suchst also jemanden, ja?«
»Wir suchen einen Anwalt«, erklärte Kaval. »Wir glauben, daß er Anwalt ist und was mit Cosmogony zu tun haben könnte.«
»Wir haben keine Anwälte in der Gruppe. Du weißt, was ich von Anwälten halte, Zoe. Tanzt du noch in diesem Club?«
»Nein.«
»Was ist passiert?«
»Meine Titten hängen.«
Steven Hopeless' Lachen klang, als würden Vögel von Hammerschlägen zerschmettert.
»Der Typ, den wir suchen, ist um die Vierzig, Fünfundvierzig«, sagte ich. »Klein, etwa einsfünfzig. Rauhe Stimme. Er hat ein rundes Kindergesicht und kurzgeschnittenes, schwarzes Haar. Kennst du irgend jemanden, der so aussieht?«

»Yeah, meinen Onkel Herbert aus Toledo. Das ist euer Mann.«

»Nein, ich meine es ernst.«

»Das ist ja das Komische«, sagte er, und bei seinem Gelächter hatte ich das Gefühl, ich würde Zement schlucken.

»Der Typ, den wir suchen, ißt gern Scheiße«, fügte Kaval alias Zoe hinzu. »Kennst du jemanden, der gerne Scheiße ißt?«

»Yeah, mich. Ich hab' schon meine eigene Scheiße gegessen. Fakt ist, wenn du jetzt was fallen läßt, ess ich's auf.«

Der Stuhl rechts von mir rief meinen Namen; ich legte meine Hand auf die Lehne und wartete auf Anweisungen. Kaval alias Zoe mußte meine Absicht erraten haben, denn sie stand auf und legte mir die Hand auf die Schulter. »Zeig ihm die Streichhölzer«, sagte sie. Ich nahm sie aus der Tasche und hielt sie ihm hin. Steven Hopeless las, was auf der Klappe stand und die Zahlen auf der Innenseite. »Warum ist es naß?« fragte er

»Transpiration«, erwiderte ich.

Kurz darauf sagte er: »Nie vorher gesehen. Das ist nicht von uns. Wie heißt der Typ, den ihr sucht?«

»Das wissen wir nicht.«

»Schade. Würde ihn gerne mal kennenlernen.«

Olivenöl untersuchte einige der Schnittwunden, zog sie mit den Fingerspitzen auseinander, und Steven Hopeless zuckte nicht mal.

»Tut das nicht weh?« fragte ich.

Steven Hopeless kicherte. »Jeder Schmerz kann ausgeschaltet werden, wenn man sich darauf konzentriert. Das ist Zen.«

»Du hast nichts als Scheiße im Kopf, Steven. Du willst dich doch nur interessant machen.«
»Wie geht's deiner Muschi, Zoe? Weißt du noch, wie Troy sie immer rasiert hat und die Haare in seiner Hosentasche mit sich herumtrug?«
»Fick dich!«
Steven Hopeless machte eine Handbewegung, und Olivenöl gab einen trillernden Laut von sich; Kaval alias Zoe entflammte wie Seidenpapier.
»Entschuldige bitte«, sagte ich zynisch. »Mir ist klar, daß dir das alles wie ein einziger Witz vorkommen muß, aber wir sind hinter diesem Kerl her, weil er meine Schwester ermordet hat. Er hat ihr das Gesicht mit einem Baseballschläger eingeschlagen, ich hab' sie kaum wiedererkannt. Bei ihrer Trauerfeier konnten wir nicht mal den Sarg öffnen. Die Streichhölzer sind die einzige Spur. Wenn du uns helfen kannst, dann mach es bitte. Wenn nicht, dann verschwinden wir. Aber ich schwöre dir, machst du noch eine beschissene Äußerung zu Zoe, reiß ich dir dein verfluchtes Herz raus und stopf es dir ins Maul.«
Niemand sagte etwas. Steven Hopeless sah mich an; seine Miene drückte Unsicherheit aus, die dann durch Geringschätzung abgelöst wurde. »Das mit deiner Schwester tut mir leid«, sagte er. »Aber ich kenne weder Anwälte, noch weiß ich, wo diese Streichhölzer herkommen. Sieht aus, als könnt' ich euch nicht helfen. Wenn du willst, kannst du mir mein verfluchtes Herz rausreißen – wenn du es findest. Wenn nicht, verpiß dich! Und nimm das hier mit.« Steven Hopeless schleuderte mir die Streichhölzer entgegen, Kaval fing sie in der Luft auf und steckte sie in die Tasche. Olivenöl

stand da, einen Ausdruck des Unbehagens auf dem Gesicht, bis Steven Hopeless ihr mit seinen magischen Händen ein Zeichen gab und sie anfing, seine Wunden zu bandagieren. Kaval und ich gingen zur Tür, und Steven Hopeless rief mit schneidender Stimme: »War gut, dich wiederzusehen, Zoe. Komm mal wieder vorbei. Aber laß deinen Freund zu Hause.«

Draußen nahm Kaval meine Hand, und wir gingen zur nächsten Straßenecke. Erst zwei Blocks weiter erinnerte ich mich, was ich sagen wollte. »Verdammt, Kaval, manchmal weiß ich nicht, wer du bist.«

»Ich bin die Person, mit der du gerade zusammen bist.«

»Aber wer ist wer? Kaval, Nancy, Caroline oder Zoe?«

»Ich bin ich. Es ist egal, wie man mich nennt.«

»Was ist mit dir und Steven Hopeless? Ihr hattet mal was miteinander, nicht wahr?«

»Nein, hatten wir nicht.«

»Für mich sah es aber so aus.«

»Es interessiert mich nicht, wie es aussah. Ich sag' dir die Wahrheit, wir hatten nichts miteinander.«

Wir gingen die Eighth Avenue entlang. Der Inhalt umgekippter Mülltonnen ergoß sich auf die Straße. Kaval drückte meine Hand beim Anblick der Nutten und ihrer Zuhälter.

»Wie kommst du darauf, daß ich Sex mit ihm gehabt hätte?« sagte sie mit leicht stockender Stimme. »Ich finde ihn absolut nicht attraktiv.«

»Ich weiß nicht. Kann sein, ich bin eifersüchtig. Es tut mir leid.«

»Das ist okay«, sagte sie und seufzte.

»Was ist los?« fragte ich.

»Noch nie war jemand so zu mir … ich …« Ihre Stimme verlor sich, und sie berührte meine Wange. »Ich will mit dir schlafen.«
»Gehen wir nach Hause«, sagte ich.

Ich drehte mich auf den Rücken, die Hände hinter dem Kopf verschränkt, Schweißperlen tropften aufs Bett. Die Roten knallten voll rein, wie Wasserstoff.
»Ich will, daß du aufhörst, diese Pillen zu nehmen«, sagte sie. »Es ist nicht gut, egal, wie sehr du davon überzeugt bist, daß sie die Schmerzen lindern.«
»Du weißt nicht, was es heißt, ohne sie auskommen zu müssen.«
»Na gut, ich weiß es nicht. Aber trotzdem, es ist nicht gut. Du bist manchmal zehn Minuten weggetreten, machst dir in die Hosen und merkst es nicht mal. Seit Wochen hast du keine Erektion gehabt.«
»Das liegt nicht an den Pillen.«
»Deine Körperfunktionen fallen aus, und alles nur wegen dieser Pillen, da bin ich sicher.«
»Ich soll mich also quälen?«
»Nein, ich will, daß du dich in Behandlung begibst, in richtige Behandlung.«
»Ich hab's versucht mit dieser sogenannten Behandlung.«
»Wann warst du das letzte Mal beim Arzt?«
»Vor vier Tagen.«
»Ich rede nicht von diesen Pfuschern, von denen du Drogen kriegst.«
»Das sind *richtige* Ärzte.«
»Kriminelle sind das! Und das weißt du.«

»Bitte, Kaval, hör auf damit. Ich hab's doch versucht. Ich gehe nicht wieder zu den Ärzten.«
Kaval sah mir in die Augen und sah eine dicke Mauer. »Wie stur du bist«, sagte sie resigniert.
»Ich muß versuchen, Arbeit zu finden. Ich bin zwei Monate mit der Miete im Rückstand.«
»Zwei Monate? Warum hast du mir nichts davon gesagt?«
»Weil ich kein Geld mehr von dir nehmen will.«
»Lächerlich. Ich hab' Geld aus meinem Treuhandvermögen, und in deinem Zustand kannst du nicht arbeiten.«
»Ich kann arbeiten. Ich bin doch kein Vollidiot.«
»Was willst du denn machen? Flyer verteilen für diese Tittenbar?«
»Immerhin ehrliche Arbeit.«
»Du könntest … bei mir einziehen. Für uns beide wäre es einfacher. Und würde Geld sparen.«
»Wir würden uns gegenseitig umbringen.«
»Nein, würden wir nicht.«
»Doch, würden wir.«
»Bevor du auch nur versuchst, mich umzubringen, hätte ich dich längst umgebracht.«
»Kaval, ich könnte dich im Schlaf erwürgen, du würdest nicht mal mitkriegen, was läuft.«
»In dem Moment, wo du mir die Hände um den Hals legst, tret' ich dir in die Eier, und du wärst Geschichte.«
»Glaub' ich nicht.«
»Versuch's.«
»Okay, tu so, als ob du schläfst.« Sie schloß die Augen. Ich griff an.
Sie hatte recht behalten.

Von einem Wimmern aus dem Badezimmer wurde ich wach. Ich war allein im Bett, setzte mich auf und rief ihren Namen, keine Antwort. Kaval war neben der Kloschüssel zusammengesunken, weinte und hielt sich den Magen, die Augen rot angeschwollen, das Gesicht blaurot wie das eines alten Mannes.
»Kaval, ist alles in Ordnung?«
»Mir ist schlecht. Mein Magen, mein Kopf. Es tut alles weh.«
»Ich werd' dir was holen.«
»Nein, ich hab' schon was genommen.«
Eine ganze Kompanie von Glasröhrchen und Flaschen stand am Waschbecken. Pepto Bismol leitete die Attacke. Meine Hand auf ihrem Nacken, Kaval brannte innerlich. Ich griff nach dem Thermometer und schüttelte es runter; als ich es ihr in den Mund steckte, spuckte sie es ins Toilettenbecken. Schaum und Galle schwammen auf dem Wasser und bildeten das Wort BEREUE.
»Kaval, ich möchte dich ins Krankenhaus bringen.«
»Nein, mir ist nur schlecht. Das geht vorbei.«
»Du bist weiß wie eine Wand. Mir erzählst du immer, ich soll ins Krankenhaus gehen, jetzt werde ich dich hinbringen. Für alle Fälle.«
»Nein!« Sie spuckte in die Schüssel. Ich strich ihr das Haar aus dem Gesicht, und sie sah mich an, ein hilfloses Kind. »Laß mich hier eine Weile sitzen, mir geht's bald besser.«
Ich lehnte mich an die Wand und nahm elf Aspirin, kaute auf dem kalkigen Zeug herum.
»Halt dich zurück mit diesen Dingern, du denkst wohl, das sind Bonbons.«
»Wie ich sehe, geht's dir schon wieder besser.«

Sie griff sich an den Bauch und stöhnte auf. »Scheiße. Erzähl mir eine Geschichte«, sagte sie und lehnte sich gegen die Badewanne. »Ein Geheimnis. Etwas, was du noch niemandem erzählt hast. Etwas über dich.«
»Ich hab' dir so ziemlich alles erzählt, was es zu erzählen gibt.«
»Es muß doch etwas geben, was du ausgelassen hast. Erzähl mir von deinem tiefsten, dunkelsten Geheimnis.«
»Da muß ich erst mal nachdenken, was das sein könnte.«
»Erzähl mir mehr von deiner Kindheit.«
»Warte! Da gibt es etwas, was ich dir erzählen muß. Aber nicht über meine Kindheit. Es sind keine angenehmen Neuigkeiten.«
»Was ist es?«
»Dreh nicht durch, ja?«
»Was ist es?«
»Erinnerst du dich, als wir bei deinen Eltern in Los Angeles waren?«
»Ja.«
»Ich glaube, es könnte sein, daß ich deinen Vater im Garten hinterm Haus umgebracht habe. Es war ein Unfall.«
»Das ist ein schlechter Scherz.«
»Ich mache keine Scherze.«
»Hör auf« schnauzte sie. »Verdammt! Wenn du mich aufregen willst, sprichst du besser nicht mehr mit mir.«
»Okay, eine Geschichte aus der Kindheit, eine ganz geheime. Sie wird dir gefallen. Sie ist wirklich abgefuckt.«
»Los, erzähl.«
»Ich war etwa sechs Jahre alt, und eines Nachmittags war ich allein zu Hause, allein mit Onkel Ted. Denise und meine

Mutter waren einkaufen. Onkel Ted rief mich zu sich in die Küche, und als ich hereinkam, stand er am Herd und wichste. Ich wußte nicht, was er da tat. Ich hatte so was noch nie gesehen. Sein Schwanz war behaart und viel dunkler als die übrige Haut. Er sagte mir, ich solle näher kommen, aber ich tat es nicht. Dann kam er zu mir rüber, nahm meine Hand, und ich mußte seinen Schwanz halten. Er war schwer, als wären Steine darin gewesen. Er wollte ihn in meinen Mund stecken, aber ich drehte den Kopf weg, wollte es nicht. Er lachte nur und sagte, ich solle in mein Zimmer gehen. Ich blieb an der Tür stehen und beobachtete, wie er sich einen runterholte. Er stöhnte, und man sah nur das Weiße in seinen Augen, es war richtig unheimlich. Ich ging in mein Zimmer und schloß die Tür. Erst zum Abendessen bin ich wieder rausgekommen.«

Leicht entgeistert sah mich Kaval an. »Ist das wahr?«

»Ja.«

»Hat er dir jemals etwas angetan?«

»Nein. Ich glaube, kurz danach hat er mit Denise angefangen.«

»Und deiner Mutter hast du es nie erzählt?«

»Ich hab's niemandem erzählt. Nur dir jetzt.«

Kaval holte tief Luft und setzte sich kerzengerade hin, kühle blaue Augen loderten vor Zorn. »Es scheint, wir sind hinter dem Falschen her.«

Ich lehnte mich zurück und schloß die Augen, zählte bis sieben.

Blendendes Sonnenlicht fiel durch Jalousien, schmerzende Knochen, ich setzte mich auf und sah Kaval wie ein Embryo neben der Badewanne liegen. Wütend über ihre Schönheit und Unschuld und auf Gott, den Allmächtigen, der seinen Sohn am Holzkreuz sterben ließ, hob ich sie hoch und trug sie ins Bett, deckte sie zu. Legte meinen Kopf auf ihre Brust und lauschte dem verbissenen Schlagen ihres Herzens. Sein Schwanz fegte durch die Tür in die Küche, seine Pfoten scharrten auf dem gefliesten Boden.

Tick, Tack, Klopf, Klopf, ich schloß die Schlafzimmertür hinter mir und sah nach, wer es war.

»Ja?« fragte ich über die Sicherheitskette der Tür hinweg.

»Ich hab' versucht, Sie unter der Nummer anzurufen, die Sie für mich hinterlassen haben, aber ich habe keinen Anschluß bekommen. Die Telefongesellschaft hat mir Ihre Adresse gegeben, und ich habe beschlossen, mal nachzusehen, ob alles in Ordnung ist.«

»Äh, hm, es ist alles in Ordnung.«

»Sie sind letzte Woche vorbeigekommen und wollten mich sprechen?«

»Äh, hm, ja, das stimmt.«

»Gut, kann ich kurz reinkommen? Ich würd' mich ganz gern mit Ihnen unterhalten.«

»Oh, äh, klar, kommen Sie herein, Detective … äh … tut mir leid, hab' Ihren Namen …«

»Webster. Detective Webster.«

»Ja, richtig. Für meine Verhältnisse ist es noch etwas früh.«

Detective Webster kam herein und registrierte sofort die Kartons und die Sachen auf dem Boden.

»Sie sind gerade eingezogen?«

»Äh, nein, eigentlich ist das nicht meine Wohnung. Es ist die von meiner Freundin.«

»Aber Sie wohnen hier.«

»Ja, nein, äh, vielleicht, ich weiß nicht.«
Webster gab ein tiefes Posaunengetöse von sich. »Das war keine Frage, bei der Sie sich die Antwort aussuchen können«, sagte er grinsend.
»Wollen Sie nicht Platz nehmen, Detective?« Ich nahm die Bücher vom Klappstuhl und gab ihm ein Zeichen, sich zu setzen. Seine massive Gestalt ließ den Stuhl buchstäblich aus dem Blickfeld verschwinden. Ich warf einen Blick in die Küche, aber sie war leer. Detective Webster folgte meinem Blick und sah sich dann wieder im Zimmer um. Mein Beutel mit den Pillen auf einem der Kartons fiel mir auf.
»Also«, begann er, »gibt es irgend etwas, worüber Sie mit mir reden möchten?«
»Ich … äh … ich wollte Sie fragen, ob Sie was über den Mord an meiner Schwester herausgefunden haben.«
»Nun, ich bin dran, aber ohne Anhaltspunkte kommt man da schwer weiter. Sie haben Zeit gehabt, alles noch mal zu überdenken, ich habe gehofft, daß Sie mir vielleicht weiterhelfen können.«
»Keine Ahnung, wie ich Ihnen helfen könnte.«
»Ich habe Ihre Mutter im Krankenhaus besucht. Ich wußte gar nicht, daß sie entmündigt ist. Eine traurige Geschichte.«
»Sie hat einen Gehirntumor. Es ist aussichtslos.«
»Eine Schwester im Krankenhaus hat erwähnt, daß Sie vielleicht dasselbe haben. Das tut mir leid.«
»Danke.«
»Edward, ich will denjenigen kriegen, der Ihre Schwester ermordet hat. Es war ein brutales, schreckliches Verbrechen. Für mich eines der schockierendsten Verbrechen überhaupt. Ich denke, Sie wissen, was Ihre Schwester in

diesem Keller gemacht hat ... Ich bin nicht hier, um gegen Ihre Schwester zu ermitteln oder gegen Sie – es geht mich nichts an, was Leute in ihrem Privatleben treiben. Doch wer auch immer sie getötet hat, es könnte ein Kunde gewesen sein, ein Mitarbeiter. Würden Sie mir bitte erzählen, was Sie wissen?«

»Was spielt sich denn hier ab?« Sie stand an der Tür.

Wir sahen beide gleichzeitig hoch, Kaval in Shorts und T-Shirt, gezeichnet von der letzten Nacht.

»Was ist mit ihr los?« fragte Detective Webster mit besorgtem Gesicht.

»Wer ist das?« wollte Kaval wissen.

»Sie ist krank«, erklärte ich.

»Ich bin Detective Webster, Midtown West.«

»Was wollen Sie?« Eine Frage on the rocks.

»Ich untersuche den Mord an Edwards Schwester Denise.«

Ich versuchte zu vermitteln: »Erinnerst du dich, Kaval, ich hab' dir von ihm erzählt.«

»Ja«, sagte sie trocken. »Was haben Sie herausgefunden, Detective?«

»Ich befürchte, nicht sehr viel. Darum bin ich hier.«

»Ich bezweifle sehr, daß Sie die Person, die Sie suchen, in diesem Apartment finden.«

Webster ließ eine weitere Tonlage seiner Posaune erklingen. »Niemand steht hier unter Verdacht.«

»Eddie, würdest du bitte meine Medizin holen. Sie ist im Badezimmer.«

»Ja, natürlich.«

Ich hörte von drinnen zu.

»Es geht ihm nicht gut. Sie sollten ihn nicht belästigen.«

»Er hat mich letzte Woche aufgesucht. Ich geh' dem nur nach.«
»Das ist sehr lobenswert, aber in meiner Wohnung möchte ich Sie nicht sehen.«
Webster warf einen Blick auf den Karton und die Pillen. »An Ihrer Stelle würde ich die wegtun, bevor ich sie sehe. Sie würden ganz schnell merken, was es heißt, belästigt zu werden.«
Kaval wurde ganz klein vor Angst. Sie nahm die Pillen und steckte sie in einen Karton.
»Hier«, sagte ich und gab ihr das Glas. Ihr Blick, als sie sich umdrehte, um zu gehen, erzeugte ein Kältehoch. »Ich wünschte, ich könnte Ihnen weiterhelfen, Detective. Aber ich weiß wirklich nicht, was ich Ihnen erzählen sollte.«
»In Ordnung, wie Sie wollen«, sagte er und ächzte, als er aufstand. »Das macht es nur für alle schwieriger.«
»Tut mir leid.«
»Yeah, schon gut.«
Webster stand an der Tür »Sollten Sie es sich anders überlegen, rufen Sie mich an. Aber warten Sie nicht zu lange damit, denn ich habe so viele Fälle, wie Ihre Freundin Vorurteile gegen mich hat.«
Webster verschwand, und ich stand da, wagte nicht, mich zu rühren.
»Ist er weg?« fragte sie aus dem Schlafzimmer.
»Ja.«
»Komm her.«
Ich ging hin.
»Du hast vielleicht Nerven, einen Bullen in meine Wohnung zu lassen.«

»Er hat versucht, mich anzurufen. Warum hast du das Telefon rausgezogen?«

»Weil ich nicht angerufen werden will! Wir hätten beide eingelocht werden können, mit diesen ganzen Pillen, die hier rumliegen!«

»Ich weiß.«

»Wie oft muß ich denn noch was sagen wegen dieser Scheißpillen?«

»Ich weiß. Es tut mir leid.«

»Es tut dir immer leid, aber das ist keine Lösung.«

»Okay, aber ich habe nicht erwartet, daß ...«

»Verdammt noch mal, du denkst einfach nicht mit!«

»Ich weiß, aber bitte, schrei mich ...«

»Und dann läßt du ihn auch noch in meine Wohnung!«

»Ich hab' gesagt, es tut mir leid. Bitte, schrei mich nicht ...«

»Du zwingst mich ja, dich anzuschreien! Wenn du nur nicht so verdammt rücksichtslos wärst ...«

»SCHREI MICH VERDAMMT NOCH MAL NICHT AN!« brüllte ich mit platzenden Lungen, und Kaval sprang zurück. Ich brach zusammen, fiel auf die Knie und hielt mir den Kopf, wollte nicht, daß er zerbarst. Kaval blieb wie angewurzelt stehen, kam dann zu mir gerannt und versuchte mich zu beruhigen, aber ich konnte ihre Stimme nicht verstehen, eher liefen Stummfilme und ihre Untertitel synchron. Sie zerrte an meinen Handgelenken, zog sie von meinen Ohren weg, während eiskalte, kribbelnde Zahnbohrer von innen durch die Schädeldecke brachen. Sie flößte mir ein paar Rote mit Wasser ein, aber ich konnte nichts hinunterschlucken, die Kehle zu wie ein gefluteter Tunnel. Sie griff nach einem Joint neben dem Bett, zündete ihn an, blies mir

die Mischung aus süßem Parfum und stechender Beize ins Hirn. Dann wurde alles grün.
Kaval streichelte meine Stirn und flüsterte: »Bitte, geh mit mir zum Arzt. Nur dies eine Mal.«
»Kaval, vergiß die Ärzte, ja?«
Sie kräuselte die Lippen, Achterbahnfahrten und Zuckerwatte, an Regentagen geschlossen; sie ging in die Küche. Ich schloß die Augen und sah meine Nieren weinen.
Der angenehme Duft von Eiern und Toast machte mich wach, und in der Küche stand Kaval am Herd und kochte. Ein Kofferradio krächzte im Wellblechsound. Anmutig rührte sie in der Bratpfanne, und von ihren Lippen kamen Worte, die mir irgendwie vertraut waren. Die Sonne schien durchs Fenster, ließ ihr Haar funkeln wie Wunderkerzen im Juli, und ich versuchte, ihre Lippen zu lesen, als ihre Stimme lauter wurde: »Durch dich fühl' ich mich … durch dich fühl' ich mich … durch dich fühl' ich mich wie eine richtige Frau.« Hitzewellen kamen, zusammen mit Erinnerungen an filmische Melodramen, die tragische Liebe von Romeo und Julia, die zwar Händchen halten, dennoch in Akt drei kein Happy-End gestalten. Sie schaute ins Zimmer und lächelte schüchtern.
»Ich mach' dir ein paar Eier«, rief sie, stellte den Herd ab und kam mit dem Teller rein.
»Was ist los?« fragte sie.
»Ich liebe dich«, sagte ich leise.
»Ich weiß. Iß jetzt deine Eier, bevor sie kalt werden. Nachher gehen wir in deine Wohnung und versuchen, deinen Kram rauszuschmuggeln.«
»Okay.«

»Ich bin so verdammt müde«, sagte sie und legte sich hin. »Weck mich nach einer Weile, okay?«
»Klar.«

»Dezmond, kannst du mir ’ne Kanone besorgen?«
»Willst du auf Killertour gehen?«
»So würde ich es nicht unbedingt nennen.«
»Was liegt an? Warum brauchst du ’ne Kanone?«
»Ich will eben eine, zu meinem Schutz.«
»Wenn du dich schützen willst, nimm ein Kondom!«
»Komm schon! Sei kein Wichser! Kannst du nun eine besorgen, oder nicht?«
»Bei mir auf der Arbeit ist ’n Typ, der kann dir vielleicht eine verkaufen. Ich frag’ ihn, wenn ich ihn sehe.«
»Und wann ist das?«
»Weiß nicht. Morgen, übermorgen, überübermorgen.«
»Sag mir Bescheid, okay?«
»Warum weint Wally eigentlich?«
»Ach du Scheiße. Das weißt du ja noch gar nicht. Camille ist tot.«
»Tot? Wie ist das passiert?«
»Wissen wir nicht. Man hat ihre Leiche vor ein paar Tagen am West Side Highway gefunden.«
»Die Polizei weiß nicht, wer es gewesen ist?«
»Noch nicht. Im Moment haben sie alle Verdächtigen im Shea Stadium eingesperrt.«
Dezmond lachte stolz, und ich lachte unwillkürlich mit – so bösartig, wie man nur sein kann.
»Sieh ihn dir an«, sagte ich und beobachtete Wally, der sich aufführte wie ein Klageweib. »Er hat seine Schwester immer

gehaßt. Jetzt, wo sie tot ist, liebt er sie. Denk an die Kanone, okay?«
»Cool bleiben, Killer.«

Kaval ging die Avenue A runter, an der Hand ein kleines Mädchen von ungefähr vier Jahren. Ihr Blick wanderte den Block rauf und runter, als ich näher kam. »Was machst du?« fragte ich.
»Ich suche die Mutter dieses kleinen Mädchens. Es hat sich verlaufen.«
»Wo hast du sie gefunden?«
»Gleich hier drüben. Sie heißt Kinsasha.«
»Wer? Die Mutter oder das Mädchen?«
Sie überhörte das. »Warum hast du mich nicht geweckt, bevor du gegangen bist?«
»Ich wollte nicht.«
Das kleine Mädchen beobachtete uns, einen verwirrt-trotzigen Ausdruck im schmutzigen Gesicht.
»Was sollen wir machen?«
»Wir werden versuchen, ihre Mutter zu finden.«
»Was, wenn wir sie nicht finden? Sollten wir nicht zur Polizei gehen?«
»Quatsch! Die nehmen sie mit und bringen sie wer weiß wohin.«
»Vielleicht sollte es so kommen, wenn die Mutter sie allein auf der Straße läßt. Um die Ecke steht ein Streifenwagen.«
»Ruf die Bullen, und ich spreche nie wieder mit dir.«
»Okay, vergiß, was ich gesagt habe. Was hast du eigentlich gegen Bullen?«
»'ne ganze Menge.«

»Hast du sie gefragt, wo ihre Mutter ist?

Kaval hockte sich hin und legte Kinsasha die Hände auf die Schultern. »Honey, bist du sicher, daß du nicht gesehen hast, in welche Richtung Mami gegangen ist?«

Kinsasha zeigte in Richtung Park und sagte: »Da rüber.«

»Großartig!« sagte ich. »Du weißt, was sie im Park macht?«

»Bitte keine voreiligen Schlüsse.«

»Hey, Kinsasha, willst du mal einen Trick sehen?« Ich hockte mich hin, drückte meine Hände zusammen und machte eine quakende Ente nach. Kinsasha schien das zu amüsieren.

»Wie machst du das?« quiekte sie. Ich zeigte es ihr, und während wir zum Park gingen, versuchte sie zu quaken, und Kaval grinste mich von der Seite an.

»Wir können meine Sachen nicht holen.«

»Warum nicht?«

»Mein Hauswirt hat die Schlösser ausgewechselt.«

»Woher weißt du das?«

»Ich bin dort gewesen, während du geschlafen hast.«

Ihr Gesicht versank in Horrorfilme. »Das kann er nicht machen!« schnauzte sie. »Das ist verdammt noch mal illegal!«

»Er hat es jedenfalls getan.«

»Wir gehen mit einem Brecheisen hin! Wir steigen da ein und holen deine Sachen raus. Verdammte Schweinerei ...«

»Entschuldige, aber wir haben ein Kind dabei.«

Kaval sah runter auf Kinsasha, die zwischen uns ging und unermüdlich zu quaken versuchte.

»Außerdem«, fügte ich hinzu, »sind mir die Sachen egal. Es ist nur Müll. Weswegen sollte ich da kämpfen?«

»Wegen deiner Kleidung, zum Beispiel.«

»In deiner Bude hab' ich was zum Anziehen.«
»Es geht ums Prinzip.«
»Der Typ hat noch für zwei Monate Miete zu kriegen, soll er behalten, was noch da ist.«
Kaval nahm Kinsasha an die Hand und zog sie hinter sich her. Ich quakte, und Kinsasha lächelte übers ganze Gesicht, ihre schiefen Zähne sahen aus wie krumm gewachsene Fingernägel.
Eine Frau um die Dreißig, mit Kopftuch und zerlumptem Kleid, rannte auf uns zu; Sandalen an den Füßen, dürre Beine und eine schmale Taille zwischen knochigen Armen und ein aufgeregtes, zahnloses Lächeln im Gesicht. Kinsasha riß sich los, lief ein paar Schritte nach vorn und warf sich in die Arme ihrer Mutter; als sie ihre Arme nach dem Kind ausstreckte, sah ich, daß sie drückte. Glasige, blutunterlaufene Augen, die tagelang keinen Schlaf bekommen hatten, bestätigten das nur. Die Frau bedankte sich bei Kaval und sagte, daß alles ein Mißgeschick gewesen sei und daß es nie wieder vorkommen werde, und dann schimpfte sie mit ihrem kleinen Mädchen, daß es nicht gewartet habe.
Sie gingen weg, und ich stand da und stellte mir verschiedene Szenarios für Kinsashas Leben vor, was aus ihr werden und ob sie sich wie CandyBar entwickeln würde.

17

»Zero kann dir eine besorgen. Ja, sicher, Zero kann dir eine besorgen.«

»Wo ist er?«

»Er will später vorbeikommen.«

»Wie läuft das Geschäft heute?«

»Ziemlich lahm. Nur ein paar Kunden, denen ich einen geblasen habe.«

»Das ist die Rezession.«

»Das wird's sein«, kicherte sie.

»Hast du das von Wallys Schwester, Camille, gehört?«

»Nein. Wer ist Wally?«

»Weißt du nicht, der fette Typ in Jackie's Bar? Der immer Pool spielt.«

»Sagt mir nichts. Ich gehe nur zu Jackie, wenn's regnet.«

»Ach so. Die Schwester von diesem Wally ist ermordet worden.«

»Das ist ja furchtbar.«

»Sie wissen nicht, was passiert ist. Sie wollen noch die Autopsie abwarten.«

»Hast du was zum Einschmeißen?«

»Nein. Ich hab' 'n bißchen Gras dabei.«

Ein blauer Volvo mit Jersey-Kennzeichen fuhr heran; CandyBar hakte sich bei mir ein, und der Volvo fuhr davon mit einem schwedisch fluchenden Auspuff.

»Bringst du mich nach Hause?« fragte sie. »Ich fühl' mich nicht gut.«

»Klar. Du siehst auch 'n bißchen blaß aus.«

Wir gingen die zwei Blocks zu ihrem Haus, und als wir unten an der Treppe standen, fragte sie, ob ich mit hochkommen wolle. »Bitte«, sagte sie, »ich möchte jetzt nicht allein sein.«

Ich folgte ihr in den dunklen Hausflur, ein gruseliger Spaß wie in Spukhäusern. Auf dem dritten Treppenabsatz blieb ich stehen, um zu verschnaufen; CandyBar ging weiter, bis ihr auffiel, daß sie allein war.

»Alles in Ordnung?«

»Ich muß mich nur 'ne Minute ausruhen.«

»Für den Rest können wir den Fahrstuhl nehmen.«

»'ne gute Idee.«

Im achten Stock ging die Fahrstuhltür auf, doch CandyBar wohnte im siebenten. Am Ende des Flurs öffnete sie eine Metalltür, und das Licht der untergehenden Sonne strömte herein wie Orangenlimonade. »Willst du etwas frische Luft schnappen?« fragte sie, und bevor ich antworten konnte, trat sie auch schon auf das Dach hinaus. Ich hielt mir die Hand vor die Augen, als plötzlich purpurne Tauben auf meiner Netzhaut kreisten. CandyBar stand dicht am Rand und sah auf die Straße hinunter.

»Hast du schon mal drüber nachgedacht, was es für ein Gefühl ist, hier runterzustürzen?« fragte sie.

»Ich stell's mir wie eine Achterbahnfahrt vor.«

»Außer daß es nur einmal abwärts geht und man kein Ticket braucht«, sagte sie und lächelte plötzlich. »Ich hätte gern was von dem Gras, wenn's dir nichts ausmacht.«

Ich holte es raus und bastelte einen Joint, zündete ihn an und reichte ihn CandyBar; sie hielt ihn am Ende und inhalierte, ohne ihn mit den Lippen zu berühren. Aus Mund und Nase strömte Rauch, und sie inhalierte noch einmal, gab mir den Joint zurück und sagte danke. Unsere Blicke wanderten über die Stadt und die Gebäude; der Hudson, rechts von uns, trug Nebelbänke, und über uns, verborgen in den Wolken, Bilder von Jesus. Feige Erlöser wie Gesichter auf Münzen. CandyBar seufzte und sagte: »Vor uns diese ganze Stadt, das Leben dieser Menschen, stell dir vor, du könntest sie alle sehen.«

»Es ist schon schlimm genug, mein eigenes zu sehen«, sagte ich, und CandyBar kicherte.

»Manchmal bist du wirklich irre.«

»Ich versteh' das als Kompliment.«

Sie sah mich an, ihre Augen wirkten alt; Tränensäcke, feine Linien und zuviel Entbehrungen. »Ich habe tatsächlich geglaubt, ich hätte eine Zukunft.«

»Was ist mit dem Restaurant, das du aufmachen wolltest?«

Traurig und müde lächelte sie mich an. »Ach ja, stimmt.«

»Du kriegst das schon hin«, fuhr ich fort. »Für eine Zwölfjährige hast du mehr im Kopf und mehr gesunden Menschenverstand als die meisten Leute, die ich kenne.«

»Letzten Monat bin ich dreizehn geworden«, sagte sie aufgekratzt. »Am fünfzehnten.«

»Na bitte. Deine Zukunft nimmt bereits Gestalt an. Herzlichen Glückwunsch nachträglich.«

»Du bist süß«, sagte sie, und während die Lichter hinter kalten, metallischen Fenstern angingen, starrte sie ferne Visionen in die Wolken. »Manchmal frag' ich mich, was das alles soll. Diese ganzen Scheißtypen, die ich kenne.«

»Scheißtypen gibt's wie Sand am Meer.«

»Das ist wahr, leider. Du bist der einzige anständige Mensch, den ich kenne.«
»Das hat nichts zu sagen«, erwiderte ich mit einem Grinsen.
»Du bist irre«, sagte sie und sah wieder hinunter auf die Straße.

18

Vampirella saß in ihrer Höhle mit nackten Brüsten schwer wie Hefeteig, von ihren Zähnen tropfte Blut, und glänzende, schwarze Stiefel umschlossen ihre Beine hoch bis zu den Schenkeln, in der Hand eine Peitsche, eine kleine Peitsche nur, für unartige männliche Teenager. St. Marks Place, Kaval am Stand nebenan überflog das Angebot an Pornographie und Sexismus mit eindeutiger Biologie, ausgebreitet auf Klapptischen, die am Straßenrand standen; und je mehr sie blätterte, je mehr weibliche Geschlechtsteile und He-Man-Phantasien sie als Person töteten, desto wütender wurde sie.

»Ich werd' das hier kaufen«, sagte ich und wedelte mit einer Nummer von *Tales of Terror.*

»Wie alt bist du, sechs oder sechsundzwanzig?« fragte sie mich.

»Du hast recht. Ich nehme lieber das hier«, und ich hielt eine Ausgabe von *Snatch* hoch. Kaval rotzte ein Lachen und riß mir *Tales of Terror* aus der Hand, bezahlte, und wir gingen weg.

Auf der Treppe, die zum zweiten Stock führte, stolperten wir fast über eine dreckige, gebrauchte Nadel, an der noch ein Tropfen Blut hing, und Kaval packte mich am Arm, blieb regungslos stehen. »Verdammte Junkies«, sagte sie, und ich nahm die Nadel mit meinen *Tales of Terror* auf und schmiß alles in den Müll. Beim Hinaufgehen nahm Kaval meine Hand und sagte: »Ich kauf' dir ein neues.«

Kaval steckte den Telefonstecker rein und wählte immer

und immer wieder die Nummer auf dem Streichholzbriefchen an, aber es meldete sich niemand. Sie versuchte, die Auskunft zu überreden, ihr mehr Informationen zu geben, aber das klappte nicht. Ich sagte ihr schließlich, sie solle mal eine Pause machen, und sie sah mich verärgert an, knallte den Hörer auf und zog den Stecker raus. Ich erzählte ihr nichts von meinem Versuch, eine Waffe zu organisieren, oder von meinen Plänen, wenn ich erst mal eine hätte. Ich selbst war mir darüber noch nicht im klaren. Ich half Kaval dabei, einen Salat zuzubereiten. Sie tat jede Menge merkwürdiger grüner Blätter mit rötlichen Flecken und witzigen Adern hinein, dazu kleine Tomaten und frischen Oregano, platte Erbsenschoten und Tofustückchen, und als ich sie bat, den Tofu wegzulassen, meinte sie, der sei gut für mich. So dicht neben ihr, fiel mir auf, wieviel sie abgenommen hatte und daß sie immer blasser wurde, als würde das Blut aus ihrem Kopf entweichen, und tagtäglich schien sie mehr Vitamine, Kräuter, Säfte und Tee mit den geheimnisvollsten Aromen zu sich zu nehmen; an manchen Tagen konnte sie das alles gar nicht bei sich behalten, und während mein Zustand besser zu werden schien, wurde ihrer immer schlechter. Gleichgültige Tage der Einsamkeit, ich erwarte euch.

19

Dezmond hielt nicht Wort, er machte bei der Kanone einen Rückzieher.

»Sein Bruder ist geschnappt worden«, sagte er. »Wenn du ein paar Monate früher gefragt hättest ...«

»Mach dir deswegen keine Sorgen«, sagte ich.

»Versuch's doch mal bei Lizard Len. Ich wette, der kann 'ne Kanone besorgen.«

»Ist nicht so wichtig«, sagte ich und kippte meinen Scotch runter. Dezmond gab Jackie ein Zeichen, unsere Gläser nachzufüllen.

»Was 'n mit dir los?« blaffte Jackie mich an.

»Was meinst du?«

»Wo warst du, zum Teufel? Du kommst ja kaum noch vorbei.«

»Kannst du mir das verübeln?«

Dezmond rief in den Raum hinein: »Er lebt jetzt mit seiner Süßen Downtown, in einem Liebesnest.«

Alle brachen in feixendes Gelächter aus, selbst Wally riß sein rundes Tomatengesicht vom Tresen hoch und sah rüber zu dem Unruheherd.

»Neun Kugeln!« rief Dezmond ihm zu. »Zehn Dollar das Spiel.«

Wally knurrte nur und ließ den Kopf auf seine Arme sinken, ein umgekipptes Glas neben seinem Ellbogen.

»Hey, Jackie, der verdammte Kerl klebt seit zwei Wochen an seinem Hocker. Du solltest langsam Miete von ihm kassieren.«

»Ist ’ne gute Idee. Dein Hocker kostet zwanzig Eier, die kannst du gleich hinblättern.«
»Blätter du lieber hierfür was hin«, schoß Dezmond zurück und griff sich zwischen die Beine.
»Das ist keine zwei Cent wert.«
»Deine Frau war letzte Nacht aber ganz anderer Meinung!«
»Was du nicht sagst …«
»Okay, hört auf«, ging ich dazwischen. »Ich bin’s leid.«
Ich stand auf, um mit Dezmond eine Partie Pool zu spielen. Wir kamen nicht mal bis zum Tisch, da stürzte Harper herein, stieß keuchend aufregende Neuigkeiten hervor: »Der Unfallwagen hat sie eben weggebracht!«
»Wen?«
»Ihr kennt doch die kleine Nutte, die von der Ecke, wie heißt sie denn bloß … CandyKane? Sie kam hier immer rein, wenn’s geregnet hat.«
Ich konnte es nicht glauben, stand völlig benommen da, während Dezmond aus der Bar rannte, gefolgt von Harper und den anderen. Wally zog sich hoch, und träge wie seine Schwester ging er hinterher. Jackie blieb hinter der Bar und wischte mit einem Handtuch über den Tresen.
Die Straße blockiert von zwei Streifenwagen, eine kleine Menschenansammlung vor CandyBars Haus und am Straßenrand ein grauer Wagen mit eingedellter Motorhaube und zersplitterter Windschutzscheibe. Ein Cop verhörte eine verhuschte Junkie-Stricherin mit kurzem Stachelhaar und verquollenen Augen; um mich herum das Gemurmel der Leute, ein Typ beschrieb den Körper, der verdreht gewesen sei wie eine Kette. Ich hörte mir die Worte an, ein Patchwork aus Sätzen, Dichtung und Wahrheit. Erschüttert und

schuldbewußt, schoß es mir durch den Kopf: ein Verlust zuviel; ich versuchte, mir die Situation vorzustellen, wie sie dort oben gestanden und auf die Straße hinuntergesehen hatte, verloren und in einsamer Verzweiflung, als schnüre eine Zwangsjacke ihre Eingeweide zusammen, doch als mein Gehirn meinen Augen zu weinen befahl, sagte mein Herz, was kümmert's dich. Auf der anderen Straßenseite, verborgen in einer Gasse, saß er auf den Hinterpfoten und beobachtete mich, jetzt verstand ich die Reaktion.

Kaval schlief noch, als ich hereinkam. Ich rauchte zwei Joints und trank eine halbe Flasche billigen Wein. War erstaunt über mich selbst, diese Ruhe und Gefaßtheit, keine Spur von Gefühl, nicht einmal Trauer. Ich starrte auf die Löcher in der Wand, fragte mich, ob Kaval springen würde, ob wir vielleicht zusammen springen würden. Ich zuckte zusammen, als es an der Tür klopfte. Ignorierte es, bis das Klopfen in meinem Kopf anschwoll.

Ich öffnete die Tür einen Spalt und war überrascht, eine Frau zu sehen, federgeschmückter Hut, tadellos gekleidet, mit Perlen und Make-up und stark parfümiert.

»Ja?« fragte ich.

»Ich suche Nancy«, antwortete sie mit finsterem Blick.

»Wen?«

»Sie wissen, wen ich meine.«

»Sie schläft.«

»Dann wecken Sie sie.«

»Wer, äh, soll ich sagen, will sie sprechen?«

»Holen Sie jetzt meine Tochter, bevor ich die Polizei hole!« fuhr sie mich an, und ihre Stimme überschlug sich etwas.

»Äh, äh, warten Sie hier.« Ich ging ins Schlafzimmer, Kaval

hatte sich die Decke über den Kopf gezogen. »Kaval, wach auf! Steh auf! Da ist jemand für dich. Ich glaube, es ist deine Mutter.«
»Was?« murmelte sie.
»Deine Mutter ist da.«
»Meine Mutter?« Sie sprang auf, als hätte man sie mit einer Mistgabel gepiekt.
»So ist es«, kam es aus dem Wohnzimmer.
Die Zimmertür wurde aufgestoßen, und wütend starrte Lillian auf ihr kleines Mädchen. »Das ist also das schöne Apartment auf der Park Avenue, das wir die ganze Zeit bezahlt haben.«
»Was machst du hier?«
»Ich konnte dich telefonisch nicht erreichen, meine Briefe kamen ungeöffnet zurück. Schließlich mußte ich einen Privatdetektiv engagieren, um dich ausfindig zu machen.«
»Du hast *was* gemacht?«
»Sieh dich doch nur an! Was ist los mit dir? Bist du krank? Was hat er mit dir gemacht?«
»Hör auf, Mutter.«
»Du siehst aus wie eine wandelnde Leiche. Was hat er mit dir gemacht?«
»Nichts.«
Lillian sah sich um, ihr Gesichtsausdruck war der reine Widerwillen; Augen hefteten sich auf morsche Dielen, wanderten die rissige Wand hoch, von der die Farbe abblätterte. »Mein Gott«, seufzte sie, dann schnauzte sie eine Fanfare: »Pack deine Sachen, du kommst mit mir nach Hause.«
»Nein, Mutter. *Das* ist mein Zuhause.«

»Nancy, ich werde nicht mit dir streiten. Keinen Tag länger bleibst du in diesem Schweinestall.«

»Es entspricht vielleicht nicht deinem Geschmack, aber meinem.«

»Du kommst mit, und wenn ich dich an den Haaren rausziehen muß.«

»Versuch's doch«. Das winzige, kalte Lächeln auf Kavals Lippen machte es Lillian leicht, diesen Gedanken aufgeben. Sie stemmte die Hände in die Hüften und keifte: »Was hast du mit dem ganzen Geld gemacht, das wir dir geschickt haben? Wo ist es geblieben?«

»Du hast seit Wochen keinen Scheck geschickt.«

»Ich wollte keine Schecks mehr an ein Postfach schicken.«

»Daddy hätte es getan.«

»Dein Vater ist nicht in der Lage, Schecks irgendwohin zu schicken.«

»Was soll das heißen?«

»Ich habe mit deinem Vater vor einer Woche gesprochen. Er rief an und sagte, daß er nicht zurückkommt.«

»Du hast mit ihm gesprochen?«

»Ja. Ich soll dir sagen, daß es ihm gutgeht und er gesund ist.«

»Wo ist er?«

»Das wollte er nicht sagen. Ich bin sicher, er ist bei seinem kleinen Flittchen. Was die Polizei betrifft, ist es jetzt eine zivilrechtliche Angelegenheit. Das Studio hat beschlossen, ihn zu verklagen.«

»Und du bist die einzige Person, mit der er gesprochen hat?«

»Er hat auch deinen Onkel Clayton angerufen.«

»Clayton ist nicht mein Onkel.«

»Egal, jedenfalls haben sie Dienstag abend über eine Stunde miteinander gesprochen.«
»Warum sollte er Clayton anrufen und nicht mich?«
»Dein Vater wollte einen juristischen Rat, Haftungsgesetze, Verbindlichkeiten gegenüber dem Staat und solche Sachen.«
»Das ist ja praktisch. Die Polizei hat euch beiden natürlich geglaubt.«
»Warum sollte sie nicht? Was willst du eigentlich damit sagen?«
Unsichtbar stand ich daneben, als Kaval und ihre Mutter in Zeit und Geschichte erstarrten, niemand kommt ungeschoren davon. Stechender Schmerz und saurer Regen ließen mich wieder Gestalt annehmen. »Möchten Sie etwas trinken, Mrs. Erikson?«
Lillian reagierte, als hätte eine Kakerlake das Wort ergriffen. »Nancy«, sagte sie und gab ihrem Gesicht etwas Sanftes, Honig statt Essigsäure. »Ich bitte dich, komm mit mir nach Hause. Nur für kurze Zeit. Du kannst wieder zurück nach New York, wenn du dein Leben in den Griff bekommen hast. Dein Freund wird das verstehen, nicht wahr?« Sie sah mich an, gefriergeschockt, betageblockt, wie aus einer leeren Hummerschale gelockt. Jetzt war er drin in ihr.
»Mutter, Eddie und ich werden heiraten. Und ich bleibe bei ihm.«
Honig verwandelte sich in Tabasco. Selbst bei mir wirkte das Aroma.
»Das tust du nur, um mich zu bestrafen!« kreischte sie. »Dein ganzes Leben lang hast du mich verleugnet und versucht, mir weh zu tun.«

»Es geht nicht um dich. Es geht um mich. Es ist mein Leben, über das wir reden!«
»Und ich will nicht zusehen, wie du es ruinierst!« bellte sie, ihre Hundeaugen sahen mich an und sprachen Bände. »Du gibst ihr Drogen, nicht wahr? Ich weiß, daß du das tust, denn vor ein paar Monaten sah sie noch nicht so aus.«
»Sie ist krank. Sie hat ...«
»Was mit dem Magen«, fiel mir Kaval ins Wort und warf mir einen Blick zu, der mich zum Schweigen brachte. »Er gibt mir keine Drogen, und ich nehme auch keine. Für mich sind Gesundheit und natürliche Ernährung wichtig.«
»Oh, du siehst auch sehr gesund und natürlich aus«, sagte Lillian sarkastisch, leicht mitgenommen von ihrem Kriegseinsatz.
»Mutter, ich lebe jetzt mein eigenes Leben. Was auch immer zwischen dir und Daddy geschehen ist, es ist vorbei. Du bist frei. Gesteh mir also meinen Freiraum zu.«
»Du machst mir Vorwürfe wegen deines Vaters. Für dich war ich immer an allem schuld. Es war nicht mein Fehler. Ich habe mich bemüht. Es war nicht leicht.«
Durch den Einsatz seiner magischen Wundertränen, geschickt, wie er nun mal war, dieser bösartige Hund, hatte das Gejammer etwas Dringliches.
»Mutter, bitte hör auf zu weinen. Das ändert nichts. Ich bleibe, wo ich bin.«
Lillian zog ein nach Lavendel duftendes Taschentuch hervor, faltete es auseinander und tupfte sich damit die Augen ab; sie versuchte, sich zu sammeln. Mit wohlüberlegten Worten sagte sie: »Gut, wenn du so leben willst, ich hindere dich nicht daran. Aber du sollst wissen, daß ich diesen

Lebensstil nicht unterstützen kann. Das werde ich nicht tun. Wenn du wieder zur Vernunft gekommen bist, wird alles, was ich besitze, dir wieder zur Verfügung stehen. Bis dahin müßt ihr, du und Edward, allein klarkommen.«
»Er heißt Eddie! Nicht Edward!«
»Eigentlich Edmund«, warf ich ein.
»Halt die Klappe!« Und ich hielt mich dran.
»Sehr schön«, seufzte sie, holte eine Puderdose hervor und trocknete sich die Augen mit ihrem Taschentuch. »Wenn du wieder bei Sinnen bist, weißt du ja, wo ich bin.« Sie machte Anstalten zu gehen. Ein Blick, bevor sie sich abwandte, ein Blick, hinter dem ich ihn erkannte. Er lachte.
Kaval wischte sich das Gesicht mit dem Laken ab, und als die Tür ins Schloß gefallen war, stützte sie sich auf die Ellbogen und strahlte mich an.
»Warum hast du ihr nichts erzählt?« fragte ich. »Du hättest soviel Geld kriegen können, wie du willst.«
»Sie hätte uns nie allein gelassen, sie hätte mich einweisen lassen, wenn es schlimmer wird.«
»Was sollte das mit dem Heiraten?«
»Ich wußte, daß wir sie so loswerden.«
»Oh.«
»Aber letztens hab' ich darüber nachgedacht.«
Kaval fuhr fort, erzählte mir von unserer Heirat und wie zweckmäßig sie sei; betonte dabei immer wieder, wie sehr sie den Gedanken an eine Ehe hasse, daß es nichts mit mir zu tun habe, sondern mit der Ehe als solche, denn sie habe noch niemanden getroffen, der verheiratet und gleichzeitig glücklich war; und obwohl ich völlig anderer Meinung war, gab ich vor, es nicht zu sein. Mir als ihrem zukünftigen

Ehemann beschrieb sie die Einzelheiten ihres Begräbnisses, nur eine einfache Geschichte ohne Jesus oder Gott, selbst ohne ihre Mutter, aber mit ein paar netten Worten und einigen Freunden, vielleicht nicht gerade Dezmond. Ich nahm die Auszeichnung traurig, aber mit Verständnis an und dachte an die Möglichkeit, daß ich zuerst sterben könnte, und nannte ihr meine Wünsche; es waren zwei.

»Beerdige mich in Jeans und in meinem weißen Hemd. Ich möchte nicht in Schwarz beigesetzt werden, okay? Und ich möchte, daß du etwas von dir in den Sarg legst.«

»Was soll ich hineinlegen?«

»Ich weiß nicht. Überrasch mich einfach.«

20

Zero - Zero - Minus - One stand in der Nähe der leeren Fensterhöhle, die auf den Hudson hinausging.

»Mach die Tür zu, und schieb den Riegel vor«, sagte er. Ich blieb an der Tür stehen, bis meine Augen sich an die Dunkelheit gewöhnt hatten. Wasser plätscherte, und verloren in der enormen Weite des Lagerhauses, verendende Seemöwen, Opfer der Umweltverschmutzung, die sich unter den Dachbalken verkrochen hatten. Federn schwebten herab von geschwärzten Balken, das Flattern der Flügel schluckte das Wispern des Wassers. Zero drehte mir sein Gesicht zu, und die beiden runden Narben unter seinen Augen, Spuren glühendheißer Zigaretten aus der Zeit, als er noch ein kleiner Junge war, starrten mich an; er schien vier Augen zu haben. Irgend etwas stimmte nicht, ich hatte ihn noch nie so ruhig gesehen.

»Und?« fragte er. Ich ging hinein, das Knirschen der Sneakers auf dreckigem Boden; Glas, Konservendosen und zersplittertes Holz, muffige Luft, undurchdringlich wie Nebel. In der Ecke ein ausgebrannter Volkswagen, verrostet und zerbeult, auf beiden Seiten stand das Wort FUCK. Zero beobachtete mich genau, als ich am Fenster stehenblieb, das flackernde Weiß seiner Augen beruhigte mich; wäre er der Hund gewesen, hätte er gewußt, was ich vorhatte.

»Hast du das Geld dabei?«

Ich holte es raus, und Zero lächelte gierig, als das Geld den Besitzer wechselte und alle Mißverständnisse aus der Welt schaffte. Zero hatte zweihundertfünfzig verlangt, aber ich gab ihm zweihundertsiebzig, um seine sauberen Absichten zu testen. Er zählte durch, steckte es ein, ohne mit der Wimper zu zucken, und fragte: »Du bist sicher, daß du sie willst?«

»Bin schließlich zweimal überfallen worden, da, wo ich wohne. Ich brauch' was zur Verteidigung.«

»Wo wohnst du?«

»East 10th und Avenue B.«

»Du denkst, das ist 'ne miese Gegend?« Er gackerte, und seine Stimme kletterte nach oben. »So'n Scheiß! Ich war in Kindergärten, die waren mieser. Du solltest mal in diesem Scheiß-Bushwick wohnen, da hast du das Gefühl, du lebst im Gully. Wo ich aufgewachsen bin, mußten wir auf dem Boden schlafen, weil die Querschläger durchs Fenster geflogen kamen.«

»Ist schon 'n Unterschied, in Staten Island aufzuwachsen.«

»Das möcht' ich meinen.«

»Was ist nun mit der Kanone?«

Zero zog ein winziges Ding hervor, nicht größer als meine Hand, eine Cowboy-Waffe mit Elfenbeingriff aus den Tagen von Hiyo-Silver.

»Was ist das? Du hast von einer .38er gesprochen.«

»Die ist besser als 'ne .38er!« schnarrte er. »Sie ist leichter zu verstecken. Läufst du mit einer .38er rum, weiß jeder gleich, daß du bewaffnet bist. Du bist kaum zehn Minuten auf der Straße, schon haben dich die Bullen beim Wickel.«

»Sie sieht aus wie 'ne Spielzeugkanone.«

»Spuckt aber Blei. Was willst du mehr? ... Willst du das Scheißding nun haben, oder nicht?«

Ich nahm sie in die Hand und versuchte, die Trommel zu öffnen. Zero zeigte mir, wie. Ich sah ihn an.
»Hast du etwa geglaubt, ich drück' dir 'ne geladene Waffe in die Hand?« sagte er, »du knallst mich ab und krallst dir dein Geld.«
»Oh, natürlich.«
Ich richtete sie auf das Fenster und zielte auf unendlich, betätigte den Abzug, ein harmloses Klicken. »Was ist mit Patronen?«
»Gib mir die Kanone.« Ich gab sie ihm, und Zero zog eine Pappschachtel hervor, nicht größer als ein Matchbox-Auto. Sehr leicht. Ich schüttelte die Schachtel, vertrocknete Bohnen hüpften in halbleeren Konservendosen. »Kann ich sie aufmachen?« fragte ich, und Zero nickte genervt. Acht Spielzeugpatronen rollten in meine Hand, sieben zeigten nach Westen, und eine zielte direkt in mein Auge.
»Die sehen furchtbar klein aus. Warum sind es nur acht?«
»Bist du 'n Serienkiller oder was?« schnauzte er. »Das sind .22er, wie die Kanone. Ich ritze sie vorn immer ein, dann explodieren sie beim Aufprall.«
»Die kommen einfach in diese Löcher rein?«
»Mann, Eddie, warum gehst du mir so auf die Eier?«
»Zero, ich komme aus einem Vorort, was zum Teufel weiß ich von Waffen?«
»Eben! Laß lieber die Großen damit spielen.«
»Hör mal, ich wollte dir noch sagen, wie leid mir das tut mit CandyBar. Ich weiß, wie du dich gefühlt haben mußt.« Zeros Augen senkten sich tief in meine, aber gefrorene Erde gibt nicht so leicht nach. »Sie hat dich wirklich geliebt. Sie hat immer erzählt, wie gut du zu ihr warst.«

»Das hat sie von mir gesagt?« Die Schmeicheleien lockten ihn nicht aus der Reserve.
»Jedesmal.«
»Verdammt, wer konnte schon ahnen, was in ihrem Kopf vorging. Wenn sie irgend'ne Scheiße am Laufen gehabt hätte, hätte sie doch zu mir kommen können, ich hätte die Sache wieder zurechtgebogen.«
»Mach dir bloß keine Vorwürfe. Woher soll man wissen, was die Leute denken. Ich wollte dir jedenfalls nur sagen, daß es mir leid tut.«
Mit einer Handbewegung sagte er: »Ach, Nutten ... Blätter an einem Baum.«
»Also diese Dinger kommen da in die Löcher rein, ja?«
»Das kriegst du schon raus. Ich muß abhauen.« Zero wollte gehen, und ich ließ die Trommel einrasten.
»Hey, Zero, ich glaub', ich hab's!«
»Was?« Er drehte sich um, und Mikroskope und Linsen, kaputte Augen mit hämischem Grinsen nahmen New Jersey ins Visier. Haß und Ekel schleiften ihre gesamte Habe über den Boden meines Schädels, als ihr Körper an meinen Augen vorbeifiel; mein Finger zuckte zurück, Wiesel sprangen auf gut Glück, und der schockierte Zero kollabierte. Er fiel nicht um, stand einfach nur da, wollte sprechen, obwohl es nichts mehr gab, womit er hätte Silben bilden können. Tastete nach seinen Lippen, die zur Hälfte weggeschossen, und nach dem Loch unter seiner Nase, dem Blut entströmte; er ging zu Boden, Arme und Beine zappelten wie Fische auf dem Trocknen. Zero schaffte es, sich auf den Rücken zu rollen, versuchte, sich aufzusetzen, gurgelte noch einen schwerfälligen Fluch, dann füllte sich sein Mund mit schau-

migem Blut. Sein Gesicht zog sich zusammen wie Latex, und mit flatternden Händen und unter anfallartigem Zittern griff er in sein Jackett. Ein wahrer Strom von Flüssigkeit ergoß sich aus seinen Ohren, und faulige Luft schoß wie Dampf aus seiner Nase. Seine Hand gelangte ins Blickfeld, griff nach einer Kanone, doppelt so groß wie meine, und sie zielte auf meine Brust; ich ließ meine Patronen fallen, sie rollten zu meinen Füßen in alle Richtungen. Zeros Lauf wackelte, und seine Augen wurden glasig, aber der Strom war noch nicht versiegt. Ich tastete nach den sieben Patronen auf dem Boden, als er die Waffe in meine Richtung senkte und sich an einen letzten Akt der Vergeltung klammerte. Die ganze Zeit klapperten seine Zähne mit der Geschwindigkeit sprechender Schädel in Horrorfilmen, eher wütend als sonst was. Sein Plasma unter meinen Füßen, fischte ich in all dem Rot nach den Patronen, spürte sein Herz in den Strom hineinpumpen. Eine Explosion in meinen Ohren, als die Wand hinter mir Feuer spie. Er zuckte, spuckte blutige Galle, den Finger am Abzug, zielte er diesmal auf meinen Kopf. Beängstigend ruhig ließ ich die Trommel einrasten und vollendete die Selbstjustiz. Der Boden griff nach ihm und riß ihn zu sich herunter, mit Schallgeschwindigkeit schlug sein Kopf auf, die Hälfte seines Gesichts war weggeblasen, aus der anderen Hälfte krochen Madenlarven. Ich ließ meinen Arm sinken, als seine Seele aus seiner Brust entwich und aufstieg zu den Dachbalken, um zu entschwinden. Grau und flüchtig wie die Dunstschwaden der U-Bahn an frostigen Wintertagen. Ich kratzte den Brei von meinen Sneakers, wischte mir die Hände an der Hose ab und wartete auf die ewige

Verdammnis. Als nichts kam, stand ich auf und nahm meine Kanone.
Es war dunkel draußen, und Zeros Körper lag noch am Boden, umgeben von einem Teich der Gleichmut. Ich zog den Reißverschluß meiner Jacke hoch und ging downtown.

Sie stand am Waschbecken, und ich schlich mich von hinten an, umschlang sie mit den Armen und vergrub meinen Mund in ihrem glänzenden Haar.
»Was ist denn mit dir los?«
»Ich liebe dich so wahnsinnig, daß ich kotzen könnte.«
»Soll das ein Kompliment sein?«
»Nimm, was du kriegen kannst.«
»Wo bist du gewesen?«
»Ich war auf der West Side. Hatte 'ne Verabredung.«
Sie sah mir ins Gesicht. »Alles in Ordnung?«
»Mir geht's gut.«
»Du siehst irgendwie seltsam aus.«
Ich küßte sie, meine Zunge glitt ihre Zähne entlang.
»Bist du sicher, daß es dir gutgeht?«
Ich antwortete: »Du hattest Eiscreme zum Lunch.«
»Welche Sorte?«
Ich leckte ihre Zähne und teilte ihr stolz mit: »Mokka.«
»Du kannst ja mal meinen Arsch lecken und mir sagen, was ich gestern zum Abendessen hatte.«
»Du bist obszön.«
Sie grinste und zeigte ihre Grübchen.
Mir fiel der belastende Inhalt meiner Jackentasche ein, ich zog vorsichtig die Jacke aus und legte sie auf den Boden. Kaval ging in die Zimmerecke und holte ein purpurnes

Kleidungsstück aus ihrem Matchbeutel. »Hier«, rief sie aufgeregt. »Ich habe ein Hemd für dich besorgt, als ich unterwegs war.«
»Danke, meine Lieblingsfarbe. Hey, da ist ja immer noch die Diebstahlsicherung dran. Kaval, du hast das Hemd geklaut! Ich habe gedacht, du machst so was nicht mehr.«
»Ich rebelliere eben gegen die Konsumgesellschaft.«
»Eines Tages wirst du im Gefängnis rebellieren können, und ich werde keine Kaution stellen.«
»Was ist los, gefällt dir das Hemd nicht?«
»Wie soll ich's denn tragen? Dieses Plastikding ist immer noch dran.«
Kaval ging ins Schlafzimmer und kam mit einem Ziegelstein zurück, legte das Hemd auf den Boden und schlug mehrere Male auf das Plastikschild, bis es in sieben Teile zerbrochen war. »So«, sagte sie stolz. »Und was willst du nun zum Abendessen?«
»Überrasch mich.«
Wir aßen auf dem Boden, die Teller auf dem Schoß, und ich dachte, Kaval braucht es nie zu erfahren.

21

Ich stand auf der anderen Straßenseite, der Garten, überwuchert mit Unkraut, umgeben von dornigen Hecken. Die leere Auffahrt, der Baum, gebeugt wie eine müde Witwe mit Arthritis, ein ausgefranstes Seil mit Autoreifen hing an den gekrümmten Armen. Die Garagentüren mit dem abblätternden, grünweißen Anstrich hingen in verrosteten Scharnieren. Ging ums Haus herum auf den Hof, die zerbrochene Schaukel, die verwaiste Sandkiste, und kam auf die Veranda, wo Denise immer ihre Regenbogenplätzchen aus Knetmasse gebacken hatte. Ich nahm den Schlüssel, der unter dem Blumentopf versteckt war, und öffnete die aufgeschlitzte Fliegengittertür. Betrat den hinteren Flur, der zur Küche führte, links die Waschküche mit offener Wäscheschleuder, ein Haufen ineinanderverschlungener Kleidungsstücke versuchte, aus der Luke zu entweichen. Vorbei an dem muffigen Geruch schmutzigen Leinens, der in der Luft hing, betrat ich Mutters Kapelle, schockiert über die Vernachlässigung; das Spülbecken quoll über von fettverklebtem Geschirr, Bestecken und Bechern, Krümel auf dem Tisch und ein Stück Brot, hart wie Stein; die Rückstände uralter Gewürze hatten ein rotes Muster aufs Tischtuch gemalt, am Küchenschrank fehlten die Griffe, und als ich den Kühlschrank öffnete, sah ich auf den verrosteten Gittern Ketchup, Senf und ein Sechserpack Budweiser, ein Stück Käse, eingewickelt in orangem Zellophan, gelb und vergammelt, klemmte innen an der Tür. Über der Küchentür ein runder,

sauberer Fleck, wo die Devotionalenbilder von Jesus gehangen hatten.
Denises Zimmer in verblaßtem Pink war voller Kartons, die sich an der Wand stapelten, in ihrem Frisierspiegel der offene Schrank und Kleiderbügel aus Draht. In dieses winzige Versteck war ich gekrochen, hatte Kleiderbügel zur Seite gestoßen, ein Geräusch wie helles Lachen; wie hatte ich mit zwölf Jahren nur hineingepaßt, um durch den Spalt Denise und Audrey Ockerman zu beobachten, die auf dem Bett saßen, sich küßten und mit ihren Zungen ableckten, mein Magen hatte Trampolinsprünge gemacht; später dann hatte ich herausgefunden, daß Denise meine Anwesenheit bemerkt hatte. Als sie mich gebeten hatte, Mama nichts zu erzählen, und ich geschworen hatte, es nicht zu tun, gab sie mir ihren Glücksstein.
Mein Zimmer am Ende des Flurs mit Bett und Kommode, und an der Wand die Spuren der Baseballübungen, die Schubladen der Kommode zur Hälfte voll mit T-Shirts und Unterwäsche und schwarzen Socken und Großmutters Geburtstagstaschentüchern. Ich nahm eins heraus und steckte es in die Tasche.
Mutters Schlafzimmer, einst tadellos, die Frisierkommode blank und makellos, jetzt verwüstet, wie es durch einen Tornado nicht hätte schlimmer sein können. Das Bett, nicht gemacht und zerwühlt, tausend wüste Alpträume hatten befleckte Laken hinterlassen, zu Klumpen geballt, in die Mitte gezerrt. Ihre beigefarbene Seidendecke auf den Boden geworfen, Schuhe und Socken lagen obendrauf. Über dem Betthaupt das goldgerahmte Portrait eines längst verstorbenen Kardinals aus dem Norden, Putten in Priesterroben,

mit abblätternden Gesichtern, in den Händen goldene Globen, mit Kreuzen verziert, beobachteten mich von der Kommode aus. Über dem Wäscheschrank Jesus an seinem Kreuz, Blut tropfte von den Handgelenken und den Füßen; unter seiner Dornenkrone weinte er im Todeskampf, doch nicht ohne schmerzerfüllten Stolz, der Welt berühmtester Masochist. In der obersten Schublade lagen Mutters geblümter Morgenmantel und ihre Pantoffeln, darunter versteckt Denises vergilbtes Hochzeitsalbum, dickes weißes Leder mit Schriftzug aus Blattsilber. Bilder von Menschen darin, die nie richtig gelebt hatten und es auch nicht hätten können. Ich an jenem Tag im Smoking, sah in der Schwester ein angekettetes, wildes Tier aus Afrika, also betete ich für sie; jetzt kam es mir vor, als hätte ich den Hochofen Mutters blinder Entfremdung noch angeheizt. Der finstere, eifersüchtige Ausdruck in Onkel Teds Gesicht machte das Ganze nur noch jämmerlicher.

Im Wohnzimmer standen die Fenster offen, die zerschlissenen blauen Vorhänge blähten sich nach draußen. Eine neue Schrankwand und ein Sony mit Bildschirm in Übergröße. Auf der verranzten Couch lagen zwei klumpige Kissen und ein Laken von Onkel Teds letztem Nickerchen. Ein Stapel Bootsmagazine auf dem mit Glasrändern übersäten Couchtisch, gekrönt von einem überquellenden Aschenbecher, eine leere Budweiser-Dose lag auf der Seite, in der Mitte eingedrückt von ungeschickten, schwieligen Händen. Staub bedeckte die Beistelltische, auf denen jeweils eine Lampe stand, unter der rechten die uralte, große Bibel mit den mehrfarbigen Abbildungen von Tod und Verzweiflung und

Schlangen, die Früchte aßen, ich hatte geweint, weil Adam sein Königreich verlor. Das Klavier, morsch und verzogen, stand hinter der Zimmertür, früher hatte es seinen Platz mitten an der Wand gehabt. Angeschlagene, vergilbte Tasten grinsten wie das Gebiß eines Bettlers. Finger spreizten sich über der Klaviatur in dissonantem C-Moll zu tiefer Quinte, hielten beklommen inne in Erwartung dessen, was zu hören sein könnte oder auch nicht. Ein Griff in die Tastatur, und Staub wirbelte auf, und das war's.

Vor dem Fenster der Schreibtisch, dahinter, dunkel und inaktiv, ein Computer auf einem Metallgestell. Namen und Zahlen, eingesickert in die verblaßte grüne Kladde auf der Schreibtischplatte, daneben sein Aschenbecher; ein Flugzeugmodell, dessen Propeller bei einem Unfall am Tag der Arbeit verbogen worden war. Unterhalb der Schreibunterlage, eingekratzt ins Holz, meine Initialen; sofort war die Erinnerung wach an die anschließende Tracht Prügel. Seine Schubladen waren voller Rechnungen und Formulare und Lieferscheine, dieser ganze öde Scheißdreck, der kaufmännische Angestellte so begeistert. Die oberste Schublade mit dem Schloß ließ sich nicht öffnen, und ich drehte mich um, wollte die Schrankwand durchsuchen, als eine Hummel durchs Fenster hereinflog. Sie summte umher mit wispernden Flügeln, schwebte unter die Decke. Hüte dich vor dem Mann mit dem Sowjet-Plan … dem Sowjet-Plan – da war er wieder, dieser Code. Ein Bleistift rollte von der Schreibtischplatte und landete zu meinen Füßen.

Ich zog und rüttelte an der Schublade, der Schweiß lief mir in die Augen; endlich, nach all diesen Jahren den Plan zu Gesicht bekommen, aber sie kämpfte darum, ihr Geheimnis für sich zu behalten. Ich rannte in den Keller, vorbei am Monsterschrank; hier hatte der vielköpfige Eidechsenmann gelebt, bis Denise ihn mit einer langen Gartenschaufel getötet hatte. Ich griff mir ein paar Werkzeuge von den Wandregalen und lief wieder nach oben.

Unter der Gewalt des Schraubenziehers gab die Schublade nach, und ich rammte ihn noch tiefer ins Holz, doch das Schloß verweigerte den Gehorsam. Machte weiter, bis das Werkzeug in meiner Hand zerbrach. Die Knarre in meiner Hosentasche flüsterte meinen Namen, ich berührte sie und befahl ihr zu schweigen. Ich nahm die Säge, bewegte sie vor und zurück, und Metallspäne sprühten durch die Luft. Meine Kleidung war schweißnaß, und meine Muskeln schmerzten in Erwartung des Kampfes, die Luft in meinen Lungen zu behalten und das Pochen im Kopf auszuschalten, keine Zeit für Rote; hysterisch, wie ich war, grunzte und keuchte ich wie ein wilder Eber in Gefangenschaft, vielleicht enthielt die Schublade sein unterschriebenes Geständnis oder ihr Tagebuch oder barg den Schlüssel zu meiner Heilung und Kavals Regeneration. Vielleicht hatte man meine Seele dorthin verbracht, einst herausgerissen im Dunkel der Nacht, und das drohende Unheil und die Depression all dieser Jahre manifestierten sich an dieser Stelle.

»Es ist nicht da drin«, sagte er, ich sah hoch und erblickte seine Gestalt, die fast den Türrahmen ausfüllte. Unrasiert und ungepflegt, als hätte er tagelang nicht geschlafen, sein Schädel preßte gegen die knotigen Adern unter seiner Kopfhaut. Er trug ein weißes Hemd, die Ärmel aufgekrempelt, verwaschene Jeans, und an seinen nackten Füßen hatte er Gummilatschen.

»Vielleicht sollte ich die Schlösser am Haus auswechseln«, fügte er hinzu.
Er betrat das Zimmer, und ich wich zurück zum Fenster blieb so gelassen, wie es meine Gelassenheit zuließ. Ich sagte: »Ich war auf Staten Island, um Mama zu besuchen, und hab' mir gedacht, ich komm' mal vorbei und seh' nach dem Haus.«
»Du verschwendest deine Zeit. Hier ist nichts.«
Onkel Ted trat hinter den Schreibtisch, und ich ging langsam rüber zum Klavier. Etwas Katzenhaftes lag in seinen Bewegungen, sanft und geschmeidig, ganz atypisch für ihn.
»Ich war nur neugierig«, sagte ich, um die Pause zu überbrücken.
»Du warst immer neugierig auf diese Schublade, nicht wahr?« Er setzte sich auf den Stuhl, zog eine Schublade auf und holte einen Schlüssel raus, der offensichtlich mit Klebeband befestigt worden war. Er hielt ihn hoch, beugte sich vor, und nach einem Moment des Kampfes mit dem beschädigten Schloß war die Schublade offen. Onkel Ted setzte sich aufrecht hin und legte seine Hand auf den Schreibtisch; unter der Hand lag eine schwere, schwarze Waffe.
»Deshalb war die Schublade immer verschlossen. Ich konnte euch Kinder doch nicht mit Schußwaffen rumspielen lassen, oder?«
»Ich war nur neugierig«, wiederholte ich, sanftes Mantra, gegeben von einem Maharadscha. Onkel Ted warf mir einen Seitenblick zu und grinste verschlagen; es war die Karikatur eines Grinsens. »Das, wonach du suchst, ist so versteckt, daß du's nicht findest.«
»Ich weiß nicht, wovon du sprichst.«

»Vielleicht weiß dein Freund Henry, wovon ich spreche.«
»Ich hab' keinen Freund, der Henry heißt.«
Onkel Ted lehnte sich zurück und präsentierte den schwangeren Bauch, die Knarre einsam vor sich, ein zufriedenes Lächeln umspielte seine Lippen. »Ich wußte, daß du irgendwie mit drinsteckst. Für sie hättest du alles getan, nicht wahr?«
Es hatte etwas Obzönes, wenn er sie erwähnte, er brauchte nicht mal ihren Namen auszusprechen.
»Ich weiß immer noch nicht, wovon du sprichst.«
»Erinnerst du dich an den Photokurs in der High School? Die Dunkelkammer im Keller. Machst du noch Photos?« Er lächelte.
Ein Pokerface beim Kartenspiel sichert den Gewinn. Doch das Geheimnis in meiner Tasche war wie ein As im Ärmel, ein Royal Flush, von korrupten Kartengebern zugeschanzt.
»Nettes kleines Geschäft, das deine Schwester und du abgezogen habt. Was ist passiert? Sie ist ein bißchen zu gierig geworden, nicht wahr?«
»Warum fragst du nicht Henry?«
»Hab' ich.« Er machte eine Pause, gespannt auf meine Reaktion, aber es kam keine. »Die ganze Sache hat ihm ziemlich angst gemacht. Tatsache ist, du hast ihm ziemlich angst gemacht. Obwohl ich deinen Namen nicht mal erwähnt habe.«
»Warum hat er keine Angst vor dir?« Eine Frage, die keine war.
Onkel Ted lehnte sich zurück; sein schwach schimmernder Goldzahn zwischen grinsenden Lippen, eine glänzende Stirn unter dünnen Strähnen schütteren blonden Haares. Er

zog eine Zigarette aus der Packung und zündete sie an. Lucky Strikes. Kurz darauf sagte ich: »Was ist nun mit der Knarre?« und heftete meine Augen auf sie.
»Die tut niemandem weh.«
»Sie hilft aber auch niemandem.«
»Das bleibt abzuwarten«, sagte er und grinste wieder.
Ich fragte ihn: »Was wirst du tun?«
»Ich weiß es noch nicht. Aber ich habe Beweise genug, um dich und Henry eine Weile aus dem Verkehr ziehen zu lassen.«
»Warum machst du's nicht?«
Ein ernster, forschender Blick über den Schreibtisch hinweg. »Weil dir nicht mehr viel Zeit bleibt«, erwiderte er sanft. »Und ich bin dir nicht böse. Du solltest das Beste machen aus dieser Zeit und in meinem Haus nicht nach Dingen suchen, die dich nichts angehen.«
Träge streckte er seine Beine aus und redete weiter, Augen klein wie Stecknadelköpfe: »Die Sache mit Henry regle ich auf meine Weise.« Gier breitete sich aus wie Krebs, zerfloß wie ölige Erdnußbutter, aber das Heuchlerische seines Wesens, das jetzt so offenkundig war, brachte mich auf eine bessere Idee.
»Ich bin nicht hier, um nach irgendwelchen Sachen zu suchen.«
»Ich weiß. Du bist nur gekommen, um nach dem Haus zu sehen.«
»Um die Wahrheit zu sagen, ich bin hier, um mit dir abzurechnen.« Onkel Ted hob die Brauen und fragte: »Wieso sollten wir miteinander abrechnen? Die Erbschaft ist klar geregelt.« Und dieser siegessichere Ausdruck in seinen Au-

gen, dieses Glitzern grüner Funken, ein Schauder des Erkennens fuhr mir in die Beine. Ein flüchtiger Blick in die Küche, sie war leer. Zurück zu meinen Karten.

»Irgendwann, irgendwie wirst du bezahlen für das, was du getan hast. Man nennt das Gerechtigkeit.«

»Es gibt nichts, wofür ich bezahlen müßte. Ich habe ein gutes Leben gehabt. Ich bin deiner Mutter ein guter Ehemann gewesen und habe versucht, dir und deiner Schwester ein guter Vater zu sein.«

Ich mußte lachen. »Ich denke, du irrst dich gewaltig.«

»Was soll das heißen?«

»Onkel Ted, du konntest vielleicht Mama für dumm verkaufen, aber ich wußte von Anfang an, was du mit ihr gemacht hast.«

»Was?«

Tief aus meinem Innern wurde schwarze Galle hochgespült. »Hör auf mit dem Theater! Du bist genauso verantwortlich, als hättest du sie selbst umgebracht!« platzte ich heraus.

Onkel Ted richtete sich kerzengerade auf, die Lampe kippte um, und aus sonnengebräunten Wangen brüllte es: »Was glaubst du eigentlich, mit wem du sprichst, verdammt? Egal, ob du krank bist oder nicht, ich verpaß dir trotzdem eine Tracht Prügel!« Er drückte seine Kippe aus. Ich ließ die Wirkung seiner Worte in einem harmlosen Schweigen verpuffen, lehnte mich dann gegen das Klavier.

»Vor dir habe ich keine Angst mehr. Wenn du mich schlagen willst, bitte. Wenn nicht, verpiß dich.«

Ein Duell unserer Augenpaare beherrschte die Szene, bis Onkel Ted sich im Stuhl zurückfallen ließ und seufzte: »Du bringst mich manchmal zur Weißglut. Warum eigentlich?

Ich hab' nie was gegen dich gehabt, warum provozierst du immer eine Konfrontation?«
»Ich denke, das liegt in meiner Natur.«
»Du solltest versuchen, das zu ändern.«
Wie eine Achterbahn raste das Schweigen durchs Zimmer; Sausen in meinem Magen und das Gefühl, ins Bodenlose zu fallen, ich bemühte mich, mein Gleichgewicht zu halten.
»Du weißt nichts davon, aber ich habe euch durchs Fenster beobachtet. Ich habe über den Fenstersims gelinst und gesehen, was du mit ihr gemacht hast.«
Onkel Ted setzte sich auf, steif wie ein Brett, und beugte sich dann über den Schreibtisch.
»Du hast dich geirrt«, sagte er entschieden, sein Zeigefinger zielte auf mich wie ein Bajonett. »Was auch immer zu sehen du dir eingebildet hast, es ist nie geschehen.«
»Aber es ist geschehen. Ich habe es gesehen.«
»Erinnerst du dich, als du gesehen hast, wie die Statuen in der Kirche lebendig wurden? Völlig hysterisch bist du nach Hause gekommen, hast geschworen, daß sie lebendig sind und sich bewegen.«
»Ich war sechs Jahre alt.«
»Weißt du noch, die Gesichter in den Bäumen? Die Heiligen und die Geister, die in den Bäumen schwebten?«
»Alle Kinder in der Nachbarschaft haben sie gesehen.«
»Alles nur in deiner Phantasie! Die Statuen, die Gesichter. Monster. Und nun das. Du warst es, der deiner Schwester diese fixe Idee eingeredet hat, bis sie schließlich selbst dran geglaubt hat. Du hast die ganze Atmosphäre in diesem Haus vergiftet. Mehr ist dazu nicht zu sagen. Ich habe dir das nie übelgenommen, du warst ein verstörtes Kind.«

Onkel Ted entspannte sich und verschränkte die Arme, als wäre es damit erledigt.
Nach einer Weile sagte ich: »Weißt du, ich dachte, wir könnten eventuell darüber reden; vielleicht würde ich es verstehen nach all den Jahren, wenn du es mir erklären würdest, vielleicht gibt es eine logische Erklärung, an die ich bisher nicht gedacht habe. Aber du kannst es nicht zugeben, nicht mal unter vier Augen, stimmt's?«
Er antwortete: »Du bist sehr krank, Junge. Du gehörst ins Krankenhaus. Ich werd' sehen, ob ich auf legalem Wege etwas unternehmen kann.«
»Und jetzt spielt es keine Rolle mehr. Weil sie tot ist. Nicht wahr?«
Onkel Ted wurde blaß bei diesen Worten; alle Farbe wich aus seinem Gesicht, und er rührte sich nicht, unstete, blutunterlaufene Augen wurden feucht. Mit leicht atemloser Stimme sagte er: »Ich … ich habe deine Schwester nie mißbraucht. Ich habe sie geliebt wie eine Tochter. Und sie hat mich geliebt wie einen Vater. Bei Gott, das ist die reine Wahrheit. Und daß du hier auftauchst und jetzt diese ganzen Anschuldigungen vorbringst, nach allem, was passiert ist …« Ein Ausdruck äußersten Unbehagens huschte über sein Gesicht. Er packte die Waffe; der Finger am Abzug, ich erwartete das drohende Unheil. Doch er beugte sich vor, legte die Kanone zurück in die Schublade und ließ sich erschöpft zurückfallen. Ohnmächtige Mörder machen unter Jupiterlampen schlapp. »Ich habe sie nie angefaßt«, sagte er wie zu sich selbst. »Niemals.«
Als das Blut wieder in meinen Kopf schoß, dachte ich an Landstraßen, die manchmal die Fahrt verkürzen.

»Mir ist aufgefallen, McGarrity ist weg. Wann hat er seinen Laden verkauft?«
Onkel Ted zuckte zurück wie eine Marionette. »McGarrity? Er ist vor über einem Jahr gestorben«, antwortete er. »Ein paar Koreaner haben den Laden gekauft und ein Feinkostgeschäft draus gemacht, das rund um die Uhr geöffnet ist. Sie nehmen eineinhalb Dollar für einen Viertelliter Milch.«
»Soviel zahl' ich in der City.«
»Das ist unverschämt. Ich geh zu A&P. Neunundsiebzig Cents.«
»Was ist mit Dinos Taverne, gibt's die noch?«
»Dino hat sich aufs Altenteil zurückgezogen und ist nach Florida gegangen. Aber seine Söhne schmeißen den Laden. Ist nach wie vor die beste Pizza auf Staten Island. Sie machen dieses Zeug, White Pie, keine Sauce, nur Käse und Ricotta, mit 'nem bißchen Speck, schmeckt ganz prima.«
»Das nennt man Fortschritt.«
Er schüttelte den Kopf. »Mein Gott, Eddie, nichts ist, wie es mal war. Alles hat sich verändert. Die Gegend ist kaum wiederzuerkennen. Die ganzen alten Läden machen dicht, ziehen sich eben alle aus dem Geschäft zurück. Von auswärts kommen sie, reißen ein Haus ab und bauen an der Stelle fünf Mietshäuser, auf den Straßen kommt man nicht mehr vorwärts, so verstopft sind sie. Es ist eine Schande, eine verdammte Schande. Weißt du noch, wie es war, bevor sie diese Scheißbrücke gebaut haben?«
Blüten bauschten sich vorm Fenster, Vorhänge im kühlen Luftzug beflügelten Inspiration, brachten Gelassenheit. Meine Haut reflektierte Gedanken wie friedliche Seen in Kanada das Sonnenlicht.

»Einmal habe ich jemandem von dir erzählt«, sagte ich, und sein Blick fing meinen ein. »An einem Samstag nachmittag bin ich zur Beichte gegangen, es war während der Fastenzeit; ich war zwölf. Ich habe Pater Michael anvertraut, was ich gesehen habe. Ich habe auch die Bingo-Abende erwähnt.«

»Bingo-Abende?«

»Jeden Mittwoch, wenn Mama zum Bingo gegangen ist und du dich im Zimmer von Denise eingeschlossen hast. Ich habe immer an der Tür gelauscht.«

»Ich habe ihr bei den Hausaufgaben geholfen. Es tut mir leid, wenn ich mehr Zeit mit ihr als mit dir verbracht haben sollte. Aber was das andere betrifft, liegst du falsch ... Bist du sicher, daß es Pater Michael war, mit dem du gesprochen hast?«

»Als die Klappe zurückgeschoben wurde, konnte ich sein Rasierwasser riechen.«

»Dann war's Pater Michael. Wußte er, daß du es warst?«

»Ich hab' mitbekommen, wie er hinter dem Vorhang hervorgeschielt hat, als ich zum Altar gegangen bin. Er kannte mich.«

»Er hat genau das Richtige getan. Welchen Zweck hätte es gehabt, eine Familie zu zerstören?«

Aus der Küche kam meine Hummel, summte rechts von Onkel Ted an den Regalen entlang. LSD-Spuren in Regenbogenfarben wirbelten ihr hinterher. Onkel Ted rollte einige Papiere zusammen und folgte der Hummel mit den Augen. Ich sagte ihm: »Es ist nur eine Hummel. Sie fliegt gleich zum Fenster raus.«

Doch als die Hummel auf der Kante des Regals landete,

schlug Onkel Ted zu, und sie taumelte unbeholfen in einer Spirale abwärts auf seinen Schreibtisch; ihre zerdrückten Flügel summten schwach, aber sie war unfähig zu fliegen. Onkel Ted drehte die Papiere fester zusammen, und die Hummel versuchte, auf dem Holz entlangzukriechen. Ich richtete mich auf, fühlte die Anspannung in meinen Bauchmuskeln. »Laß sie doch, Onkel Ted. Sie tut doch niemandem was.« Aber Onkel Ted zerquetschte sie zu einer klebrigen, gelben Masse. »Ich hasse Hummeln«, sagte er und schüttelte sich, nahm sie mit dem Papier auf und schmiß sie aus dem Fenster.

Töten oder getötet werden, schoß es mir durch den Kopf, als draußen ein Bus vorbeidonnerte. Onkel Ted drehte sich um und suchte eine neue Kammer in seinem Herzen. Verzweifelt zerrte er an seinem Hemd, mit zuckenden Fingern und schreckensweiten Augen tastete er nach dem Loch und der Kugel in seinem Innern. Er stürzte ungelenk zu Boden und zappelte kurz, seine Beine schienen unter Strom zu stehen, strampelten wie die eines Go-Go-Girls. Mein Blick wanderte durchs Zimmer und aus dem Fenster, hinaus in die Sommerbrise und zu zwitschernden Vögeln, und die Welt hörte auf, sich zu drehen. Onkel Ted wimmerte vor sich hin, aus geweiteten Pupillen strömte Wasser über sein Gesicht. Ich schob mich in sein Blickfeld, aber er konnte mich nicht sehen, suchte statt dessen nach Antworten und Gründen. Ich legte meine Waffe auf den Schreibtisch und setzte mich auf die Kante, sah, daß der Hahn in die Kammer eingedrungen war; so würde die Kanone nicht mehr schießen. Ich packte Onkel Ted am Hemd, zog ihn in eine sitzende Position und schrie ihm ins Gesicht: »Wo ist Henry?

Wie kann ich diesen Henry finden? Los, rede!« Seine Marmoraugen waren aufgerissen, und kein Laut stahl sich über seine Lippen, nur rosafarbener Seifenschaum. Ich warf ihn zu Boden, und als sein Kopf aufschlug, klang das wie nein, selbst im Tode war er herausfordernd hinterhältig. Ich wartete auf die Freude, die ich zu spüren hoffte, doch spürte ich nur ein Vakuum in meinen Adern.

Ich zog den Körper an den Armen hoch, zerrte ihn zum Kellereingang und stieß ihn die morschen Holzstufen hinunter; mit einem für Onkel Ted typisch dumpfen Laut schlugen seine Beine auf jeder Stufe auf. Unten sah ich mich nach einer geeigneten Ruhestätte um. Ich öffnete das Vorhängeschloß mit dem Schlüssel, der darin steckte, und zog die quietschende Aluminiumtür auf. Der Heizungskessel gab einen schwach zitternden Seufzer von sich. Bückte mich, um nicht an die niedrige Decke zu stoßen, zog den Körper hinein und legte ihn neben das große Gerät, hörte, wie das Ungeziefer sich in die Ecken verkroch; zerteilte Spinnenweben, strich mir die Reste aus dem Haar. Von draußen warf die Glühbirne an der Decke einen schwachen Lichtschein auf die Unterseite seiner Sohlen, der Rest von ihm verschwand im Nichts. Ich bemerkte einen Haufen Tüten mit Torf, die gegen die Kellertüren gelehnt waren. Begrub die Leiche unter diesem schwarzen, faserigen Zeug, wobei ich mit dem Kopf begann. Nach fünf Tüten war ein Hügel entstanden, und ich dachte daran, ihn mit dem Kruzifix zu schmücken, wie er es bei meiner Schwester getan hatte. Oben schloß ich die Fenster; meine Hummel summte als Reinkarnation durch die Vorhänge, vorbei an meinem Gesicht und auf meine Hand, aus ihrem Stachel schoß Natriumpentathol. Ich zog ihn heraus und spürte das geheime Karma in meinem Arm pulsieren. Sequenzen aus Krimiserien, der tolpatschige Columbo, der überall auf Spuren stößt, ich fing an, den Fußboden zu säubern, entfernte Blut mit Papiertüchern und Spülmittel, rückte die Schreibunterlage zurecht und machte die Schubladen zu; hob Onkel Teds Waffe vom Boden auf und tauschte sie gegen meine, verschloß die oberste Schublade und versteckte den Schlüssel. Mit Sorgfalt und einem Lappen wischte ich den Schreibtisch und die Fensterbretter ab, die Tasten des Klaviers und die Griffe der Schlafzimmertür. Als ich ins Wohnzimmer kam, war die Hummel verschwunden, und ich sah mich ein letztes Mal um. Seine Waffe in meiner Tasche und das Magazin im Strumpf, ging ich zur Hintertür hinaus und beseitigte auch dort meine Spuren. Niemand sah mich gehen, alles neue Nachbarn, es würde mich sowieso keiner kennen.

Wie er so in der Auffahrt stand, wirkte er in dieser Welt der gebrauchten Fords fehl am Platz. Ich probierte es an der Fahrertür, aber sie war verschlossen. Ich ging zurück ins Haus, folgte seiner Spur, der Küchentresen und der Tisch und der Schreibtisch, aber nirgendwo waren Schlüssel. Ich wickelte ein Handtuch um meine Hand, ging zurück in den Keller, schloß den Monsterschrank auf und öffnete die Tür. Der Hügel war zu Leben erwacht, Arme reckten sich nach oben, und durch den Torf drang Schmerzgewimmer. Er versuchte, sich aufzurichten, aber ohne Erfolg. Erstarrt in Panik und Verzweiflung, spürte ich, wie meine Knie nachgaben und der Betonboden tief Luft holte und mich verschluckte.

Ich öffnete die Augen, und der Hügel war verschwunden, ein Geräusch in der Nähe der Treppe nahm die Gestalt einer sich windenden Holzkohlenschlange an, die ihre Haut abstieß. Ich zog die Waffe aus der Tasche und zielte, als mir einfiel, daß das Magazin in meinem Strumpf war. Die Schlange hatte aufgehört, sich zu bewegen, richtete sich auf und fiel inmitten von Wolken aus Lavastaub in sich zusammen. Ich suchte den Raum ab und fand die Gartenschaufel mit dem langem Griff, ging hinüber zu der Schlange, die schwach stöhnend auf dem Bauch lag. So bösartig, wie man nur sein kann, riß ich die Schaufel hoch und ließ sie mit aller Kraft niedersausen. Schwarze Gischt spritzte hoch bei diesem Aufprall, und ein letzter keuchender Schluchzer kämpfte darum, gehört zu werden, der Rest war Schweigen. Vermischt mit dem Geruch von Erde. Ich saß auf den Stufen und balancierte die Schaufel auf meinem Schoß, verloren in Vieldeutigkeit, nichts war mehr klar. Ich weinte jämmerlich, die Judasschlinge zog sich immer enger um mich, ich schrie nach Denise, flehte sie an, zu erscheinen und mir zu sagen, was ich tun solle. Schließlich schleifte ich die Leiche zurück in den Monsterschrank. Als ich gerade dabei war, Torf aufzuschütten, fiel mir der Grund meiner Rückkehr ein. Durchsuchte seine Taschen und fand die Schlüssel am Originalbund des Autohändlers. Andere Schlüssel gab es nicht. Das Geld und die Brieftasche rührte ich nicht an. Dann leerte ich noch drei Tüten Torf über ihm aus. Als ich fertig war, rammte ich den Spaten tief in die Mitte hinein, und dort blieb er, leicht nach links geneigt, stecken. Beim Gehen stieß ich gegen etwas Hartes, das halb unter dem Heizungskessel lag. Ich langte hinunter und zog einen

Werkzeugkasten mit einem Vorhängeschloß hervor – Onkel Ted war verrückt nach Schlössern. Ein Hammer löste das Problem. Negative, Magazine, mit Gummis zusammengehaltene Polaroids und ein kleines, rotes Telefonbuch, doch als ich es aufschlug, war die Schrift zu klein und das Licht zu schwach, um darin zu lesen. Photos über Photos nackter Mädchen in der Pubertät, die in Motelzimmern posierten, eines trug eine grünkarierte Schuluniform von St. Adalberts, und ich fragte mich, ob die wohl echt sei oder nur eine Verkleidung für die Aufnahme. Ein anderer Stapel Polaroids, versteckt unter den Kindermagazinen, vergilbt und abgegriffen. Denise, nackt in ihrem Zimmer; ihr verfilztes Haar, ihr betrunkenes Lächeln nicht der geringste Ansatz von Brüsten, und neben mir diese friedliche Galeere aus Torf, deren Mast Schlagseite hatte von der Last ihrer höllischen Reise und die jeden Gewaltakt zu rechtfertigen schien. Ich nahm die Bilder aus dem Kasten und breitete sie auf dem Torf aus, seine Grabbilder; nicht aber Denises Bilder, die steckte ich ein. Ich schloß die Gruft und fegte den Torf vom Boden.

Oben dann wieder die Geschichte mit dem Handtuch. Als ich durch die Küche ging, klingelte das Telefon. Nach dem vierten Klingeln sprang sein Anrufbeantworter an, seine Stimme, wie nuklearer Fallout über Hiroshima. Nach dem Piepton sagte eine junge Frau, der die Angst in der Kehle steckte: »Ted, wenn du da bist, nimm ab. Ted? … ich nehme an, du bist noch nicht zu Hause. Ruf mich sofort an, wenn du kommst.« Ich wartete den Piepton ab und riß dann die Kassette heraus. Zusammen mit dem roten Telefonbuch verschwand sie in meiner Tasche.

Als der Mercedes erst mal in der Garage war, schob ich das Vorhängeschloß durch den Riegel und spürte die vorher ersehnte Freude. Sex und Essen waren nichts im Vergleich zu Rache.

Ich ging vier Blocks weiter und blieb am Straßenrand stehen. Aus dem Gully stieg ein Dampfgemisch; Exkremente, chemische Elemente. Ich nahm zwei Rote und schluckte, die zweite blieb an meinen Mandeln kleben. Als sie ihr beizendes Granulat der Schmerzlosigkeit freigab, schossen quietschend Wagen die Straße herunter, rote Pfefferschoten an den Spiegeln, Macho-Typen randalierten. Die Sonne röstete Haut unter schwarzer Kleidung, der Schweiß brach mir aus allen Poren, und in meinem Schädel brodelte das Blut. Eine hübsche, junge Frau um die Dreißig in einem duftigen, geblümten Kleid kam auf mich zu, zwei Einkaufstüten im Arm; kaum daß sich unsere Augen trafen, überquerte sie die Straße. Ich hätte mich am liebsten entschuldigt, daß ich sie erschreckt hatte. Ein Bus röhrte vorbei, sein Auspuff spuckte schwarze Rußpartikel ohne Erbarmen, und zwei Bilderbuchteenies lagen sich knutschend in den Armen – Ich dachte an Audrey Ockerman. Von der Ecke kam eine Hundegang angetrabt, mit hechelnden Zungen und listigen Blicken stöberten sie in den Mülltonnen neben den Häusern. Sie nahmen keine Notiz von mir, trotteten vorbei, doch als ich zur Seite blickte, waren sie verschwunden, nur der Geruch von schmutzigem Fell und ständiger Furcht hing in der Luft. Ich drehte mich um, da saß mein rüdes Publikum auf den Hinterläufen und hechelte im Chor. Ein brauner Köter mit Lassiegesicht neigte den Kopf und sagte: »Was 'n los, Eddie?« Nichts Bedrohliches lag in seiner Stimme oder in seiner Haltung, und auch seine drei Freunde saßen nur still da. Ich entschloß mich also mitzuspielen.

»Nichts Besonderes. Bin auf dem Weg nach Hause.«

»Schon? Bist doch gerade erst angekommen.«

»Nun, ich sollte mich wirklich auf den Weg machen.«

»Was ist mit Onkel Ted?«

»Was soll mit ihm sein?«

»Ist er tot und nett?«

»Ich weiß nicht. Das mußt du ihn fragen.«

Die Hunde kicherten darüber, sie amüsierten sich prächtig.

»Wo ist deine Freundin?«

»Wer?«

»Du weißt schon, die Blonde. Sie ist die nächste. Sie kann nicht entkommen.«

»Ich … ich habe gar keine Freundin.« Der Hund und seine Kumpane kicherten wieder, aber diesmal bleckten sie die Zähne dabei, Speichel troff von ihren Schnauzen. Mit der Böe eines feuchtwarmen Windes kam das Ticken einer Uhr. Die Straße war menschenleer und kein Auto zu sehen, Wellen flirrender Hitze, kraftraubend und lästig, stiegen vom Pflaster auf. Meine Beine zitterten.

»Warum läßt du mich nicht in Ruhe?« flehte ich. »Ich hab' dir nichts getan.«

»Was du dir angetan hast, darum geht's«, schnauzte er. Und dann mit einem heiseren Raunen: »Was hast du da in der Tasche?«

»Nichts.«

»So bösartig, wie man nur sein kann, so ist er doch, nicht wahr?« Er und die anderen lachten wie Schoßhunde beim Pokern. Betont unerschrocken wagte ich einen Vorstoß.

»Findest du nicht, daß dieses blöde Spiel, das du spielst, allmählich langweilig wird? Warum werdet ihr nicht erwachsen, Jungs, und geht ins Tierheim?«

Verwirrung wurde ihnen um die Ohren geschlagen wie eine durchgeweichte Zeitung.

»Mein Bus kommt«, sagte ich. »Ich muß gehen.«

Der Fahrer trug eine komische, kleine Mütze, die er tief in die Stirn gezogen hatte, aber als er seine Pfoten auf das Lenkrad stützte, wußte ich, ER war es, ihr Herr und Meister. Sein Blick, sein böses Gelächter, augenblicklich hatte die tickende Uhr spitze Nadeln, die durch Mark und Bein drangen. Die Hunde hinter mir knurrten, und mit einem beängstigenden Geräusch kam der Bus abrupt zum Stehen, und als die Türen aufgingen und der Hund seine Pupillen, in denen ein Bienenschwarm zu summen schien, in meine bohrte und er mich lächelnd fragte »Fährst du in meine Richtung?«, stürzte ich davon, und sein rauhes Geheul gellte in meinen Ohren. Zähne, die sofort zuschnappten, rissen Stücke aus Hose und Bein, das Magazin, freigebissen und in den Gully gespuckt, das Klappern des Metalls, zurückgeworfen vom Wasser. Füße hämmerten auf Asphalt, Gummisohlen erzeugten Reibung, quälende Blutbäche rauschten hinab in meine Socken, und die Hunde hingen mir an den Fersen. Ich hetzte die belebte Decker Avenue hinunter, ein Wagen bremste plötzlich, hupte laut beim Aufprall, und als ich mich umsah, lag einer der Hunde zerquetscht unter den Reifen, jaulte, die Läufe gebrochen, seine Schnauze war unter der Beifahrertür zu sehen und verspritzte einen wahren Sprühregen aus Blut. Die anderen scharten sich um ihren sterbenden Genossen, und ich raste den Beekman

Place hinunter, durch die Newman Alley bis zur Seymour Street, an die Ecke, wo Nancy Juliardi ihren dreizehnten Geburtstag gefeiert hatte, wir Flaschendrehen spielten und das erste Mal hübsche Mädchen küßten. Vorbei an der Reihe der Einfamilienhäuser, nett und adrett mit Rasen und Blumenbeeten. Bienen umkreisten gelbblättrige Sonnenblumen; ich rief ihnen zu, aber sie schienen mich nicht zu hören. Warf einen Blick über meine Schulter, keine Spur von den Hunden. Kramte in meinen Taschen nach den Bildern und vermißte das rote Telefonbuch und die Kassette. Ich kam an die Ecke der ruhigen Orange Avenue, zum Spukhaus der Piss Lady, deren einziger Gast ihr eigener Geist war. Ich rannte zum Haus, erwachsen und unerschrocken, setzte mich auf die Stufen und untersuchte meine durchnäßte Hose und die tiefen Kratzer darunter. Ziemlich high und schmerzunempfindlich vom Adrenalin, ging ich zur Seitentür und zog am Türknauf, drückte dann vorsichtig mit meinem Ellbogen das Fenster ein und entfernte die Glassplitter. Der Geruch von Urin, verfaultem Essen und Schweiß zusammen mit einigen Fliegen überfiel mich. Ich verscheuchte die Fliegen und betrat die Küche, die unter einer Schicht zu Staub zerfallener Corn-flakes lag. Die Dielen ächzten unter meinem Gewicht. Hilflos hingen ausgetrocknete Insektenlarven in Spinnennetzen, die sich in jeder Ecke und an jedem Fensterrahmen breitmachten. Die Hintertür war mit Latten und Sperrholz vernagelt. Ich betrat den Flur, der zum Wohnzimmer führte. Es war still, bis auf den Wind, der durch die Ritzen pfiff. Ich vor fünfzehn Jahren, versteckt in diesem Zimmer, als zwei jugendliche Homos sich gegenseitig einen ablutschten, bis meine Gegenwart entdeckt wurde und wir wie gejagte Kaninchen durch die Straßen hetzten; seh' noch den hochgewachsenen Jungen, rotes Haar, Latzhose, Jackett, so jagte er hinter mir her, panische Angst, Scham und den Wunsch nach Vergeltung in den Augen. Die Polsterung der Couch war aufgerissen, und Schaumstoffflocken lagen überall herum, umgekippte Sessel, der Tisch zerbrochen, Zeitungen und Magazine über den Boden verstreut; ein ranziger Geruch drang von der Heizung herüber, unter der eine verweste Katze mit Millionen von Fliegen und Maden die Kontinuität der Nahrungskette von Mutter Natur sicherte. Der Raum, der sich an das Wohnzimmer anschloß, durchschnitten von Lichtstrahlen, auf denen Staub und Dreckpartikel tanzten. Schubladen einer antiken Frisierkommode lagen zertrümmert auf dem Boden. Am Fuße der Kommode eine gelockerte Diele. »Was hast du da in der Tasche?« In meinem Kopf der Widerhall des heiseren Raunens.

Als die Waffe versteckt war, legte ich einen Stapel zusammengebundener Zeitungen auf die Diele, rückte die Frisierkommode darüber und fühlte mich richtig erleichtert. Jetzt mit dem Taxi zur Fähre, aber erst mal den Durst stillen. Das Spülbecken war trocken wie ein Papiertaschentuch, aber aus dem Wasserhahn kroch ein Tropfen in meine Hand. Ich blickte mich um, die Insekten hinter ihren Gefängnisgittern beobachteten mich. Die Tür des Kühlschranks schwang hin und her wie die eines finsteren Saloons; der Kühlschrank selbst war ekelhaft leer, von den Bazillen mal abgesehen. Mein Herz begann angestrengt zu pumpen, wie die Pleuelstangen eines lecken Motors, nichts war jetzt dringender als Flüssigkeit. Ich stürzte die Treppe hoch; das Waschbecken im Badezimmer lag auf dem Boden, die Toilette war nur noch ein Haufen Scherben, nirgends Abflußrohre, in der Dusche keine Spur von Feuchtigkeit, nicht einmal Schimmel. Zurück in der Küche, die Hand an die Kehle gepreßt, suchte ich weiter in Panik und mutloser Verzweiflung. Der Spülschrank, wo die Wasserventile waren, ich fiel auf die Knie und griff nach dem Hahn, aber er rückte und rührte sich nicht; ich strengte mich an, ihn aufzudrehen, als er plötzlich von innen heraus durch Erdbebenstöße erschüttert wurde. Ich fiel zurück, als die Türen aufgesprengt wurden und tollwütige Hunde mich im Gesicht attackierten. Die Wucht ihres Angriffs schleuderte mich hinaus in den Flur; mit Tritten und Schlägen kämpfte ich darum, sie mir vom Leib zu halten, und bekam dabei einen an der Kehle zu fassen. Angetrieben von Adrenalinstößen, warf ich mich auf ihn und drückte solange zu, bis meine Finger schmerzten und meine Arme taub wurden. Die anderen Bestien schienen sich zurückzuziehen, als ich seinen Kopf immer und immer wieder gegen den Boden schlug, die Augen voller umherwirbelnder Corn-flakes-Krümel; ich sah ihn an, Onkel Ted, lebendig und blutend, mit einem priesterlichen Lachen. Doch ich lockerte meinen Griff nicht. Ich verfluchte Gott, dessen Gebote völlig mißachtet werden, wenn die Wirklichkeit ihre eigenen Aufzeichnungen zerreißt; eine Träne löste sich aus meinem Auge und landete auf meiner Zunge, und ich spürte ihre heilende Wirkung. Onkel Ted und der Hund waren verschwunden. Allein mit mir im Wohnzimmer, die schweißnassen Hände um das Schaumstoffkissen der Couch gekrampft, lauschte ich dem Klingen in meinen Ohren. Ich erhob mich, Kniegelenke knackten wie Eiswürfel, und schleppte mich in die Küche, wo alles wie vorher war, mit Ausnahme der armen, bedauernswerten Piss Lady, die jetzt am Tisch saß und eine Zigarette in einer langen Zigarettenspitze rauchte; ein schwarzer Schleier verdeckte ihre Augen, und sie trug ellbogenlange Seidenhandschuhe, weißer Rauch schlüpfte aus ihrem Mund in Form schnörkeliger Zeichen einer uralten Druidensprache. Sie drehte sich nicht um, sprach kein Wort, und ich beobachtete sie, ging in Gedanken Jahre zurück; das Gelächter und der Spott, wenn sie in ihrem fleckigen Kleid und mit zerrissenen Strümpfen die Straße entlangging, Selbstgespräche führte und sich an den Rinnstein hockte, um zu urinieren. Während ich sie so beobachtete, wuchs ein Kloß in meinem Hals.

»Es tut mir leid, Mrs … Ich … ich kenne nicht mal Ihren Namen. Es tut mir leid.«

Sie erwiderte nichts, rauchte einfach ihre Zigarette weiter. Ich drehte mich um und ging die Treppe hinunter und zur Seitentür hinaus. Erschöpft schleppte ich mich die Straße entlang, hinterließ blutige Schuhabdrücke und hielt ständig Ausschau nach Hunden. Ich stolperte in eine Telefonzelle, kramte einen Vierteldollar hervor, steckte ihn in den Schlitz, doch er kam unten wieder heraus, wiederholte das Ganze, bis er schließlich drin blieb. Ich holte einen Zettel aus der Tasche, hoffte, daß es die richtige Nummer war und Kaval nicht wieder den Stecker herausgezogen hatte. Autos fuhren vorbei, drinnen lachende Schädel mit hinterlistigen Augen, ich sah auf meine Hand, und der Hörer fing an zu vibrieren. Ich schleuderte ihn weg, als das Kabel versuchte, sich um meinen Kopf zu wickeln. Wieder auf der Straße,

rannte ich, schnappte nach Luft, und nichts sah mehr vertraut aus, die Häuser und Geschäfte, die Menschen und Autos, und Onkel Ted war kerngesund, und die ganze Zeit tobte ein Gewittersturm in meinem Hirn. Hatfield Place, inmitten eines unkrautüberwucherten Feldes, das Schild wies nach Westen, zu Steven McCormacks Haus, wo sein Bruder Alvie vom Dach gefallen war beim Versuch, das Frisbee herunterzuholen, das Stevie hinaufgeworfen hatte, und als Alvie neben dem Haus starb, jammerten Stevie und seine Eltern, er solle am Leben bleiben. Kurz darauf zogen sie fort, und ich hatte nie wieder einen Freund wie Stevie.
Ein Hund bellte zweimal.
Ich verlor mein Gleichgewicht, und die Sehkraft ließ mich fast im Stich; so stolperte ich auf die Veranda ihres Hauses und hämmerte gegen die Tür, blickte mich um und dann hoch in die dunklen, grauen Wolken. Kotzte frische Kaffeebohnen aus, die davonflitzten wie Kakerlaken im Licht. Humpelte um das Haus herum zum Hinterhof, meine Waden eine zerfetzte Masse Thunfischsteak. Der Hof war mein eigener und ich im Kreis gelaufen; Ratten in einem Labyrinth wäre es nicht besser ergangen.
Ich fiel gegen die Tür und landete in einer Küche mit Schachbrettmuster, unfähig, mich aufzurichten. Marineblaue Slipper machten dicht vor meinem Gesicht halt, sie beugte sich hinunter, warm lächelten ihre Augen hinter schwarzgefaßten Gläsern.
Sie hielt eine Tasse kaltes Wasser an meine Lippen, und ich verschluckte mich, weil ich zu schnell trank. »Langsam«, sagte sie, und ihre Stimme war wie Balsam. »Trink langsam. Es wird dir gleich bessergehen.«

»Meine Beine«, keuchte ich zwischen den Schlucken, und sie sah auf meine Füße und lächelte. Elizabeths liebevoller Blick gab mir Geborgenheit. Sie lehnte mich gegen den Schrank und ging zum Herd, sah hinein, und mit einer Hitzewelle wehte Zimtgeruch über den Boden. Draußen hörte ich Kinder spielen, und Elizabeth rief ihnen vom Fenster aus zu, sie sollten vorsichtig sein.

»Deine Kinder?« fragte ich.

»Cathy und Anthony«, sagte sie mit mütterlichem Stolz. »Cathy ist vier und Anthony sieben.«

»Sieben? ... Wie ist das möglich?« fragte ich. »Wir waren vor fünf Jahren zusammen. Du hattest damals keine Kinder.«

Sie schien durcheinander, nervös. »Oh? Hab' ich sieben gesagt? Ich meine fünf.«

Betrug wird eine unendliche Geschichte, wenn niemand anfängt, reinen Tisch zu machen. Ich kniff die Augen zusammen und rief nach Kaval, um mich herum türkische Stimmen, die gebrochen englisch sprachen. Der Geruch von Jasmin mischte sich mit Terpentin. Die ernsten Stimmen wurden leise, und die Bilderstürme hörten auf.

22

Um mich herum eine Nebelbank, kühl wie Dunstschleier im Herbst. Ich rührte mich nicht, aus Angst, die Stille zu stören. Als Donner mit südlichen Winden herangeweht wurde, rissen die Schleier auseinander, und ein Engel mit einer Schale erschien. Geblendet von der Helligkeit ihres Körpers, versuchte ich, mich aufzusetzen, doch sie legte mir die Hand auf die Schulter und sagte, ich solle mich nicht sträuben. Dann nahm sie eine große Spritze, hielt sie gegen das Licht und maß die Menge ab, schob meinen Ärmel hoch. Tausend silberne Tauben flogen hoch in die Luft wie Konfetti, loderndes Licht brach durch den Himmel, ich versuchte, meine Augen zu schützen und ein Antlitz zu erkennen, dann die Hitze, wie eine nachträgliche Eingebung. Die Gegenwart, die ich spürte, hatte was von Wiederbelebung, und ich fragte Es: »Bin ich tot? Ist das der Tod?« Aber das Licht antwortete nicht, sondern strahlte nur hartnäckig.

Ich flehte: »Wer bist du? Warum sprichst du nicht? Existierst du wirklich? Ich muß es wissen!«

Das Licht wurde heiß, Energie, intensiv und weiß, wie bei Moses auf dem Berg Sinai. Im Basso ostinato sprach es: »Wenn alles wirklich existieren soll, was ist dann mit deinem Glauben?«

»Ich habe versucht zu glauben. Aber das ist nicht genug. Es muß mehr geben als den Glauben. Es muß einen Beweis geben.«

Das Licht lachte herzlich. »Und du siehst keinen Beweis für meine Existenz? Ist dein Leben wirklich so leer?«
»Ja.«
»So bösartig, wie man nur sein kann.«
»Ja, genau so.«
»Du hast die Wahl. Du hast sie immer gehabt.«
»Nein, man hat absolut keine Wahl. Wir tun das, wozu man uns zwingt.«
Lachen wie vom Weihnachtsmann vor Macy's. »Niemand zwingt dich, irgend etwas zu tun. Du entscheidest, wie du handelst.«
»Nein, das ist nicht wahr.«
»Wahrer, als du zu glauben die Wahl hast.« Die Intensität des Lichtes nahm allmählich ab, seine Gegenwart wurde schwächer, als würde sie einen Abfluß hinuntergespült. Ich durchblickte sein Manöver. Wütend über meine Dummheit, sagte ich zu ihm: »Das funktioniert nicht. Ich weiß, wer du bist.«
Sofort löste das Licht sich in goldene Strähnen, in dichtes Haar auf. Kaval beugte sich nah über mein Gesicht, ihr schiefes Lächeln und das Blau ihrer Augen versetzten mich in die Gegenwart. »Wie fühlst du dich?«
»Ich hatte einen Traum. Ich bin gerade geflogen.«
»Du bist wirklich geflogen, aber nicht in deinen Träumen. Man hat dich gefunden, bewußtlos. Vor Elizabeths Haus.«
»Vor Elizabeths Haus?«
»Auf Staten Island.«
»Wie … wie bin ich da hingekommen? Wo war Elizabeth?«
»Sie war mit ihrer Familie in Virginia Beach. Ein Nachbar sah dich auf den Stufen liegen und rief die Polizei. Ein

Krankenwagen hat dich ins Krankenhaus gebracht, die haben dann meine Telefonnummer in deiner Tasche gefunden. Ich hab' dafür gesorgt, daß du hierherkommst.«
Ich setzte mich auf, mein Kopf war leicht wie Helium. Ich wartete auf Newtons Gesetz. »Was ist das hier für ein Krankenhaus?«
»St. Vincents.«
»In der City?«
Sie nickte.
»Was ist mit mir passiert?«
»Du hattest einen Anfall, zuviel Druck im Gehirn. Sie haben versucht, es unter anderem mit Medikamenten in den Griff zu kriegen.«
»Wie lange bin ich schon hier?«
»Anderthalb Tage. Es ist jetzt Dienstag nachmittag.«
Mit dem Zielschießen kam die Panik. »Sie haben mich doch nicht aufgeschnitten, oder? Laß das nicht zu! Du kannst alles machen, aber laß nicht zu, daß sie mich operieren.«
»Beruhige dich. Sie können das ohne deine oder meine Einwilligung nicht tun. Ich hab' ihnen gesagt, ich sei deine Frau.« Sie hielt ihre Hand hoch und zeigte mir den vergoldeten Ehering.
»Wo hast du den her?«
»Ich hab' ihn früher getragen, damit miese Typen mich in Ruhe lassen.«
»Wann kann ich hier wieder raus?«
»Keine Ahnung. Ich glaube nicht, daß du kräftig genug bist, du solltest vielleicht erst mal mit den Behandlungen weitermachen.«

»Was stellen die hier mit mir an? Bestrahlungen? Chemotherapie?«
»Beides.«
»Mir werden die Haare ausgehen, mein Kopf wird anschwellen wie ein Basketball.«
»Entweder das, oder du wärst gestorben. Ich hatte keine andere Wahl.«
»Genau wie ich.«
»Was?«
»Keine andere Wahl. Das habe ich ihm gesagt.«
»Wem?«
»Es … es war ein Teil meines Traumes.«
Kaval nahm meine Hand und drückte sie sanft. »Dir geht es bald besser, entspann dich, ruh dich aus. Dann nehm' ich dich mit nach Hause.«
»Sag ihnen, sie sollen mir etwas Morphium geben gegen die Schmerzen.«
»Hast du Schmerzen?«
»Nein. Aber ich werd' bald welche haben. Bin ziemlich übel in die Beine gebissen worden.« Kaval zog die Decke von meinen Beinen, aber meine Schienbeine und Oberschenkel waren unversehrt. »Die Hunde … ich … ich kann mir das doch nicht alles eingebildet haben.«
»Bei den ganzen Drogen, die du geschluckt hast, ist es ein Wunder, daß du nicht verrückt geworden bist … Aber damit ist jetzt Schluß. Keine Roten mehr, kein LSD oder Gras oder sonst irgendwas.«
»Kein Gras mehr? Das hilft gegen Übelkeit. Wenn ich die Chemo mache … Kaval, selbst die Ärzte werden dir sagen, daß Gras gut ist gegen Übelkeit.«

Ihr Gesicht wurde sanfter, und ein Lächeln brach durch. »Also gut, ein bißchen Gras, aber nur für medizinische Zwecke. Was hast du eigentlich auf Staten Island gemacht?«

Eiskalt erwischt, blieb mir nur die Wahrheit, und ich erzählte ihr von Onkel Ted, der Hundemeute und von alten Häusern, erwähnte Zero und die Knarre und daß ich das Geld dafür aus ihrem Portemonnaie genommen hatte, ich sprach von CandyBar, wie sie vom Dach gesprungen war, und den Bildern von Denise. Kaval beobachtete mich mit einem düsteren Blick des Erstaunens. Noch ehe sie etwas sagen konnte, platzte ich heraus: »Aber Kaval, ich weiß jetzt, wer es getan hat! Ich habe einen Namen.« Und mit gedämpfter Stimme: »Henry.«

Sie stand da, sprach kein Wort, irgendwas ging vor in ihrem Kopf. »Das ist alles wahr, was du mir eben erzählt hast?«

Ich nickte.

Kurz darauf explodierte sie: »Du bist verrückt!« Und ihr Gesicht war in Aufruhr. »Du bist ein verdammter Mörder!«

»Aber Kaval ...«

»Nichts aber Kaval! Du ... du hast Menschen getötet!«

»Sie beide ... sie waren beide ...«

»Es interessiert mich nicht, was sie waren. Mich interessiert, was du bist! Eddie, wie konntest du das nur tun? Kapierst du überhaupt, was du getan hast? ... Wofür hältst du dich, zum Teufel noch mal?«

»Kaval, bitte, laß mich erklären ...«

»Ich will nichts hören! Eddie, du hast mich belogen, du hast mich betrogen!«

»Kaval, ich habe dich nie belogen.«

»Du hast mir nicht erzählt, was du tust. Das ist eine Lüge, ein Betrug!«

»Ich wollte dich nicht mit hineinziehen. Ich wollte dich nicht in Schwierigkeiten bringen.«

Sie hielt kurz inne, gerötete blaue Augen, die Tränen vergossen. Ihre Stimme, leicht spröde, als sie sagte: »Wie konntest du nur so verdammt blöd sein? Das geht über deinen und meinen Verstand. Das ist …« Kalt wie Stahl, funkelte sie den Fremden an, den sie vor sich hatte.

»Ich weiß nicht, ob ich dich jemals wiedersehen will«, sagte sie und stürmte hinaus. Ich saß verwirrt auf dem Bett und wünschte, ich wäre jemand anders.

23

Vielleicht war Gestern nur ein Traum. Vielleicht war alles nur ein Traum gewesen, und Kaval und mein Leben waren nichts weiter als Alpträume kleiner, ungezogener Jungen. Das Morgenlicht setzte ein Gefühl der Körperlosigkeit in meinem Kopf frei, ich setzte mich auf, leicht schwindlig, und nahm die Gegenstände im Zimmer zum allerersten Male wahr. Eine Feder kitzelte meine Handfläche, ich öffnete meine Finger, und da war ein zusammengeknülltes Stück Papier. Jemand hatte mit rotem Filzstift geschrieben:

Besuch mich bitte. Bin in Zimmer 374.

Sonst nichts, nur diese Worte.

Neugierig geworden, entfernte ich die Schläuche und Nadeln aus meinem Arm, kroch vorsichtig aus dem Bett und wartete, bis der Fußboden aufhörte zu schaukeln und mein Sehvermögen sich wieder stabilisiert hatte. Im Schrank fand ich einen dünnen, blauen Bademantel und zog ihn an. Schaute hinaus auf den Flur und machte mich auf den Weg zum Fahrstuhl. Der betäubende Duft der Blumen, vermischt mit Alkohol, brannte in meiner schmerzenden Stirnhöhle; vorbei an der Strahlenmedizin, folgte ich einem jungen Paar, das zum Fahrstuhl ging. Die Frau schluchzte und lehnte sich an die Schulter ihres Mannes. Er strich ihr übers Haar, tröstete sie liebevoll und besorgt und vergrub sein Gesicht in ihrer welligen, rotbraunen Mähne. Er weinte leise, während wir auf den Aufzug warteten. Ich stieg in der dritten Etage aus und ging den Gang hinunter, durch graue Schwingtüren, wo Rolltische aneinandergereiht an der Wand standen und ein großer Kerl in olivgrünem Tarnanzug und mit Haarnetz Tabletts mit Essen trug und in den Zimmern verschwand; schlich vorbei an Schwestern, die eifrig Krankenblätter studierten, Ärzte ausriefen und Telefongespräche führten; niemand nahm Notiz von mir, und so folgte ich den Zimmernummern bis zum Ende des Korridors. Als ich um die Ecke bog, saß da ein Bulle, trank Kaffee und las Zeitung. Er sah nicht hoch, und ich ging vorsichtig weiter, vorbei an Zimmer 374 und 376. Bis zum Ende, wo das schwarze Brett hing, schaute mich um, und der Cop blätterte eine Seite seiner Zeitung um und nippte an seiner Tasse. Ich las die Stellenangebote, Ankündigungen von Pizzaparties und Bäckerei-Anzeigen WIR LIEFERN UM DER LIEBE GOTTES WILLEN; die Wörter fingen an, über das Papier zu schlittern, wobei Vokale Konsonanten vergewaltigten. Ich drehte mich um, der Cop war auf dem Weg zum Schwesternzimmer. Ich ging Richtung Zimmer 374, sah noch einmal auf den Zettel in meiner Hand, und als ich an der Tür war, drückte ich sie langsam auf.

Im Zimmer lag eine Mumie, Monitore über ihrem Kopf, die bizarre Graphiken und Techno-Pieptöne erzeugten. Ich schlich ans Bett und wartete, daß meine Augen sich an das Weiß gewöhnten. Sie bewegte sich und wimmerte vor Schmerz.

»Du hast meinen Zettel bekommen.«

»Es stand kein Name drauf.«

»Ich soll ein Geheimnis bleiben.«

»Bist du es? Oder bilde ich es mir nur ein?«

Ein kraftloses Kichern.

»Kneif dich doch, wenn du's nicht glaubst.«
»Woher hast du gewußt, daß ich hier bin?«
»Als du eingeliefert wurdest, hat PeggyTail dich im Fahrstuhl gesehen. Ich hab' sie gebeten, dir den Zettel zuzustecken. Sie ist die einzige, die mich besuchen darf. Sonst weiß niemand, daß ich am Leben bin. Warum bist du hier?«
»Ich hatte Kopfschmerzen.«
»Du bist auf der Krebsstation.«
»Es war nur Migräne.« CandyBar kicherte wieder. Mir fiel auf, wie nüchtern der Raum war, keine Blumen, keine Karten; nichts, was darauf hindeutete, daß hier ein Mensch lebte. Ich sagte: »Ich dachte, du seiest tot. Wie konntest du so einen Sturz nur überleben?«
»Es war nicht gerade professionell. Jeder Knochen in meinem Körper ist gebrochen. Die Ärzte sagen, daß ich nie wieder laufen kann.«
»Nun, verlaß dich nicht darauf, was die sagen. Sieh mich an, ich sollte schon seit sechs Monaten tot sein!«
CandyBar lächelte warm, zog aber sofort eine Grimasse.
»Was ist mit dem Bullen da draußen?«
»Die wollen, daß ich gegen Zero und ein paar seiner Freunde aussage. Sie befürchten, daß irgendjemand versuchen wird, mich umzubringen, wenn rauskommt, daß ich am Leben bin.«
»Ich war da an dem Tag, als du gesprungen bist. Du bist voll in das Dach eines Buicks gekracht.«
»Ist irgendjemand verletzt worden?«
»Nein. Außer dir niemand.«
»Ich kann mich nicht daran erinnern. Nur noch an das Geräusch zum Schluß, es war wie eine Explosion.«

»Warum hast du es getan?«
CandyBar schloß die Augen und lächelte wütend. »Ich hab' Zero gesagt, daß ich nicht mehr arbeiten werde. Ich hab' herausgefunden, daß ich infiziert bin, und wollte nicht mehr arbeiten. Zero ist ausgeflippt und hat mich vom Dach gestoßen. Ich meine, früher oder später wäre ich sowieso gesprungen. Zero war nur schneller.«
Ihr Blick verriet mir, daß es stimmte.
»Und er weiß nicht, daß du noch am Leben bist?«
»Zero?« fragte sie mit einem Funkeln in den Augen. »Was spielt das noch für eine Rolle ... Komm, halt meine Hand«, und ich nahm die drei Finger, die nicht bandagiert waren, in meine Hand. CandyBar schloß die Augen und schien zufrieden. Ich drückte sanft ihre Finger und mußte schlukken. Der Schmerz zog über ihr Gesicht wie Soldaten durch Berlin.
Ich fragte: »Wie lange wirst du hierbleiben müssen?«
»Ich vermute, für immer.«
»Vielleicht kannst du irgendwann doch wieder laufen. Ich werd' dir helfen.«
CandyBar tat dies mit einem Naserümpfen ab. Ich hielt ihre Hand und beobachtete ihre Nasenflügel, die sich mit jedem Stoß der Maschine dehnten und zusammenzogen. Bald darauf war sie eingeschlafen, und ich legte ihre Finger zurück auf die Bettdecke.
Als ich aus dem Zimmer kam, stand der Bulle am Ende des Flurs und sprach mit einem Schwergewicht im Anzug; ich erkannte Detective Webster. Ich ging in die entgegengesetzte Richtung, warf einen Blick über meine Schulter, und Webster fing den Blick auf, als ich um die Ecke bog.

Zurück in meinem Zimmer, war ich überrascht, Kaval mit finsterer Miene an meinem Bett stehen zu sehen. »Wo bist du gewesen? Du sollst doch im Bett bleiben.«
»Wir müssen abhauen! Sofort!«
»Was ist los?«
»Dieser Detective Webster ist hier! CandyBar lebt noch, und er steht unten vor ihrem Zimmer. Ich glaube, er hat mich gesehen.« Ich riß den Schrank auf, suchte nach meinen Kleidern, konnte aber nichts finden.
»Moment mal. Erzähl mir das der Reihe nach.«
Kaval drückte mich aufs Bett und ließ mich von Anfang an erzählen. Als ich fertig war, fischte sie meine Sachen aus einem Fach in der Wand, und ich zog mich schnell an. Sie schnappte sich ihre Tasche und verstaute darin die Bibel, eine Packung Papiertaschentücher und ein Kruzifix. Vor dem Wasserglas machte sie halt. »Warte mal! Wenn wir wegrennen, ist das so gut wie ein Geständnis. Außerdem, du bist hier in Behandlung, ohne könntest du sterben.«
»Wenn Webster mich findet, wird er mich verhaften.«
»Auf Grund welcher Beweise? Du hast doch gesagt, es gab keine Zeugen. Ich werde aussagen, daß ich die ganze Zeit mit dir zusammen war.«
»Das macht dich zur Komplizin!«
»Ist mir egal. Ich will, daß du wegen dieser Behandlungen hierbleibst. Es ist mir wichtig, daß du bleibst.« Und tief unten in ihren Augen der Scheideweg aller Beziehungen, die Punkte und Augenblicke, silberne Abzweigungen, wo Liebe beweisen muß, daß sie klar ist wie Kristall. Ich saß auf dem Bett und war dabei, mein Hemd aufzuknöpfen, als die Tür aufging und Webster eintrat. Mit gespielter Höflichkeit

sagte er: »Oh, tut mir leid. Hoffe, ich störe nicht … Gehen Sie irgendwohin?«
»Nein«, antwortete Kaval, verschränkte die Arme und rang sich ein Boxerlächeln ab. »Wir sprechen gerade über Eddies Therapie, und so sehr er auch das Krankenhaus haßt, er ist bereit, alles bis zum Ende durchzustehen.«
»Oh. Nun, das sind erfreuliche Nachrichten. Ich hoffe, daß alles gut ausgeht«, sagte er und wandte sich an mich. »Ich habe Sie im zweiten Stock gesehen und mir gedacht, schaust du mal vorbei und sagst hallo.«
Kaval ging einen Schritt auf ihn zu. »Das ist sehr nett von Ihnen, Detective Webster«, und der Ton in ihrer Stimme – Kaval und Autorität, wie Mäuse, eingepfercht in einen winzigen Käfig. Webster fuhr unbeirrt fort. »Eddie, stört es Sie, wenn ich Ihnen ein paar Fragen stelle?«
»Betrifft es den Mord an meiner Schwester?«
»Ja, es könnte etwas Licht darauf werfen.«
»Es geht mir wirklich nicht gut, Detective. Vielleicht kann das noch warten.«
»Es dauert nur eine Minute. Kennen Sie eine junge Frau, die Agnes DeMillow heißt, auch bekannt als CandyBar?«
»Hm … CandyBar?«
Kaval überschlug sich fast, als sie dazwischenging. »Er hat Ihnen doch gesagt, daß es ihm nicht gutgeht. Würden Sie ihn bitte jetzt in Ruhe lassen, damit er sich erholen kann?«
Webster zögerte. Angriff oder Rückzug? »Es tut mir leid, wenn ich Sie gestört habe«, sagte er dann sanft. »Ich komme ein andermal wieder.« Doch hinter der kühlen Höflichkeit loderte der Verdacht in seinen Augen auf. Webster ging hinaus, und ich forderte von Kaval eine Erklärung.

»Was sollte das eben?«

»Was?«

»Diese Haltung! Warum provozierst du ihn immer? Das macht ihn doch nur noch mißtrauischer.«

»Er hat kein Recht, hier hereinzukommen und dir Fragen zu stellen, und er weiß das auch. Ich werde nicht zulassen, daß er unsere Bürgerrechte mit Füßen tritt.«

»Seit wann bist du so patriotisch?«

»Seit es mir in den Kram paßt.« Und das wilde, stolze Lächeln ihrer Augen entfachte meine Erregung wie ein Bunsenbrenner, so glühte Kaval vor Zorn. Aber in derselben Sekunde zeigte sie mir wieder die kalte Schulter.

Später kam Dr. Kolver, der Spezialist, den Kaval gegen den Quacksalber ausgetauscht hatte, der ursprünglich für mich zuständig war. Ungepflegter Bart und graue Haare, eine geblümte Krawatte unter dem Kittel, so tastete er meine Wirbelsäule ab, las meine Krankenakte und jagte mir eine Nadel in den Arm. »Sie sprechen gut an auf die Behandlungen«, sagte er. »Sie haben einen Tumor im oberen Bereich der Halswirbelsäule, der gegen den Hirnstamm drückt. Haben Sie Taubheitsgefühle oder motorische Störungen in Ihren Gliedmaßen bemerkt?«

»Nicht mehr als gewöhnlich.«

»Was heißt gewöhnlich?« fragte er und kniff ein Auge zu.

»Manchmal verliere ich das Gefühl in den Armen und Beinen. Ich kann sie zwar bewegen, aber sie fühlen sich taub an, als wäre ich mit Novokain vollgepumpt.«

»Wie steht's mit der Sehkraft? Hat sie mal ausgesetzt?«

»Nein. Genauer gesagt, einmal. Alles wurde dunkel. Aber das war während einer Sonnenfinsternis.«

Dr. Kolver fand das nicht witzig. Statt dessen sagte er: »Der Tumor scheint kleiner zu werden, wenn auch nur minimal. Aber ich denke, Sie werden schon bald einen großen Unterschied feststellen.«

»Wann kann ich hier raus?«

»Wann immer Sie wollen. Ich kann Sie ambulant behandeln. Kommen Sie zweimal im Monat zur Chemotherapie.«

»Okay. Dann möchte ich jetzt nach Hause.«

»Sie sind heute nachmittag für die Kobaltbestrahlung angemeldet. Warum bleiben Sie nicht einen Tag länger und gehen morgen nach Hause? Außerdem habe ich Ihnen gerade ein starkes Sedativum verabreicht.«

»Doktor, wer bezahlt die ganze Behandlung? Ich bin nicht versichert.«

»Machen Sie sich darüber keine Gedanken, wir wollen Sie erst einmal wiederherstellen. Sie wissen ja, auf lange Sicht können wir wenig ausrichten. Sie sind in einem sehr weit fortgeschrittenen Stadium.«

»Ja, das weiß ich. Meine Mutter hat dasselbe.«

»Ja, das habe ich Ihrer Krankenakte entnommen Es scheint sich um eine genetische Prädisposition zu handeln.«

»Ich glaube, ich kann nicht behaupten, meine Mutter habe mir nie etwas gegeben, oder?«

»Nun, das ist eine interessante Sichtweise«, sagte er mit einem verwirrten Lächeln. Er schien sich des Stethoskops nicht bewußt zu sein, das sich wie eine Python um seinen Hals schmiegte, bis die Enden miteinander verschmolzen und zudrückten, zu spät, als Kolver darum kämpfte, sich zu befreien, und sich am Kopfende des Bettes hin und her wand, das Gesicht hochrot und Speichel hustend, mit Augen, die aus ihren Höhlen traten, fiel er schließlich tot zu Boden, seine Brust teilte sich, und gesichtslose Monster aus dem Samstagnachmittagsprogramm krochen heraus. Ich beobachtete das alles irgendwie gelangweilt.

Sehr schön, sagte ich zu mir selbst. Machen Sie zwei Einläufe, und rufen Sie mich morgen wieder an.

Meine Arme zitterten, Körperpartien, lange Zeit gefühllos, wurden steif, Herzrasen, Schweiß, der ins Kissen ging, und mein Nacken, glitschig von diesem kalten Schweiß. Durchgeschüttelt wie ein Zweig in eisiger Winternacht, spürte ich, wie meine Ohren sich öffneten und der Wind hindurchfegte. Tränen stiegen meine Augen hoch, und ich verstand nicht, warum …

»Ist das Radio zu laut?«

Ein korpulenter Mann mittleren Alters mit grauem Lockenhaar und großen, jungenhaften Augen sah mich aus dem Bett neben mir an. Ein kleines Radio stand auf dem Nachttisch. »Wenn Sie möchten, kann ich es leiser stellen.«

»Nein, bitte … nicht.«

»Sind Sie sicher?«

»Bitte.« Ich seufzte, als der Song zu Ende war und der DJ mit seinem Gelaber anfing.

»Yeah, dieser Song geht mir auch immer unter die Haut. So was wird heute gar nicht mehr geschrieben.«

»Ich hab' diesen Song mein Leben lang gehaßt.«

»Manchmal schleichen sich Songs richtig bei einem ein. Als ich jung war, haßte ich Kenny Rogers. Jetzt mag ich ihn. Stell dir das vor. Hi. Mein Name ist Pat.«

»Ich bin Eddie.«

»Freut mich, dich kennenzulernen, Eddie, wenn auch nicht

unbedingt unter diesen Umständen. Ich bin wegen einer Biopsie hier. Was hat dich hierhergebracht?«
»Erweiterte Chemotherapie.«
»Oh.« Und dann wurde Pat schweigsam. »Also, wenn das Radio dich stört, sag's mir.« Er schloß die Augen und versuchte zu schlafen, während sich infektiöse Tumore auf seiner unfreundlichen Antenne aufspießten.

24

Das Sonnenlicht tat meinen Augen weh, doch zum ersten Mal seit drei Jahren versuchte ich nicht, sie mit der Hand abzuschirmen. Wir gingen die First Avenue hinunter, und Kaval zog mich am Ärmel nach links zum St. Marks Place. Die ganze Fahrt über hatte sie nicht gesprochen, nicht einmal über die Musik und ihre herrliche Rückkehr. Sie ging einen Meter vor mir, vorbei an Cafés und Folkclubs, den Leuten, die draußen auf den Stufen rumhingen, der frische Geruch von Pot kitzelte meine Nase wie Finger aus Kreppapier. Ich stieg über obdachlose Kinder, verfilzte, grellbunte Haare, Lippen und Nasen mit Nadeln durchstochen, tätowiert, so saßen sie da und bettelten um Kleingeld, ein kleiner brauner Vogel lag zerquetscht auf dem Gehweg. Kaval überquerte die Avenue A und ging direkt in den Park, ich hinterher, der Weg führte zur Hunderennbahn – meine Bestrafung, jetzt, da sie von dem Hund wußte. In der Nähe des Eingangs setzte sich Kaval auf eine Bank, und ich setzte mich neben sie, hielt aber Distanz.

»Jetzt«, sagte sie und drehte mir ihr Gesicht zu, »will ich alles wissen. Warum du es getan hast. Was du gedacht hast. Warst du wahnsinnig, konntest du rational denken? Jede Einzelheit will ich wissen. Und wenn du mir irgend etwas verschweigst, rede ich nie wieder mit dir, das schwöre ich.«

»Gut, okay. Aber erst mal möchte ich dich was fragen ... Was hast du dir denn vorgestellt, was geschehen würde, wenn wir Henry jemals finden sollten? Hast du gedacht, wir laden ihn zum Essen ein? War es nicht unser Plan, ihn zu bestrafen für das, was er getan hat? Ihn daran zu hindern, es wieder zu tun?«

»Wir haben nicht geplant, ihn zu töten.«

»Was dann?«

»Ich weiß nicht. Ich hab' gedacht, wir überlegen es uns, wenn es soweit ist.«

»Du hast nie geglaubt, daß wir ihn wirklich finden würden, nicht wahr?« Sie antwortete nicht. »Ich bin nicht in das Lagerhaus gegangen, um den Zuhälter zu erschießen. Es ist einfach passiert.«

Dann ging ich ins Detail. Als ich fertig war, schwieg Kaval, und ihre diamantenen Augen bohrten seltsame Löcher in mein Hirn. Sie holte tief Luft und sagte: »Eddie, ich kann die Tatsache akzeptieren, daß du high warst, daß du unheilbar krank bist und das Ganze dein Gehirn beeinflußt – aber Scheiße, es ist und bleibt Mord.«

»Willst du, daß ich mich stelle?«

»Nein.«

»Also, was soll ich tun?«

»Ich weiß es nicht.«

Ihr Blick wanderte hinüber zu den Affenkäfigen. Ich hielt den Kragen meines Hemdes zu, der Wind pfiff durch die Knopflöcher. Ich dachte daran, ihr von ihrem Vater zu erzählen, jetzt würde sie mir vielleicht glauben.

»Ich brauch' Zeit«, sagte sie. »Ich muß darüber nachdenken, wie ich mich verhalten soll.«

»Du weißt, ich liebe dich.«

»Ich wünschte, ich könnte dasselbe zu dir sagen.« Und die

Kälte in ihren Augen führte das Reinen-Tisch-machen ad absurdum, es blieb ein schaler Nachgeschmack.
»Wie lange brauchst du?« fragte ich.
»Ich weiß nicht. Lange.«
Sie stand von der Bank auf und unterdrückte einen Hustenanfall. »Ich muß gehen«, sagte sie und verschwand Richtung elfte Straße. Die Hunde lachten mich aus. Ich saß da und fror innerlich.
Um Viertel nach eins kam ich nach Hause, und das Zimmer war dunkel. Das leere Schlafzimmer und die Matratze auf dem Boden, mein Magen krampfte sich zusammen. Ich zog mich aus und ging ins Badezimmer, knipste das Licht an, und da lag Kaval in Embryohaltung vor dem Klo und schlief. Mitternächtliche Übelkeit. Ich machte das Licht aus und ging ins Bett.

Jackie wischte den Tresen ab, als ich hereinkam. Sein erschrockener Gesichtsausdruck sagte mir, daß er mich nicht gleich erkannt hatte.
»Scheiße! Um Gottes willen! Was hast du denn gemacht? Du siehst aus wie am Tag nach dem Jüngsten Gericht.«
»Ist auch schön, dich zu sehen, Jackie. Wo ist Dezmond?«
»Als ob dich das interessiert! Dein guter Freund! Der Scheißtyp ist letzten Monat beurlaubt worden und läuft seitdem rum wie'n Hund ohne Schwanz. Hier ging's zu wie auf 'ner Trauerfeier. Weiß denn keiner mehr, wie man richtig einen draufmacht?«
»Wo ist er, zu Hause?«
»Nein, auf einen Cocktail im Trump Tower.«

Dezmond drückte den Summer und ließ mich rein. Im dritten Stock mußte ich stehenbleiben, um Luft zu holen. Er wartete schon auf mich am Treppenabsatz, und ich folgte ihm in die Wohnung. Bat ihn um ein Glas Wasser. In der Küche schrie Ben in seinem Bett, um ihn herum ein Chaos aus dreckigem Geschirr im Waschbecken und Wäschebergen in der Ecke, der Boden übersät mit seinen Spielsachen. Dezmond schien völlig erschöpft, mit seinem Latein am Ende.

»Jackie sagt, du bist beurlaubt worden.«

»Das ist eine verdammt diplomatische Art, es ausdrükken. Ich bin suspendiert. Die haben vor, mich zu verklagen.«

»Weswegen?«

»Vorgetäuschte Arbeitsunfähigkeit, Meineid, weiß der Geier, was sonst noch alles. Irgendein Scheißbürohengst aus der Verwaltung hat mich beim Poolspielen in Jackie's Bar erwischt. Ich kann mich doch angeblich nicht bewegen, und der Scheißtyp schneit rein, während ich mich gerade über den Tisch beuge und einen Schuß an die Bande mache. Ich kenn' den Typ überhaupt nicht, irgendsoein Schnüffler, den sie ab und zu losschicken, um die Leute zu überprüfen. Sagt jedenfalls einer meiner Kumpels im Büro. Also bin ich erst mal suspendiert.«

»Vielleicht ist das gar nicht so schlecht. Du hast den Job doch gehaßt.«

»Ja, schon. Aber was soll ich denn jetzt machen, verdammt noch mal? Ich hab' fast zehn stinkende Jahre in dieser Abteilung zugebracht. Wo soll ich jetzt hin? Und was soll ich tun, um an Geld zu kommen?«

Dezmond hob eine Rassel auf und warf sie Ben zu, der immer noch kreischte wie ein rostiger Zug.
»Wo ist Lucille?«
»Sie arbeitet.«
»Arbeitet? Ich denke, das erlaubst du ihr nicht.«
»Sei kein Klugscheißer. Zusammen mit ihrer Schwester verkauft sie Kosmetik, das ist ihr Job.«
»Kosmetik?«
»Yeah. Sie geht von Tür zu Tür, wie eine Avon-Lady.«
»Das kann gefährlich werden, deine Frau an die Türen fremder Leute zu schicken.«
»Bildest du dir ein, das weiß ich nicht? Aber was bleibt mir übrig? Ich krieg' kein Arbeitslosengeld, und ich krieg' keinen Scheißjob mit dieser Scheißsuspendierung, die über meinem Kopf schwebt.«
»Scheiße.«
»Genau das ist es: Scheiße!«
»Beschissene Scheiße.«
»Hey, laß den Scheiß. Das ist nicht komisch.«
»Schon gut. Tut mir leid. Aber vor ewigen Zeiten hab' ich dir gesagt, daß das so kommen wird, und du hast mich ausgelacht.«
»Dieses Hab-ich-dir-immer-schon-gesagt-Gewäsch bringt mich jetzt auch nicht weiter. Und was ist mit dir? Du siehst aus wie 'n eingetretener Mülleimer!«
»Ich bin wieder in Behandlung.«
»Na bitte! Hat eben jeder so seine Probleme ... Hast du 'n paar Rote dabei?«
»Nein. Ich hab' aufgehört damit.«
»Was ist mit Gras?«

Ich nickte.
»Los, zünd einen an.«
Ben schrie, und Dezmond versuchte, ihn mit Spielzeug und Drohungen zu beruhigen. Ich zündete einen Joint an und blies den Rauch ins Badezimmer. Dezmond inhalierte tief, Entzugsfieber, hielt den Atem an, bis er rot wurde, und hüllte dann sein Gesicht in einen fließenden Rauchschleier ein. Der Schlüssel drehte im Schloß, und Lucille kam herein. Sie hatte einen großen Diplomatenkoffer in der Hand und trug ein marineblaues Kostüm. Ihr Gesicht, perfekt geschminkt, wie ich es noch nie gesehen hatte, sagte mir, daß Dezmond drauf und dran war, sie zu verlieren. Lucille stellte ihren Koffer auf dem Tisch ab und wedelte sich den Rauch aus den Augen.
»Das ist ja großartig! Sich um zwölf Uhr mittags vollknallen! Absolute Spitze!«
Dezmond schrie: »Eddie hat den Joint angezündet!«
»Schieb das nicht Eddie in die Schuhe!« herrschte sie ihn an, ohne mich anzusehen. »Schau dich hier um! Es sieht noch genauso aus wie heute morgen, als ich weggegangen bin.«
»Lucille, ich geb' mir doch die größte Mühe.« Ben wimmerte. »Nicht eine Sekunde gibt das Kind Ruhe! Jedesmal, wenn ich ihm den Rücken zudrehe, will er Aufmerksamkeit. Und ich bin völlig am Boden zerstört, vergiß das nicht.«
Lucille stand da mit verschränkten Armen, aber sie konnte nie lange sauer sein. »In Ordnung, aber das ist keine Entschuldigung fürs Potrauchen. Wir können uns nicht leisten …«
»Es ist Eddies Gras! Ehrlich! Frag ihn.«

»Es ist von mir, Lucille. Tut mir leid, daß ich in deiner Wohnung gekifft habe.«

»Ist nicht deine Schuld, Eddie. Er weiß schon, was los ist … Ist mein Essen fertig?«

Dezmond rannte zum Eisschrank und nahm einen kleinen Teller heraus, auf dem ein Sandwich lag, milchiger Thunfisch zwischen zwei aufgeweichten Brotscheiben.

»Was soll ich damit anfangen?«

»Na, du könntest versuchen, es zu essen und …«

»Wie gefällt es dir denn so, zu arbeiten, Lucille?«

Lucille biß in das Sandwich, und Dezmond nahm noch einen Zug vom Joint. Ich saß ihr am Tisch gegenüber.

»Das ist okay. Es ist gut, mal rauszukommen. Ich bin froh, daß der Herr mal mitkriegt, was es heißt, zu Hause zu bleiben und sich um die Wohnung zu kümmern.«

»Ich hab' gewußt, was das heißt.«

»Es ist nicht leicht, oder?«

»Nein, darauf kannst du Gift nehmen. Ich weiß jetzt meine wunderschöne Frau viel mehr zu schätzen.«

Dezmond kicherte und reichte den Joint weiter. Ben lag still auf dem Rücken, schüttelte seine Rassel und blickte auf die Rauchkringel, die über seinem Bett schwebten. Lucille beobachtete, wie er an seiner Rassel nuckelte, lächelte, als er sie hin und her bewegte. »Er ist ein kleiner Engel«, sagte sie.

»Ich versteh' nicht, worüber du dich immer beklagst.«

»Warte ab, bis du weg bist. Dann geht er los wie 'ne Sirene.«

»Was verkaufst du eigentlich, Lucille?«

»Einen tragbaren Make-up-Koffer. Man kann ihn auf Geschäftsreisen mitnehmen oder in den Urlaub, wo immer man will.«

»Ich bin sicher, er will alles darüber wissen.«
»Kümmer dich um deinen Kram! Er hat mich gefragt, und ich erzähl es ihm! Möchtest du ihn sehen?«
»Ja.«
Lucille klappte den Koffer auf, und um einen beleuchteten Spiegel herum enthielt er mehrere Borde voller Make-up-Utensilien, reihenweise Tuben und Flaschen und Pinsel und Parfums und Quasten und Kosmetiktücher und falsche Wimpern, Dutzende verschiedener Lidschatten und Glimmer und Glitzer und Haarsprayzerstäuber. Ich hatte so etwas schon mal gesehen, wußte aber nicht, wo.
»Wie in einem James-Bond-Film!« bemerkte ich.
Lucille lächelte stolz. »Dezmond, erinnerst du dich, als James Bond diesen Diplomatenkoffer hatte?«
Dezmond stieß den Rauch aus und half mir auf die Sprünge: »Goldfinger! Odd Job mit diesem geilen Hut, der den Leuten die Köpfe abschlug.«
Während Dezmond sich über diverse Bondfilme ausließ und Lucille ihre Lippen nachzog, erregte etwas meine Aufmerksamkeit. Das Logo mit dem Markennamen, überall, auf jeder Tube und jeder Flasche, stand in originellem Schriftzug: Cosmogony.

25

Ich saß am Fenster, sah auf die Avenue B hinaus und beobachtete die Dealer beim Nadeln verhökern. Reiche Reaktionäre von der New Yorker Universität gingen selbstgefällig an den Nadeldealern vorbei zu den Kokspushern, um sich den Chic eines Sniffs zu verpassen. Ein klappriger, alter Typ mit Polizeimütze, unter der lange grüne Strähnen hervorsahen, saß geduldig bettelnd am Rinnstein. Kaval war den ganzen Tag nicht zu Hause gewesen, die Nacht zuvor hatte ich sie auch nicht gesehen, und die Fragen, wo sie war, kämpften wie Ninjas in meinem Kopf. Ein Blick in die Kartons, ihre Kleider waren noch da. Ich stellte mir vor, daß ich sterbend und blutend auf der Straße lag, und fragte mich, ob sie bei meinem Anblick weinen oder mich wie eine Fremde mit unbeteiligtem Blick betrachten würde. Der Schmerz kroch zwischen die Nähte meines Schädels, und bevor ich ihn ausschalten konnte, begann das Kribbeln in meinen Fingern. Ich warf sechs Tylenbol mit Kodein ein, als mich ein schrecklicher Gedanke überfiel. Ich riß das erstbeste Album vom Stapel, knallte die Platte auf den Plattenteller und ließ die Nadel runterfallen. Saß mitten auf dem Boden, während die Lebenskraft aus meinen Ohren und aus meiner Seele strömte. Es war dunkel, als sie endlich kam und in der Tür stand. Die Nadel hüpfte in der Leerrille des Vinyls. Sie trat ins Zimmer und sah mein Gesicht. »Was ist los? Warum weinst du?«

»Ich weine nicht.«

»Was tust du dann?«

»Ich bin traurig.«
»Warum? Was stimmt denn nicht?«
»Es ist weg. Ich glaube nicht, daß es noch mal zurückkommt.«
»Was ist weg?«
»Die Musik! Die Melodie!« blinde Frustration, »es kratzt nur noch!«
Kaval ging zum Plattenspieler hinüber und kräuselte die Lippen. »Mal sehen, was du dir da angehört hast«, sagte sie und hob die Nadel hoch, nahm die Foetus-LP vom Plattenteller und legte sie auf den Stuhl. Sie ging den Plattenstapel durch und nahm eine heraus; der sphärische Sound von Velvet Underground zündete in meinen Ohren. Sie fragte: »Kannst du das hören?«
Ich atmete erleichtert aus und seufzte: »Ja.«
Sie ging rüber zur Küche und fragte ganz nebenbei: »Hast du schon gegessen?«
Später, über Naturreis und gedünstetem Gemüse, sprach sie kein Wort; das einzige Geräusch war das Klicken der Gabeln auf Plastiktellern, während im Hintergrund Mott the Hoople leise von jungen Männern sangen. Bei jedem wimmernden Chor richteten sich meine Nackenhaare auf. Kaval aß nur zur Hälfte auf und stellte ihren Teller neben sich auf den Boden.
»Was hast du heute gemacht?« fragte sie.
»Ich hab' am Fenster gesessen und Crackheads beobachtet.«
»Das hört sich nach einem produktiven Tag an.«
»Beim Beobachten von Crackheads kann man eine Menge lernen.«
»Was hast du gelernt?«

»Kein Crack zu nehmen.«
»Siehst du, du fängst bereits an, klarer zu denken.«
»Finde ich auch.«
Ich hätte ihr wahnsinnig gern das Neueste von Cosmogony erzählt und die Broschüre gezeigt, die ich von Lucille bekommen hatte und in der die Adresse – Third Avenue – stand, aber ich hatte Angst, damit anzufangen und sie wieder wütend zu machen. Statt dessen schlug ich einen anderen Weg ein. »Es ist nur eine Frage der Zeit, bis dieser Detective wieder auftaucht. Was soll ich machen, wenn er kommt?«
»Nichts. Leugne alles. Egal, was er sagt, leugne es. Wir sollten vielleicht so schnell wie möglich heiraten.«
»Was? Warum?«
»Dann kann ich vor Gericht nicht gegen dich aussagen.«
Freudenqualen, warum auch immer, überfielen mich, eine Kakerlake krabbelte über ihren Teller, pflügte durch den Reis und verschwand.
Im Bett berührten sich unsere Beine, und in Gedanken machte ich Liebe mit ihr. Erschöpfte Atemzüge pfiffen meinen Namen, während unten auf der Straße ein Hund Liebesarien jaulte. Ihre Gedanken drangen durch den leisen Wind und fernen Verkehrslärm, wirbelten in der Luft herum und streiften mein Gesicht. Spannung spielte Saxophon.
Schließlich sagte sie etwas. »Ich hab' mir gedacht, wir sollten aus dieser Gegend verschwinden. Weg von dieser ganzen Scheiße.«
»Wo willst du hin?«
»Ich habe noch nie Uptown gelebt. Wir könnten an die

Upper Westside ziehen. Wir hinterlassen keine Nachsendeadresse, so wissen die Bullen nicht, wo du bist.«

»Wenn du dir wegen der Bullen Gedanken machst, sollte ich vielleicht ausziehen, und du bleibst hier wohnen.«

»Nein, ich will weg. Nicht nur wegen der Bullen, es ist einfach alles. Drogen, die kaputten Typen, der ganze Dreck. Mir hängt's zum Hals raus. Es macht keinen Spaß mehr.«

Kaval verschränkte ihre Hände hinter dem Kopf. Den Blick unablässig zur Decke gerichtet, fragte sie: »Dieser Henry, von dem du mir im Krankenhaus erzählt hast, wie bist du auf ihn gekommen?«

»Onkel Ted hat seinen Namen erwähnt. Er wußte alles über die Bilder. Er muß Denises Wohnung vor uns durchsucht und sie gefunden haben. Er sagt, er habe mit Henry gesprochen, und ich bin sicher, er wollte ihn auch erpressen.«

»Woher weißt du das?«

»Die Art, wie er lächelte, als er darüber sprach. Onkel Ted besaß das Feingefühl eines Vorschlaghammers.«

»Du kennst nur seinen Vornamen?«

»Ja.«

»Was würdest du machen, wenn du ihn finden würdest?«

»Keine Ahnung. Aber ich weiß, was ich nicht tun würde.«

»Und was wäre das?«

»Alles, was dazu beiträgt, dich wieder zu verlieren.«

Kaval wich meinem Blick aus und rollte sich auf die Seite. Ich schloß meine Augen und sah Marlon Brando Kätzchen füttern.

Am Morgen ließen Sirenen die Fenster vibrieren, und als ich mich aufsetzte, war ich allein. Leute rannten schreiend durch Straßen voll quietschender Reifen, zersplitterndem

Glas und schepperndem Metall, wurden durch verzerrte Megaphon-Durchsagen zum Verlassen der Straße genötigt. Kurz darauf krachten Schüsse, und Kaval kam aus dem Bad.
»Los runter!« schrie ich und warf sie aufs Bett, während draußen die Anarchie die Straße eroberte. Ich legte mich auf sie und hielt sie fest. »Bleib unten, nicht bewegen«, sagte ich und vergrub meinen Mund in ihrem tropfnassen Haar. Wenig später hörte die Schießerei auf, ich spähte durchs Fenster, konnte aber nichts sehen, da sich die Action in die neunte Straße verlagert hatte.
Sie rief: »Bleib vom Fenster weg! Die haben vielleicht noch nicht aufgehört.«
»Nein, alles okay. Sieh selbst.« Und sie stellte sich neben mich und beobachtete den Strom der Gaffer, der wieder durch die alternden Arterien der Stadt floß. Ich legte meinen Arm um ihre Schultern, und sie drückte mich eng an sich, ihre Stirn an meine Brust gepreßt. Als wir uns lösten, küßte sie meine Lippen, und für einen Moment war ich geheilt.
Ich half ihr beim Abwaschen der Teller; für die eine Woche alten, angetrockneten Essensreste brauchten wir zwei Stahlwollepads.
»Was hast du heute vor?« fragte sie.
»Was haben wir heute?«
»Samstag.«
»Ich weiß nicht. Was ist das braune Zeug hier? Ich krieg's nicht ab.«
»Sieht wie Sojasauce aus.«
»Es ist zu dick für Sojasauce.«
»Dann schrubb ein bißchen stärker.«
»Gib mir den Spachtel.«

Die Platte war zu Ende. Ich trocknete mir die Hände ab und ging eine neue auflegen. Als ich in die Küche zurückkam, schlichen die ersten Klimperklänge von *Thick as a Brick* aus den Boxen. Kaval drehte sich um und zeigte mit dem Spachtel auf mich: »Du hast einen schlechten Geschmack, was Musik betrifft.«

»Das war Elizabeths Lieblingssong.«

»Das sagt alles.«

»Von jetzt an werde ich jede Platte spielen, die ich in die Finger kriege, egal, was es ist. Ich will mir jeden Song einprägen, und wenn sie wieder weg sind, kann ich sie im Geist spielen.«

Sie warf mir einen vielsagenden Seitenblick zu und schrubbte den Teller weiter, und ich wußte, bald würde sich alles klären.

Um vier Uhr morgens im Yaffa Café zeichnete ich mit meinem Finger die nackten Brüste der Venus auf der Tischplatte nach. Kaval schob meine Hand weg.

»Sei nicht pervers«, sagte sie.

Ich versuchte, mich zu entspannen, diesen verfluchten Zettel in der Tasche, der Wie und Wann und Warum durchspielte wie ein Läufer, der Bauern jagt. An einem der hinteren Tische saß unser Kellner zusammen mit einer hübschen Yoko Ono, die ihm die Schultern massierte. Kaval starrte hinüber, und schnell brachte er ihr das Essen und füllte mein leeres Glas mit Wasser.

Sie fragte mich, ob ich müde sei, und ich antwortete nein, und sie fügte hinzu: »Es gibt da nämlich einen Club, in den ich gehen möchte.«

»Aber es ist nach vier Uhr morgens.«

»Dieser Laden macht nicht vor vier Uhr morgens auf. Ich bin schon lange nicht mehr dort gewesen. Ich werd' hingehen.«

»Wo ist er?«

»Avenue B Ecke zweite Straße.«

»Kann ich mitkommen?«

Auf der Avenue B hielt Kaval meine Hand wie in alten Zeiten, als sie die Lok gewesen war und ich der Anhänger. An der Ecke zur vierten Straße hing jede Menge Volk rum, fragte uns, ob wir »Godfather, Godfather« wollten oder »New Jack Pump«, ein kleines, schwangeres Hispano-Frauenzimmer zischelte aus dem Mundwinkel »Factory, Factory«, machte dann einem Teenie auf einem Fahrrad Platz, der irgend etwas verkaufte, was »Rejuvenator« hieß. Die Augen entschlossen geradeaus, drängte sich Kaval an ihnen vorbei, und hinter erleuchteten Fenstern beobachteten Kinder ihre Eltern bei der Arbeit. In der zweiten Straße hatte sich eine Gruppe von Leuten am Bordstein versammelt, wo sich ein entnervter Junkie den mit Spritzabzessen übersäten Arm hielt und wegen einer abgebrochenen Nadel jammerte, die in seiner Vene steckte; eine junge Nutte wandte sich an die Menge, bat, man möge einen Krankenwagen holen, aber niemand rührte sich. Kaval blieb vor einer großen, blauen Tür stehen, und ein schmieriger Puertoricaner mit tätowiertem Schädel legte ihr die Hand auf die Schulter.

»Wart 'nen Augenblick ...«, sagte er.

»Ich bin eine Freundin von Laylah.«

»Laylah?«

»Yeah. Richte ihr aus, Shelley ist hier.«

»Shelley?« fragte er und wandte sich zur Tür; Kaval alias

Shelley warf mir einen Blick zu, der soviel sagte wie: vergiß es. Der tätowierte Schädel zog die Tür auf, und man blickte in einen schmalen, purpurrot beleuchteten Korridor, und auf einem Hocker saß Kavals Double; im Schwarzlicht leuchteten die glänzenden Strähnen ihres feingeflochtenen, blonden Haares neongrell. Sie sah Kaval und brach in Freudengeheul aus, und der tätowierte Schädel ließ uns herein. Laylah umarmte Kaval stürmisch und gab ihr einen Kuß auf die Lippen. Kaval drehte sich um und stellte mich vor, aber als ich Laylahs Hand schütteln wollte, war sie voller schmutziger, zerknüllter Geldscheine. Laylah und Kaval sprachen dann über alte Zeiten, über Freunde und diese Bude, die sie an der East Seventh gehabt hatten, und was Craig doch für ein Arschloch war, jetzt arbeitet er als Broker an der Börse und ist mit einer Frau verheiratet, die mal ein Mann war. Neben Laylahs Kopf bemerkte ich eine kleine Türklingel an der Wand. Laylah sagte, wir sollten hineingehen, und Kaval erwiderte, man sehe sich noch, spätestens beim Gehen. Wir gingen einen rotbeleuchteten Gang entlang, links war ein Zimmer und rechts eine Treppe; wir nahmen die Treppe, und auf dem Weg hinunter tippte ich Kaval auf die Schulter und schrie über den Lärm hinweg: »Sie scheint sehr nett zu sein.«

Wir landeten in einem Kellerraum aus Beton, und überall Rohrleitungen, farbige Scheinwerfer, und aus den Boxen am Boden dröhnte Musik. Eingezwängt wie in eine Sardinenbüchse tanzten die Leute zu dem hämmernden Sex archaischer Klänge, die mir sofort in den Unterleib fuhren. Kaval blieb an der Wand stehen, und die Menschenmenge vor uns wand sich hin und her. Eine zarte Blondine in einem hauchdünnen, schwarzen Kleid tanzte mit einem B&T-Typ aus Jersey City, dessen Jacke um seine Taille gebunden war, und sie drängten und rieben sich aneinander, der Typ ließ seine Hand hinten an ihrem Kleid runtergleiten, und sie fuhr mit ihrer Zunge seinen Nacken entlang, er schloß die Augen, und Speichel tropfte von seinem Kinn. Er arbeitete sich mit seiner Hand vor zu ihrem Schritt, und ihre Augen wurden zu Schlitzen, in denen nur noch das Weiße zu sehen war, als sie in seinen Armen dahinschmolz; ich mußte an Kaval und mich denken. Kaval zog mich am Ärmel und schrie mir ins Ohr: »Starr nicht so!« Ich nickte und sah in die Menge. Zuckende Zwitterwesen in Miniröcken und transparenten Tops bewegten sich nicht gerade jugendfrei, schwitzendes Fleisch und muskulöse Schenkel, die Blaue streifte ihr Glitzerkleid hoch, unter einem offenen Höschen die Muschi, wie auf einem Präsentierteller. Ein lockiger Rotschopf kam durch den Rauch gehüpft, Träger, die bis zur Taille runterhingen, enge schwarze Jeans und Lederstiefel. Ich machte einen Schritt nach vorn, als sie ihren Kopf drehte und ich sie von der Seite ansehen konnte. Hinter mir unterhielt sich Kaval mit einem Nasenring-Punk. Als der Rotschopf zur Treppe ging, machte ich noch einen Schritt nach vorn, wurde angerempelt von späten Nachtschwärmern. Ich schob Körper beiseite, folgte ihr, aufgeregt und außer Atem. Sie war schon halb die Treppe hoch, als ich hinterherstürzte, wobei ich mich am Geländer hochzog; irgend jemand stieß mich von hinten. An der Tür wurde ich gegen die Wand geschleudert, ein Bodybuildingtyp wie aus dem *Gentlemen Quarterly Magazine* preßte seine Fäuste gegen meine Brust und befahl mir: »Entspann dich!« Ich zwängte mich durch den Gang, stürzte in das Seitenzimmer, der Boden voller Sand und Schutt und Leute, die gegen die Wand gelehnt saßen. Weihrauch und Kerzenlicht brannten in meinen Augen. Irgend etwas streifte mein Bein, ich fuhr herum und sah den Schwanz des Hundes vorbeisausen. Ich konnte die Gesichter derer sehen, die hinter mir redeten, und sacht ging der Sound über in den Herzschlagrhythmus des Tickens jener Uhr Tick-Tack; ich stand dort schutzlos wie ein Kind, frierend und verlassen, als sie aus dem Rauch auftauchte und meine Wange mit der Hand berührte. Ich unterdrückte einen Seufzer.

»Hi, Eddie«, sagte sie, und ihre Stimme schwebte in der Luft wie Seifenblasen.

»Denise, ich wollte mit dir reden. Bist du mir böse?«

»Nein ... nun, ja, ich bin's.« Sie zog ihre Stirn kraus und befeuchtete sich die Lippen. »Eddie, ich dachte, ich hätte dir im Krankenhaus gesagt, du solltest es vergessen. Warum hast du nicht auf mich gehört?«

»Ich weiß nicht. Es tut mir leid.«

Sie lächelte, und meine ältere Schwester, gerade sechzehn Jahre alt, brachte mir alles über Mädchen bei, was sie an Jungen mögen und was nicht.

»In Ordnung«, sagte sie und zupfte an ihrem Sweater. »Ich will, daß du mir versprichst, daß es jetzt vorbei ist. Ich möchte, daß du es vergißt.«

»Ich glaube nicht, daß ich das kann.«

»Du hörst mir nicht zu. Es gibt nichts zu gewinnen, aber du kannst alles verlieren.«

»Denise, ich tu's nicht für dich, ich tu's für mich. Zum ersten Mal in meinem Leben mach' ich wirklich etwas. Bringe etwas zu Ende, was ich angefangen habe. Und niemand wird mich daran hindern.«

»Soweit ich gesehen habe, hast du schon genug getan«, bemerkte sie scharf. »Hör zu, ich will, daß du genau aufpaßt«, dann nahm sie meinen Arm und sagte langsam: »Es ist es nicht wert. Denk darüber nach. Ist es die Sache wert, daß du deine Freundin verlierst? Oder vielleicht dein Leben?« Ihre Worte ließen schwere Schaufeln Einsamkeit fallen. »Ich glaube, daran hast du nicht gedacht.«

Nach einer Weile fragte ich: »Sag mal, hast du irgend jemanden gesehen, den wir kennen? Daddy? Oder Großmutter? Tante Louise?«

»Nein, ich habe niemanden gesehen.«

»Was ist mit Gott? Hast du ihn gesehen?«

»Ich habe niemanden gesehen. Da ist keiner.«

»Verdammt, dacht ich's mir doch.«

Denise blickte voller Sehnsucht in die Rauchschwaden über der Menge und sagte: »Ich werde das hier vermissen.« Plötzlich glimmten ihre Augen auf wie Holzkohlenstücke. »Was hältst du von der da drüben. In dem schwarzen Mini?«

»Sie ist okay, aber sie ist mit diesem Typ zusammen.«

»Das ließe sich ändern«, sagte sie, und Löwen beobachteten junge Pelikane. Sie warf mir einen Blick zu, und wir mußten beide lachen. Ihr Gesicht wurde ernst und traurig. »Ich glaube nicht, daß du mich wiedersehen wirst«, sagte sie.

»Warte, kannst du nicht ein bißchen länger bleiben?«

»Ich kann nicht. Die Bullen kommen. Du verschwindest besser.«

In diesem Moment explodierte die Menge zu neuem Leben,

nach allen Seiten rannten Gestalten, von aufblitzenden Farben umgeben, und Denise war nur noch ein Hauch von schwindendem Rauch. Pandämonium. Ich kämpfte mich gegen die Menge zur Treppe durch und packte Kaval am Arm, aber es war Laylah, die sich umdrehte und losriß. Ein brutaler Hüne von einem Bullen, ein Schweinegesicht in blauer Uniform, schob mich zur Seite und stürzte sich am Ende der Stufen auf Laylah, während Leute auf Türen zurannten, die nicht existierten. Der Brutalo drehte Laylah die Hände auf den Rücken und versuchte, ihr Handschellen anzulegen, als eine Todesfee aus der Hölle ihm plötzlich in den Nacken sprang, an seinen Haaren zog und sein Gesicht zerkratzte. Ich rieb mir die Augen und sah, daß es Kaval war. Ich wollte sie wegziehen, aber sie packte mich am Kragen und sagte mir, ich solle helfen. Der Brutalo nahm sie und warf sie einfach an die Tür, stolperte, und ich trat ihm dafür in die Rippen. Irgendein Typ trat auf Kavals Bein, und ich wollte ihr hochhelfen, denn um Laylahs Hände lagen die Handschellen, das Blut lief ihr in Strömen übers Gesicht, und ein Bullenknie saß ihr förmlich im Nacken.

Zusammen mit den anderen Angestellten wurde Laylah abgeführt, während allen anderen gesagt wurde, sie sollten bleiben, wo sie waren. Weiße Päckchen und Glaspfeifen und gerade an der Ecke erworbene Nadeln landeten zu unseren Füßen. Kaval verschränkte die Arme, mit wütend glimmenden Augen flüsterte sie mir ins Ohr. »Hast du irgendwas bei dir?«

»Nur etwas Gras.«

»Sieh zu, daß du's los wirst.«

»Es ist nur ’n Gramm.«
»Ist mir egal, sie werden jeden durchsuchen. Angle es aus der Tasche, und laß es fallen.«
Ich ließ das Päckchen langsam zu Boden fallen, als ein junger Cop mich von hinten packte und brüllte: »Was ist das! Wofür hältst du dich, Klugscheißer!«
Kaval mischte sich ein: »Er hat überhaupt nichts gemacht! Laß ihn in Ruhe.«
»Wer bist du denn, sein Anwalt?«
»Ich bin seine Scheißfrau, und jetzt nimm deine Scheißhände von ihm, du Creep!«
»Kaval!«
»In Ordnung, Sie beide kommen mit!«
»Fickt euch!«
Die Bullen waren im Handumdrehen bei uns, schoben uns durch den Gang und hinaus auf die Straße, wo bereits eine Menschenmenge um Laylah und ihre Freunde herumstand; wie sie so an der Mauer lehnte, war ihr Gesicht eine Maske in Rot. Kaval dröhnte los wie eine Dampfbootsirene.
»Ihr beschissenen Faschistenschweine! Frauen zusammenschlagen, da seid ihr stark drin … Bringt sie in ein Krankenhaus!«
Der brutale Hüne in blauer Uniform mit dem Schweinegesicht, das Kaval vorhin zerkratzt hatte, trat vor, schwang den harten Knüppel, und das Knacken von aufplatzendem Fleisch ließ die Menge nach Luft schnappen, einige Typen wollten Namen und Dienstnummer des Brutalos wissen, aber er verdeckte sein Namensschild und ging wieder rein. Ich wurde auf den Kühler eines Wagens geworfen, die Hände gefesselt; Kaval heulte, einen Bullen vor sich, der ihr

seinen Zeigefinger in die Brust bohrte und ihr sagte, sie solle weitergehen, bevor man sie auch verhafte. Ich hatte Mühe, aufrecht zu stehen.

»Faß sie nicht an, du Arsch! Kaval, geh nach Hause, ich treff' dich dort später.« Ehe sie protestieren konnte, wurde ich ins Auto gezwängt, mein Kopf knallte gegen die Decke. Kaval kam ans Fenster, und ihre Augen voller Tränen baten um Entschuldigung.

Auf dem Revier setzte man mich auf eine Bank neben Laylah, die das Krankenhaus verweigerte, einen Verband aber akzeptierte, der Anblick ihrer Haare, verfilzte Strähnen in schmierigem Rot, war erschreckend vertraut. Sie rieb sich die Handgelenke.

»Bist du schon lange mit Shelley zusammen?«

»Mit wem? Oh, nein. Aber es kommt auf die Qualität einer Beziehung an, meinst du nicht?«

Sie kicherte los. »Wenn die dich wegen Besitz anklagen, wirst du länger drinbleiben als wir. Wir sind in ein, zwei Stunden wieder draußen.«

»Du hast das schon mal mitgemacht?«

»Zweimal. Die Behörden wollen unsern Laden dichtmachen. Die können uns am Arsch lecken! Seit sieben Jahren sind wir dort, und auf einmal wollen die uns weghaben, damit sie diese Drecksgegend veredeln können. Wir holen die Leute von der Straße, die sollten uns dankbar sein. Hast du den Arsch gesehen, der mich verhaftet hat? Hat mir an die Titten gefaßt. Verdammte Bullenschweine. Hey, Neil, wir sollten Beschwerde einreichen.«

Das Skelett in Leder links von mir sagte mit korrektem englischen Akzent: »Ich muß ganz dringend pissen. Wenn

wir hier nicht bald rauskommen, werde ich auf den Fußboden pinkeln.«
Eine Mohawk-Mutantin mit Stiften in der Unterlippe gesellte sich mit Elan dazu: »Wir sollten protestieren! Laßt uns jetzt alle auf den Fußboden pissen!«
»Lang lebe die Revolution«, sagte ich, und Laylah mußte grinsen. Ebenso Neil.
»Also, wie lange lebt ihr, du und Shelley, schon zusammen?« fragte sie.
»Ich bin zu ihr gezogen, als ... woher weißt du eigentlich, daß wir zusammenwohnen?«
»Oh, Shelley hat es mir erzählt. Sie ist wirklich was Besonderes, nicht wahr?«
»Ja, das ist sie.«
»Du fickst sie?«
»Was?«
Ein Bulle mit einem Klemmbrett stand neben einem Detective in Zivil und ging eine Namensliste durch, als Laylah und ihre Freunde anfingen, nach ihren Anwälten zu schreien. Der Bulle zeigte mit einem Kugelschreiber auf mich, und der Detective trat vor, sein Schatten warf Dunkelheit und Autorität. »Sie«, sagte er zu mir, »kommen mit mir.«
Laylah knurrte: »Was wollen Sie von ihm?«
»Halten Sie den Mund, dann sind Sie schneller draußen!«
Ich wollte gerade gehen, als Laylah mit den Worten herausplatzte: »Cathy ist vier und Anthony sieben.«
»Was?« fragte ich, und ihr Gesicht wurde ausdruckslos wie das von Linda Blair im Exorzisten. »Oh? Hab' ich sieben gesagt?« fügte sie noch hinzu. »Ich meine fünf.« Lachende Augäpfel blühten auf, Hummeln mit Tigermuster flogen auf

von Blütenblättern, aus ihren Stacheln tropfte Urin. Meine Knie gaben nach, der Detective packte meinen Arm und zog mich hoch.

»Hey! Alles in Ordnung?«

»Äh, ja. Ich hab' nur etwas den Halt verloren.« Laylahs wogendes Gelächter rollte an die Küste, als plötzlich blutige Sehnen an meinen Beinen baumelten; ich beobachtete Laylah, bis wir um die Ecke bogen. Vorbei am Empfangstresen und einen Flur entlang, wo sich zu beiden Seiten eine Tür aus mattiertem Glas an die andere reihte, den ganzen Weg über redete der graue Anzug.

»Sie haben das Recht, daß ein Anwalt dabei ist, aber Sie werden keinen brauchen, weil wir keine Anklage erheben werden. Wir wollen Ihnen nur ein paar Fragen stellen. Ist das okay?«

»Was wollen Sie mich fragen?«

»Das sag' ich Ihnen gleich.«

Er stieß eine Tür auf und führte mich ins Zimmer, wo Detective Webster hinter einem Holztisch saß und in Guns and Ammunition las. Er sagte mir, ich solle Platz nehmen. Das Quietschen des Metalls fuhr mir in die Knochen.

»Ich hab' Ihren Namen auf der Verhaftungsliste gesehen und mir gedacht, es wäre eine gute Gelegenheit, mit Ihnen zu reden. Ich denke, Sie haben jetzt die Zeit. Wie fühlen Sie sich?«

»Nicht allzu gut.«

»Kann ich Ihnen was zu trinken anbieten?«

»Nein, danke.«

»Ihre Freundin scheint Cops nicht allzusehr zu mögen?«

»Nehmen Sie das nicht persönlich. Sie mag niemanden.«

Ihm stieß ein Lachen auf, und er sah hinüber zu seinem Partner, der an der Tür stand. »Der Beamte, der die Festnahme durchgeführt hat, sagt, Sie hätten versucht, etwas Marihuana loszuwerden. Was haben Sie überhaupt in dem Club gemacht?«

»Nichts. Er hat sich geirrt. Es muß jemand anders gewesen sein.«

»In Ordnung, kommen wir zur Sache. Wenn Sie mit mir zusammenarbeiten, sind Sie im Handumdrehen wieder draußen. Marihuana ist nur ein geringfügiges Vergehen, eine Schreibtischangelegenheit. Wer weiß, vielleicht geht das bei all der Unordnung verloren.« Menschliche Götter und ihre Machtspiele, jetzt wußte ich Bescheid.

»Ich möchte Sie zu Agnes DeMillow – CandyBar – befragen. Sie haben sie im Krankenhaus besucht, ich gehe also davon aus, daß Sie sie kennen.«

»Oh, ich weiß, wer sie ist. Ich hab' sie immer auf der Straße gesehen. Wir haben in derselben Gegend gewohnt.«

»Dann wissen Sie also, wo sie wohnt.«

»Nein, eigentlich nicht.«

»Aber Sie waren Freunde?«

»Das hängt davon ab, was Sie darunter verstehen. Ich bin nicht ihr Feind.«

Mit Websters Gesichtsausdruck ging's abwärts, während sich seine Stimme hob. »Sie scheint Sie ziemlich gut zu kennen! Woher wußten Sie, daß sie im Krankenhaus war? Kennen Sie einen Mann namens Reginald Harris?«

»Nein, kenn' ich nicht.«

»Ein Zuhälter, auch Zero-Zero-Minus-One genannt.«

»Nein, nie von ihm gehört.«

»Schwer für mich, das zu glauben. Hat Ihre Schwester ihn gekannt? Wann haben Sie diesen Zuhälter das letzte Mal gesehen?«
Raben hackten und zerkleinerten meinen Schädel, wie in Gedichten von Edgar Allan Poe; das Kratzen von Pfoten auf dem Boden, heißer Atem jagte mir den Hund in den Nacken, doch ich drehte mich nicht um, erschuf statt dessen in meiner Vorstellung Bilder des Friedens, des Vergnügens, Ansichtskarten aus Deutschland, Landschaften aus Zeiten, als Denise acht Jahre alt war. Ihre ausländische Freundin mit schlaksigen Armen und Beinen wie Weinranken, ihr Cheshire-Grinsen, ihr steifer Rücken, Giselas Augen, blau wie der Sommerhimmel, weiße Haut und Lippen wie Gummi, die mit jedem Wort, das sie sprach, ausdrucksvoller wurden. Die reizvolle Konfrontation in ihrem Lächeln, wenn sie sich ihre Drahtbügelbrille auf die Nase setzte und meine Hand nahm. Fragte, ob ich sie heiraten würde. Ich beugte mich vor, um ihre Lippen zu küssen, und fiel vom Himmel.
Websters Mund bewegte sich wie verrückt, Geräusche von den äußeren Grenzen des Alls, horizontale Anarchie und verschwommen kristallklar, festgeschnallt in ein S-förmiges Sofa und fast nackt, nur in Unterhosen. Fellsträhnen tauchten vom Boden auf, als meine linke Hand mit einer Pfote verschmolz, gefühllose fremde Materie, die ich mit meiner Rechten bedeckte, als ich den inneren Parasiten spürte. Websters Gesicht wurde rund und rosa.
»In Ordnung, wie Sie wollen«, fauchte er und warf seinen Block auf den Schreibtisch. Dann bellte er seinen Partner an: »Schaffen Sie ihn hier raus!«

»Und was ist mit dem Gras?« fragte der Partner.
Webster sah müde und angeekelt aus. »Was für Gras?« schnauzte er. Ich stand auf und machte einen Schritt auf die Tür zu, als er hinzufügte: »Daß ich Sie nicht noch einmal mit Drogen erwische. Sie sind jetzt in Behandlung, den anderen Scheiß brauchen Sie nicht.«
»Okay.«
Kaval wartete am Eingang auf mich. Laylah und ihre Freunde waren entlassen worden, und Kaval fragte, ob es mir gutgehe, und ich sagte ja, und dann leerte der Cop hinter dem Empfangstresen einen großen gelben Umschlag, und eine Brieftasche und Münzen und vier Scheine, einige Rechnungen und ein roter Totenkopf aus Gummi fielen auf seine Schreibunterlage. Er sah noch mal in den Umschlag und zog die Cosmogony-Broschüre heraus. Kaval hatte sie sofort in der Hand. Ich quittierte den Empfang meiner Sachen, während sie las.
»Wann wolltest du mir davon erzählen?« bohrte sie.
»Gestern abend.«
»Jetzt ist es morgens.«
»Ich nehme an, ich bin spät dran.«
»Wie lange hast du's schon?«
»Seit gestern. Ich hab's von Dezmonds Frau, Lucille. Sie verkauft Kosmetik für die Firma und hat mir die Broschüre gegeben.«
Kaval warf mir einen Blick zu, wirbelnde Räder im Zeitraffer, ein betrunkener Obdachloser stand an der siebenten Straße und pißte.

26

Mit unseren Papieren und einem Zeugen betraten Kaval und ich den großzügigen Raum. Dezmond hatte während der ganzen Fahrt kein Wort gesagt. Wir gaben ihnen unsere Formulare, unterschrieben im Buch und warteten auf Plastikklappstühlen, zusammen mit Immigranten, die auf eine Arbeitsgenehmigung hofften. Dezmond rutschte auf seinem Stuhl hin und her, sah ständig auf die Uhr und schnippte nervös mit den Fingern. »Wie lange wird das dauern, was meinst du?«

»Ein paar Minuten.«

Verärgert beugte sich Kaval nach vorn. »Wenn du irgendwohin mußt, solltest du gehen.«

»Ich muß zurück zum Kind. Ich hab' ihn mit dem Saufbruder von gegenüber allein gelassen. Bis ich zurückkomme, ist der Kleine längst nach Mexiko verkauft worden.«

Vor uns gingen dreizehn Leute hinein und kamen wieder heraus, Fließbänder in Fabriken laufen nicht schneller. Im Anschluß an jede Zweiminutenzeremonie ließen sich Ehefrauen und Ehemänner händchenhaltend vor der Flagge an der Wand photographieren. Wir wurden in die Kapelle gerufen, und Dezmond flüsterte aus dem Mundwinkel: »Es ist noch nicht zu spät.«

»Es ist immer zu spät«, erwiderte ich kichernd.

»Was ist?« fragte sie.

»Nichts.«

Zwei Minuten später waren wir verheiratet, ich küßte sie intensiver, als verlangt war, und wir verließen den Raum.

Bevor Dezmond flüchten konnte, mußte er noch ein Photo von uns vor der Flagge machen.

Ich flüsterte ihr ins Ohr, daß ich sie liebte, und sie spitzte die Lippen und drückte meine Hand. »Ich liebe dich auch«, sagte sie, aber nicht im Flüsterton.

27

Die Sache schien ein Kinderspiel, und das ließ mich eine Falle vermuten. Henry kam um sechs Uhr fünfzehn heraus und ging die Third Avenue entlang Richtung Süden.

»Bist du sicher, daß er es ist?« fragte sie.

»Absolut.«

Kaval umklammerte meinen Arm, und wir folgten ihm, hielten dabei einen halben Block Abstand. Henry hatte einen forschen Schritt, keine Anzeichen von Schuld oder Sorge, ein unbeschwertes Kind im Sommercamp. Wir versteckten uns hinter einem Briefkasten, als er dem Araber an der Ecke eine Zeitung abkaufte. Einen halben Block weiter fing er plötzlich an zu rennen; ich packte Kavals Hand, überrascht, daß er die Verfolgung durch uns bemerkt haben könnte. Er tauchte in der Menge unter, bis Kaval mich in eine Straße zog und wir ihn sehen konnten, wie er mit der Zeitung wedelte. Der Bus hielt mit quietschenden Bremsen, und Henry sprang hinein. Kaval und ich traten an den Straßenrand, als der Greyhound davonröhrte.

»Das ist der nach Hampton Jitney«, sagte sie, verschränkte die Arme und runzelte die Stirn. »Soll er etwa jeden Tag zwischen den Hamptons und New York pendeln?«

»Vielleicht hat er da eine Wohnung für die Wochenenden.«

»Aber heute ist Dienstag.«

»Wir müssen ihm folgen«, sagte ich.

»Denk an unseren Plan!« Und ihr kalter, warnender Blick hätte selbst brüchiges Eis wieder gefrieren lassen.

Am nächsten Tag ließ Henry sich nicht in seinem Büro blicken, und als Kaval anrief und nach ihm fragte, sagte man ihr, er sei bis Freitag weg. Wir warteten gegenüber dem Eingang, bis das Gebäude dunkel wurde, nur um sicherzugehen.

An diesem Abend saß Kaval mit einem Notizbuch vor sich auf einem Kissen, beschäftigt mit finanziellen Anteilen und Anlagevermögen und Bankkonten und Kreditkarten, und dann sagte sie, daß mir jetzt die Hälfte davon gehöre, aber ich entgegnete, das sei nicht nötig.

»Paß auf, morgen ändere ich die Konten auch auf deinen Namen, und dann bekommst du deine eigenen Kreditkarten, und du hast Zugriff auf alles, was ich besitze, für den Notfall. Wir sind jetzt verheiratet, und dann gehört sich das so.«

Um Mitternacht rief sie ihre Mutter an, erzählte ihr von der Hochzeit und wie glücklich sie sei und fragte, ob es irgendeine Nachricht von ihrem Vater gebe, aber es gab keine. Ihre Mutter sagte, sie werde uns was schenken mit schweren Bedenken, und alles endete irgendwie angenehm.

Eine Stunde lang betrachtete ich mich im Spiegel, die Form meines aufgedunsenen Kopfes, die tief eingesunkenen Augen unter den Brauen und die noch verbliebenen Strähnen spröden Haars, die fleckige, gelbliche Haut. Wie konnte sie meinen Anblick nur ertragen? Der Ekel vor dem eigenen Ich schafft sich seine eigene Verzichtserklärung, doch die Maskenbildner bekamen selbst Peter Boyle wieder hin.

28

Kaval hustete im Schlaf. Keuchend und ein Kissen gegen den Bauch gepreßt, stöhnte sie auf, dann wurde sie ruhig. Ich setzte mich auf, es war noch dunkel, neben ihrem Gesicht ein Fleck von Erbrochenem auf dem Bettzeug. Ich zog mich leise an, streifte im Wohnzimmer meine Jacke über und schlüpfte zur Tür hinaus.

Es war kurz vor Sonnenaufgang, als ich durch den Seiteneingang hineinging; der Gestank war noch stärker geworden. Ich ging gleich zu der Diele, schob die Frisierkommode weg und rollte den Teppich auf, steckte die Knarre in die Tasche und nahm die Bilder an mich; ihr einziger noch verbliebener Skandal, wenn ich ihn pulverisierte, würde sie vielleicht lächeln. Ich suchte in der Küche nach Streichhölzern und fand eine verschimmelte Packung in einer Schublade, rieb ein Streichholz gegen die noch trockene Reibefläche. Fing mit den Zeitungen an, entzündete eine Fackel und ging damit durch die Zimmer; Kissen, Bücher und Pappkartons fingen Feuer wie Stroh in einer Scheune. Ich zündete den Packen Bilder an, hielt ihn so lange, bis ich mir die Finger verbrannte, dann schleuderte ich ihn auf die brennende Couch und sah zu, wie die Bilder schrieen und starben.

Zehn Blocks entfernt sah ich die höllische Rauchfahne aufsteigen, roch die verkohlenden Gespenster, die ins All zischten. Vielleicht würde Denise sich dort mit der Piss Lady treffen. Sirenen durchbrachen die Stille.

Ich rauchte zwei Joints und ging auf einen Drink in Jackie's Bar, keine Behandlungen mehr, jetzt, da Essen und Trinken nach nichts schmeckten. Ständige Übelkeit verdarben den Appetit auf Eier und Orangensaft, die sich mit dem Radium mischten, das durch meine Adern jagte. Ich rief zweimal bei Cosmogony an und legte auf, wenn Henry dran war. Rief wieder an und fragte die Empfangssekretärin, wann das Büro schließen werde, und als sie fragte, warum ich das wissen wolle, antwortete ich, daß ich ein Bote sei und eine Lieferung hätte. Sie sagte, um fünf Uhr. Ich saß an der Bar, und Jackie behandelte mich wie einen Fremden, ein Fortschritt. Wally torkelte aus der Herrentoilette und ging zu seinem Hocker am Ende des Tresens, nahm sein halbleeres Glas, kam herüber und setzte sich neben mich. Er quoll buchstäblich über den Hocker, nuschelte, und Speichelbläschen bildeten sich in seinen Mundwinkeln: »Hey, Eddie, sag mal, du hast doch eine Schwester verloren ... wie zum Teufel wirst du damit fertig? Ich meine, wie zum Teufel kommst du drüber hinweg? Weißt du, meine Mutter starb letztes Jahr, mein Vater vor zehn Jahren. Camille und ich waren die einzigen, die noch übriggeblieben sind. Jetzt, wo sie nicht mehr ist, hab' ich keine Bindung mehr. Als hätte ich keine Vergangenheit, keine Verbindung mehr zur Vergangenheit! Verstehst du, was ich meine?«

»Klar. Du fühlst dich einsam und verlassen. Aber das ist normal, also gewöhn dich daran.«

Jackie trocknete ein Glas ab. »Nur weil's dir mies geht, mußt du das nicht allen anderen wünschen«, sagte er spitz.

Wally sah mich benebelt an.

Ich wartete auf der anderen Straßenseite, den Eingang voll im Blickfeld. Es kribbelte meine Beine hinauf bis in die Finger. Körper flohen aus dem Gebäude in den Sonnenuntergang, als irgend etwas mich von hinten anstieß. Ich drehte mich um, und es war Kaval, bereit, Hackfleisch aus mir zu machen.

»So sieht also deine Liebe und Loyalität aus!«

Die ständigen Hustenanfälle ihrer verschleimten Bronchien würden die Sache problematisch machen. Wir beobachteten den Eingang, schweigende Jäger mit Steinschleudern. Eine Funkstreife und ein Krankenwagen jagten mit Licht und heulenden Sirenen vorbei, eine Reihe Taxis raste hinterher. Kaval lehnte sich gegen das Parkverbotsschild und band ihr Haar zu einem Pferdeschwanz.

»Es tut mir leid«, sagte ich.

»Es tut dir immer leid«, kanzelte sie mich ab. »Was heißt das schon. Was Besseres fällt dir nicht ein. ... Es tut dir leid.«

Fünf Minuten später kam Henry heraus, und Kaval war gleich voll da.

»Okay, dann mal los«, sagte sie, und diesmal folgten wir ihm dicht auf den Fersen. Kaval hustete und hielt sich sofort die Hand vor den Mund. Henry tat so, als hätte er nichts bemerkt. Kaval meinte, wir müßten etwas haben, hinter dem wir uns im Bus verstecken könnten, also kaufte sie am Kiosk ein paar Zeitungen, während Henry sich hinter vier Leuten postierte, die an der Haltestelle warteten. Wir lehnten uns gegen ein Gebäude und lasen Zeitung. Die Schlange an der Haltestelle wurde immer länger, und als der grüngestreifte Luxusbus heranfuhr, warteten vierzehn Leute am Straßenrand. Ich warf einen Blick durch die Frontscheibe, und der

Fahrer entpuppte sich als menschliches Wesen – Stummelfinger und keine Bienenschwärme in den Augen, nichts, was auch nur im entferntesten an den Hund erinnerte. Kaval und ich stellten uns ans Ende der Schlange; sie öffnete ihre Handtasche und flüsterte: »Wieviel Geld hast du dabei?«

»Fünfzehn Dollar.«

»Wie hättest du diese Fahrt ohne mich bezahlt?«

»Ich habe Gutscheine.«

Sie lachte spöttisch. »Diese Fahrt kostet über zwanzig Eier.«

»Zwanzig Eier?«

Wir stiegen ein, und Kaval bezahlte, dann drehte sie sich um und ging den Gang hinunter. Nichts zu sehen von ihm; als wir halb durch den Bus waren, saß er da, starrte aus dem Fenster. Ich versuchte mit aller Kraft, ihm nicht ins Gesicht zu sehen. Kaval setzte sich zwei Reihen dahinter ans Fenster, und ich ließ mich neben sie in den Sitz fallen und spähte in den Gang. Der Bus fuhr los, und eine ganze Weile lang bewegte Henry sich nicht, bis sein Kopf müde ans Fenster sank. Kaval schlug ihre Zeitung auf und fing an zu lesen. Dann griff sie in ihre Tasche und holte ein kleines, schwarzes Ding mit Kabeln hervor.

»Hier, das ist für dich. Ich hab's gekauft.«

»Danke.« Ich steckte die Ohrstöpsel rein und wählte einen dröhnenden Sender, wußte, daß es sowieso bald wieder weg sein würde.

Drei Stunden später hielten wir an einer Kirche. Kaval und ich warteten, bis der Bus leer war, und stiegen dann aus. Henry ging zu einem blauen Mercedes, der in der Nähe einer kleinen Feuerwache geparkt war. Ich blickte mich um und war ratlos.

Hätte der Mond nicht geschienen, wäre es stockfinster gewesen.
»Ich glaube, das hier ist Amagansett oder East Hampton«, sagte sie. »Als ich Kind war, fuhr mein Vater immer mit uns hierher.«
»Er fährt weg«, sagte ich, als Henry auf der unbeleuchteten Landstraße davonfuhr. Leute, die von Ehefrauen und Ehemännern abgeholt wurden, stiegen in Autos. Der Bus fuhr ab, und Kaval lief zu einem dunkelgrünen Kombi rüber, aus dem eine Frau ausstieg.
»Komm schon«, sagte sie, »das ist ein Taxi.«
An einer unbefestigten Straße, wo Schlammpfützen und Reifenspuren zwei krumme Linien bildeten, stiegen wir aus. Weit ab von der Straße stand der blaue Mercedes in der Auffahrt eines luxuriösen, weißgestrichenen Hauses mit Rasen und Bäumen und einer Schaukel im Vorgarten. Die Luft schien hier dünner, man mußte tiefer durchatmen. Um uns herum Dunkelheit und Insekten, die zu höhnen schienen, wir sollten wieder abhauen. Kaval keuchte und fing an, Schleim abzuhusten, als sie sich krümmte, klopfte ich ihr auf den Rücken, bis es vorbei war.
»Bist du okay?«
»Ja«, sagte sie spitz.
»Warte hier. Ich werd' mich mal am Haus umsehen.«
»Nein, ich komme mit.«
»Kaval, fang jetzt keinen Streit an. Du würdest uns sofort verraten. Ich werd' mich nur umsehen, weiter nichts. Ich bin sofort zurück.«
Über feuchtes, kühles Gras ging ich auf das Haus zu, Grillen zirpten im Mondschein. Als ich mich umdrehte, strahlte

Kavals Haar wie Leuchtfeuer an der Küste, und ich fragte mich, ob Denise vielleicht recht gehabt hatte, war es das wirklich wert?
Die Fenster der Vorderfront waren dunkel, vorbei an der Schaukel schlich ich weiter und trat dabei auf eine kaputte Bart-Simpson-Puppe. Hinter dem Haus ein Hauklotz mit Holzscheiten und überall Holzsplitter, fröhliche Stimmen drangen durch die Nacht, und ich linste durch die dünnen, weißen Gardinen. Die Familie saß am Eßtisch, Henry neben seiner Frau, ihnen gegenüber ihre beiden Töchter, vielleicht acht und zehn Jahre alt. Die kleinere trug ein pinkfarbenes, geblümtes Kleid und hatte eine Kaugummikette um den Hals geschlungen. Seine Frau, attraktiv, Anfang Dreißig, Nickelbrille, Jeans und karierte Bluse, das Haar zu einem Knoten frisiert, stand vom Tisch auf und ging in die Küche. Henry tat Zucker in seinen Kaffee, während seine Töchter plapperten und Milch durch abgeknickte Strohhalme schlürften. Das Licht ging aus, und Henrys Frau stand in der Tür, in den Händen einen Geburtstagskuchen mit brennenden Kerzen die sich in ihren Brillengläsern spiegelten; die Mädchen setzten sich gerade hin, und der Kuchen wurde auf den Tisch gestellt, dann sang man »Happy Birthday«, während die Jüngere die Kerzen zählte. »Wieso sind es zehn?«
»Die zehnte steht für Glück«, sagte die Mutter. »Wünsch dir was, und puste sie dann aus, bevor sie herunterbrennen.«
Ihre ältere Schwester half ihr, die letzte auszublasen, und Henry applaudierte, das Licht wurde wieder angeschaltet, seine Frau nahm die qualmenden Kerzen weg und legte

sie auf eine Serviette. Henry steckte einen Finger in den Zuckerguß, und die Töchter kreischten, und seine Frau schlug ihm auf die Hand. Ich schlich zur anderen Seite des Hauses und stieß auf zwei große altmodische Türen mit Glasscheiben, probierte den Türknauf und drückte sie sanft auf. Ich betrat ein holzgetäfeltes Arbeitszimmer mit einem Schreibtisch und Stühlen aus Mahagoni, einigen Bücherschränken und Landschaftsgemälden an den Wänden. Ich durchsuchte die Schreibtischschubladen; nur Kugelschreiber, Briefumschläge und ein Kassenbuch. Die untere Schublade ließ sich nicht öffnen, war verschlossen. Während ich im Terminkalender blätterte, klingelte das Telefon, zerkratzte spröde Trommelfelle. Ich hielt den Atem an, hörte Schritte auf dem Holzfußboden. Ich nahm den Hörer in die Hand, hielt die Sprechmuschel zu, als seine Frau »Hallo?« sagte.

»Hallo, Natalie, kann ich bitte mal Henry sprechen? Hier ist Robert.«

»Oh, Robert, Dawn hat Geburtstag, und er hat sich gerade zu Tisch gesetzt.«

»Es dauert wirklich nur eine Minute, ganz bestimmt.«

»Ich hol' ihn.«

Einen Augenblick später kam Henry ans Telefon. »Hallo, Robert.«

»Henry, ich mach's kurz. Stimmt irgendwas mit deinem Telefon nicht? Die Verbindung ist nicht besonders.«

»Ich telefoniere vom Schnurlosen.«

»Gut, ich wollte dir nur sagen, daß ich mit meinem Freund im Büro des Staatsanwalts gesprochen habe. Er hat mir gesagt, daß die Klage als Zivilklage und nicht als Strafsache behandelt werden wird. Es sieht so aus, als wärst du aus dem Schneider.«

Henry stieß einen tiefen Seufzer aus. »Gott sei Dank! Das sind großartige Neuigkeiten! Bei einer Zivilklage können wir uns außergerichtlich einigen.«

»Das sehe ich auch so. Ich hab' mir jedenfalls gedacht, daß du gleich Bescheid wissen willst, also ... zurück zu deiner Geburtstagsparty.«

»Vielen Dank, Robert. Ich bin dir was schuldig.«

»Ich nehm' dich beim Wort. Wir sehen uns Montag. Halt die Ohren steif.« Klick.

Das Telefon war tot, und der Hörer in meiner Hand brachte mich auf eine Idee. Ich rief die Vermittlung an. »Hallo, Vermittlung, ich habe gerade einen neuen Anschluß bekommen, und ich würde ihn gern mal überprüfen. Können Sie mich unter dieser Nummer anrufen?«

»Sicher, wie lautet die Nummer?« Ich sah auf das Schild am Telefon, aber da stand nichts. »Oh, meine Frau hat sie mir aufgeschrieben, aber ich kann sie jetzt nicht finden.«

»Bleiben Sie beim Telefon, ich ruf' Sie zurück.«

Ich legte auf, und gleich darauf klingelte es wieder. Schwere Schritte näherten sich, und ich nahm zur gleichen Zeit ab wie er.

»Ihre Leitung ist völlig in Ordnung, Sir«, sagte sie.

»Vielen Dank, Fräulein.« Klick.

»Was?«

»Bleib dran, Henry.«

»Wer ist da?«

»Ich bin jemand, den du gleich kennenlernen wirst. Ich möchte, daß du auflegst und ins Arbeitszimmer kommst.«

»Was? Wer ist dort? Wo sind Sie?«
»Ich bin nebenan. Ich möchte nicht den Geburtstag deiner Tochter stören, also leg auf, und komm herein. Wenn nicht, bin ich gezwungen, etwas zu tun, was ich nicht will. Du bist nicht in Gefahr, ich will nur mit dir reden. Bitte, komm herein und kein Wort zu deiner Frau.«
Henry legte auf, und ich stellte mich hinter die Tür. Ich hörte, wie sie fragte: »Henry, wohin gehst du?«
»Ich muß noch einen Anruf erledigen. Es ist geschäftlich, dauert nur eine Minute. Macht ohne mich weiter.«
»Oh, Henry!« bat sie. »Hat das nicht Zeit?«
»Ich bin gleich zurück.«
Ich stand hinter der Tür, die Hand an der Waffe in meiner Tasche. Henry machte einen vorsichtigen Schritt ins Zimmer. »Schließ die Tür«, flüsterte ich. »Laß das Licht aus.« Henry ging in die Mitte des Zimmers, das Mondlicht warf einen Lichtschimmer auf meine Hand, und er hob langsam die Arme hoch.
»Was wollen Sie? Wer … wer sind Sie?«
»Bitte, sprich leiser.«
Von nahem betrachtet, wirkte er kleiner als auf der Straße, und im Dunkeln konnte ich sehen, wie er zitterte, Schweißperlen traten ihm auf die Stirn. Mein Magen krampfte sich zusammen, der reinste Haßreflex.
»Bitte … nehmen Sie, was Sie wollen. Nur tun Sie mir und meiner Familie nichts.«
»Ich bin nicht an deinen Sachen interessiert, und ich werde auch niemanden verletzen, es sei denn, du zwingst mich dazu.«
»Also … was wollen Sie?«

»Ich möchte, daß du telefonierst.«
Henrys Stimme wurde lauter, es klang dringend, verwirrt: »Telefonieren? Worum geht es hier überhaupt?«
»Sprich leise. Du willst doch nicht, daß deine Frau hereinkommt. Ich müßte ihr sonst von den Bildern erzählen.«
Ein Schlag ins Gesicht, er blieb reglos stehen und starrte mich an. Sein Blick bohrte sich durch die Dunkelheit und traf einen Nerv bei mir. Er ließ die Arme sinken und sprach, gezähmte Wut: »Ich habe Ihnen doch gesagt, damit ist es vorbei. Ich werde keinen einzigen Cent mehr zahlen. Ich habe nichts mehr. Machen Sie, was Sie wollen. Es interessiert mich nicht.«
»Sie und ich, wir haben noch nie miteinander gesprochen.«
»Dann war es eben Ihr Partner ... wer auch immer mich angerufen hat!«
»Nein, ich arbeite mit niemandem zusammen.«
»Was ist das für ein Telefonanruf, den ich machen soll?«
Ehe ich Websters Karte herausholen konnte, näherten sich Schritte aus dem Eßzimmer. Ich drückte mich an die Wand, zielte mit der Waffe auf Henrys Brust und riet ihm, keine Dummheiten zu machen. Henry ging zu seinem Schreibtisch und nahm den Hörer in die Hand, als die Tür geöffnet wurde und Dawn hereinkam. Sie fragte: »Daddy, warum stehst du da im Dunkeln? Wir warten auf dich.«
»Sag Mammi, ich komme, sobald ich mit dem Telefonieren fertig bin.«
»Komm schon, Daddy. Es ist doch mein Geburtstag.«
»Ich weiß, Pumpkin. Ich komme, so schnell ich kann. Mach die Tür hinter dir zu, und wartet nicht auf mich. Macht weiter. Und laß das Licht aus.«

Dawn ging aus dem Zimmer, und ich ließ die Waffe sinken. Sie war nicht geladen, ich konnte dieses Terrorspiel nicht weiterspielen. Henry ging hinüber und schloß die Tür ab, wieder hinter seinem Schreibtisch, versuchte er, die untere Schublade zu öffnen. Ich ging zu ihm und sagte, er solle es lassen. Augen, hilflos wie die von Kindern, die in der Falle der Armut sitzen. »Wer zum Teufel sind Sie überhaupt?«
»Ich bin der Bruder von Denise.«
»Denise? Welche Denise?« Er hatte wirklich keine Ahnung.
»Deine Exdomina. Denise.«
Als die Vorstellungen in seinem Kopf Gestalt annahmen und vom Überlebenstrieb verdrängt wurden, erwartete ich, daß er um sein Leben winseln würde. Statt dessen setzte er ein falsches Lächeln auf. »Sie sind hier, um mich zu töten, nicht wahr? Ehrlich. Darum geht's hier.«
»Nein. Es geht um Gerechtigkeit.«
Henry fing an zu lachen, hämisch und düster.
»Kannst du mir vielleicht sagen, was daran so komisch ist?«
»Gerechtigkeit! Das ist komisch. Gerechtigkeit. Wie sieht's mit Gerechtigkeit für mich aus? Gerechtigkeit dafür, daß Ihre Schwester meine Familie terrorisiert hat?«
»Du hast deine Familie terrorisiert! Du hast Probleme.«
»Ja, ich habe Probleme. Tief verwurzelte, ernsthafte Probleme. Aber erklären Sie mir, welche Probleme eine Frau hat, die ein acht Jahre altes Mädchen von der Schule abholt, es in die Stadt mitnimmt, mich dann anruft und droht, sein Leben sei in Gefahr, wenn ich nicht mehr zahle ...?«
Henry wischte sich die Stirn ab und fuhr fort: »Eines Nachmittags erhielt ich einen Anruf von meiner jüngsten Tochter, die mir sagte, sie sei bei Tante Doris. Merkwürdig

ist nur, daß sie keine Tante Doris hat. Ich blieb ruhig, fragte, ob es ihr gutgehe und wo sie sei. Sie sagte, Tante Doris habe sie in ihrem Auto mitgenommen und sie auch selbst fahren lassen. Dann sagte sie, Tante Doris wolle mit ihr ins Kino gehen. Ich fragte sie noch einmal, wo sie im Moment sei. Jetzt aber war Ihre Schwester am Apparat. Sie sagte mir, wenn ich meinen Verpflichtungen nicht nachkäme, werde Tante Doris sehr böse werden, und sie sei zu allem fähig, wenn sie wütend werde.«

Henry schwieg, und ich wußte, daß alles, was er gesagt hatte, grausige Wahrheit war; *Fatal Attraction* war Denises Lieblingsfilm gewesen. Seine Gesichtszüge wurden schlaff, als er hinzufügte: »Sie hat gesagt, sie werde ein paar Aufnahmen machen, es gebe da einige Kunden, die gern … Mein Gott! Wir reden hier über ein achtjähriges Mädchen!«

Filmleinwände und Mitternachtswahnsinn, vor mir der Tisch, alles arrangiert fürs Abendessen, und Denise mit einem Gesicht wie verbeultes Metall. Links von ihr Onkel Ted, der ihr befahl, das Steak zu essen. Und Mutter spann ihren schützenden, warmen Kokon.

»Das ist ein teures Stück Fleisch«, sagte er. »Laß es nicht umkommen.«

»Ich hab' keinen Hunger.«

»Vor einer Stunde hattest du noch Hunger.«

»Jetzt hab' ich keinen mehr.«

Mutters Augen spielten Pingpong. »Denise, bitte«, sagte sie, »iß doch dein Fleisch.«

»Ich hab' keinen Hunger.«

Onkel Ted fuhr sie an: »Ich rate dir, ganz schnell Hunger zu bekommen!« Dann starrte er auf meinen Teller. »Sag bloß,

du willst auch nicht essen!« Ich schob noch ein geschmackloses Stück Trauma in meinen Mund.
»Na also, warum kannst du nicht sein wie dein Bruder!«
»Weil er ein Wurm ist!« schnauzte sie und warf mir einen Blick zu, der mir sagte, daß sie recht hatte.
Onkel Ted wandte sich an Mutter.
»Du weißt, worum es geht, nicht wahr? Um die Klavierstunden! Sie ist sauer, weil ich nicht erlaube, daß sie mit diesem Perversen zusammen ist!«
Denise mischte sich ein: »Er ist kein Perverser!«
»Er hat dich betatscht! Was für eine Art Unterricht hat er dir gegeben?«
»Er hat mir gezeigt, wie man's macht!«
»Da wett' ich drauf! Wenn ich ihn jemals wieder in deiner Nähe erwische ...«
»Nun hört euch das an! Der Oktopus in Menschengestalt!«
Onkel Ted schlug Denise mit dem Handrücken, sie flog vom Stuhl und landete auf dem Boden vorm Kühlschrank. Mutter ließ ihre Gabel auf den Teller fallen, mischte sich aber nicht ein. Ich schielte zum Steakmesser auf meiner Serviette, das Geräusch, wenn man ins Fleisch sticht und Gefäße platzen, schmerzte in meinen Ohren. Denise kroch auf dem Boden an den Schränken entlang und hielt sich die rote, geschwollene Wange. Sie weinte nicht und schrie voller Trotz: »Der einzige Perverse hier bist du! Mit deinem winzigen Penis!«
Onkel Ted fuhr vom Tisch hoch, schmiß dabei seinen Teller auf den Boden, griff sich Denise und verlangte eine Entschuldigung von ihr, doch sie wehrte sich, trat und schlug

und kratzte wie ein Kobold und eine Wildkatze in einem. Onkel Ted schleifte sie am Fußgelenk über den Boden, aber Denise klammerte sich an ein Tischbein und zog den Tisch mit sich, bis Onkel Ted auf ihr Handgelenk trat und sie losließ. Mutter bat hysterisch um Gnade, während Onkel Ted Schwester über den Flur in ihr Zimmer zerrte, die Tür zuschlug und anfing, sie zu verprügeln. Denise wollte sich nicht entschuldigen. Mutter igelte sich ein und sagte mir, ich solle weiteressen. Zum Sound von Schwesters katholischer Anarchie aß ich auf und verdrückte mich in den Sandkasten.

Henry heulte vor Schmerz und Leid, ein schluchzender Singsang, der langsam in ein Gelächter überging. Als er seinen Kopf hob, war ihm eine Schnauze gewachsen, zähflüssiger Speichel tropfte von seinen Zähnen; im Zimmer herrschte bedrohliche Stille, von draußen nur das Zirpen einer Grille. Ich umklammerte die Waffe.

»Wo ist Henry?«

Beißender Atem, geräuschvoll holte er Luft durch starre Nasenlöcher; mir war, als hätte ich ihn schon einmal gesehen.

»Erinnerst du dich an den Köter, den du hattest, als du sieben Jahre alt warst?« fragte er. »Grau, mit schwarzen Streifen am Kopf?«

»Shamby … er ist weggerannt.«

»Er wurde am Straßenrand ausgesetzt. Raus aus dem Wagen, um ihn dann wegzujagen, Shamby wurde wie Bambi sich selbst überlassen.«

»Nein. Er ist weggelaufen. Onkel Ted hat uns erzählt, daß er …«

Die Worte blieben mir in der Kehle stecken. »Willst du … damit sagen, daß du Shamby bist?«

Der Hund schloß seine Augen und summte ein Wiegenlied. Dann erhob er sich vom Stuhl und ging ungelenk auf seinen Hinterbeinen zum Garderobenständer hinüber. Sein Gesichtsausdruck verschlagen und herausfordernd, er provozierte mich: »Worauf wartest du noch? Eine Patrone ist noch im Magazin, sie ist die ganze Zeit dringewesen.«

»Deswegen bin ich nicht gekommen. Außerdem ist die Waffe leer.« Doch sie zuckte in meiner Hand, Lebenskraft entströmte ihrem Innern.

»Du bist ein Niemand«, sagte er mit Laserblick, rotglühend wie der von Nosferatu. »Hat die Polizei dir gesagt, daß ihr Gesicht mit dem Stiel einer Axt eingeschlagen wurde? Es war kein Baseballschläger. Die Wundmale waren viereckig. Ich hab' sie von hinten erwischt. Sie ist auf den Boden geknallt, und ich hab' ihr noch ein paar Schläge mehr verpaßt, bis ihr Gesicht nur noch Chili-Hirn mit Bohnen war. Hab' dann ihre Augen rausgepult und sie unter meinen Pfoten zerquetscht. Zwei rote Kleckse neben dem Abfluß, dachte mir, das ist alles, was übrigbleiben darf. Dann hab' ich die blutigen Augenhöhlen gefickt.«

Mißtrauen, Ungläubigkeit, das hielt mich davon ab, ihn zu erschießen, obwohl er es wollte.

»Kannst du dich noch an den Schrank im Folterkeller erinnern?« Er grinste höhnisch, und der Schrank, wie durch Zauberhand, erschien hinter dem Schreibtisch an der Wand. Die Türen glitten zur Seite, und eine Reihe von Plastikpeniswaffen nahm Haltung an.

»Ich habe den größten ausgesucht und tief in sie hineingerammt. Ihn gedreht und gedreht, bis sie aussah wie der Lincoln-Tunnel. Daher die Beulen an ihrer Leiche, als du sie identifiziert hast.«

Cobras tanzten in meinem Gedärm, ein Schlangenfest mit Höllenlärm.

»Haben die Bullen dir erzählt, was ich dann gemacht habe?« Worte, scharf wie Schlachtermesser; es tropfte blutrot aus meiner Hose und versickerte im Teppich. Lächelnd gab er selbst die Antwort: »Bei der Autopsie fand man Pisse in Mund und Nasenlöchern. Auch in ihren Augenhöhlen.«

»Schon gut!« schrie ich und kniff die Augen zusammen, versuchte, mich gegen diese Bilder zu wehren. »Du kannst mich nicht zwingen, zu tun, was du willst! Also spar dir die Mühe!«

Henrys Frau klopfte an die Tür und rief seinen Namen, rüttelte am Türknauf.

»Jetzt ist es soweit.« Der Hund sprach wie Pater Michael. »Jetzt mußt du sie alle töten! Die Frau und die Kinder, klein und groß.«

»Leck mich am Arsch!« schrie ich und versuchte, die Kanone loszuwerden, aber der Stahl war mit dem Fleisch verschmolzen. Die Tür bewegte sich in den Angeln, als sie von draußen gegentrat.

Der Wille des Hundes zwang die Waffe, die Frau bei ihrem Eindringen ins Visier zu nehmen, direkt auf ihr Herz zu zielen. Unfähig, mich zu bewegen, die Lungen gelähmt, das Gefühl der Beklemmung kam mit Wucht und keine Möglichkeiten zur Flucht, mein Schädel, zerbrechlich wie Christbaumkugeln, ich bat ihn, es nicht zu tun.

»Aber du bist doch derjenige, der es tut«, lachte er. »Es ist deine Entscheidung.«
»Dann entscheide ich mich dafür.« Ich würgte und versuchte, auf ihn zu zielen, doch mein Ellbogen war blockiert, der gekrümmte Zeigefinger drückte den Abzug, doch nichts geschah. Ein Schlüssel wurde ins Loch gesteckt, jeden Moment mußte die Tür aufgehen. Der Hund empfahl sich mit einem finsteren Grinsen. »Fröhliche Jagd«, rief er. Meine Finger, Metastasen, die ich mit aller Macht und aller Kraft nach oben reißen wollte.
Der Hund jaulte auf in Panik, zog die Lefzen hoch, als ein Feuerblitz und scharfe Zähne mich von unten attackierten. Wie ein Pferd im Galopp schoß er durch die Glastür hinaus in den Garten. Sah ihn verschwinden, spürte Erleichterung, als hätte ich beim Poker erfolgreich geblufft; bis dann die Limonade an meinen Beinen herunterlief; kastrierte Taubheit, die süße Erlösung, für immer und ewig dahin; und sie nahm meine Seele mit und jede Chance auf Männlichkeit; doch eine feuchte Hose war Indiz, daß ein Opfer weniger gezwungen war, seine Rolle zu spielen. Durch den Garten, über klebrige Blätter raste ich seinem Fell und feuchten Atem hinterher. Fliegen und Zweige kratzten an meinen Trommelfellen, während seine Pfoten vertrocknetes, knisterndes Unkraut zermalmten. Vor mir eine Lichtung, kaltes Mondlicht fiel auf Blumenbeete, Schweiß und Schnelligkeit verliehen dem Fell des Hundes ein Glitzern. Dann eine Strömung im Crystal Lake, wo Jungen Frösche und Schlangen fingen, der Hund paddelte im klaren, blauen Wasser und stieß Kaulquappen beiseite; ich hinterher, sprang über Zeros aufgedunsene Leiche. Seinen Schwanz zum Greifen

nah, sah ich, wie der Hund die Flügel ausbreitete und davonsegelte; ich wollte nach seinen Beinen greifen und landete in einem Flur, vor Mutters Schlafzimmer, in dem Onkel Ted und Kusine Helen Unzucht trieben. Ich versteckte mich und beobachtete Helens verzerrtes Gesicht, verzerrt vor Lust, Schmerz und Entschlossenheit, und ich sprach nie darüber, weder mit meiner Mutter, weder mit Denise, noch mit irgend jemandem sonst, nicht einmal mit einem Priester. Betete mich in den Schlaf in jener Nacht, als Ted und Mutter über die Häufigkeit des Geschlechtsverkehrs stritten. Zwei Jahre später wurde der Teenager Helen von einem Auto überfahren und starb, ohne das Bewußtsein wiedererlangt zu haben, und abermals war er ungestraft davongekommen. In der Zimmerecke schwebte der Hund, Fledermausflügel, ausgebreitet wie ein Kruzifix, von seinen Zähnen hing mein Lebensnerv herab. Helen saß neben mir auf dem Bett und legte mir die Hand auf den Rücken, der Geruch von Onkel Teds Eau de Cologne hing schwach in ihren Kleidern. Mit sanftem Sopran flüsterte sie mir ins Ohr: »Ich weiß, daß du mich an jenem Tag beobachtet hast. Das hat mich richtig angetörnt. Ich hab' mir oft vorgestellt, Sex mit dir zu haben.« Ihr Blick wanderte an meiner nassen Hose runter.

»Schade, ich glaube, wir werden nie erfahren …«

Der Hund brach in ein heulendes Gelächter aus, das einen meiner Nackenwirbel knacken ließ. Ich sprang vom Bett auf, Wände explodierten, Splitter zerschmetterten Augen, und ich befand mich im freien Fall, blind vor Schwindel. Ganz in der Nähe weinte ein Säugling, und die Gegenwart des Hundes machte mich fertig. Höhnisch drang das kehlige

Knurren seiner Stimme aus der Unterwelt nach oben. »Weißt du, daß deine Freundin schwanger ist? Sie hat wieder mit diesem Typ gefickt. Hat sie dir das nicht erzählt? ... Oder hat sie deine Bedenken zerstreut?«

Unter meinen Füßen tat sich die Erde auf, ausgedörrt, mit Rissen wie geplatzte Äderchen, vereinzelte Zelte und Hütten entlang eines Pfades, aber keine Spur von einem Hund oder einer lebenden Kreatur. Ich lief vorbei an einer Reihe Lagerfeuer, vorbei an Früchten des Zorns und Teilen verrosteter Traktoranhänger. Ödland, Dreck und Felsgestein, so weit das Auge reichte. Ich kam an einen Hügel. Eine Gruppe zerlumpter Arbeiter gab mir Zeichen, zu ihnen zu kommen. Ich rutschte runter, und der größte von ihnen, in zerrissenem Smoking, die Haut übersät mit Eiterpusteln, kam herüber zu mir, um mich zu begrüßen. Doch das warme Lächeln auf seinem Gesicht war es, was mich erschaudern ließ.

»Ich hab' auf dich gewartet«, sagte er. »Mein Gott, du bist wirklich erwachsen.«

Die anderen um ihn herum, jämmerlich traurig und surreal, murmelten nervös. Als mein Vater seine mit Lumpen bandagierte Hand hob, schwiegen sie augenblicklich. »Das ist mein Sohn, und er wird jetzt bei uns bleiben.«

»Nein, Dad, ich muß hier weg! Wo ist der Hund? Ich hätte ihn töten sollen, als ich die Gelegenheit dazu hatte.«

»Es gibt hier keine Hunde. Allerdings haben wir Würmer, Millionen Würmer. Ich kann dir ein paar bringen. Aber zuerst werde ich dir dein Zuhause zeigen.«

»Zuhause? Ja! Bring mich nach Hause.«

Die Leprakranken drehten sich um und folgten meinem

Vater. Der Gestank ihrer Körper legte sich wie Nebel vor meine Augen, verstopfte mir die Nase. Wir kamen zu einer Siedlung aus Pappkartons, und mein Vater blickte sich um und sah mich weinen. Sein Lächeln versetzte mir einen Insulinstoß.

»Ist schon okay, Eddie«, sagte er und legte seinen Arm um meine Schulter. »Jetzt bist du zu Hause. Jetzt wird alles wieder gut.«

»Aber Dad, das ist nicht unser Zuhause! Und nichts ist gut. Was ist mit dir passiert? Warum bist du in diesem Zustand?«

»Du hast mich lange nicht gesehen. Du warst noch ein kleiner Junge, als es geschah.«

Eine Hand, ich wußte nicht, wessen es war, führte mich ins Wohnzimmer. Dort saßen Mutter und Großmutter weinend auf der Couch, Taschentücher in den verkrampften Händen. Vier Jahre alt, und das Haus war schwarz von endlosen Telefongesprächen, Priestern und Gebeten. In dieser Nacht nahm mich Denise beiseite und erklärte mir, daß Daddy jetzt beim Jesuskind schlafe und wir darüber glücklich sein sollten. Doch dieses Glück bescherte uns die Traurigkeit durch Satan.

»Ich hab' gehört, daß Mutter wieder geheiratet hat«, sagte er ohne einen Anflug von Sehnsucht oder gar Eifersucht.

»Dad, Denise ist tot. Sie wurde von dem Hund getötet.«

Als hätte er es nicht gehört, sagte er: »Erinnerst du dich, wie wir im Wohnzimmer immer diese Shows veranstaltet haben, du und deine Schwester, ihr habt zu den Schallplatten gesungen und getanzt. Denise hielt einen Schuhanzieher in der Hand und tat so, als wäre er ein Mikrophon. Dann stellte

sie sich eine Schale mit Früchten auf den Kopf und tanzte wie Carmen Miranda. Erinnerst du dich noch an das Lied, das ich dir immer vorgesungen habe? Es hat dich aufgemuntert, wenn du traurig gewesen bist. Ich kenne es noch.«
Vater fing an, eine öde Melodie zu trällern, völlig disharmonisch, doch die Worte riefen eine traurige Erinnerung in mir wach. »Lächle, auch wenn dir das Herz weh tut, lächle, selbst wenn es zerbricht …«
Er hob seine Hände, flehte mich an zu lächeln.
»Bitte, Dad! Das spielt sich alles nur in meinem Kopf ab! Ich bin nicht hier, und du bist es auch nicht. Ich bin bei irgend jemandem zu Hause.«
Mein Vater hielt inne, als wäre ihm plötzlich wieder alles bewußt. »Das stimmt. Zu Hause«, sagte er, und dann ging er zu einer großen Kiste. »Hier, Eddie, dies ist dein Zuhause. Du kannst es dir einrichten, wie du willst.«
Der Pappkarton mit dem Schriftzug Kelvinator an der Seite war kaum groß genug, um aufrecht darin sitzen zu können. Die Waffe noch immer in der Hand, drehte ich mich zu der Gruppe um, und eine Art Urhaß überkam mich, denn diese Kreaturen, einst Männer, jetzt die Niedrigsten der Niedrigen, weniger wert als Junkies, akzeptierten ihr Schicksal ohne Hoffnung auf Erlösung. Und sie rissen meinen Vater zu sich hinab.
Ich schrie: »Sagt mir, wo ist der Hund? Sagt mir, wo er ist, oder ich töte euch alle!«
Mein Vater schien verwirrt. »Eddie, wie viele willst du mit einer Patrone töten?« Daraufhin bettelten alle, einer nach dem anderen, kämpften gegeneinander, kämpften darum, getötet zu werden. Baten mich, in ihre Gehirne zu schießen,

während Vater im Hintergrund stand und alles resigniert grinsend beobachtete.
»Das ist Wahnsinn!« schrie ich. »Wo ist Henry! Und Kaval! DAD! BITTE HILF MIR!«
Über unseren Köpfen explodierte ein Schrei, und die Leprakranken heulten auf vor Angst und Schrecken, suchten Zuflucht in ihren Kartonverstecken, nur mein Vater blieb an seinem Platz. Ein Schatten fegte übers Land, der Harpyie-Hund, meinen Lebensnerv in seinem Schlund. Seine Pisse rieselte herab wie Schnee, und jede glitzernde Flocke brannte sich in mein Fleisch. Das Gesicht meines Vaters war voller Glück, als der Hund mit meckerndem Gelächter davonsegelte. Ich zielte, aber er war schon zu weit weg. Mein Vater knöpfte sein zerknittertes Posthemd auf und zeigte einen faustgroßen Krater, wo sein Herz hätte sein sollen, Blutgefäße und Muskelbänder schlängelten sich aus dem Loch. »Es ist weg«, sagte er, ohne hochzusehen. »Er hat es genommen, als ich erst neununddreißig Jahre alt war.«
»Dad, wenn ich zurückgehe, wirst du dann wieder lebendig sein? Wirst du mit mir zurückgehen?«
Er sah hoch, stechende Augen, umrahmt von tiefen Falten, er seufzte: »Du solltest dich beeilen, er verschwindet.«
Der Hund war am Horizont kaum noch zu sehen; ich warf meinem Vater noch einen Blick zu, und mit der letzten Kugel für mich, wenn es denn nötig wäre, rannte ich durch Regen und Schlamm, nur weg, um nie wieder zurückzukehren.
Durch Täler voller Unrat, vorbei an gesichtslosen Männern, die sich die Hände an lodernden Fässern wärmten, jagte ich ihm hinterher. Schließlich war er verschwunden, und für

mich gab es niemanden mehr, den ich verfolgen konnte. Inmitten des Drecks blieb ich stehen, hatte nichts mehr zu tun oder wonach ich suchen konnte; rang nach Atem, schnappte nach Sauerstoff, blickte mich um und sah den Grund: Vor mir erhob sich die Staten-Island-Landaufschüttung, kilometerlange Verunreinigung, wo Seemöwen aufs Geratewohl im Spiralflug herabstießen; schwärender, lautloser Tod. Kein Ort für ein Selbstopfer, und so setzte ich meinen Weg durch das Ödland fort; niemand begegnete mir, nicht einmal Gespenster.

Tage später machte ich halt auf einem Hügel mit weichem, grünem Moos, wollte mich ausruhen, als dreißig Millionen rote Ameisen auftauchten und sich auf eine Schlange stürzten. Ihr Körper verwandelte sich in ein wogendes, rotes Meer, während sie bei lebendigem Leib aufgefressen wurde. Als nichts mehr blieb als die dünne, schuppige Haut, dankten mir die Ameisen, daß ich sie auf die Schlange aufmerksam gemacht hatte, und verschwanden wieder in ihr Moos. Ich nahm die Haut und legte sie auf meine Wunde, damit es aufhörte zu nässen.

Ich saß auf der Zuschauertribüne mit Blick auf die starre Silhouette der Torpfosten, die sich gegen das Mondlicht abzeichnete, und hörte die Jubelrufe hinter der Treppe. In der kühlen Luft hingen Mücken und das Nahen des Morgentaus. Betrunkenes Gelächter und Primatengeheul, als einer nach dem anderen sich in Bewegung setzte und tiefer sank als deutsche U-Boote, die von Zerstörern getroffen wurden. Der Frühlingstanz der Football-Spieler ging über in Mutters kleine Schimpfkanonade, doch dieses Kleid auszuziehen und lieber das blaue zu tragen, und den hartnäckigen Kampf, der dann folgte, als Mutter alles Make-up von Denises Gesicht schrubbte. Dann Mutters letzte Warnung mit Onkel Ted im Türrahmen, daß kein junges Mädchen aussieht wie eine Schlampe und Hure, ohne die Quittung dafür zu bekommen. Doch Denise hatte schon seit geraumer Zeit die Quittung bekommen. Die tanzende Menge, abgefüllt mit Modedrinks und Aufputschpillen, und Denise, außerstande, aufrecht zu stehen, fiel auf den Boden der Turnhalle, bis Harvey Wilburton sie hinaustrug und zu Mrs. Stumpman sagte, ihr sei schlecht. Ich ging ihnen hinterher, und als ich sie nach Hause bringen wollte, stieß sie mich weg und sagte mir mit Whiskey-Atem, ich solle sie auszählen. Ich verstand nicht, was sie meinte. Harvey brachte sie aufs Spielfeld, wo Craig McGurney und seine stiernackigen Teamkameraden Bier tranken und auf den Boden pißten. Denise fiel in Craigs Arme und stieß ihm ihre Zunge in den Mund, und Craig knetete ihre Brüste und griff ihr unters Kleid. Denise fragte ihn, wer der Beste sei. Craig rief, sie werde es schon noch herausfinden, und dann brachten sie sie in den Umkleideraum. Ich rannte hin, nahm ihre Hand, als Spott und Drohungen auf mich herabstürzten wie tote Seemöwen. Stocknüchtern drehte sich Denise zu mir um und sagte mit blitzenden Augen, ich solle sie nicht daran hindern, das zu tun, was Mama von ihr erwarte. Die Höhlenmenschen jubelten, und als ich die Menge betrachtete, sah ich Johnny Langelosi mit einem Bier in der Hand und bat ihn mit den Augen, es nicht zu tun. Und wieder versuchte ich, sie wegzuziehen, doch Craig kam mit erhobener Faust auf mich zu, und Denise fummelte schon an ihrem Kleid und verschwand dann in der Dunkelheit. Durch das rauhe Gelächter hindurch hörte ich, wie sie die Nummern zählte und jede besser fand als die davor. Und als es endlich vorüber war und man sie wie eine gebrauchte Einwegspritze liegenließ, ging Craig selbstgefällig an mir vorbei. Kurz darauf kam Johnny Langelosi heraus, und die Wut riß mich von der Zuschauertribüne. Ich warf ihn zu Boden und prügelte wie ein Wahnsinniger auf ihn ein. Johnny bekam die Oberhand und schlug mir ins Gesicht. Um uns herum bildete sich eine Menge, irgend jemand goß mir Bier über den Kopf, und je heftiger ich darum kämpfte aufzustehen, desto mehr traten sie mich. Johnny ließ endlich ab von mir, richtete sich mühsam auf und langte nach einem Bier. Blutend, aber noch nicht geschlagen, kam ich wieder auf die Füße und wartete, daß Johnny den ersten Schritt machen würde, aber er warf mir einen Blick zu, der sagte, daß es vorbei sei. Beim Gehen lachten all die grausamen Paviane, mit Ausnahme von Johnny. Unter der Tribüne fand ich Denise. Sie strich ihr Kleid glatt.

Wir gingen an der Hochbahn entlang. Ich hielt ein Papiertaschentuch an meine Lippen. »Du siehst schlimmer aus als ich«, sagte sie. »Wie willst du Mama das mit deiner Wange erklären?«

»Überhaupt nicht. Sie schläft sowieso schon.«

»Du hättest eigentlich wissen müssen, daß man mit einem Football-Spieler keinen Streit anfängt.«

»Johnny Langelosi ist der Kicker! Ich hab' immer gedacht, er ist mein Freund ... Warum hast du das heute abend gemacht? Jetzt werden dich alle als Hure bezeichnen.«

»Was geht es dich an, wie sie mich bezeichnen. Ich hab' das getan, was ich wollte. Ich hatte alles unter Kontrolle.«

»Darum geht es nicht.«
»Ist dir das alles peinlich?«
»Verdammt, ich weiß nicht, was ich denken soll. Bist du okay?«
Sie nickte. Als wir nach Hause kamen, duschte sie zwei Stunden, und ich sprach nie wieder mit Johnny Langelosi.
Mutter stand am Küchentresen, schnitt Zwiebeln in kleine Stücke und ließ sie in die Soße gleiten. Der würzige Duft von geschmortem Rindfleisch gab dem Haus etwas Warmes. Vom anderen Ende des Tresens aus sah ich zu, faszinierend, diese Geschicklichkeit im Umgang mit scharfen Messern, ohne sich jemals in den Finger zu schneiden.
»Wir essen erst in zwei Stunden. Warum gehst du nicht nach draußen spielen?«
»Ich seh' dir lieber zu«, antwortete ich. »Kann ich dir helfen?«
»Du willst mir beim Kochen helfen?« Sie schien überrascht.
»Klar.«
»Hm. Siehst du die Pfefferschoten? Du kannst sie abwaschen und dann die Kerne entfernen.«
»Die Kerne?«
»Ja, das, was drinnen ist. Nimm die Samen heraus, und wirf sie weg. Wasch dir aber erst die Hände.«
Mutter sah zu, wie ich die Pfefferschoten zubereitete; kein Wort fiel zwischen uns. Als ich fertig war, sagte sie: »Okay, jetzt kannst du die Knoblauchzehen abziehen, entferne einfach die Haut, und leg die Zehen aufs Brett.«
Beschäftigt mit unseren Arbeiten und nichts, was uns ablenkte, hörte ich plötzlich ein Geräusch am Tisch, und als

ich mich umdrehte, sah ich mich als Erwachsenen, der gleichgültig beobachtete. Ich erhob mich vom Tisch und stellte mich neben sie, ihre Hände, abgearbeitet und runzlig von ständiger Hausarbeit und ewigem Knoblauchschneiden. Den Kopf voller Worte und endloser Fragen, geriet ich in die Zukunft und in ein anderes Haus. Das Licht ging aus, und sie kam aus dem Badezimmer, in T-Shirt und Höschen, glitt unter die Bettdecke und legte ihre Brille auf den Tisch neben dem Bett.
»Kommst du nicht ins Bett?«
Ich zog mein Hemd aus und legte es über den Stuhl, als ich unser gerahmtes Hochzeitsbild bemerkte. Mein Magen pumpte vor Angst, und als ich meine Hose zu Boden gleiten ließ, sickerte noch immer der scheußliche Zitronensaft aus meiner Wunde. Vorsichtig schlüpfte ich unter die Bettdecke und legte mich auf die Seite. Einen Augenblick später berührte Elizabeth meine Schulter, erst spürte ich ihren Atem in meinem Nacken, dann ihre Zunge. Wir küßten uns, unsere Münder vereint in Liebe und Speichel. Die festen Nippel ihrer großen Brüste drängten sich an meinen Körper, elektrisierte Haut und dann Höschen, die sacht bis zu den Knöcheln rutschten, das plötzliche Bewußtwerden erzeugte Atemnot bei mir.
Elizabeth rieb ihr Schamhaar gegen meine Schenkel, leckte meinen Nacken, rieb ihre Nase an meinem Ohr und griff nach etwas, was nicht da war. Ich zitterte und schwitzte Novokain.
»Was ist los?« fragte sie.
»Ich weiß nicht. Ich glaube, ich fühle mich nicht wohl.«
»Findest du mich nicht attraktiv?«

»Natürlich. Ich liebe dich. Ich weiß nicht, was mit mir los ist.«
»Mach' ich irgend etwas falsch? Ich mache, was du willst. Was soll ich tun?«
»Du machst alles richtig. Ich liebe es, wenn du mich leckst und mich berührst. Es ist nur … Ich bin das Problem, nicht du. Es tut mir leid.«
»Du mußt dich nicht entschuldigen. Ich wünschte nur, ich wüßte, wie ich mich verhalten soll. Es geht jetzt schon so lange, und ich brauch' das Zusammensein mit dir.«
»Du bist ja bei mir, wir lieben uns doch.«
»Ich weiß.« Aber große, braune Augen voller starkem Verlangen und sanfter Verständnislosigkeit schnitten meine Pulsadern auf und streuten Dreck hinein. Ich legte meine Hand zwischen ihre Schenkel und versuchte, mit meinen magischen Fingern zu arbeiten, aber Elizabeth kniff die Beine zusammen. »Oh, das tut weh. Deine Hand ist so kalt.«
Ich zog die Waffe zurück, und Elizabeth küßte meine Wange und sagte mir, daß sie müde sei. Starrte an die Decke, und die Schatten des vorbeifließenden Verkehrs nahmen ihre Seele mit.
Ich stieg aus dem Bett und ging durchs Haus; alles war dunkel und ungewohnt, abgesehen von der Kellertür. Ich schlich die Treppe hinunter und hörte das Vibrieren des Heizungskessels. Onkel Ted stöhnte unter Scham und Torf. Die Türen nach draußen waren nur angelehnt, ich stieß sie langsam auf. Houston Ecke Norfolk Street, dort, wo man den Spielplatz sieht. Ich stand draußen vor dem Tor, beobachtete Kinder beim Kicken, als meine Kehle schockgefror.

Ihre katholischen Schuluniformen und Aufführungen zu Schuljahrsbeginn, vertraute Gesichter in Indigoblau und Schwester Mary Gregory, die Nachsitzen befahl; immer wieder die fünfte Klasse, die sich in mein Gedächtnis stahl! Eine rauchige Stimme, weich wie Samt, rief meinen Namen, und Nikki Neiderman, hübsch und mit Zöpfen, sah lächelnd zu mir auf. Rückte die rotrandige Brille auf ihrer Nase zurecht.

»Was machst du hier draußen?« fragte sie, grüne Augen leuchteten wie Smaragde. »Wenn Schwester Antoinette dich sieht, kriegst du Ärger.«

»Ich bin zu alt, um jetzt mit dir zusammen zu sein.«

»Zu alt? Wie kommt denn das?«

»Einfach so. Ich suche einen Hund. Hast du hier irgendwelche Hunde gesehen? Vielleicht ist er in dir?«

»Nein. Die Pause ist fast vorbei. Ist besser, wenn du reingehst.«

»Geht nicht. Ich habe zu tun.«

»Was denn?«

»Ist ein Geheimnis.«

»Du magst Geheimnisse, nicht wahr? Hast du es mir deshalb nie gesagt?«

»Dir was nie gesagt?«

»Jahrelang hast du für mich geschwärmt und bist niemals damit rausgerückt. Mit keinem Wort. Nie hast du mir heimlich Liebesbriefe geschrieben; nie einem Freund davon erzählt oder meinen Namen an die Mauer geschrieben, wenn niemand hinsah. Und nichts zum Valentinstag. Warum?«

»Ich hatte Angst. Du warst … bist so hübsch.«

»Wovor hattest du Angst?«
»Ich weiß nicht. Zurückgewiesen zu werden. Irgendwie so. Wenn ich zurückdenke, scheint es irgendwie blöd. Aber damals … nun … Ich war eben ein Kind.«
»Es ist noch nicht zu spät. Wir können's da drüben machen«, sagte sie. Ich folgte ihr, am Zaun entlang, vorbei am Feuerhydranten und hinüber zum Eingang. Die ganze Zeit über klebten Nikkis Blicke an mir. Sie zog ihren Blazer und die blütenweiße Bluse aus und ließ alles zu Boden fallen. Flache Brüste, rosafarben wie Babies, die auf Schneemobilen fahren. Streifte Rock und Bikinihöschen runter, und Bandwürmer fraßen sich in mein Rückenmark.
»Stimmt was nicht? Du siehst so aus, als würde dich was stören.«
»Wir sind in der Öffentlichkeit. Jeder kann uns sehen.«
»Die kümmern sich nicht um uns. Wenn wir ruhig sind, werden die nicht mal merken, daß wir hier sind.«
Nikki löste meinen Gürtel und machte meine Hose auf. Als sie in die Knie ging, stellte ich mir ein Bullauge auf ihrer Stirn vor. Sie zog die Jeans runter, linste unter mein Hemd und stieß einen Seufzer aus. Noch ehe ich abspritzen konnte, schmolz sie wie Butter und versickerte im Beton.
Als ich die Avenue A entlangging, hoffte, daß mein Blick Vertrautes einfing, dachte ich, scheiß auf den Hund, Hauptsache, Kaval ist okay, und wie gern würde ich zu Hause sein. Vorbei am Park, menschliche Wracks säumten die Gehwege, setzten sich ihren Schuß, als wären sie Diabetiker. Die Bäume vergossen Tränen, als ich vorüberging. Schlüpfte durch unsere offene Wohnungstür, hörte das Treiben im Schlafzimmer. Kaval und Chris waren wieder

zugange, und ich stand da, mir bewußt, daß eine Waffe eher verletzt als eine heftige Auseinandersetzung. Der Ausdruck ihres Gesichts war der eines Engel, der ein Wunder erlebt. Auf Chris' Rücken tanzten uralte Stammestätowierungen, verschlüsselte Zeichen, die Türen in Bereiche öffneten, von denen ich nur träumen konnte. Aus der Küche rief ein Mann nach mir; ich ging hinein, tauchte ein in weiß fluoreszierendes Licht.

»Ja, hierher bitte«, sagte er. »Kommen Sie herein, nehmen Sie Platz.« Ich blieb stehen. Hinter seinem Schreibtisch, auf einem Ledersessel mit hoher Rückenlehne saß Dr. Kolver senkrecht zum Waschbecken, eine Schlange locker um den Hals.

»Ich habe Sie beobachtet«, sagte er. »Sie müssen sich dieser Qual nicht aussetzen. Ich denke, ich kann diesem kleinen Problem abhelfen, das Sie da zu haben scheinen. Wenn Sie es wünschen, kann ich auch diese Waffe von Ihrer Hand entfernen.«

»Ich behalte die Waffe, solange ich hier bin.«

»Wie Sie wollen. Nun, wenn Sie dieses Formular bitte unterschreiben würden, dann werde ich alles Notwendige veranlassen, und wir können sofort anfangen.« Ich versuchte, die pergamentene Schriftrolle zu unterschreiben, doch sein Federhalter knickte ständig weg.

Ein Tisch rollte herein, und ich legte mich unter kühle Seidendecken, Operationslampen über mir. Sah nach rechts, CandyBar lag auf einem Tisch, durch Schläuche mit mir verbunden. Sie lächelte mich an. Pharmadunst und klingende Geschäftigkeit entführten mich in die Weihnachtszeit; Weihnachten in Mutters Haus, der Baum und die

Lichterkette, elektrische Züge, die durch Jerusalem zuckelten. Der Weihnachtsmann lachte heidnisch von Girlanden und Baumkugeln, verspottete das Jesuskind in seiner Krippe. Denise half Mutter beim Plätzchenbacken, während ich am Tisch saß, Weihnachtsbilder aus Illustrierten ausschnitt, um sie auf Pappe zu kleben.

»Weißt du, daß Santa ein Anagramm von Satan ist«, sagte sie, nahm ein Backblech aus dem Herd und atmete den warmen Zimtduft ein.

»Oh, bestimmt nicht!« entrüstete sich Mutter.

»Doch. Setz einfach das n ans Ende, und es ergibt Satan.«

Ich dachte darüber nach, und es kam hin. Sie redete weiter: »Und weißt du, was noch? Wenn man Leben rückwärts buchstabiert, heißt es Nebel.«

Ärgerlich erwiderte Mutter: »Woher hast du bloß solche Dinge? Ich schick' dich in die Schule, damit du was lernst, und das kommt dabei heraus?«

»Weißt du, daß im Englischen God rückwärts gelesen Dog ergibt?«

»Jetzt reicht's! Wenn du frech werden willst, kannst du in dein Zimmer gehen und dort bleiben.«

Denise zwinkerte mir zu und brachte ein Backblech mit Plätzchen an den Tisch. »Nicht naschen, sie sind noch weich«, sagte sie, und ich bohrte meinen Finger hinein. »Mama! Er spielt mit den Plätzchen!« Dann zog sie mich am Ohr.

»Hey! Denise hat mich am Ohr gezogen!«

»Benehmt euch. Alle beide! Denise, fette die Bleche ein, damit wir noch einen Schwung machen können.«

Als Mutter sich umdrehte, um den Teig zu kneten, kam

Onkel Ted herein und drückte seine Lucky Strike im Aschenbecher aus. »Was ist denn los?« fragte er, dann sah er Denise an, und die Wände schlossen sich um sie.
»Nichts«, sagte ich.
»Sie albern nur rum«, fügte Mutter hinzu. Denise schien am Küchentresen völlig in die Enge getrieben, als Onkel Ted in den Schrank über ihr griff. Er füllte sein Glas mit Wasser und lehnte sich gegen den Tresen, ein boshaftes Lächeln in den Augen.

Als die Wirkung des Anästhetikums nachließ, nahm ich glasklar ihr stoßartiges Keuchen schmerzvoller Lust wahr. Kaval grob ihre Zähne in meinen Nacken, krallte ihre Fingernägel in meinen Rücken, hielt zwei volle Minuten den Atem an, gab keinen Laut von sich, öffnete die Augen und stieß den Atem aus. Hackte in meinen Nacken wie ein hungriges Huhn, sagte mir, daß sie mich über alles liebe, und ich glitt durch die schmeichelnde Bläue eines Sommerhimmels. Elizabeth fragte mich, wo ich mich die ganze Zeit versteckt hätte, und ich erwiderte: Kansas City. Sie kicherte leise und fing an, wie ein Kätzchen zu schnurren, schlang ihre Beine um meine Taille und zog mich in sich rein, bewegte ihre Hüften auf und ab, eine pumpende Maschine, die Züge durch heranrasende Tunnel stößt. Eine nach der anderen erschienen die Frauen meines Lebens mit ihren Juwelen – auf Hochglanz polierte Orgasmen. Einige hatte ich nur für Sekunden in irgendwelchen vollen Geschäften gesehen, andere jahrelang im Geheimen, stets unentdeckt geliebt. Doch jeder Schwall Kastoröl verfärbte ihre Gesichter violett; abstoßend und verzerrt, bröckelten sie wie faulige Rinde von verdorrten Bäumen. Mein Magen rumorte, und ich sprang aus dem Bett, stieß ihre Gerippe beiseite. Aus meinem Schoß ragte Dr. Kolvers Greueltat, festgenäht mit Angelschnur. Die Fledermausflügel um die Schultern gelegt, saß der Hund im Fenster, glotzte mich an, als ich zwischen den einbalsamierten Körpern nach Kaval suchte.

»Magst du den neuen nicht?« fragte er und hielt eine braune Papiertüte aus dem Fenster.

»Wo ist Kaval?« rief ich, und sie erschien auf dem Bett, mit Chris beim Sex. Onkel Ted saß in der Ecke und bearbeitete seinen roten Schlangenschwanz. Über ihm Vaters Füße, sanft schaukelnd in der Brise, die Schlinge fest um den Hals, die aufgequollene Zunge zwischen den Zähnen. Ich schrie auf: »Warum mußtest du ihn mit hineinziehen?«

»Weil du die Wahrheit wissen willst. Und die Wahrheit zehrt einen auf. Je größer dein Wissen, desto mehr wirst du hineingerissen, wenn du noch kannst, solltest du dich besser verpissen.«

»Aber mein Vater hatte einen Herzanfall.«

»Wie das Ticken der Uhr, tick tack.«

»Scheiß auf die Uhr!«

»Kam es dir nicht merkwürdig vor, daß es keinen Gottesdienst bei seiner Beerdigung gab? Eines Tages ging Vater zur Arbeit und verschwand für immer, was für'n Ding; dann auf einem Speicher man ihn fand, wo er am Dachbalken hing. Ich finde, man könnte ihn als richtigen Swinger bezeichnen!« Der Hund lachte verächtlich und schrill, warf den Kopf nach hinten, und ich packte ihn bei der Kehle; dieses Mal war er nicht darauf gefaßt. Wir stürzten aus dem

Fenster, Küstenkliffs hinab, an deren Ende aufspritzender Schaum an gezackten Felsen in alle Richtungen zerstob, und der Werwolf fing Dracula. Der Hund ließ die Papiertüte in die Strudel fallen, und ich sah mit an, wie sie unterging, lockerte jedoch nicht den Würgegriff. »Sie versinkt«, stöhnte er. »Sei kein Narr! Denk einmal auch an dich!«

Kurz darauf ließ ich los und tauchte hinab in die wirbelnde Anarchie der Natur; und wieder war ich reingelegt worden, denn sein Gelächter verfolgte mich noch unter Wasser. Blind vom Salzwasser tauchte ich auf, schnappte nach Luft. Ich trieb im East River, an der Stelle, wo ihn die FDR auf Betonpfeilern überquert. Die City und ihre Bewohner, Brooklyn Bridge und New York Post, ich tauchte zurück in das sumpfig-grüne Wasser, wo lautlose Schreie aus dem dunklen Atlantis herüberschallten. Mitten in einem endlosen Ozean schoß ich wieder an die Oberfläche, in der aufgewühlten See paddelte der Hund davon. Ich klammerte mich an die Schwanzflosse eines Hais, der rücklings durch das Wasser schwamm und mich umsonst mitnahm. Mitten in der Nacht wachte ich aus einem Alptraum auf. Im Wohnzimmer war Licht, Vater saß im Sessel und weinte.

»Was ist los, Daddy?«

»Nichts.«

»Warum weinst du?«

»Ich bin traurig.«

»Warum bist du traurig?«

»Ich weiß nicht.« Er verschloß sich wieder, spannte die Oberlippe an und rang sich ein Lächeln ab. »Was machst du hier um diese Zeit?«

»Ich konnte nicht schlafen. Ein Monster hat mich verfolgt.«

»Ein Monster?« Es amüsierte ihn. »Es gibt keine Monster, zumindest nicht in Träumen. Du solltest versuchen zu schlafen. Denk an schöne Dinge. Dein Geburtstag steht vor der Tür, denk daran. Wir veranstalten eine tolle Geburtstagsparty, mit einer riesengroßen Schokoladentorte. Ich werde dafür sorgen, daß sie ein paar Astronauten drauftun, so wie letztes Jahr. Das hat dir gefallen, weißt du noch?« Und dann streichelte er mein Haar.

»Und jetzt ab ins Bett. Es ist sehr spät.«

»Ich hab' Durst.«

Er holte mir ein Glas Wasser und setzte sich hin, während ich hastig trank. »Langsam«, sagte er, seine Stimme, geschmeidig wie Öl. »Trink langsam. Gleich fühlst du dich besser.«

Ich trank. Er nahm mir das Glas aus der Hand und stellte es auf den Tisch. »Okay, marsch ins Bett.« Ich machte einen Schritt auf ihn zu, als sein Bild plötzlich verschwamm. »Cathy ist vier und Anthony sieben.«

Noch eine ganze Stunde lag ich wach, dann ging die Lampe aus, und ich schlief ein. Am anderen Morgen tauchte Denise neben mir auf der Couch auf, ein tränennasses Taschentuch in der Hand. Auf dem Tisch lag der Goldring, verbogen zu einer Bretzel. Ich fragte sie, was los sei, und sie antwortete, der Ring sei eine Imitation und nur dreißig Dollar wert, und das alles, nachdem Jerry Tausende verbraten hatte.

»Was für ein Glück!« verkündete ich. »Ohne Jerry bist du wirklich besser dran.«

»Aber es ist doch schon alles vorbereitet, der Saal ist gemietet, Mama hat die Einladungen verschickt. Tante Louise hat schon das Kleid …«

»Na und! Kein Grund, jemanden zu heiraten. Du liebst ihn doch sowieso nicht.«

»Ich weiß nicht. Vielleicht doch.«

»Denise, wenn du dir nicht sicher bist, laß es. Was sagt er zu dem Ring?«

»Er sagt, es sei ein Irrtum, daß sie ihm aus Versehen den falschen Ring gegeben hätten.«

»Das kaufst du ihm nicht ab, oder? Wie hast du denn herausgefunden, daß er nicht echt ist?«

»Ich hab' ihn schätzen lassen. Elizabeth hat einen Riß im Stein bemerkt, und ich bin zum Juwelier gegangen. Es war so peinlich. Nicht mal ein Zirkon, wahrscheinlich hat er das Ding aus der Pfandleihe.«

»Jerry hatte schon immer Stil.«

»Mama wird mir die Schuld geben. Sie sagt bestimmt, daß es mein Fehler war. Ich weiß nicht, was ich tun soll.«

»Nichts. Sag Mama, du hast noch mal darüber nachgedacht, erzähl ihr, daß Jerry gelogen hat und ein blöder Wichser ist und daß du ihn nicht liebst. Du bist eben zu jung für die Ehe.«

Sie lehnte sich zurück und überlegte.

Zwei Tage später kam Jerry und bat auf Knien um Verzeihung. In Gegenwart von Mutter und Onkel Ted überreichte er einen echten Trauring. Eine Woche lang konnte ich ihr nicht in die Augen sehen, und als Elizabeth fragte, was mit mir los sei, erklärte ich ihr, daß ich traurig sei.

Es war kalt und dunkel, ich kniete auf feuchtem Beton. Die Wand des Verschlags war aufgerissen, der Tisch umgekippt, und überall lagen Kleider auf dem Boden. Neben dem Abfluß lag Denise, tot und mit leeren Augenhöhlen; die

Pfütze daneben war eine Blutlache, ihr Blut. Blindwütig ließ ich meine Augen durch den Raum wandern; ich suchte den Hund, aber er war nirgends zu sehen. Jemand klopfte an die Tür, und Denise kam aus dem Büro, Cowboystiefel, Jeans und ärmelloses T-Shirt, ihr Pferdeschwanz wippte in der Luft. Sie spähte durch den Spion und öffnete die Tür.
»Was machst du denn hier?«
»Ich war gerade in der Nähe und dachte, ich schau' mal vorbei.«
Denise drehte sich um und ging ins Zimmer. Henry blieb draußen im Dunkeln, doch seine Kleidung und seine Größe waren typisch, wie Fingerabdrücke. Ich sah auf den Boden, das Blut und die Leiche waren verschwunden; alles war ordentlich an seinem Platz; Denise war auch viel zu locker, als daß es anders hätte sein können. Sie nahm einen Besen, der an der Wand lehnte, und fegte Federn in der Nähe des Marterkreuzes zusammen. Vor dem Gartenschlauch plötzlich der Griff einer Axt, und ich schrie: »Denise! Dreh ihm nicht den Rücken zu!« Während Denise und Henry sich leise unterhielten, vergewisserte ich mich, ob die Waffe noch in meiner Hand war. Die Verwirrung legte einen Foxtrott hin. Denise lachte über irgendeine Bemerkung Henrys, bückte sich und fegte die Federn auf. Henry beugte sich vor, packte den Griff und verharrte, ein schattenwerfendes Geheimnis. Ich wollte den Arm heben, aber etwas blockierte ihn. Denise blickte hoch, sah den über ihrem Kopf schwebenden Griff; sie schrie nicht, schien auch nicht verängstigt, ihre Augen hatten leeren Kratern Platz gemacht. Ich konnte mich nicht rühren und stieß Laute aus wie Kämpfer in Kung-Fu-Filmen. Henry schwankte einen Moment, ver-

suchte, die Balance zu halten, aber da war nichts, woran er sich hätte festhalten können, er taumelte zurück, das Geräusch von zersplitterndem Glas, und sein Körper löste sich auf in winzig kleine Kristallpartikel. Eine sanfte Staubwolke schwebte über den Resten. Allein und wie betäubt, hörte ich von draußen nur den fernen Stadtverkehr. Über meinem Kopf pulsierte das Licht, heiß und kalt, im Herzschlagrhythmus des Neons, ich beugte mich vor und sah in sein zerschmettertes Gesicht aus Tausenden von Diamanten.

Ich blickte in mein Gesicht!

Ich lachte düster, als der Raum zwar wieder vier intakte Wände hatte, jedoch keine Türen; bemühte mich, die Waffe abzuschütteln, suchte nach Messern oder scharfen Gegenständen. Schließlich setzte ich mir die Kanone an den Kopf und schloß die Augen, sah, wie Adam im Paradies Eva wegen Jugendsünden tötete; wußte, das alles würde bald keine Rolle mehr spielen. Den Finger am Abzug, flüsterte ich ins Nichts: »So bösartig, wie man nur sein kann.« Dann zog ich durch.

Ich öffnete die Augen, und Henry saß an seinem Schreibtisch. Der Hund war verschwunden. Noch sechsmal betätigte ich den Abzug, um sicherzugehen, dann legte ich die Waffe auf den Schreibtisch und löste langsam meine Finger. Henrys Augen fielen fast aus ihren Höhlen, Schweiß lief an seinem Gesicht herunter, und sein Haar war tropfnaß. In seiner Kleidung hing der Geruch von Angst. Er griff nach dem Telefon.

»Sie … Sie sind wahnsinnig! Ich rufe die Polizei.«

Ich zog einen Stuhl heran und machte es mir bequem. Henry

wählte und hielt den Hörer an sein Ohr. Er sah mich verwirrt an.

»Leg auf«, sagte ich, und er legte auf. Wir saßen da, im Dunkeln, keiner von uns bewegte sich oder sprach ein Wort. Endlich brach er das Schweigen. »Was wollen Sie?«

»Bist du ein böser Mensch, Henry?« Er antwortete nicht.

»Bin ich … böse? Ich weiß nicht mehr, was das bedeutet. Für mich hat es seine Bedeutung verloren. Alles ist Teil desselben Wahnsinns. Ich habe die dunkelsten Ecken meines eigenen Wahnsinns gesehen, die Dämonen, die dort lauern, es ist wie eine Offenbarung.«

»Was wollen Sie?« wiederholte er.

Ich dachte darüber nach, holte tief Luft und sagte: »Eigentlich will ich nur noch nach Hause.«

Eine Mischung aus Wahnsinn und Widerwillen in den Augen, rief er: »Dann verschwinden Sie aus meinem Haus, verdammt noch mal. Los!«

Ich ließ die Waffe auf dem Schreibtisch zurück und ging durch die Glastür. Kaval stand hustend unter dem Baum, als ich näher kam.

»Was war los? Was hast du gesehen?«

»Ich erzähl's dir auf dem Weg. Komm jetzt.«

»Einen Moment! Was hast du da drinnen gemacht? Hast du ihn getötet?«

»Natürlich nicht! Er ist der Falsche. Er war es nicht. Bitte, laß uns jetzt nach Hause fahren.«

Ich ging die schmale Straße Richtung Landstraße hinunter, Kaval blieb zwei Schritte hinter mir. »Kaval, wenn du mir nicht glaubst, klingel doch bei ihm. Und sieh, wie er aufmacht.«

Im Bus erzählte ich ihr, wie ich Henry und seine Familie bei der Geburtstagsparty durchs Fenster beobachtet und meine Meinung geändert hatte. Ich erwähnte weder den Folterkeller noch meine merkwürdige Reise. In der City nahmen wir dann ein Taxi downtown, und als wir ins Apartment kamen, sahen wir, daß eingebrochen worden war. Ihre Stereoanlage war weg und auch die meisten ihrer Platten, auf dem Boden lagen Kleidungsstücke verstreut, die Matratze war aufgeschlitzt, die Schubladen und Schränke waren durchsucht worden. Kaval war vor Wut den Tränen nahe. Sie lamentierte, sie wolle uptown ziehen, weg von diesen reichen Treuhandfond-Junkies, die auf der Straße schliefen und William Burroughs spielten. Als sie sich wieder beruhigt hatte, ging ich in die Küche und drehte das Gas ab; der Gasherd war die ganze Zeit an gewesen. Ich öffnete das Fenster und warf dann einen Blick in den Kühlschrank. Er war leer. Ich ließ die Tür offen, und Kaval sah hinein.

»Das müssen Vegetarier gewesen sein«, bemerkte ich, grinste und fing an zu lachen. Widerwillig stimmte sie in mein Gelächter ein. Zusammen räumten wir das Apartment auf und machten Witze über Einbrecher. Später schloß ich die Fenster, und wir zogen uns aus, um ins Bett zu gehen. Ich fragte sie: »Was sind das für Flecken?«

»Welche Flecken?«

»Auf deinem Rücken. Überall.«

Kaval reckte den Kopf nach hinten, konnte aber nichts sehen. Dann ging sie zum Spiegel.

29

Es klopfte an der Tür, aber ich erwartete niemanden. Ich sah durch den Spion und öffnete.

»Oh, Detective Webster. Hallo.« Mir war klar, daß er mich irgendwann finden mußte.

»Wie geht's? Kann ich kurz reinkommen?«

»Sicher«, sagte ich und gab ihm ein Zeichen einzutreten.

Er ging in die Mitte des Zimmers, schaute sich um und sagte: »Eine schöne Wohnung haben Sie hier.«

»Danke. Ich wohne etwa einen Monat hier.«

»Ich weiß. Sie haben keine Nachsendeadresse hinterlassen. Ich mußte mich durchfragen. War aber nicht schwer.«

»Das ist gut. Warum nehmen Sie nicht Platz?« Er setzte sich auf die Couch, und ich setzte mich auf den Stuhl gegenüber. Wartete darauf, daß er den Anfang machte.

»Ich möchte Ihnen sagen, wie leid es mir tut, das mit Ihrer Frau. Es ist wirklich eine Tragödie.«

»Wir hatten monatelang Probleme mit diesem Herd, es war nur eine Frage der Zeit, wann er völlig den Geist aufgibt.«

»Ja, diese alten Mietshäuser ...«

»Übrigens, Sie können hallo zu ihr sagen, wenn Sie wollen. Sie steht dort auf dem Regal. Sehen Sie die weiße Schachtel?«

Webster glaubte mir nicht, aber seine Augen fanden das Regal und die Schachtel. Ich sagte: »Das Beerdigungsinstitut schickt Ihnen die Asche in einer Schachtel, nicht mal eine Urne. Ich glaube, Kaval hätte das köstlich amüsiert.«

Webster rutschte verlegen auf der Couch hin und her, und ich dachte, sie hätte sich auch darüber köstlich amüsiert.
»Ich bin«, begann er, »aus zwei Gründen hier. Ich wollte Ihnen mitteilen, daß wir in dem Mordfall an Ihrer Schwester kurz vor einer Verhaftung stehen.«
»Wirklich? Wer ist es?«
»Ein ehemaliger Kunde.« Er hob die Hand und fügte hinzu: »Sie müssen nicht so tun, als wüßten Sie nicht, wovon ich rede.«
Ich hatte auch nicht die Absicht.
»Er wohnt in der City. Beruflich erfolgreich, Familienvater mit Frau und Kind. Das ist alles, was ich Ihnen momentan sagen kann.«
»Er lebt hier?«
»Ja.«
»Wie haben Sie ihn gefunden?«
»Ich fürchte, das kann ich Ihnen nicht sagen. Wahrscheinlich werden wir ihn heute abend verhaften. Wir warten noch auf einen Durchsuchungsbefehl.«
Die Tatsache, daß er Onkel Ted nicht erwähnte, verunsicherte mich. Er mußte es doch wissen. Es brannte mir auf den Nägeln, ihm reinen Wein einzuschenken. Statt dessen sagte ich: »Sie haben gesagt, Sie seien aus zwei Gründen hier.«
»Ja. Der zweite Grund ist – ich möchte Sie um einen Gefallen bitten. Es geht um Agnes DeMillow. CandyBar.«
»Ist sie okay?«
»Nein. Sie ist einsam in diesem Krankenhaus. Ihre Freundin verschwand vor einem Monat. Wir sind nicht sicher, ob sie nach Hause gefahren ist … Agnes liegt einfach nur den ganzen Tag im Bett, lehnt die Arbeit mit ihrem Therapeuten

ab, spricht mit niemandem, ißt nichts. Das Kind geht langsam zugrunde. Sehen Sie, ich weiß, Sie kennen sie. Würden Sie sie besuchen? Nur ein bißchen Zeit mit ihr verbringen? Versuchen, sie etwas aufzumuntern?«

»Sie bei Laune halten, damit sie für Ihre Freunde vor Gericht aussagen kann?«

»Nein, es wird keine Aussage vor Gericht geben. Die Sache wurde fallengelassen, als einer der Hauptverdächtigen ermordet wurde.« Webster sah mir in die Augen. »Ihre Ärzte sind sich nicht sicher, ob sie überhaupt einen Prozeß durchstehen würde. Mir geht es nur darum, daß sie ein junges Mädchen ist, und sie hat nichts und niemanden auf der Welt. Und es tut mir so leid, das mitanzusehen.«

»Was, wenn sie gar keine Besucher sehen möchte?«

»Versuchen Sie es.«

»Du hast einen schönen Ausblick auf den Fluß.«

»Tatsächlich?«

»Da ist ein Müllfrachter, der Dreck in den Fluß abläßt, Rauchfahnen, die New Jersey Chemikalien bescheren, vom Mob Gemetzelte treiben nahe den Piers. Einfach wunderbar.«

CandyBar ließ sich nicht erweichen. Ihre finstere Miene war mir nur zu gut bekannt.

»Wenn du deinen Wackelpeter nicht ißt, kann ich ihn haben?«

»Tu dir keinen Zwang an«, sagte sie und fügte hinzu: »Ich kann ihn wirklich nicht essen.« Ich schlürfte ihn aus der Schale und tat dann so, als kotzte ich ihn wieder aus. CandyBar fand das nicht komisch.

»Du bist ein schwieriges Publikum, weißt du das?«
»Oh, soll das hier 'ne Unterhaltungsshow sein?«
»Deine abfälligen Bemerkungen können mich nicht entmutigen. Tatsache ist, ich genieße sie sogar.«
»Das verbindet uns.«
»Für ein Kind hast du eine ganz schön scharfe Zunge.«
»Das ist ja wohl so ziemlich das einzige, was ich noch habe.«
»Also gut, Schluß damit. Ich will dieses Spiel nicht mit dir spielen. Ich weiß, du bist beschissen dran. Das Leben macht einen fertig. Es zieht einen richtig tief in die Scheiße! Aber was bringt dich dazu, den Tod als Picknick zu betrachten? Ich habe das Gefühl, daß es nicht so toll ist. Du machst Fortschritte! Du kannst deine Zehen bewegen, es ist nur eine Frage der Zeit, bis du ...«
»Ich halt' den Scheiß nicht mehr aus!« fauchte sie.
Eine Krankenschwester kam, schob einen Rolltisch mit Medikamenten vor sich her. CandyBar sagte kein Wort, als die Schwester, jung und naiv, glaubte, die düstere Stimmung aufhellen zu können. CandyBar machte den Mund auf, und die Schwester legte ihr zwei Kapseln auf die Zunge, hielt dann eine Tasse Wasser an ihre Lippen.
»So. Das war doch gar nicht schlimm, oder?«
CandyBar warf ihr einen Blick zu, der sie Lügen strafte. Die Krankenschwester sah mich peinlich berührt an, versteckte das aber hinter einem Lächeln und verließ das Zimmer. Als sie weg war, kamen die Pillen zwischen CandyBars Zähnen zum Vorschein, und ich nahm sie mit einem Schluck Wasser.
»Danke.«
»Keine Ursache.«

30

Ich stand am Kai. Der erste Sonntag im April, und von den Vororten wehten kalte, mit Sonnenschein unterlegte Brisen heran. Ein Schlepper, rot und schwarz, tuckerte vorbei, die amerikanische Flagge an seinem Heck. Treibholz, Seetang, Pappbecher und Unrat wurden gegen die Felsen gespült; der sich wild brechende Schaum brachte sie mir wieder in Erinnerung. Einsame Finger drückten meine Seite, doch die Leidenschaft loderte nur flüchtig auf; und unsere hatte im Chaos gebrannt. Eine Woche bevor sie starb, hatte sie sich mit ihrer Mutter geeinigt und dafür gesorgt, daß man sich um mich kümmern würde, und als ich alles regeln wollte, war bereits alles geregelt.

Ich öffnete die Schachtel und hielt meine Nase drüber, versuchte, den Geruch ihrer Haut wahrzunehmen. Pappe verband sich mit salziger Seeluft. Verspürte ein nervöses Kribbeln im Magen, als ich ihre Asche in den dunkelgrünen Fluß streute und weinte, als sie sich in nichts auflöste. Ich schaute hoch in das leuchtende Königreich des Himmels und bat IHN, sich ihrer anzunehmen, meiner Frau und meiner Freundin. Kaval.

Auf dem Weg zur Houston Street bemerkte ich einen ausgebrannten Buick, der neben den FDR-Schienen stand, und hörte ein hilfloses Wimmern aus dem Innern. Ein brauner Welpe war in der Türverschalung am Fahrersitz gefangen, die Pfoten eingeklemmt, sah er hoch, als suchte er nach einer Antwort. Ich sah mir genau die Augen an, doch in letzter Zeit hatten die Visionen nachgelassen, und das Pendant beschränkte sich auf meine Träume.

Ich befreite den Hund, und mit einem Loch an der Stelle meines Herzens ging ich die Lower East Side entlang. Der Hund blieb mir auf den Fersen und trug fröhliche Unschuld zur Schau. Oben an der Seventh Avenue ging ich vorbei an obdachlosen Säufern und Junkies, die im Rinnstein schliefen. Den Welpen noch an meiner Seite, kam ich zu Jackie's Bar und sah durchs Fenster. Drinnen waren Dezmond und Wally und Paris und Harper mit Old Man Costello und Jackie. Und all seiner Gotteslästerungen zum Trotz ging das Leben weiter. Ich war mir nicht sicher, ob ich daran noch teilhaben konnte. Ein Taxi kam langsam heran, und auf dem Rücksitz saß Camille und schminkte sich die Lippen, und nur zu gern hätte ich Wally gesagt, daß seine Schwester noch lebt, aber ich tat es nicht. Statt dessen suchte ich in fremden Gesichtern nach Denise und Kaval, doch Geister lächeln nie, wenn man es von ihnen erwartet.

Während Schwesternmörder durch die Straßen hechelten, wo junge Mädchen aufreizend lächelten, gingen ich und mein loyaler Begleiter Richtung Innenstadt weiter. An der Kreuzung Elfte Ecke Sechste hastete ein hochgewachsener Mann Richtung Siebente, einen blutigen Fetzen ans Auge gepreßt, Gallertmasse lief an seinem Gesicht herunter. Niemand sprach ihn an oder versuchte, ihm zu helfen, es war, als teilte sich die See, als er das Krankenhaus betrat. Ich drehte mich um, und der Hund war verschwunden. Verloren stand ich an der Ecke, beobachtete kleine Jungen und Mädchen beim Spielen; für sie war es noch zu früh für die Regeln der Genitalien.

Die Wolken färbten sich grau, und scharf blies der Wind, als das Ticken einer Uhr an mein Ohr drang. Ich wirbelte herum, und das Ticken entpuppte sich als Klackern hochhackiger Schuhe auf schmutzigbraunem Beton. Lachte laut auf in dem Gefühl der Sicherheit, daß niemand mehr mir schaden konnte, nicht einmal schlafende Welpen. Nach und nach steigerten sich die Geräusche und Gerüche der City. Während die giftigen Abgase des Verkehrs sich mit schrillen Hupen und höhnischen Sirenen mischten, jammernde Eltern auf Beerdigungen ihrer Kinder gingen, rassistische Gangs, obdachlose Junkies und Drogendeals Unschuldige töteten, Ladenfronten ausbrannten, Frauen bei Einbrüchen vergewaltigt wurden, alte Leute Hundefutter aßen, Grundstückseigentümer Gebäude entmieteten, minderjährige Huren geschwollene Bäuche hatten, Bullen und Mörder Rollen tauschten, während all das wie mutierte Zellen degenerierten Plasmas mein Gehirn überschwemmte und der kakophone Soundtrack des Armageddon mit seiner Armut, Mord und Pestilenz in seiner sprachlosen Verdammung auf mich einhämmerte und mich mit dieser Poesie und Strafe erdrückte, beschloß ich, CandyBar zu besuchen und ihr zu erzählen, was ich gesehen hatte.